W0285461

ullstein

TOMÁS BENTO ist Germanist, Pädagoge und promovierter Diplom-Psychologe, lebt und arbeitet in Kiel. Er ist gern auf Reisen – immer auf der Suche nach Geschichten und Einblicken in fremde Lebenswelten. Madeiras Flora und Fauna haben ihn dabei besonders beeindruckt.

Von Tomás Bento ist in unserem Haus bereits erschienen: *Tod auf Madeira*

Tomás Bento

Mörderisches Madeira

Comissário Torres löst
seinen zweiten Fall

Kriminalroman

Ullstein

Besuchen Sie uns im Internet:
www.ullstein.de

Wir verpflichten uns zu Nachhaltigkeit
- Klimaneutrales Produkt
- Papiere aus nachhaltiger Waldwirtschaft und anderen kontrollierten Quellen
- ullstein.de/nachhaltigkeit

MIX
Papier
FSC FSC® C083411

Originalausgabe im Ullstein Taschenbuch
1. Auflage Juni 2022
© Ullstein Buchverlage GmbH, Berlin 2022
Umschlaggestaltung: bürosüd° GmbH, München
Titelabbildung: © Tomekbudujedomek / Getty Images
Gesetzt aus der Quadraat Pro powered by *pepyrus*
Druck und Bindearbeiten: CPI books GmbH, Leck
ISBN 978-3-548-06420-8

1

Mauricio Torres streckte die Beine aus. Konnte es eine bessere Entspannung geben, als mit seinem Bruder an einem der Tische auf dem Bürgersteig vor dem Café seines besten Freundes Fabio Cordeiro zu sitzen, einen starken *Bica* und ein Buttercroissant vor sich? Direkt gegenüber befand sich das Gebäude des Departamento de Investigação Criminal do Funchal, in dem er sein Büro hatte. An diesem Morgen war er bereits in aller Frühe dort gewesen und hatte ein paar Protokolle geschrieben, damit er sich den Rest des Vormittags freinehmen konnte, wenn Laura landete.

Jacinto, der vor dem Treffen im *Mercado dos Lavradores*, der Markthalle im Zentrum von Funchal, gewesen war und die Einkäufe für seine Bar in Ribeira Brava erledigt hatte, strich sich eine der langen dunklen Strähnen aus der Stirn und sah ihn neugierig an.

»Sie kommt also tatsächlich? Kein Anruf in letzter Sekunde, dass sie es sich anders überlegt hat und bei ihrem Mann bleibt?«

Fabio trat aus dem Café und stellte drei weitere dampfende Kaffeetassen auf den Tisch, der erste *Bica* war schon geleert. Fabio drehte einen Stuhl mit der Rückenlehne nach vorn, setzte sich und verschränkte die muskulösen Arme auf der Lehne. Er hatte die Statur eines Preisboxers, kurze blondierte Haare und seit einem Motorradunfall ein steifes Knie. Früher war er selbst Polizist gewesen, jetzt bot er den Beamten einen Ort, an dem sie ihre Pausen verbringen konnten und er zumindest als Zuhörer noch mit dabei war.

»Das würde mich auch interessieren.« Fabios blaue Augen leuchteten.

Mauricio winkte ab. »Sie kommt, um bei mir im Hotel zu wohnen und ihr neues Buch zu schreiben. Sonst nichts.«

Jacinto und Fabio tauschten einen vielsagenden Blick. »Soso.«

Mauricio fegte ein paar Krümel vom Tisch. »Sie hat sich für ihren Mann entschieden.«

»Das war, bevor sie ihn zum zweiten Mal mit seiner Studentin im Bett erwischt hat, oder nicht?«, erkundigte sich Fabio.

Mauricio spürte, wie sich in seinem Magen ein Knäuel bildete.

Es stimmte, Laura hatte ihn fasziniert, hatte Gefühle in ihm geweckt. Sie versprühte dieselbe positive Energie wie Maria, auch wenn sie ansonsten ein ganz anderer Typ als seine verstorbene Frau war. Aber er war noch nicht so weit. Maria war noch keine drei Jahre tot, der Verlust noch immer eine klaffende offene Wunde, die sich nicht schließen wollte.

Jacinto verengte die Augen. Mauricio wusste, weshalb. Es gefiel ihm nicht, dass Mauricio sich zurückzog und in seiner Trauer vergrub. Er wollte ihn zurück ins Leben holen.

Mauricio rührte Zucker in seinen Kaffee und biss ein großes Stück von seinem Buttercroissant ab, um nicht antworten zu müssen. Heimlich schickte er ein Stoßgebet zum Himmel, dass ihn irgendetwas aus dieser Situation erlösen möge. Auch wenn Jacinto und Fabio seine engsten Vertrauten waren, dieses Thema wollte er lieber nicht mit ihnen diskutieren, gerade weil sie bis auf den Grund seiner Seele blicken konnten.

Seine Bitte wurde umgehend erhört, anders allerdings, als er es sich erhofft hatte.

Aus der Tür des modernen weißgekachelten Kubus mit dem Glasvorbau, in dem sich die Räume der *Polícia Judiciária* befanden, trat ein kleiner, dünner Mann mit dichten grauen Locken und einer Nase, die zu groß für sein schmales Gesicht schien. Er neigte den Kopf nach vorn und steckte sich einen Zigarillo an, ehe er die Straße überquerte.

»Da kommt Diogo«, bemerkte Fabio.

Gleich darauf stand Mauricios Kollege am Tisch.

Fabio erhob sich. »Soll ich dir einen *Bica* bringen?«

Diogo Carvalho winkte ab. »Keine Zeit. Wir haben einen Mord.«

Mauricio schob seine Tasse beiseite und versicherte sich, dass sein Smartphone in der Tasche des Sakkos steckte, das er über die Stuhllehne gehängt hatte. »Warum hast du nicht angerufen?«

Diogo streifte die Asche des Zigarillos ab. »Es ist etwas Persönliches.«

Der Knoten in Mauricios Brust, der sich gerade ein wenig gelöst hatte, zog sich erneut zusammen. »Das Opfer ist jemand, den ich kenne?«

In rascher Folge purzelten Bilder und Namen durch seinen Kopf. Er dachte an seine Eltern, seinen älteren Bruder und die anderen Angehörigen, an Marias Familie, an seine Freunde. Die Angst berührte mit ihren klammen Fingern sein Herz.

Diogo legte ihm die Hand mit dem Zigarillo auf die Schulter. »Die Identität des Toten ist noch nicht geklärt. Aber der Tatort lässt nichts Gutes erwarten.«

Laura Flemming blickte sich suchend um. Die beiden schweren Koffer, der kleine Rucksack und die Laptoptasche lagen auf einem Gepäckwagen, der neben ihr auf dem Bordstein stand. Von Mauricio, der versprochen hatte, sie abzuholen, war nichts zu sehen.

Sie holte ihr Smartphone hervor und kontrollierte zum wiederholten Mal, ob sie eine Nachricht verpasst hatte. Das Flugzeug war pünktlich gelandet, die Gepäckausgabe war rasch vonstattengegangen. Im *Cristiano Ronaldo Madeira International Airport* lief alles perfekt. So, wie es der große Name versprach, auch wenn der Flughafen klein war.

Es ärgerte sie, dass Mauricio es offenbar nicht für nötig gehalten hatte, rechtzeitig loszufahren. Sie überlegte, ob sie warten oder eins der gelben Taxis nehmen sollte, die links von ihr in langer Reihe standen. Oder lieber gleich einen Mietwagen? In ihrer derzeitigen Verfassung hatte sie keine Lust, von einem Gastgeber abhängig zu sein, der Termine mit portugiesischer Großzügigkeit handhabte.

Sie schaute nach rechts auf die verglaste Fußgängerbrücke, die zu den entfernter gelegenen Parkplätzen führte, in der Hoffnung, Mauricio dort zu entdecken, doch sie sah nur Touristen mit Kofferwagen, die in die andere Richtung unterwegs waren, zu den Fahrstühlen in den beiden Betontürmen am Ende der Brücke. Das Gelände war abschüssig, die Parkplätze lagen unterhalb der Ebene des Ankunftsgebäudes.

Ein weiterer Blick auf die Uhr verriet ihr, dass bereits eine halbe Stunde vergangen war, seit sie aus dem Flughafen in die Sonne getreten war. Das war mehr als genug. Länger zu warten gebot auch die portugiesische Höflichkeit nicht.

Sie wollte den Gepäckwagen gerade zu den Taxis schieben, als ein roter Transporter neben ihr hielt. An der Seitenwand prangte der Schriftzug *Jardim do mar*.

Laura stutzte. Das war das Hotel, in dem sie bei ihrem letzten Besuch zusammen mit Britta und ihrer Reisegruppe untergekommen war.

Die Fahrertür öffnete sich, und eine Frau sprang heraus. Sie kam um das Fahrzeug herum auf Laura zu. Laura erkannte sie sofort. Es war Suzana Teixera, die Besitzerin des Hotels. Im letzten Jahr hatten sie einige unerquickliche Zusammenstöße gehabt. Aber aus diesem Grund war die kleine, dunkelhaarige Frau sicherlich nicht hier.

»Senhora Laura.« Suzana breitete die Arme aus und lächelte herzlich. »Bem-vinda!«

»Obrigada.« Laura erwiderte das Lächeln zurückhaltend.

»Mauricio hat mich gebeten, Sie abzuholen«, erklärte die Hotelbesitzerin. »Er ist leider verhindert.«

»Ach so?« Laura war enttäuscht. Sie wollte zwar keine Beziehung, aber sie hatte sich auf das Wiedersehen gefreut. Wollte Mauricio nun doch keinen Kontakt? Hatte er sie womöglich sogar im Hotel seiner Freundin Suzana einquartiert?

Beinahe hätte sie die Worte der Hotelbesitzerin nicht mitbekommen.

»Er ist zu einem Mordfall in Prazeres gerufen worden.« Suzanas braune Augen verdunkelten sich. »Das könnte sehr schlimm für ihn werden.«

»Aha?« Lauras Neugier war geweckt. Nicht umsonst war sie Krimiautorin.

»Kommen Sie.« Suzana öffnete die rückwärtigen Türen des Transporters, damit Laura ihr Gepäck einladen konnte. »Ich bringe Sie ins Hotel. Unterwegs erzähle ich Ihnen alles.«

Mauricio Torres stellte seinen Wagen vor dem weißen Gebäude ab, das sich im Caminho da Corrida Grande befand, einer schmalen Straße in der vom Meer abgewandten Seite von Prazeres. Es war ein klobig wirkender Kasten, zwei Stockwerke hoch, mit einem dicken weißen Schornstein auf der rechten Seite, der in den wolkenlosen blauen Himmel ragte. Auf der linken Seite schloss sich ein flacherer Gebäudeteil an. Rotbraune Fensterläden, hellrot getönte Wandfarbe, gemütliche Tische, Korbsessel und eine üppige Blumendekoration schufen eine einladende Atmosphäre.

Vor der Terrasse standen bereits ein Rettungswagen und zwei Fahrzeuge der GNR, der *Guarda Nacional Republicana*. Zwei Rettungssanitäter in neongelben Westen verließen soeben das Gebäude. Ihnen folgte ein Beamter im hellblauen Uniformhemd der GNR. Mauricio erkannte ihn, er hatte bereits im Fall des toten deutschen Wanderers vor einem Dreivierteljahr mit ihm zu tun gehabt.

Er stieg aus dem Wagen und ging auf den Kollegen zu, einen großen, breitschultrigen Mann mit beinahe schwarzen Augen.

»Primeiro-sargento Brendão. Bom dia«, begrüßte er ihn.

Der Beamte hob die Hand an sein Barett. »Comissário Torres.« Seine Stimme war kühl, sein Blick zurückhaltend. Er blickte sich nach Mauricios Partner um, vergeblich. Mauricio war allein, wie immer. Diogo Carvalho ging nicht mehr auf die Straße, seit er in eine Schießerei geraten und schwer verletzt worden war. Mauricio hätte sich um einen neuen Partner bemühen müssen, doch er schätzte Diogos Ruhe und seinen wachen Geist. Solange an höherer Stelle niemand etwas erfuhr und Carvalho nicht versetzt wurde, erledigte Mauricio die Außeneinsätze, während sich Diogo um die Recherchen und den Papierkram kümmerte. Bisher hatte das gut funktioniert.

»Mein Kollege hat in Funchal zu tun«, sagte er. »Ich hielt es nicht für nötig, zu zweit zu kommen. Hier besteht aktuell keine Gefahrenlage. Oder täusche ich mich?«

»Nein. Das ist richtig.« An Brendãos verkniffener Miene änderte sich nichts. Zugleich flackerte etwas in seinem Blick. Mauricio sah ihm den Zwiespalt an, in dem er sich befand. Brendão träumte von einer Karriere bei der *Polícia Judiciária*. Er wollte sich

Mauricios Sympathien nicht verscherzen, ihn aber auch nicht bevorzugt behandeln.

Mauricio konnte ihn verstehen, doch Brendãos Zerrissenheit war nichts im Vergleich zu dem Aufruhr in Mauricios Innerem. Er starrte auf die Tür des weißen Gebäudes, durch die er schon als Kind gegangen war.

Dahinter befand sich der hohe Raum mit der Presse, den großen Kupferkesseln und der Destillieranlage. Hier wurde das einheimische Zuckerrohr nach der Ernte ausgepresst und der Saft zu Melasse und Sirup, *Mel de cana*, Zuckerrohrhonig verkocht. Aus der Melasse wurde Rum gebrannt, *Aguardente de cana-de-açúcar*, der Grundlage des *Poncha* war, des madeirischen Nationalgetränks, bestehend aus ebendiesem Zuckerrohrschnaps, Zitronen und Honig. In der Bar konnte man diese Produkte verkosten, ebenso wie den dunklen Honigkuchen, *Bolo de mel*, der aus dem Zuckerrohrsirup gebacken wurde. Dazu gab es Kaffee und kalte Getränke.

Mauricio hatte unzählige Male in der Bar und auf der Terrasse gesessen, schon als kleiner Junge. Damals hatte sein Vater die *Engenho*, die Brennerei, geleitet. Heute hatte diese Aufgabe sein älterer Bruder Alexandro inne.

»Was ist passiert?«

»Ein Arbeiter hat heute Morgen einen Toten entdeckt, als er die Halle betreten hat.« Brendão räusperte sich. »Er steckt kopfüber in einem der Kessel. Die Sanitäter haben versucht, ihn herauszuziehen, aber das war nicht möglich. Sein Körper ist bis zu den Füßen in der Melasse versunken. Wir brauchen einen Kran.« Er wies auf den Rettungswagen, der gerade vom Hof fuhr. »Sie rücken wieder ab, weil sie nichts mehr tun können. Der Mann ist mit Sicherheit tot.«

Mauricio biss die Zähne zusammen. Anders bekam er die

Angst nicht in den Griff, die an seinen Nerven zerrte. »Wir wissen also nicht, wer der Tote ist?«

»Nein.«

Mauricio schloss für eine Sekunde die Augen und sandte eine stumme Fürbitte zum Himmel. Er zürnte seinem Gott, seit er ihm Maria genommen hatte, doch jetzt ging es um ein anderes Leben.

Laura konnte sich noch gut an den Weg erinnern. Die hervorragend ausgebaute Autobahn, die hinter dem Flughafen zunächst an dünn besiedelten Gebieten vorbeiführte, ehe links und rechts die roten Ziegeldächer Funchals auftauchten. Die zahllosen Tunnel, die gelegentlichen, kurzen Blicke auf den Atlantik auf der linken Seite und die satte grüne Berglandschaft auf der rechten. Suzana hatte die Seitenfenster heruntergelassen, ein milder, warmer Wind strömte ins Wageninnere und spielte mit den halblangen dunklen Haaren der Hotelbesitzerin. Während sich zu Hause in Deutschland der Frühling nur mühsam gegen die winterliche Kälte durchsetzte, sprang ihnen hier überall frisches, junges Grün entgegen.

Mit einem Lächeln lehnte Laura sich in ihrem Sitz zurück. Vor der Abreise und auf dem Flug hatten sie Zweifel geplagt, doch nun war sie sicher, die richtige Entscheidung getroffen zu haben. Madeira würde ihr guttun.

Sie wartete darauf, dass Suzana ihr erklärte, was es mit ihrer Bemerkung über Mauricios schweren Fall auf sich hatte, doch die Hotelbesitzerin wies sie stattdessen auf landschaftliche Besonderheiten hin und erzählte Geschichten von Gästen, Geschichten, die sich in den letzten Monaten ereignet hatten. Laura nickte höflich, wurde aber zunehmend ungeduldig.

Suzana warf ihr einen Seitenblick zu. »Verzeihen Sie, wenn ich Sie auf die Folter spanne«, entschuldigte sie sich. »Es ist nur ... Es fällt mir schwer, darüber zu reden.« Ein Schatten fiel über ihr Gesicht.

Laura war sofort alarmiert. »Steckt Senhor Torres in Schwierigkeiten?«

»Nicht direkt.« Die Hotelbesitzerin seufzte. »Hat er Ihnen erzählt, dass sein Bruder Alexandro Geschäftsführer einer Brennerei in Prazeres ist?«

»Wie zuvor sein Vater, ja«, bestätigte Laura.

»Mittlerweile ist Alexandro nicht mehr nur der Geschäftsführer, sondern der Inhaber der *Engenho*.«

»Aha?«

»Der Betrieb gehörte seinem Onkel. Er ist im Herbst gestorben. Den Betrieb hat er testamentarisch seinem Neffen vermacht.«

»Wie schön für ihn.« Laura blickte Suzana an. An ihrer Miene las sie ab, dass sie erst einen Teil der Geschichte erfahren hatte. Nicht den interessanten, wenn sie Suzanas Gesichtsausdruck richtig deutete. »Was ist das Problem?«

»Alexandros Onkel hat seinen eigenen Sohn übergangen. Der könnte sich zwar damit trösten, dass er bereits den Stammbetrieb seines Vaters in seinen Besitz gebracht hat, aber so einfach sind die Dinge ja selten. Mauricio hat mir erzählt, dass Nelson – so heißt sein Cousin – bei der Testamentseröffnung fürchterlich wütend geworden ist.«

»Oh.« In Lauras Kopf überschlugen sich die Gedanken. Mörderische Konstellationen waren ihr tägliches Brot. Die Bilder kamen, ohne dass sie etwas dagegen tun konnte. »Comissário Torres ist zu einem Mordfall in der Brennerei seines Bruders gerufen worden?«, kombinierte sie. »Oder …«, der Gedanke war so schrecklich, dass sie es kaum schaffte, ihn auszusprechen, »ist der Tote womöglich sein Bruder?«

»Er ist noch nicht identifiziert. Deshalb ist Mauricio sofort hingefahren.«

Der Bildersturm setzte sich fort. Zwei Männer kämpften, Mauricios Bruder Alexandro und sein Cousin, den man um sein Erbe betrogen hatte. Der Cousin packte Alexandro am Kragen, schüttelte ihn und schlug ihn so lange mit dem Kopf gegen einen der riesigen Braukessel, bis er blutüberströmt zusammenbrach.

Laura rief sich ungeduldig zur Ordnung. *Reiß dich zusammen, Laura Flemming. Du weißt überhaupt nichts.*

Aber wenn der Tote tatsächlich sein Bruder war, würde Mauricio jemanden brauchen, der ihn stützte. Ob sie das konnte? Eigentlich war sie nach Madeira gekommen, um ihr seelisches Gleichgewicht wiederzufinden, nachdem sie ihren Mann erneut mit seiner Studentin im Bett erwischt hatte, obwohl er ihr doch hoch und heilig versprochen hatte, dass die Sache vorbei war. Doch was war der Seitensprung ihres Mannes gegen einen Mord in der eigenen Familie?

Sie würde ihre Bedürfnisse zurückstellen und für Mauricio da sein, wenn er das wollte. Am Ende würde sie wahrscheinlich auch sich selbst damit helfen.

Mauricio öffnete die Augen wieder, und ihm wurden vor Erleichterung die Knie weich. Zwei Beamte der GNR führten eine Person aus dem Gebäude. Dunkler Anzug, akkurat gescheitelte schwarze Haare mit grauen Schläfen, auf der Nase eine randlose Brille mit Metallbügeln. Mauricio lief auf den Mann zu. »Alexandro! Alles okay bei dir?«

Sein Bruder versuchte zu lächeln, doch es misslang. »Ein Toter in unserem Betrieb. Das ist eine Katastrophe.« Er deutete auf den Platz neben der *Engenho*, wo sich unzählige Bündel Zuckerrohr zu einem großen Haufen stapelten. »Wir haben vor drei Tagen mit der Ernte begonnen. Wenn wir jetzt nicht arbeiten können …«

Primeiro-sargento Brendão verengte die Augen. »Ist das Ihre einzige Sorge?«

»Nein.« Auf Alexandros Gesicht zeichnete sich Erschrecken ab. »Selbstverständlich nicht. Ich bin erschüttert. Aber …«

Er beendete den Satz nicht, doch Mauricio wusste, was er sagen wollte. Er kannte die Abläufe; ihr Vater hatte sie seinen Söhnen oft genug erklärt, bis sie ihnen in Fleisch und Blut übergegangen waren. Das frische Zuckerrohr musste sofort nach der Ernte verarbeitet werden. Der Saft musste ausgepresst werden, ehe die Pflanzen austrockneten. Andernfalls waren sie nicht mehr zu verwenden.

Er wusste auch, dass es Alexandros Art war, sich in sachliche Erwägungen zu retten. Anders als seine Brüder war Alexandro kein emotionaler Mann. Er neigte nicht zur Melancholie und auch nicht zu einem entspannten Lebensstil, untypisch für einen Portugiesen. Er war ordentlich, zielstrebig und gut organisiert. Von Jacinto hatte er gehört, dass die Arbeiter in der Brennerei ihn heimlich *o contabilista alemão*, den deutschen Buchhalter, nannten. Eine Beschreibung, die ins Schwarze traf.

»Weißt du, wer der Tote ist?«, erkundigte sich Mauricio.

Alexandro presste die Hände an die Schläfen. »Nein. Wie denn? Man sieht nur seine Füße.« Er schluckte, weil sich offenbar das Bild des Mannes, der kopfüber im Kupferkessel steckte, vor seine Augen schob. »Allerdings …«

»Ja?«

»Die Sandalen. Sie kommen mir bekannt vor.«

Mauricio legte ihm die Hände auf die Schultern. »Denk nach.«

Alexandro starrte ihn aus seinen fast schwarzen Augen an.

Mauricio merkte, dass er Zeit brauchte. Er wandte sich an Brendão.

»Ich würde mir den Toten gern ansehen. Gibt es eine Stelle, an der ich keine Spuren zerstöre?«

Der Primeiro-sargento nickte. »Kommen Sie.«

Mauricio ließ seinen Bruder los. »Warte hier auf mich. Ich bin gleich zurück.«

Alexandro antwortete nicht. Er blickte nur auf das Gebäude der *Engenho*. Mauricio hatte ihn noch nie so mutlos gesehen.

Die Lage der *Villa Maria* war traumhaft. Hoch oben am Hang, auf der Rückseite ein dichter grüner Kiefernwald, der Kühle spendete. Die Vorderseite des blassgelb gestrichenen Gebäudes mit den kleinen Balkonen war zum Atlantik hin ausgerichtet. Umgeben war das Haus von einem Garten mit üppig wuchernden und blühenden Pflanzen. Zur Meerseite hin gab es einen Swimmingpool, daneben einen länglichen gekiesten Platz, auf dem *Petanca*, Boules, gespielt werden konnte. Auch zwei Stahlpins für das in Portugal beliebte Scheibenwurfspiel, *Jogo de Malha*, waren vorhanden. Es war ein kleines Haus. Von ihrem ersten Aufenthalt vor einem Dreivierteljahr wusste Laura, dass es nur zehn Zimmer hatte.

Mauricios verstorbene Frau hatte es von ihren Eltern übernommen und mit viel Liebe geführt. Jetzt, knapp drei Jahre nach ihrem Tod, sah man erste Spuren der Vernachlässigung. An der Südwand blätterte die Farbe ab, die Büsche brauchten einen Rückschnitt, dem Garten fehlte Struktur. Die Jogo-de-Malha-Pins wiesen rostige Stellen auf.

Suzana Teixera schüttelte den Kopf. »Er bekommt nicht beides unter einen Hut. Das Hotel und seine Arbeit. Das ist zu viel für einen einsamen Mann.«

Laura hatte den Eindruck, dass ihre Feststellung eine Botschaft enthielt, doch als sie in Suzanas Gesicht schaute, entdeckte sie darin nichts anderes als Mitgefühl.

Inhaltlich hatte die Besitzerin des *Jardim do mar* recht. Mauricio hatte Laura geschrieben, dass er es nicht schaffte, sich so um das Personal und die Gäste zu kümmern, wie Maria es getan hatte, und dass immer mehr dringend nötige Arbeiten liegen blieben.

Als sie im vergangenen Jahr im Anschluss an die einwöchige Reise mit ihrer besten Freundin Britta und deren Reisegruppe drei Wochen hier verbracht hatte, hatte es noch besser ausgesehen. Aber in den Wintermonaten war Mauricio mit einem schwierigen Fall befasst gewesen, der seine gesamte Zeit und Energie in Anspruch genommen hatte. Der Hotelmanager, den er eingestellt hatte, um die täglichen Arbeiten abgeben zu können, hatte sich als Fehlgriff erwiesen. Statt sich um seine Aufgaben zu kümmern, hatte er den weiblichen Gästen schöne Augen gemacht. Beinahe wäre deshalb die Ehe eines schwedischen Ehepaars in die Brüche gegangen.

Mauricio hatte den Manager entlassen, aber keinen neuen eingestellt. Stattdessen hatte er versucht, die Arbeit selbst zu bewältigen. Gelungen war es ihm nicht.

Suzana ging Laura voran ins Foyer und trat wie selbstverständlich hinter den unbesetzten Tresen. Sie blätterte kurz in dem dicken Buch, das darauf lag, und reichte Laura dann einen Schlüssel, an dem ein Schild mit der Nummer acht hing.

»Er hat ein wenig umdisponiert«, verriet sie mit einem Lächeln. »Normalerweise wohnt die Dame, die abgesagt hat, in Nummer sechs. Aber die Acht ist sein schönstes Zimmer.«

Laura wusste nicht recht, was sie sagen sollte. Sosehr sich auf die Zeit hier gefreut hatte, so unbehaglich fühlte sie sich plötzlich. Was versprach sich Mauricio von ihrem Aufenthalt? Wollte er ihr nur eine Freude machen? Oder hoffte er wider alle Vernunft, sie als neue Lebensgefährtin zu gewinnen? Was hatte er mit Suzana besprochen? Erst jetzt ging ihr auf, wie vertraut die beiden miteinander zu sein schienen. Suzana war Marias beste Freundin gewesen. Nach deren Tod hatte sie ihre Loyalität offensichtlich auf Mauricio übertragen.

Die Besitzerin des *Jardim do mar* hielt ihr einen weiteren Schlüssel hin, einen rechteckigen, schwarzen, elektronischen dieses Mal.

»Packen Sie in Ruhe aus. Falls Sie irgendwo hinfahren möchten: Mauricio hat einen Mietwagen für Sie besorgt. Es ist ein kleiner Opel in Rotmetallic. Er steht auf dem Parkplatz neben dem Haus. Mauricio kommt, so rasch er kann, aber er hat sicher bis heute Abend zu tun. Ich muss leider zurück in unser Hotel. Wenn Sie etwas brauchen, wissen Sie ja, wo Sie mich finden.«

»Danke.« Laura nahm den Autoschlüssel entgegen und sah Suzana nach, die mit klappernden Absätzen das Foyer verließ. Im nächsten Moment war sie allein und fühlte sich plötzlich einsam. Was wollte sie hier, drei lange Monate, ohne Britta oder eine ihrer anderen Freundinnen, nur mit einem portugiesischen Comissário, der trotz aller Sympathie ein Fremder war? Und der darüber hinaus soeben vor dem schwersten Fall seiner Karriere stand.

Sie würde nur stören. Schon bei ihrer ersten Begegnung war sie ihm auf die Nerven gegangen. Er hatte zwar eingesehen, dass sie ein Talent zum kriminalistischen Denken besaß, vertrat aber trotzdem den Standpunkt, dass echte Polizeiarbeit nichts für Kriautoren und Hobbyermittler war.

Vielleicht sollte sie einfach wieder zurückfliegen? Sie zog ihr Smartphone aus der Tasche, doch ehe sie die Seite der Fluggesellschaft aufrufen konnte, klingelte es. Als hätte ihre beste Freundin geahnt, dass sie gerade Angst vor der eigenen Courage bekam.

»Bist du angekommen?«, erklang Brittas fröhliche Stimme aus dem Lautsprecher.

»Ja.«

Das eine Wort reichte. Britta merkte sofort, dass etwas nicht in Ordnung war. »Was ist passiert? Hat sich dein Comissário nicht gefreut, dich zu sehen?«

»Wir haben uns noch nicht getroffen.«

»Er hat dich nicht abgeholt?« Laura konnte bildlich vor sich sehen, wie Britta die Stirn runzelte.

»Er musste zu einem Mordfall.« Sie berichtete ihrer Freundin, was sie wusste.

»Und da willst du ihn im Stich lassen?«

»Ich glaube kaum, dass er mich braucht.«

»Hm.« Britta machte eine bedeutungsschwere Pause. »Und der Stoff?«

»Bitte?«

»Der Kommissar, der den Mörder seines Bruders suchen muss. Das wäre doch eine gute Geschichte für deinen zweiten Madeira-Band. Du bekommst das gesamte Material frei Haus.«

»Es steht noch nicht fest, dass der Tote sein Bruder ist.«

»Dann eben ein Mord in der Brennerei des Bruders des Comissários. Das ist auch eine interessante Story.«

Laura wusste, dass Britta recht hatte. Aber sie würde sich schlecht fühlen, wenn sie nicht blieb, um Mauricio zu unterstützen, sondern um ihn auszunutzen.

»Daran ist nichts Verwerfliches, Laura«, erwiderte ihre Freundin. »Das ist dein Beruf. Du suchst doch eine neue Geschichte?«

»Ja. Dringend«, gab Laura zu. »Wenn ich nicht bald liefere, bleibt *Tod auf Madeira* ein Einzelstück. Dann sucht sich der Verlag eine andere Reihe fürs Frühjahrsprogramm.«

»Siehst du. Also gehst du jetzt in dein Zimmer, packst deinen

Koffer aus und schaust dich ein bisschen um. Je mehr Material du sammelst, desto besser. Und wenn du irgendetwas brauchst, melde dich. Du weißt ja: Ich recherchiere für mein Leben gern.«

Laura musste lachen. Britta schaffte es in fast jeder Lebenslage, das Positive zu sehen. Damit hatte sie ihr schon oft durch schwierige Phasen geholfen. Wenn nach einem Buch die Zweifel kamen. Ob es ihr jemals gelingen würde, einen neuen Stoff zu finden, ein weiteres Buch zu schreiben, das an das vorherige heranreichte oder sogar besser wurde. Regelmäßig befiel sie dann die Angst, überhaupt nicht mehr schreiben zu können. Britta hatte sie bisher aus jeder dieser Krisen gerettet.

Sie bedankte sich bei ihrer Freundin und beendete das Gespräch. Anschließend griff sie nach ihrem Gepäck und machte sich auf den Weg zu Zimmer acht.

Britta hatte recht. Eine Gelegenheit wie diese durfte man nicht ungenutzt verstreichen lassen.

2

Primeiro-sargento Brendão führte ihn durch das große zweiflügelige Tor in die Halle. Es war der Weg, den auch der Arbeiter genommen hatte, der am Morgen den Toten entdeckt hatte. Wenn es Spuren gegeben hatte, waren sie hier ohnehin verwischt. Nicht nur der Arbeiter, auch die Beamten der *Guarda Nacional Republicana*, die als Erste am Tatort eingetroffen waren, und die Rettungssanitäter waren hier entlanggelaufen.

Mauricio behagte es trotzdem nicht, dass keiner der Beamten Überzieher über den Schuhen trug. Er selbst hatte sich ein Paar aus dem Kofferraum geholt und auch Latexhandschuhe über die Finger gestreift, ehe er die Halle betrat. Immerhin hatten außer dem Arbeiter auch alle anderen Handschuhe getragen, die Sanitäter Gummihandschuhe wie Mauricio, die GNR-Beamten dünne Lederhandschuhe. Das reduzierte das Risiko von Fehlspuren, wenngleich jeder, der hier entlanglief, immer noch Haare, Hautschuppen und Fasern von seiner Kleidung zurücklassen konnte.

Sie gingen an den Destillierapparaten auf der linken und der Presse auf der rechten Seite vorbei. Als die großen Kupferkessel in Sicht kamen, blieb Mauricio stehen.

Brendão streckte den Arm aus. »Da.«

Mauricio kniff die Augen zusammen. Der Kessel stand in einem der dunkleren Winkel der Halle. Nach der Helligkeit draußen dauerte es einen Moment, ehe Mauricio sich an die spärliche Beleuchtung gewöhnt hatte. Nur langsam schälten sich die Umrisse heraus. Er nahm sich einen kurzen Moment, um sich zu sammeln. Dann kletterte er auf das Metallgerüst, das den Kessel umgab.

Aus der braunen Masse im Kessel ragten zwei schlanke, braun gebrannte und blond behaarte Knöchel und große Füße, die in schwarzen, abgetragenen Trekkingsandalen steckten. Mauricio musterte sie nur knapp und kletterte rasch wieder nach unten. Alles Weitere musste warten, bis die Spurensicherung abgeschlossen war.

»Warum haben Sie am Telefon nicht gesagt, dass es sich bei dem Toten nicht um meinen Bruder handeln kann?«, fragte er den Primeiro-sargento.

Brendãos Miene blieb hart. »Das Opfer ist noch nicht identifiziert.«

»Ein blonder Mann mit abgelaufenen Sandalen.«

»Ich kenne Ihren Bruder nicht. Ungesicherte Erkenntnisse gebe ich nicht weiter.«

»Aber mein Bruder lebt.« Mauricio deutete nach draußen.

»Das wussten wir nicht. Als wir die PJ informiert haben, war er nicht auffindbar.«

Mauricio musterte das finstere Gesicht des GNR-Beamten. Langsam begann er zu ahnen, was in dessen Kopf vorging. »Sie halten meinen Bruder für tatverdächtig?«

Brendão zuckte mit den Schultern. »Es ist sein Betrieb. Außerdem war er nicht in seinem Büro, als der Arbeiter das Auffinden der Leiche melden wollte. Er war auch telefonisch nicht zu erreichen.«

Mauricio deutete nach draußen. »Schließlich haben Sie ihn aber angetroffen.«

Der Primeiro-sargento nickte knapp. »Meine Männer haben

gesehen, wie er sich von hinten in sein Büro geschlichen hat. Anscheinend hatte er etwas vergessen, das er für seine Flucht brauchte.«

Mauricio runzelte die Stirn. »Warum vermuten Sie, dass er fliehen wollte?«

Brendão vollführte eine ausholende Armbewegung. »Vor der Halle standen ein Rettungswagen und unsere Einsatzfahrzeuge. Wenn er nichts zu verbergen hat, warum ist er dann nicht dazugekommen und hat nach dem Rechten gesehen? Er ist immerhin der Besitzer der *Engenho*. Er müsste doch neugierig sein, was vor sich geht. Es sei denn, er wusste es längst.«

Mauricio wurde innerlich kalt. Rasch überlegte er. Die Büros waren in einem Anbau auf der Rückseite der Halle untergebracht, in der sich die Brennerei befand. Von der Eingangstür aus war der Hof nicht zu sehen. Kam man von der Straße, musste man auf dem Weg dorthin allerdings daran vorbei.

»Was hat er gesagt, wo er sich aufgehalten hat?«

»Angeblich war er in der Nähe der Kirche. In dem Teehaus neben der Lehrfarm, der *Quinta Pedagógica*.«

Mauricio lächelte erleichtert. »Dann hat er den Weg durch den Wald genommen. Er geht gerne spazieren, wenn er nachdenken will. Sofern er von dort zum Bürotrakt gegangen ist, hatte er keine freie Sicht auf den Hof.«

Brendão wirkte verstimmt. »Genau das hat er behauptet.«

»Gibt es einen Grund, ihm nicht zu glauben? Haben Sie im Teehaus nachgefragt, ob er dort war?«

»Die Bedienung hat es bestätigt, aber sie konnte nicht genau sagen, wann er gekommen und wie lange er geblieben ist. Als sie bei seinem Begleiter kassiert hat, war er jedenfalls schon gegangen.«

»Das heißt, er war nicht allein? Also hat er doch ein Alibi.«

»Er will uns den Namen seines Begleiters nicht nennen.«

»Aha?« Mauricio spürte, wie er sich verspannte. Er musste mit Alexandro reden. Es passte nicht zu ihm, sich der Polizei gegenüber unkooperativ zu verhalten. Es sei denn, er hätte tatsächlich eine Straftat begangen. Doch das konnte sich Mauricio beim besten Willen nicht vorstellen. Alexandro war der älteste der drei Brüder, er war immer diszipliniert und vernünftig gewesen. Er war auch nicht der Typ für gewalttätige Auseinandersetzungen. Wenn einer von ihnen jemals Gefahr gelaufen wäre, vom rechten Weg abzukommen, dann war es sein jüngerer Bruder Jacinto, der das Leben nicht so eng sah. Aber nicht Alexandro!

Mauricio trat aus der Halle ins Sonnenlicht und sah, dass die GNR-Beamten seinen Bruder auf die Rückbank ihres Wagens gesetzt hatten. Die Tür stand offen, Alexandro, der den Kopf in die Hände gestützt hatte, wurde von zwei Beamten flankiert. Mauricio verschob seinen Plan, mit ihm zu sprechen. Auch wenn er nicht glaubte, dass Alexandro irgendetwas Verbotenes getan hatte – dass er überhaupt dazu in der Lage wäre –, wollte er lieber unter vier Augen mit ihm reden.

Stattdessen wandte er sich an einen der Beamten, die das Gelände mit dem gelb-weißen Absperrband der GNR abriegelten. »Haben Sie den Auffindungszeugen vernommen?«, erkundigte er sich.

Der GNR-Beamte verneinte. »Er war nicht in der Verfassung.«

Mauricio schaute sich um. »Wo ist er jetzt?«

Der Beamte deutete über den Hof zu einem Holzstapel. Darauf hockte ein Mann, die Beine angezogen, die Hände auf den Knien. Er trug graue Arbeitskleidung und eine verblichene Schiebermütze. »Haben Sie seine persönlichen Daten aufgenommen?«

Der GNR-Beamte nickte knapp. »Sein Name ist Arturo Andrade. Er ...«

Mauricio hob die Hand, um ihn zu stoppen. »Danke. Ich kenne den Mann.«

Andrade war der Brennmeister der *Engenho*. Er hatte schon unter Mauricios Vater für den Betrieb gearbeitet. Als sie Kinder waren, hatte er ihnen jedes Detail der Anlage erklärt und sie vom Zuckerrohrsirup probieren lassen, einmal sogar von dem fertigen *Aguardente de cana-de-açúcar*. Mauricio und seinen Brüdern war davon schlecht geworden, aber sie waren trotzdem stolz gewesen. Der Brennmeister hatte sie wie echte Männer behandelt.

Als Mauricio jetzt auf ihn zuging, sah er, dass Andrade alt geworden war. Er rechnete nach; tatsächlich musste der Brennmeister die sechzig längst überschritten haben. Vermutlich stand er kurz vor der Rente.

Er war ein schmaler Mann mit tiefbrauner Haut. Sein Gesicht war zerknittert, in den Falten wucherten graue Bartstoppeln. Mit der rechten Hand umfasste er den Kopf einer kleinen, geraden Pfeife, die in einer Lücke seiner braun verfärbten Zähne steckte.

Andrade legte den Kopf schief. »Mauricio. Wir haben uns lange nicht gesehen.« Er nahm die Pfeife aus dem Mund. »Ich habe von deinem Bruder erfahren, dass deine hübsche Frau gestorben ist. Das tut mir sehr leid.«

»Danke.« Mauricio, der sich seit Marias Tod von den meisten Menschen zurückgezogen hatte, musste schlucken. Andrades ehrliches und schlichtes Mitgefühl berührte ihn tiefer, als es viele andere Beileidsbekundungen getan hatten.

»Kommst du zurecht?«

Mauricio schaute den alten Mann an. Jemandem wie ihm konnte er nichts vormachen. »Es wird besser. Aber es ist immer noch schwer.«

Andrade nickte. Er wies mit der freien Hand zu den Dienstfahrzeugen der GNR. »Warum bewachen sie deinen Bruder? Glauben Sie, dass er etwas mit dem Toten im Kessel zu tun hat?«

»Nein. Das ist Routine.« Auch wenn er dem alten Brennmeister gern sein Herz ausgeschüttet hätte, Ermittlungsdetails durfte er nicht weitergeben.

»Soso.« Die dunklen Augen ließen Mauricio nicht los. Aus der Pfeife stiegen kleine Rauchwolken auf.

»Erzähl mir, wie du den Toten entdeckt hast.«

Arturo Andrade nahm die Pfeife aus dem Mund. »Ich wollte kontrollieren, ob die Destille richtig arbeitet. Eigentlich beginnt meine Schicht erst heute Nachmittag. Aber gestern hat die Temperatur nicht gestimmt. Deshalb bin ich vorbeigekommen. Ich wollte mich bei deinem Bruder melden, doch er war nicht in seinem Büro. Also bin ich einfach in die Halle gegangen. Frag mich nicht, warum, aber ich habe sofort gespürt, dass etwas nicht stimmt. Ich bin die Treppen hochgestiegen und habe in alle Kessel geschaut. Und da habe ich ihn gesehen.«

»Wann war das?«

Andrade gestikulierte vage. Mauricio sah, dass er keine Uhr trug. »Gegen zehn, vielleicht halb elf.«

»Okay. Und dann?«

»Ich bin ins Büro gelaufen und habe den Notruf gewählt.«

»Warum hast du nicht gesagt, dass der Mann im Kessel nicht mein Bruder ist?«

»Wieso hätte ich das tun sollen?« Andrade blinzelte. »Das sieht man doch.« Er sog wieder an seiner Pfeife und stieß eine Rauchwolke aus. Mauricio nahm den süßlichen Tabakgeruch wahr und noch etwas anderes. Er trat einen Schritt näher an den Brennmeister heran, um sicherzugehen.

»Auf den Schreck hast du erst mal einen Schnaps gebraucht, richtig?«

Andrade grinste schief. »Zum Glück haben wir ja genug davon.«

Das erklärte, weshalb die GNR-Beamten vorerst auf eine Zeugenvernehmung verzichtet hatten.

»Hast du eine Idee, wer der Tote sein könnte?«

»Keine Ahnung. Die Arbeiter sind alle auf dem Feld bei der Ernte. Ob da einer fehlt?« Er drehte die Handflächen nach oben.

»Wir werden das feststellen.« Mauricio wurde abgelenkt, weil mehrere Fahrzeuge auf den Hof fuhren. Er erkannte die Wagen der Spurensicherung und der Rechtsmedizin. Ihnen folgte ein Leichenwagen.

»Kommst du zurecht?«, erkundigte er sich. »Soll ich jemanden bitten, dich nach Hause zu bringen?«

Andrade runzelte die Stirn. »Ich wohne nur ein paar Meter von hier entfernt. Weißt du das nicht mehr?«

Mauricio wollte den Kopf schütteln, doch im selben Moment hatte er das Bild wieder vor Augen, das kleine, windschiefe Haus, in dem Andrade mit seiner Frau lebte. Fünf Kinder hatten sie dort großgezogen, die natürlich mittlerweile alle einen eigenen Lebensmittelpunkt hatten. Andrade hätte sich auch längst etwas Besseres leisten können, doch die beiden hingen an dem Haus, das einmal seinen Eltern gehört hatte.

»Also.« Andrade erhob sich, mühsam, als wären seine Knochen morsch und seine Gelenke steif. Vielleicht war es das Alter, vielleicht auch nur der Schock. Mauricio tat es weh, ihn so zu sehen. Es schien noch nicht so lange her zu sein, dass er ein junger Mann gewesen war, mit langen schwarzen Haaren, die er zu einem Pferdeschwanz zusammengebunden hatte. Behände war er auf die Gerüste geklettert, um in die Kessel zu sehen, und den großen Bolo de mel, der alljährlich zur Weihnachtszeit gebacken wurde und fünfundzwanzig Kilo wog, hatte er mühelos in die Höhe gestemmt. Aber so war das eben. Alles war vergänglich.

Mauricio spürte, wie ihn die Schwermut zu überschwemmen drohte. Die *Saudade* gehörte zum portugiesischen Nationalgefühl, doch bei ihm war daraus seit Marias Tod eine destruktive Lebensmelodie geworden, der er sich nicht hingeben durfte. Rasch verabschiedete er sich von dem alten Brennmeister.

»Ich komme vorbei, wenn ich noch Fragen habe.«

Andrade nickte und verließ den Hof über einen Trampelpfad. Mauricio atmete tief durch, um die Melancholie abzuschütteln. Dann ging er zu den Beamten der Spurensicherung und der Rechtsmedizin.

Zimmer acht lag im ersten Stock. Es hatte einen Balkon zur Meerseite, der mit hübschen Korbstühlen und einem runden Metalltisch mit geschwungenen Füßen ausgestattet war. Die Bettwäsche auf dem Doppelbett war leuchtend gelb und orange gemustert, an der Wand darüber hing ein großes, gerahmtes Foto, das einen Hafen auf der Insel zeigte. Funkelndes, hellblaues Wasser, strahlend weiße Häuser mit roten Ziegeldächern, eine üppige, sattgrüne Vegetation, dahinter ein beeindruckendes Bergpanorama unter einem azurblauen Himmel. *Azul*, wie es im Portugiesischen hieß.

Es gab auch einen Schreibtisch, eine Anrichte mit einem Fernseher und einen Korbsessel mit einem dicken, gelb-orange gestreiften Kissen. Laura stellte Koffer und Rucksack ab und warf einen Blick in das geräumige Bad. Die Wände waren weiß gekachelt, der Spiegel war mit kleinen weiß-blauen Kacheln umrahmt. Über der Wanne hing ein Duschvorhang, auf dem bunte Fische durch glasklares Wasser schwammen. Man sah, dass die Unterkunft mit viel Liebe eingerichtet worden war.

Erst auf den zweiten Blick offenbarten sich die Mängel. Die

Tür des Kleiderschranks klemmte, die Hälfte der Bügel war verbogen oder gebrochen, der Boden eines Fachs saß schief. Laura zog ihn heraus und brachte ihn in die richtige Position, ehe sie ihre Sachen einräumte. Sie ging ins Bad, um sich ein Zahnputzglas mit Wasser zu füllen, und stellte fest, dass aus dem Hahn nur ein dünnes Rinnsal kam.

Mauricio fehlte offensichtlich die Zeit, sich um diese Dinge zu kümmern. Und nun hatte er auch noch einen Mordfall in der Brennerei seines Bruders zu klären.

Laura beschloss, ihm ihre Hilfe anzubieten. Er hatte ihr für den dreimonatigen Aufenthalt einen mehr als günstigen Preis gemacht. Sie könnte sich dafür revanchieren, indem sie in seinem Hotel ein wenig nach dem Rechten sah.

Zufrieden mit ihrer Idee trat sie auf den Balkon, stellte ihren Laptop auf den Tisch und klappte den Rechner auf. Das gefüllte Wasserglas platzierte sie daneben. Sie zog sich einen der Korbstühle heran und streckte die Beine aus. Dabei trat sie versehentlich auf einen der geschwungenen Metallfüße. Der Tisch kippte zur Seite, das Wasser schwappte aus dem Glas. Laura griff rasch zu und konnte gerade noch verhindern, dass der Computer nass wurde. Ärgerlich schaute sie unter den Tisch.

Die Metallfüße waren angerostet und hatten ihre Stabilität verloren.

Laura ging zurück ins Zimmer. Sie holte ein paar der Prospekte, die sie an der Rezeption aus dem Ständer genommen hatte, faltete sie und schob sie unter den durchgerosteten Metallfuß. Vorsichtig rüttelte sie am Tisch und lächelte. Nun stand er stabil.

Sie wischte den Tisch trocken, füllte das Wasserglas erneut und schaltete den Rechner ein. Wenn sie über den Mord in der En-

genho schreiben wollte, war es gut, sofort mit den Recherchen zu beginnen.

Ehe der Tote geborgen werden konnte, musste der Bereich um den Kessel herum abgesucht werden. Die Beamten von der Spurensicherung stiegen in ihre weißen Schutzanzüge. Mauricio wusste, dass die Arbeit darin an warmen Tagen wie diesem eine Tortur war.

Doutora Inês Gonçalves, die Rechtsmedizinerin, gesellte sich zu ihm. Auch sie musste warten, doch es schien ihr nichts auszumachen.

»Ich bin froh, an die Luft zu kommen«, erklärte sie. »Wenn ich den ganzen Tag im Obduktionssaal stehe, bekomme ich oft nicht einmal mit, ob draußen die Sonne scheint.« Sie öffnete das Gummi, das ihre schwarzen Haare zusammenhielt, schüttelte sie aus und fasste sie anschließend erneut zu dem kecken Pferdeschwanz zusammen, der ihr Markenzeichen war, zusammen mit der auffälligen rot gerahmten Brille. Die blauen Augen hinter den Gläsern strahlten Ruhe und Intelligenz aus. Von allen Kollegen der *Gabinetes Médico-Legais e Forenses*, der Abteilung für Rechtsmedizin im Hospital Central do Funchal, besser bekannt als Hospital Dr. Nélio Mendonça, war sie diejenige, mit der er am liebsten zusammenarbeitete.

Sie betrachtete das weiße Gebäude. »Ich habe gehört, der Betrieb gehört Ihrer Familie?«

»Meinem Bruder Alexandro. Er hat ihn von unserem Onkel Caetano geerbt. Bis dahin war er Geschäftsführer, ebenso wie mein Vater vor ihm.«

»Ihr Bruder setzt also die Tradition fort. Das ist schön.«

Mauricio hatte Mühe, sich eine Grimasse zu verkneifen. Selbstverständlich gönnte er Alexandro sein Erbe. Aber dass sein

Onkel, Caetano Pereira, seinen Sohn Nelson enterbt hatte, war nicht richtig. Er wollte sich nicht auf einen Ermittlungsansatz festlegen, ehe er alle Informationen besaß, die seine Kollegen ans Licht befördern könnten, doch der Verdacht, dass der Tote im Kupferkessel etwas mit dieser unseligen Erbschaftssache zu tun hatte, drängte sich hartnäckig auf.

Inês Gonçalves sah ihn neugierig an. »Verraten Sie mir, was Sie denken?«

Mauricio lachte leise. Er hätte sich denken können, dass er der Rechtsmedizinerin nichts vormachen konnte. In knappen Worten berichtete er.

»Weshalb hat Ihr Onkel das getan?«, erkundigte sich Doutora Gonçalves, als er fertig war.

»Das Verhältnis der beiden war nicht gut. Unser Onkel besaß noch eine zweite Brennerei in Porto da Cruz, größer und wichtiger als diese hier. Sein Sohn hat ihn überredet, sie ihm bereits zu Lebzeiten zu überschreiben, und ihn dann aus dem Geschäft gedrängt.«

»Warum hat Ihr Onkel sich darauf eingelassen? Als direkter Abkömmling hätte sein Sohn im Erbfall keine Steuer zahlen müssen.«

»Es ging wohl darum, dass Nelson der Ansicht war, es würde seine Position Geschäftspartnern gegenüber verbessern, wenn er der Besitzer und nicht nur der Angestellte des Eigentümers wäre.«

»Eine Argumentation, die nicht von der Hand zu weisen ist.«

»Ja. Aber faktisch hat Nelson seinen Vater enteignet.«

»In dem Fall musste er damit rechnen, dass er ihm den zweiten Betrieb nicht vererbt.«

»Er dachte wohl, er würde es trotzdem tun. Immerhin gab es auch zwischen seinem Vater und dem jeweiligen Geschäftsführer in Prazeres immer wieder Auseinandersetzungen.«

»Ihr Onkel war offenbar kein sehr umgänglicher Mann.« Doutora Gonçalves hob die Augenbrauen.

»Er war ein Choleriker und verbittert. Er saß nach einem Arbeitsunfall im Rollstuhl und war auf Hilfe angewiesen. Außerdem hat die Versicherung nicht gezahlt, weil man der Auffassung war, der Unfall sei von ihm selbst verschuldet gewesen.«

»War das so?«

Mauricio hob die Schultern. »In meiner Familie kursieren verschiedene Versionen. Aber ich vermute, die Versicherung hatte recht. Onkel Caetano war ein Draufgänger, jedenfalls früher, als er noch laufen konnte. Später war er ein Tyrann. Meine Tante und Nelson haben mir immer leidgetan.« Bilder aus der Vergangenheit zogen vor seinem geistigen Auge vorbei. »Der einzige Mensch, mit dem er sich immer gut verstanden hat, war seine Schwester. Meine Mutter.« Ein warmes, wehmütiges Gefühl streifte ihn. »Mit ihr kann man nicht streiten. Sie ist eine derart herzensgute Frau ... Aber allen anderen hat er das Leben zur Hölle gemacht.«

Die Rechtsmedizinerin schaute nachdenklich zur *Engenho* hinüber. »Das geschieht oft, wenn kraftstrotzende Männer plötzlich aus dem aktiven Leben gerissen werden.«

Mauricio nickte. Wieder rollte die Schwermut heran. Das alles hier berührte ihn auf einer viel zu persönlichen Ebene. Er musste dringend Distanz schaffen, sonst würde er in der Melancholie versinken wie in einem Strudel.

Zum Glück unterbrach die Ankunft eines Tiefladers das Gespräch. Er bog von der schmalen Straße auf den Hof der Brennerei. Der GNR-Beamte an der Absperrung stoppte ihn, löste nach einem kurzen Wortwechsel das gelb-weiße Flatterband von einem der aufgestellten Pfosten und ließ das Fahrzeug passieren.

Der Fahrer parkte direkt vor der Brennerei und klappte die Laderampen herunter. Die Kriminaltechniker hatten schweres Gerät angefordert, ein kompaktes Raupenfahrzeug mit einem ausfahrbaren Kran, das jetzt von der Ladefläche rollte.

Im Inneren der *Engenho* war die Ankunft des Fahrzeugs bemerkt worden. Einer der Spurensicherer trat heraus und signalisierte, dass mit dem Bergen des Leichnams begonnen werden konnte.

Der Fahrer manövrierte das Raupenfahrzeug durch das Tor in die Halle. Mauricio und die Rechtsmedizinerin gingen hinein und sahen zu, wie einer der Kriminaltechniker auf das Gerüst stieg, das den Kupferkessel umgab. Er legte ein langes Brett auf den Rand des Kessels, sodass er zu den Füßen des Toten gelangen konnte. Anschließend befestigte er einen Gurt mit einer Kette an den Fußknöcheln und zog ihn straff. Das andere Ende der Kette hängte er über den massiven Haken des Auslegers. Schließlich stieg er zurück auf das Gerüst und entfernte das Brett wieder. Er kletterte hinunter zu seinen Kollegen und gab dem Mann, der den Kran steuerte, ein Zeichen.

Der starke Dieselmotor dröhnte. Die Kette straffte sich. Zuerst schien es, als würde sich der Tote nicht befreien lassen. Mauricio befürchtete schon, dass der Kran ihm die Füße abreißen würde. Doch dann bewegte sich etwas. Stück für Stück wurde der Leichnam aus der Melasse herausgehoben, bis er kopfüber über dem Kupferkessel baumelte. Der zähe dunkelbraune Zuckersirup tropfte aus seinen Haaren und von den herunterhängenden Armen.

»Das ist Bernd«, sagte jemand tonlos neben ihm. »Bernd Lange.«

Mauricio wandte den Kopf. Er hatte nicht bemerkt, dass sein Bruder ihnen in die Halle gefolgt war. Warum hatten die Kollegen von der GNR ihn nicht daran gehindert? Ein Zeuge hatte nichts am Tatort verloren, auch wenn die Spuren in diesem Bereich der Halle mittlerweile gesichert waren.

Er nahm Alexandros Arm und führte ihn bestimmt hinaus ins Sonnenlicht. »Wer ist Bernd Lange?«

»Einer unserer Saisonarbeiter. Ein deutscher Auswanderer. Er ist vor ein paar Jahren auf die Insel gekommen und schlägt sich mit Aushilfsjobs durch.«

Nur ganz kurz durchzuckte Mauricio der Gedanke, was für ein absurder Zufall es war, dass er jedes Mal, wenn Laura Flemming auf die Insel kam, einen deutschen Toten hatte. Dann wandte er sich wieder sachlichen Erwägungen zu.

»Ich dachte, deine Arbeiter sind auf dem Feld bei der Ernte?«

»Davon bin ich ausgegangen. Aber er ist es, ohne jeden Zweifel.«

»Hast du eine Idee, was er heute hier getan haben könnte?«

Sein Bruder dachte nach. »Vielleicht ... Da war irgendwas mit Zitronen, die er mir bringen wollte. Für den *Poncha*. Ich habe ihm gesagt, dass das Unsinn ist. Wir beziehen unser Obst immer vom selben Händler, und der liefert auch. Aber ich weiß nicht, ob Lange mich verstanden hat.« Alexandro hob die Schultern. »Einen Auftrag von mir hatte er jedenfalls nicht. Ansonsten ... Er hat nicht viel geredet. Die Sprache hat ihm Probleme gemacht. Aber er hat ordentlich gearbeitet. Er hat sich auch gut mit den anderen verstanden. Sie haben nach Feierabend oft zusammen in der Bar gesessen.«

»Es gab also keinen Streit unter Kollegen?«

»Nicht, dass ich wüsste. Aber du kannst sie selbst fragen.« Er deutete zur Einfahrt, wo gerade mehrere Lastwagen vorfuhren. Auf den offenen Ladeflächen stapelte sich gebündeltes Zuckerrohr. Die Arbeiter saßen auf den herunterklappbaren Seitenwänden und sorgten dafür, dass die kostbare Ernte während der Fahrt nicht herunterfiel.

Der erste Wagen stoppte vor der gelb-weißen Absperrung. Der Fahrer beugte sich aus der Kabine und rief dem GNR-Beamten, der sie bewachte, etwas zu.

»Warte kurz.« Mauricio ließ seinen Bruder stehen und ging zu den Wagen.

»Lassen Sie die Angestellten passieren«, ordnete er an. »Sie können die Fahrzeuge im hinteren Teil des Hofs abstellen. Ich möchte jetzt mit ihnen sprechen.«

Der GNR-Beamte sah aus, als hielte er das für keine gute Idee, kam der Aufforderung aber nach. Nachdem klar war, dass ein Tötungsdelikt vorlag und der Fall der *Polícia Judiciária* übergeben worden war, hatte Mauricio das Sagen.

Ein paar Minuten später standen ihm die Arbeiter der *Engenho* gegenüber. In ihren wettergegerbten Gesichtern las er Misstrauen und Angst, aber auch Neugier.

Rasch erklärte er, was geschehen war.

»Deswegen war er heute Morgen nicht da, als wir loswollten«, sagte ein Mann, der auf einem Zahnstocher herumkaute.

»Er hätte also mit euch aufs Feld fahren sollen?«

»Sie wissen doch, wie hart die Arbeit ist, Senhor Torres. Wir brauchen jede Hand.«

Die Männer kannten ihn und brachten ihm denselben Respekt entgegen wie seinem Bruder.

»Weiß einer von euch etwas über Senhor Lange? Wie hat er gelebt? Hatte er Freunde? Feinde? Gab es mit irgendjemandem Streit?«

Die Arbeiter wechselten Blicke. Nachdenklich, ratlos, nicht so, als wollten sie etwas verbergen.

»Wir haben wenig gesprochen«, erklärte schließlich der Wortführer. »Er konnte kaum Portugiesisch. Nicht genug, um sich zu streiten. Wir haben *Poncha* zusammen getrunken und aufs Meer gesehen. Dafür braucht man keine Sprache. Er hat gut gearbeitet, war sich für nichts zu schade. Und er war zuverlässig.« Er lachte und entblößte braune Zähne mit mehreren Lücken. »Deutsch eben. Er kam immer pünktlich zur Arbeit.« Jetzt grinsten auch die anderen. »Deswegen haben wir uns so gewundert, dass er heute Morgen nicht da war.«

»Aber ihr habt nicht nach ihm gesucht.«

Wieder wurden Blicke getauscht. »Wir konnten ja nicht ahnen, dass er in der Halle ist. Dort war am Vormittag nichts zu tun. Nur der Brennmeister musste ab und an nach dem Rechten sehen. Arturo Andrade.«

»Danke. Mit Arturo habe ich schon gesprochen.« Mauricio sah ein, dass er hier nichts erfahren würde, das ihm weiterhalf. »Ihr könnt das Zuckerrohr abladen und dann Feierabend machen. In der Halle wird heute nicht gearbeitet. In den nächsten Tagen vermutlich auch nicht.«

»Aber das Rohr muss gepresst werden.« Der Arbeiter sah ihn ernst an. »Das wissen Sie.«

»Ich kann es nicht ändern. Die Halle ist ein Tatort. Wir können ihn erst freigeben, wenn alle Spuren gesichert sind.« Davon abgesehen musste auch der Kessel gereinigt werden, in dem der Tote gesteckt hatte. Aber dieses Bild schob er lieber beiseite. Stattdessen ging er zurück zu seinem Bruder, der verloren auf dem Hof seiner *Engenho* stand.

Alexandro sah ihm mit dunklen Augen entgegen. »Was wird denn nun?«

»Zunächst einmal wüsste ich gern, mit wem du dich heute Morgen in der Teestube getroffen hast. Und weshalb du den Kollegen von der GNR den Namen nicht nennen wolltest.«

Sein Bruder versteifte sich. »Das ist ein Geschäftsgeheimnis.«

Mauricio schob die Hände in die Hosentaschen. »Ich wusste nicht, dass wir Geheimnisse haben, Alexandro.«

Sein Bruder blinzelte. »Tut mir leid.«

Mauricio studierte sein Gesicht. Alexandro war ihm immer ferner gewesen als Jacinto, mit dem er sich blind verstand. Aber er war sein Bruder. Er liebte ihn. Und er vertraute ihm. Also sollte Alexandro dasselbe tun.

»Der Primeiro-sargento glaubt, dass du etwas mit dem Tod von Bernd Lange zu tun hast.«

Alexandro kniff die Lippen zusammen. »Und du? Denkst du das auch?«

»Nein. Natürlich nicht.«

»Gut.«

Mauricio erwartete, dass er weitersprach, ihn einweihte, doch nichts dergleichen geschah. Stattdessen vibrierte das Smartphone in seiner Sakkotasche. Er zog es hervor und sah, dass der Anruf aus dem Büro der Staatsanwaltschaft kam.

»Comissário Mauricio Torres«, meldete er sich förmlich. Am anderen Ende war die neue leitende Staatsanwältin, eine ehrgeizige, strenge Frau, mit der er bisher nicht warm geworden war.

»Ich will Sie in meinem Büro sehen«, erklärte sie knapp. »In einer halben Stunde.«

»Ich bin am Tatort in Prazeres.«

»Dann beeilen Sie sich.« Sie beendete die Verbindung. Mauricio fluchte leise. Wenn er pünktlich sein wollte, musste er sofort los.

»Wir reden später weiter«, sagte er zu Alexandro und lief zu seinem Wagen. Er hatte ihn fast erreicht, als einer der Kriminaltechniker aus der Halle trat und ihm winkte. Mauricio zögerte nur kurz. Dann änderte er seinen Kurs. Die Staatsanwältin musste warten.

Im Gegensatz zum Wasserhahn im Bad funktionierte das WLAN in ihrem Zimmer tadellos. Die Internetverbindung war gut; Laura konnte keinen Unterschied zur Datengeschwindigkeit in ihrem Arbeitszimmer zu Hause in Hamburg feststellen. Sie lächelte. Hier auf dem Balkon mit dem herrlichen Blick über die roten Ziegeldächer von Calheta und den Atlantik zu sitzen war eine großartige Motivation.

Mit Sicherheit würde es ihr an diesem Ort leichter gelingen, ein flottes Exposé zu entwerfen, als beim Blick in den regennassen Garten ihrer Wohnung in Eimsbüttel. Von der angespannten Stimmung gar nicht zu reden. Die Wohnung war zwar groß genug, um sich aus dem Weg zu gehen, doch man war sich der Anwesenheit des anderen trotzdem in jedem Moment bewusst. Selbst dann, wenn er gar nicht zu Hause war.

Matthias hatte in den letzten Monaten viel Zeit in seinem Büro in der Uni verbracht und sich noch tiefer als sonst in seine Studien zu den historischen und theoretischen Grundlagen der portugiesischsprachigen Literaturen vergraben. Dennoch konnte Laura ihn spüren, in jedem Möbelstück, jedem Bild, das an den Wänden hing, jedem Andenken, das sie von ihren zahlreichen Portugal-Reisen mitgebracht hatten. Selbst beim Blick in den Kühlschrank, wo immer ein paar seiner geliebten *Pastéis de nata* lagerten, musste sie an ihn denken.

Hier dagegen war sie frei. Sie war zwar Mauricios Gast, aber sie wohnte im Hotel und zahlte für ihr Zimmer. Sie hatte sogar einen Mietwagen, über den sie verfügen konnte. Sie war niemandem Rechenschaft schuldig, konnte gehen, wohin sie wollte, und tun und lassen, wonach ihr der Sinn stand. Der Druck, den sie dennoch verspürte, kam aus ihrem Inneren. Es war das Wissen, dass sie besser früher als später ein tragfähiges Exposé für einen neuen Roman vorlegen sollte. Ehe der Verlag auf den Gedanken kam, dass es unkompliziertere, leistungsfähigere und produktivere Autoren als sie gab.

Dabei war genau das all die Jahre ihr Markenzeichen gewesen. Ihre Themenvorschläge waren beim Verlag stets auf Begeisterung gestoßen. Sie hatte alle Manuskripte pünktlich zum vereinbarten Termin abgegeben, und die Zusammenarbeit mit dem Lektorat war jedes Mal zur allgemeinen Zufriedenheit erfolgt. Ihre Bücher waren beim Publikum gut angekommen, und die Rezensionen im Netz waren ausgesprochen positiv. Sie war eine Autorin gewesen, wie sie sich ein Verlag nicht besser wünschen konnte. Doch seit dem letzten Sommer war das meiste davon Geschichte.

Sie hatte sich ausgelaugt gefühlt. Ihre kreative Quelle war ausgetrocknet. Als dann auch noch alles um sie herum zusammenbrach, war das Präzisionslaufwerk in ihrem Inneren ins Stocken geraten. Matthias' Betrug, der Streit mit ihrer Kollegin, mit der sie seit Jahren zusammengearbeitet und sich ein Büro geteilt hatte, der Auszug ihrer Tochter Lilly – ihr ganzes perfekt austariertes Leben war mit einem Mal ein Scherbenhaufen gewesen. Sie stand ohne Mann da, ohne Kollegin und Büro und ohne eine Tochter, um die sie sich kümmern konnte.

Dass sie im darauffolgenden Urlaub auf Madeira plötzlich selbst mittendrin in einem Mordfall gesteckt hatte, war in gewisser Weise ihre Rettung gewesen. Der Roman, in dem sie das Erlebte verarbeitet hatte, hatte sich wie von selbst geschrieben. Doch nun wünschte sich der Verlag ein weiteres Buch, und sie kämpfte erneut mit ihren Dämonen.

Laura atmete tief ein. Sie musste sich wieder auf die Kompetenzen besinnen, die ihr in der Vergangenheit zum Erfolg verholfen hatten. Disziplin und Fleiß. Das waren die Eigenschaften, die eine erfolgreiche Autorin auszeichneten. Talent und Kreativität spielten eine weitaus geringere Rolle, als die Leserschaft ihrer Bücher gemeinhin annahm. Schreiben war eine Kunst, aber auch zu einem guten Teil Handwerk.

Entschlossen rief sie die Homepage der *Engenho* in Prazeres auf.

Das Gebäude sah ähnlich aus wie jenes der Brennerei in Calheta, die sie im letzten Sommer besichtigt hatte. Schlicht, weiß gestrichen, mit einem hohen Schornstein und einer angegliederten Bar auf der linken Seite. Auch die Produktpalette war nahezu identisch. In der *Engenho* wurden Zuckerrohrsirup und -schnaps, *Aguardente de cana-de-açúcar*, hergestellt, in der Bar verkaufte man darüber hinaus das madeirische Nationalgetränk *Poncha*, den dunklen Honigkuchen, *Bolo de mel*, sowie Kaffee und kalte Getränke.

Genau wie den Betrieb in Calheta konnte man auch die *Engenho* in Prazeres zu jeder Zeit besichtigen. Zu sehen gab es allerdings nicht viel. Die Verarbeitung des Zuckerrohrs, die auf der Homepage der *Engenho Torres* mit passenden Fotos ausführlich erklärt wurde, erforderte keine große Anlage. Man brauchte lediglich die Pressen, mit denen der Saft aus dem frisch geernteten Zuckerrohr herausgepresst wurde, die Kessel, in denen der Saft zu Melasse und Zuckerohrsirup verkocht wurde, und den Destillierapparat, mit dem aus der Melasse der Zuckerrohrschnaps gewonnen wurde. Genau das konnte man auf den Fotos auch sehen: große Kupferkessel und Rohre, die bis zur Decke führten und in Glasgefäßen endeten, eine Ecke mit großen Fässern und Arbeiter, die verschwitzt, aber zufrieden aussahen. Laura fand auch ein Foto des Inhabers und Geschäftsführers Alexandro Torres.

Hätte sie nicht gewusst, dass es sich um Mauricios Bruder

handelte, sie wäre nicht auf die Idee gekommen. Die beiden wirkten grundverschieden. Mauricio zupackend, sein Bruder zurückhaltend. Ernst und sachlich, wo Mauricio melancholisch war, bescheiden, wo sein Bruder selbstbewusst auftrat. Mauricio war ein typischer Portugiese. Sein Bruder dagegen wirkte irgendwie … deutsch.

Laura musste lachen. War es das sorgfältig gescheitelte schwarze Haar? Das glatt rasierte Kinn? Oder der akkurat sitzende Anzug? Alexandro Torres besaß alle Attribute eines erfolgreichen Geschäftsmannes, aber dennoch kam er Laura nicht souverän vor. Sie überlegte, woran das liegen mochte. Dass sein Betrieb klein und wahrscheinlich innovationsbedürftig war? Oder dass er nur widerwillig in die Rolle des Chefs geschlüpft war? Wie mochte es ihm damit gehen, dass sein Cousin übergangen worden war? Ein Mann, der so korrekt erschien wie Alexandro Torres, konnte sich wahrscheinlich nicht wirklich freuen, wenn das Schicksal sein Füllhorn unerwartet über ihm ausschüttete.

Wieder hoben sich ihre Mundwinkel. Woher kamen diese blumigen Formulierungen, die ihr plötzlich durch den Sinn schossen? So etwas war doch überhaupt nicht ihr Stil. Es musste an dieser fantastischen Umgebung liegen, an der milden Luft, die sie umschmeichelte, dem warmen Licht, das ihre Haut streichelte, und dem Duft nach Meer und den unzähligen Blumen, die im Hotelgarten blühten. Im Frühjahr war es auf Madeira noch prachtvoller als im Sommer. Wenn es ihr gelang, diesen Reichtum in ihre Geschichte einfließen zu lassen, könnte sie etwas von dem Glück, das sie empfand, an ihre Leserinnen und Leser weitergeben.

Doch mit ein paar atmosphärisch dichten Beschreibungen war es ja nicht getan. Ihr Genre war zwar der locker erzählte Urlaubskrimi, doch auch dieser brauchte eine solide Kriminalgeschichte.

Da ihr bisher einziger Anhaltspunkt die Erbschaft war, von der

Suzana ihr erzählt hatte, suchte sie nach der Homepage der Brennerei des enterbten Cousins.

Schon das Titelbild zeigte, dass sie es hier mit einem gänzlich anderen Kaliber zu tun hatte. Das Gebäude der *Engenho* war größer, weißer und strahlender als die Brennereien in Prazeres und Calheta. Es befand sich auf einem parkähnlich angelegten Gelände, das zugleich ein Weingut beherbergte. Außerdem gehörten zur Brennerei Pereira auch ein Sternerestaurant und ein kleines Hotel. Das Unternehmen bot nicht nur Seminare und Wein- und Rumverkostungen an, sondern auch die Ausrichtung von Familienfeiern, Hochzeiten und Firmenjubiläen. Auf einem Foto war das gesamte Personal zu sehen, eine lange Reihe lächelnder Angestellter in dunklen Hosen und Röcken und weißen Hemden und Blusen mit dunklen Westen. Das alles sah so professionell aus, dass der Betrieb von Alexandro Torres im Vergleich dazu beinahe schäbig wirkte.

Auch hier fand sich eine Fotografie des Inhabers, und Laura pfiff unwillkürlich durch die Zähne. Nelson Pereira hatte eine gewisse Ähnlichkeit mit Alexandro Torres. Auch er hatte schwarzes Haar, leicht gewellt und halblang, mit Gel zurückgekämmt, ein glatt rasiertes Kinn wie Alexandro, und auch er trug einen akkurat sitzenden Anzug. Damit allerdings endeten die Gemeinsamkeiten.

Pereira strahlte Präsenz aus. Ein attraktiver, souveräner und selbstbewusster Geschäftsmann, das sah man schon auf dem Foto. Laura war beeindruckt und enttäuscht zugleich. Pereira durfte ein kleines Imperium sein Eigen nennen. Er war nicht darauf angewiesen, dass sein Vater ihm den Betrieb in Prazeres vermachte. Vielleicht war er ein wenig gekränkt gewesen, dass er ihn übergangen hatte. Doch sicherlich war das kein Mordmotiv.

Laura klappte den Laptop zu. Sie hoffte, dass Mauricio bald

vorbeikam und ihr berichtete, was genau geschehen war. Sie brauchte einfach mehr Informationen.

Der Beamte von der Spurensicherung zupfte sich die Latexhandschuhe von den Fingern. Anschließend zog er die Kapuze vom Kopf und fuhr sich durch die verschwitzten schwarz gelockten Haare. Er öffnete den Reißverschluss des weißen Kunststoffanzugs und schnaufte.

»Wie in der Sauna.« Er winkte einem Kollegen, der eine offene Plastikkiste herbeitrug. Der Kriminaltechniker nahm einen durchsichtigen Beutel mit Clipverschluss heraus und hielt ihn hoch. »Aber es hat sich gelohnt.«

Mauricio versuchte zu erkennen, was sich darin befand. Es war ein längliches, rotes, spitz zulaufendes Metallplättchen.

»Das stammt von dem Thermometer eines der Braukessel. Wir haben noch weitere Bruchstücke gefunden. So, wie es aussieht, hat jemand die Apparaturen mutwillig beschädigt.«

»Sabotage?« Schon wieder war Alexandro neben Mauricio aufgetaucht. Seine Augen waren geweitet, sein Gesicht war leichenblass.

»Wartest du bitte beim Wagen?«, forderte Mauricio ihn auf, doch sein Bruder ignorierte ihn.

»Sind die Apparate noch funktionstüchtig?«, erkundigte er sich.

Der Kriminaltechniker hob fragend die Augenbrauen. Mauricio deutete ein Schulterzucken an. Es gab keinen Grund, Alexandro die Antwort vorzuenthalten.

»Nein. So, wie es aussieht, hat jemand die Steuereinrichtungen zerstört, mit einem Brecheisen oder Ähnlichem. Dasselbe Werkzeug hat er nach Ansicht von Doutora Gonçalves auch verwendet, um dem Mann im Kessel den Schädel einzuschlagen.«

»*Meu Deus.*« Alexandro fuhr sich über das Gesicht. »Das ist mein Ruin.«

Der Beamte von der Spurensicherung sah Mauricio befremdet an. Mauricio hob die Hände zu einer Geste, die alles und nichts bedeuten konnte. Er verstand den Kriminaltechniker, doch er kannte auch Alexandro. Was dem Kollegen pietätlos erscheinen mochte, war einfach seine Art, sich auf die Fakten zu konzentrieren. Die Seele des Buchhalters war einbruchsicher in einem seiner Aktenschränke verschlossen.

»Wir haben außerdem Kampfspuren gefunden. Die Waffe selbst hat der Täter mitgenommen, aber es gibt eindeutige Verletzungen an Händen und Armen des Opfers, und der Kessel, in dem die Leiche steckte, hat an einer Seite Beulen, die von Schlägen mit einem länglichen metallischen Gegenstand stammen.«

»Gibt es auch Spuren, die auf den Täter hindeuten?«

»Bisher nicht. Aber wir suchen weiter.« Der Kriminaltechniker zog den Reißverschluss hoch und stülpte die Kapuze wieder über den Kopf. Anschließend nahm er aus einer Kiste, die seine Kollegen neben der Tür abgestellt hatten, ein frisches Paar Latexhandschuhe, zerrte sie über die Finger und ging zurück in die Halle.

Mauricio legte seinem Bruder die Hand auf den Rücken und führte ihn zu seinem Wagen. »Erklär mir das«, forderte er. »Warum sagst du, du seist ruiniert?«

Alexandro ging steif neben ihm her. »Du weißt, dass das Rohr sofort nach der Ernte verarbeitet werden muss. Ausgetrocknet ist es wertlos.« Er deutete über den Hof auf den Berg von Zuckerrohrbündeln, den seine Arbeiter aufgehäuft hatten. »Wenn die Maschinen nicht laufen …«

»Kannst du das Rohr nicht auspressen und den Saft verwerten. Das ist mir klar. Du musst die Ernte verkaufen. Das ist ein Rückschlag, aber nicht das Ende der Welt. Dafür hat man Reserven und

Versicherungen. Du musst immer damit rechnen, dass es Jahre gibt, in denen die Ernte nicht eingebracht oder genutzt werden kann. Unser Vater hatte für solche Fälle vorgesorgt. Du nicht?«

Er konnte sich nicht vorstellen, dass ausgerechnet sein älterer Bruder Alexandro so sorglos agiert haben könnte. Wenn Jacinto die Brennerei leiten würde, wäre das etwas anderes.

»Natürlich haben wir Rücklagen und eine Versicherung.«

»Dann sehe ich das Problem nicht.«

Sie hatten Mauricios weißen Pick-up erreicht. Alexandro stützte die Hände auf die Motorhaube und schloss die Augen. Seine dunklen Haare, die er gewöhnlich streng nach hinten gekämmt trug, fielen ihm in die Stirn.

»Ich muss einen Vertrag erfüllen. Ein Termingeschäft mit einem deutschen Großhändler. Wenn ich nicht rechtzeitig liefere, muss ich eine hohe Konventionalstrafe zahlen. So viel habe ich nicht, und die Versicherung deckt Derartiges nicht ab. Ich müsste verkaufen.« Ein bitterer Zug legte sich um seinen Mund. »Eine passende Offerte habe ich ja schon.«

»Wie bitte?« Mauricio musterte seinen Bruder finster. Auch wenn Alexandro der Alleininhaber war, Mauricios Familie war seit Jahrzehnten mit der kleinen Brennerei verbunden. Ein Verkauf wäre nicht nur ein Geschäft, es wäre auch der Verlust eines wichtigen Teils der Familiengeschichte. »Weshalb weiß ich nichts davon?«

»Weil ich nicht die Absicht hatte, das Angebot anzunehmen. Aber jetzt …« Alexandro hob die Hand und ließ sie kraftlos wieder fallen.

Mauricio zog sein Notizbuch aus der Sakkotasche und fertigte rasch ein paar Skizzen an. Das Gebäude der *Engenho*, neben dem sich das Zuckerrohr stapelte. Der Tote im Kessel, mit den Füßen, die aus der Melasse ragten. Ein Lkw, der von der Brennerei zu einem Gebäude fuhr, über dem ein Schild mit der Aufschrift »Großhandel« hing.

»Wer hat dir dieses Kaufangebot für die Brennerei gemacht?«

»Eine deutsche Spirituosenfirma. *Grote & Wolf*. Die Zentrale befindet sich in Hamburg.«

Mauricio zeichnete ein weiteres Gebäude, drei spitze Giebel und einen hohen Schornstein. Quer über die Seitenwand schrieb er den Firmennamen, während er darüber nachdachte, wie die einzelnen Bilder zusammenhingen. Dass sie es in allen Fällen mit Deutschen zu tun hatten, konnte kein Zufall sein. Ein deutscher Toter, ein deutscher Großhändler und ein deutscher Schnapshersteller. Die unwillkommene Schlussfolgerung stellte sich ganz von selbst ein.

Man hatte Alexandro eine Falle gestellt. Ihm ein scheinbar lukratives Geschäft angeboten und anschließend durch Sabotage dafür gesorgt, dass er stattdessen den Betrieb verkaufen musste. Alexandro hatte den Mann überrascht, der diesen Sabotageakt durchgeführt hatte, ihm sein Werkzeug entwunden und auf ihn eingeprügelt.

»Warst du es? Hast du diesen Bernd Lange erschlagen?« Mauricio neigte den Kopf in Richtung Fabrikhalle.

Alexandros dunkle Augen glänzten. »Nein. Was denkst du denn?«

»Ich muss das fragen«, wehrte Mauricio ab. Er wollte nicht glauben, dass sein Bruder ein Mörder war, aber er musste auch diese Möglichkeit in Betracht ziehen.

»Was ist mit deinem Treffen heute Morgen? Hatte das etwas damit zu tun?«, bohrte er weiter.

»Indirekt.«

Mauricio wurde wütend. »Alexandro, bitte. Ich will dir helfen. Aber das kann ich nur, wenn du mir die Wahrheit sagst.«

Sein Bruder sah ihn nicht an. Er starrte durch die Windschutzscheibe ins Innere von Mauricios Wagen. »Der Mann hat mir Rum angeboten. Mit der Ware könnte ich den Vertrag zu einem früheren Termin erfüllen. Dafür würde ich von der Import-Export-Firma einen Aufschlag auf den vereinbarten Preis bekommen, das ist Teil des Vertrags. Die Hälfte davon wollte er als Provision.«

»Schmuggelware? Falsch etikettierter Billigschnaps?«

»Davon gehe ich aus.«

Mauricio zeichnete ein Boot, das mit Kisten beladen war. »Hattest du vor, das Angebot anzunehmen?«, fragte er nebenbei.

»Nein.« Alexandro setzte eine empörte Miene auf, doch Mauricio meinte, ein Flackern in seinen Augen wahrzunehmen. Er hatte eine eindringliche Warnung auf der Zunge, behielt sie aber für sich. Im Augenblick war er als Polizist hier, nicht als Bruder.

»Wie heißt der Mann?«, erkundigte er sich stattdessen.

Alexandro lachte bitter. »Er hat seinen Namen nicht genannt. Ich weiß auch nicht, wie ich ihn erreichen kann. Er hat sich mit mir in Kontakt gesetzt.«

»Telefonisch? Über dein Handy? Oder den Festnetzanschluss im Büro?«

»Er hat im Büro angerufen.« Sein Bruder schnitt eine Grimasse. »Bevor du fragst: Die Rufnummer war unterdrückt.«

»Okay. Was ist mit deinem Kontakt bei diesem Großhändler? Und bei *Grote & Wolf*? Oder hast du da auch keine Namen?«

»Doch, natürlich. Der Großhändler ist Friedrich Schnitzler. Er ist der Eigentümer, die Firma heißt *Schnitzler Import Export*. Der Vertreter von *Grote & Wolf* ist Maximilian Böhm.«

Mauricio notierte sich die Namen und die Handynummern, die ihm Alexandro mit Blick auf sein Smartphone diktierte. Anschließend klappte Mauricio das Notizbuch zu und schaute sich um. Die Beamten der GNR standen in der Nähe des zweiflügeligen Tors des Brennereigebäudes und spähten ins Innere. Um Alexandro kümmerte sich niemand mehr.

»Fahr nach Hause«, bat Mauricio ihn eindringlich. »Unternimm nichts, bis ich zurück bin.«

Alexandro, der wieder die Hände auf die Motorhaube gestützt hatte und vor sich hin starrte, wandte ihm den Kopf zu. »Und dann?«

»Dann sehen wir weiter.«

Mauricios Smartphone vibrierte, er zog es hervor und nahm das Gespräch an.

»Comissário Torres? Wo bleiben Sie?«, prallte die Stimme der Staatsanwältin an sein Ohr.

»Ich bin aufgehalten worden«, gab Mauricio zurück. »Aber jetzt bin ich unterwegs.«

Er machte seinem Bruder ein Zeichen, der sich schwerfällig vom Wagen löste, zog sein Sakko aus und warf es auf den Beifahrerplatz. Nachdem er auf den Fahrersitz geklettert war, steckte er das Handy in die Halterung für die Freisprechanlage. Während er vom Hof rollte, tippte er auf eine Kurzwahl.

»Diogo«, sagte er, als sein Kollege sich meldete. »Du musst ein paar Dinge für mich recherchieren.«

3

Die Büros der Staatsanwaltschaft befanden sich wie die *Polícia Judiciária* im Gebäude des *Departamento de Investigação Criminal do Funchal*, allerdings nicht im modernen weißen Anbau, sondern im alten Teil des Hauses mit der großen Freitreppe, hohen, weiß gestrichenen Sprossenfenstern, grauen Säulen und dunkelroten Umrahmungen in den Abteilen dazwischen. Davor stand die Figur der Justitia, mit Schwert und hoch erhobenem Arm, jedoch ohne Waage und Augenbinde. Mauricios jüngerer Bruder Jacinto witzelte oft, dass Madeiras Justiz sehenden Auges urteile.

In den fünfundzwanzig Jahren, die Mauricio mittlerweile bei der *Polícia Judiciária* arbeitete, hatte sich die Zusammenarbeit mit der vorgesetzten Behörde immer unkompliziert gestaltet. Felipe Barbosa, der leitende Staatsanwalt, war ein kluger und gemütlicher Mann, der ebenso wie Mauricio den *Bica* in Cordeiros Café schätzte. Seit Fabio das Café eröffnet hatte, hatten sie den Großteil ihrer Dienstbesprechungen dort abgehalten, an den Tischen auf dem Bürgersteig gegenüber dem Polizeigebäude. Der Staatsanwalt hatte Mauricio vollstes Vertrauen entgegengebracht und sich nur selten in seine Ermittlungen eingemischt. Solange die Ergebnisse stimmten und die Akten alles enthielten, was für eine Anklage gebraucht wurde, hatte er ihm freie Hand gelassen.

Das gesamte Revier hatte es bedauert, als der Staatsanwalt

Anfang des Jahres in den Ruhestand gegangen war. Man hatte erwartet, dass sein Stellvertreter Matheus Silva die Nachfolge antreten würde, doch stattdessen war die Stelle mit einer Bewerberin vom portugiesischen Festland besetzt worden.

Raquel Fonseca war achtunddreißig Jahre alt, eine hübsche Frau, die sich aber streng und unnahbar gab. Sie war ehrgeizig und schien allen beweisen zu wollen, dass sie die richtige Person für den Job war. Offenbar glaubte sie, die Kollegen hätten ein Problem mit Frauen in Führungspositionen. Das mochte auf den einen oder anderen tatsächlich zutreffen, doch der eigentliche Grund, warum man Raquel Fonseca nicht mit offenen Armen empfangen hatte, war die Enttäuschung. Mit Matheus Silva spielten viele der Kollegen *Petanca*, und er lud oft zu privaten Feiern im großen Garten seines Hauses ein. Alle hätten sich ihn als neuen leitenden Staatsanwalt gewünscht und ihm die Beförderung gegönnt. Die reservierte Haltung der neuen Chefin gegenüber resultierte vor allem aus Solidarität mit Silva. Darüber hinaus stieß auch Raquel Fonsecas Bemühen, einige seit Jahren eingespielte Abläufe neu zu organisieren, nicht bei allen auf Gegenliebe.

Laura hatte ihm geschrieben, dass es dafür in Deutschland ein Sprichwort gab.

Neue Besen kehren gut.

Nun, das brachte die Sache ziemlich exakt auf den Punkt.

Mauricio hatte sich alle Mühe gegeben, der neuen leitenden Staatsanwältin offen und ohne Vorbehalte gegenüberzutreten, doch wirklich warm war er bisher nicht mit ihr geworden. Er hatte den Eindruck, dass sie keine Männer mochte, jedenfalls keine, die sie für typische portugiesische Machos hielt.

Er stieß ein Grunzen aus, während er über den Flur zu ihrem Büro ging. Wenn es so war, mussten sie beide damit leben. Er war zu alt, um seinen Charakter grundlegend zu ändern. Und verbiegen würde er sich ihretwegen nicht.

Vor der Tür mit dem protzigen Metallschild, auf dem in geschwungenen Lettern ihr Name stand – *Doutora Raquel Fonseca* –, blieb er stehen und holte einmal tief Luft. Dann klopfte er an.

Neben dem Haus, in einem Winkel, den Laura von ihrem Balkon aus nicht einsehen konnte, wurden Motorengeräusche laut. Im nächsten Moment quietschten Bremsen, ein Knall war zu hören, Metall krachte auf Metall. Autotüren schlugen, und Laura vernahm mehrere aufgebrachte Stimmen, die durcheinanderredeten. Eine Frau schluchzte, ein Mann brüllte auf Deutsch. Laura beschloss, sich die Sache anzusehen.

Sie lief aus dem Zimmer, über den kurzen Flur, die Treppe hinunter und durch das kleine Foyer ins Freie. Dort wandte sie sich nach links zur Auffahrt.

Als sie um die Hausecke bog, sah sie das Dilemma. Ein dunkelgrüner Lieferwagen stand halb in der Einfahrt. Der linke Kotflügel war verbeult, ebenso wie die Motorhaube des weißen Seat Ibiza, der mit dem Transporter zusammengeprallt war. Neben dem Lieferwagen stand eine schlanke, dunkelhaarige Frau in einem grasgrünen Overall. Sie hatte ein ebenmäßiges Gesicht mit dunklem Teint und großen, ausdrucksvollen Augen. Die Haare waren zu einem lockeren Knoten gebunden. Sie sah aus, als wäre sie überhaupt noch nicht alt genug, um ein Kraftfahrzeug führen. Aber das war vermutlich der Schock, der sie jünger wirken ließ, als sie war.

Ihr gegenüber stand ein Paar in teurer Freizeitkleidung. Wanderstiefel, Wetterjacken und Outdoorhosen mit gut sichtbaren Emblemen, die Laura mühelos den entsprechenden deutschen Markennamen zuordnen konnte. Beide hatten graue Haare, ordentlich frisiert. Der Mann trug außerdem einen sorgsam gestutzten Vollbart. Die Frau war blass, der Mann hochrot im Gesicht. Er brüllte die junge Lieferantin an, die zurückwich, bis sie mit dem Rücken gegen die Kühlerhaube ihres Lieferwagens stieß. Offenbar begriff sie kein Wort von dem, was der Mann schrie.

Laura ging auf die Gruppe zu. Im selben Moment flog die Hintertür des Hotels auf, und ein junger Mann in einer schwarzen Lederkluft stürmte heraus. Er hatte lange schwarze Haare, scharfe Gesichtszüge und einen schmalen Bart, der Wangen und Kinn umrahmte. Mit ein paar Schritten war er bei dem aufgebrachten Deutschen und riss ihn von der Frau im Overall weg.

»Pare com isso!«, herrschte er ihn an.

Hören Sie damit auf.

Der adrette Wanderer verstand ihn offensichtlich nicht. Er befreite seinen Arm mit einem Ruck und packte den jungen Mann am Kragen. Der ballte die Fäuste. Laura ging rasch dazwischen.

»Desculpe. Entschuldigen Sie. Kann ich helfen?«

Die Kontrahenten erstarrten in ihren Bewegungen und wandten Laura die Köpfe zu.

»Wer sind Sie?«, grollte der Deutsche.

»Was wollen Sie?«, fuhr der junge Portugiese sie in seiner Muttersprache an.

»Ich bin eine Freundin des Hotelbesitzers«, erklärte Laura und fragte sich, ob sie den lockeren Kontakt mit Mauricio nicht zu hoch hängte.

»Ach ja?«, entgegnete der junge Mann spöttisch. »Warum kenne ich Sie dann nicht?«

Laura straffte sich. Sie hatte beschlossen, sich der Angelegenheit anzunehmen, und würde jetzt keinen Rückzieher machen.

»Vielleicht stellen wir uns alle erst einmal vor?«, sagte sie, erst auf Portugiesisch, dann auf Deutsch. »Und anschließend versuchen wir, die Sache wie zivilisierte Menschen zu klären.« Sie streckte die Hand aus. »Mein Name ist Laura Flemming. Ich komme aus Hamburg.«

Die beiden Wanderer waren offensichtlich froh, eine Übersetzerin gefunden zu haben. Die Gesichtsfarbe des Mannes normalisierte sich, und seine Frau bekam wieder ein bisschen Farbe.

»Schulz«, sagte der Mann. »Wolfgang und Gisela Schulz. Aus Osnabrück. Wir machen seit Jahren hier Urlaub, aber so etwas ist uns noch nie passiert.«

»Moment.« Laura wehrte ab. Sie wollte sich nicht mit ihren Landsleuten gegen die beiden Portugiesen verbünden. Lächelnd schaute sie die junge Frau im grünen Overall an. »Qual é seu nome?«

»Chamo-me Sofia. Sofia Pereira.«

Laura stutzte. Sie schaute auf den Lieferwagen. Erst jetzt fiel ihr das große Emblem an der Seite auf. Ein stilisiertes weißes Fabrikgebäude auf grünem Grund, darüber in geschwungenen Lettern die Schrift: *Engenho Pereira, Porto da Cruz*. Das Unternehmen von Mauricios Cousin Nelson Pereira.

»Was tun Sie hier?«

Der junge Mann mischte sich ein. »Die Weinlieferung.«

»Ach so.« Laura schüttelte über sich selbst den Kopf. Aus Suzanas Erzählung über den Erbschaftsstreit hatte sie geschlossen, dass es ein Zerwürfnis zwischen den Familien gäbe. Doch anscheinend hatte sie sich getäuscht. »Und der Unfall?«

»Wir wollten zu einer Wanderung aufbrechen«, erklärte der deutsche Urlauber. »Da kam diese junge Frau plötzlich mit Vollgas in die Einfahrt geschossen und hat uns gerammt. Ich verlange, dass Sie die Polizei einschalten.«

Beim Wort »Polizei« riss Sofia Pereira erschrocken die Augen auf.

»Nein. Bitte nicht. Wenn mein Vater erfährt, was passiert ist, lässt er mich nie wieder ans Steuer.«

Laura besah sich den verbeulten Kotflügel. »Wie wollen Sie ihm denn erklären, wie der Schaden entstanden ist?«

Die junge Frau lächelte und sah dabei sehr apart aus. »Ein Begrenzungspfeiler, den ich übersehen habe. Dass das Auto eine Beule hat, ist nicht schlimm. Das ist nur Blech. Aber Ärger mit Touristen ...« Sie schnitt eine Grimasse.

Laura verstand. Die meisten Portugiesen hatten eine andere Einstellung zu ihren Autos als die Deutschen. Es war ein Fortbewegungsmittel, das funktionieren musste. Auf den optischen Zustand kam es nicht an. Nur die wenigsten Portugiesen sahen in ihrem Wagen ein Prestigeobjekt.

Das Ehepaar Schulz vertrat den konträren Ansatz. »Wir brauchen die Schadensmeldung für den Autovermieter.«

Laura rekapitulierte ihre Erfahrungen mit Mietwagenfirmen. »Haben Sie keine Vollkaskoversicherung abgeschlossen? All inclusive?«

»Selbstverständlich.« Der Mann sah sie ein wenig von oben herab an. »Etwas anderes kommt im Ausland überhaupt nicht infrage.«

»Dann sind also auch Schäden abgedeckt, die Sie selbst verursacht haben?«

»Ja.« Der Mann runzelte die Stirn. Erst langsam schien ihm zu dämmern, worauf sie hinauswollte. »Aber ich werde nicht behaupten, dass ich schuld war. Das entspricht nicht den Tatsachen.«

Der junge Mann mit den langen dunklen Haaren blickte misstrauisch zwischen Laura und Wolfgang Schulz hin und her.

»O que é que ele disse?« *Was hat er gesagt?*

Laura übersetzte die Worte des Touristen rasch ins Portugiesische.

Der junge Mann schaute finster. »Das hier ist der Lieferantenparkplatz. Der für die Gäste ist auf der anderen Seite.«

Laura gab die Information an den grauhaarigen Mann weiter.

Der winkte ungeduldig ab. »Ja, ja. Aber dieser Parkplatz ist von unserem Zimmer aus schneller zu erreichen.«

Laura lächelte verbindlich. »Das ändert aber nichts daran, dass Sie unrechtmäßig dort geparkt haben. Die Lieferantin konnte nicht damit rechnen, dass ihr ein Pkw entgegenkommt.«

»Es hätte ja auch ein anderer Transporter sein können.«

»So war es aber nicht.«

Der Tourist schnaufte. Seine Frau griff nach seinem Arm. »Lass doch, Wolfgang. Die Dame hat recht. Wir hätten dort nicht parken dürfen. Wir sind genauso schuld.«

Der Mann kaute, als hätte er ein zähes Stück Fleisch zwischen den Zähnen. »Also gut.« Er nickte Laura zu. »Wir vergessen die Sache mit dem Blechschaden. Sagen Sie der jungen Frau, sie soll den Lieferwagen aus der Einfahrt rangieren. Dann fahren wir vom Hof und parken in Zukunft auf der anderen Seite.«

Er drängte seine Frau, in den Mietwagen zu steigen. Laura forderte Sofia Pereira auf, den Transporter wegzufahren, doch der dunkelhaarige junge Mann war schneller. Er war bereits in den Lieferwagen geklettert und manövrierte ihn schwungvoll rückwärts aus der Einfahrt. Zum Glück war auf der Straße niemand unterwegs, sonst hätte es den nächsten Zusammenstoß gegeben.

Der Motor des Mietwagens heulte auf, und das Ehepaar Schulz brauste davon. Der junge Mann fuhr den Transporter auf den Hof und stellte ihn vor dem rückwärtigen Eingang des Hotels ab. Anschließend kam er auf Laura zu.

»Danke«, sagte er herzlich. »Sie haben uns sehr geholfen.«

Er schüttelte ihr die Hand und half dann Sofia Pereira beim Ausladen. Laura sah zu, wie sie die Weinkisten durch die Hintertür ins Hotel trugen. Die Blicke, die sie sich dabei zuwarfen, wirkten sehr vertraut.

Laura lächelte. Sie müsste sich schon sehr täuschen, wenn die zwei kein Paar wären.

Erst als die beiden im Inneren verschwunden waren, fiel ihr auf, dass sie den Namen des jungen Mannes nicht erfahren hatte.

Die Staatsanwältin war nicht allein. In der modernen Sitzgruppe aus Stahlrohrstühlen mit weißem Kunstlederbezug, die sie zu ihrem Dienstantritt eingerichtet hatte, hatten bereits zwei Männer Platz genommen. Mauricio kannte sie beide.

Der eine war Inspektor Recardo Gomes, ein geschniegelter Schönling mit schwarzem, nach hinten gegeltem Haar und einem schmalen Oberlippenbart, den Mauricio affig fand. Passend dazu trug Gomes elegante Anzüge und blütenweiße Hemden. Auf Mauricio war er nicht gut zu sprechen, weil man ihn längst zum Comissário befördert hatte, während der vier Jahre ältere Kollege immer noch den Rang eines Inspektors innehatte. Gomes nickte ihm so knapp zu, dass es schon fast unhöflich war, doch Mauricio war daran gewöhnt. Die Fehde mit Gomes währte bereits viele Jahre.

Er wandte sich dem zweiten Mann zu. Es war Diogo Carvalho, mit dem Mauricio zusammenarbeitete, seit er bei der *Polícia Judiciária* angefangen hatte. Damals war Carvalho sein Mentor gewesen. Er hätte ebenfalls Karriere machen können, doch ihm lag nichts daran. Carvalho war ein Intellektueller, der über und irgendwie auch neben den Dingen stand. Mauricio hätte sich ihn gut als Universitätsprofessor vorstellen können, doch als sich der Kollege für einen Beruf entschieden hatte, hatte es auf Madeira noch keine Universität gegeben, und Carvalho hatte die Insel nicht verlassen wollen. Er fühlte sich bei der Polizei wohl und hatte Freude daran, jüngere Kollegen an seinem Wissen und seinen Erfahrungen teilhaben zu lassen. Dass sie ihn in der Hierarchie überflügelten, machte ihm nichts aus. Im Gegenteil freute er sich über ihren Erfolg – und darüber, dass er sich selbst trotz seiner vielen Dienstjahre nicht mit Verwaltungsaufgaben und Personalführung herumschlagen musste.

Mauricio schätzte Carvalhos Bescheidenheit und seinen scharfen Blick. Deswegen wollte er auf keinen Fall, dass der Kollege versetzt wurde. Er hoffte, dass die Staatsanwältin ihn nicht in ihr Büro beordert hatte, weil ihr zu Ohren gekommen war, dass sich Carvalho seit einer Schießerei nicht mehr auf die Straße traute und damit für Mauricios Abteilung nicht länger geeignet war. Wenn sie ihn ins Archiv oder auf eine andere Stelle im Innendienst abschob, wäre das ein schwerer Verlust für Mauricio. Aber vermutlich ging es ja um etwas anderes. Etwas, das ihm kaum weniger Sorgen machte.

Er schaute Carvalho fragend an, konnte an dessen ernster Miene aber nichts ablesen.

»Comissário Torres.« Die Staatsanwältin, die mit verschränkten Armen neben den beiden Beamten stand, musterte ihn ungnädig. »Wie schön, dass Sie Zeit gefunden haben, sich zu uns zu gesellen. Setzen Sie sich doch.«

Mauricio folgte der Aufforderung und nahm in einem der weißen Kunstledersessel Platz. Raquel Fonseca deutete auf die Gläser und Flaschen auf dem Tisch. »Bitte. Bedienen Sie sich.«

Er nahm sich ein Wasser und wartete darauf, dass sich die Staatsanwältin ebenfalls setzte, doch sie blieb stehen.

»Ihr Kollege«, sagte sie und wies auf Carvalho, »hat mich über den Mordfall in der *Engenho* in Prazeres in Kenntnis gesetzt.«

Diogo Carvalho schnitt eine komische Grimasse. Mauricio winkte ab. Sie waren der Staatsanwaltschaft gegenüber berichtspflichtig. Diogo hatte keine Wahl gehabt.

»Da der Betrieb Ihrem Bruder Alexandro gehört und er der Hauptverdächtige ist, können Sie in diesem Fall selbstverständlich nicht ermitteln«, fuhr Fonseca fort.

Mauricios Finger krampften sich um das Glas, das er in der Hand hielt. Mit einer Diskussion über seine mögliche Befangenheit hatte er gerechnet, doch er hatte gehofft, dass Diogo diesen Faktor möglichst kleinreden würde.

»Das habe ich nicht gesagt«, korrigierte sein Kollege. »Ich habe nur die Fakten dargelegt.«

»Richtig. Inspektor Gomes und ich haben die entsprechenden Schlussfolgerungen gezogen«, bestätigte die Staatsanwältin und lächelte Mauricio an. »Ihr Bruder hat einen Vertrag mit einer deutschen Import-Export-Firma geschlossen. Ein Termingeschäft. Wenn er nicht rechtzeitig liefert, wird eine hohe Konventionalstrafe fällig. Zugleich liegt ihm ein Kaufangebot eines deutschen Spirituosenherstellers vor. Und dann werden ausgerechnet zum Beginn der Zuckerrohrernte die Maschinen in seiner Fabrik sabotiert, sodass er den Kontrakt nicht erfüllen kann. Halten Sie das für einen Zufall?«

»Nein.«

Recardo Gomes bleckte die Zähne. Sie waren strahlend weiß. »Den Rest kann man sich leicht zusammenreimen, meinst du nicht?« Gomes blinzelte. »Dein Bruder hat den Saboteur erwischt. Als er begriffen hat, dass er betrogen wurde und alles verkaufen muss, hat er die Kontrolle verloren und den Mann erschlagen.«

»Das ist nur eine Theorie.« Mauricio musste sich zusammenreißen, um ruhig zu bleiben. Er wusste, dass Gomes ihn provozieren wollte. »Aber es gibt noch andere Möglichkeiten.«

»Aha?« Die Staatsanwältin legte den Kopf schief. »Bitte. Klären Sie uns auf.«

»Wir stehen erst am Anfang der Ermittlungen. Bisher wissen wir nichts über den Toten. Vielleicht hatte Bernd Lange Feinde. Mein Bruder muss nicht der Einzige sein, der ein Motiv hatte, ihn zu ermorden.«

»Das wird Inspektor Gomes herausfinden.«

Sein Kollege grinste. Mauricios Hände ballten sich wie von selbst zu Fäusten. »Was heißt das?«

Raquel Fonseca schaute ihn abschätzig an. »Ich entbinde Sie selbstverständlich von dem Fall. Sie können keine Ermittlung leiten, in der Ihr Bruder zu den Verdächtigen gehört. Sie übernehmen die Körperverletzung mit Todesfolge in der Markthalle. Inspektor Gomes leitet ab sofort die Untersuchung des Totschlags in der Brennerei in Prazeres. Ihr Kollege Carvalho wird ihm bis auf Weiteres zugeordnet.«

Mauricio schluckte. Er sah das Unheil auf sich zukommen wie eine schwarze Gewitterwand, die sich in rasender Geschwindigkeit näherte. Er hätte gerne protestiert, wusste aber, dass es zwecklos war. Raquel Fonseca hatte jedes Recht zu tun, was sie tat. Auch wenn er argwöhnte, dass es ihr ein persönliches Vergnügen bereitete, ihn zu maßregeln. Offensichtlich hatte sie etwas gegen ihn. Gomes' anbiederndes Verhalten schien ihr besser zu gefallen, dabei hatte er viel schlimmere Machoallüren als Mauricio.

Er leerte sein Glas und erhob sich steif. »Also kümmere ich mich um die Schlägerei. Ich nehme an, ich finde die Akten auf meinem Schreibtisch?«

Gomes gab sich keine Mühe, seinen Triumph zu verbergen. »Richtig.«

Mauricio nickte allen Anwesenden zu und wandte sich zur

Tür. Die Staatsanwältin mochte ihm den Fall entziehen, doch er würde nicht zulassen, dass Gomes seinen Bruder schikanierte, nur um ihm, Mauricio, eins auszuwischen.

»Eines noch, Comissário Torres«, hielt ihn Raquel Fonseca zurück.

Mauricio drehte sich widerwillig zu ihr um. »Ja?«

»Sollte mir zu Ohren kommen, dass Sie sich entgegen meiner Anweisung weiter mit dem Fall Bernd Lange beschäftigen, sorge ich dafür, dass man Sie suspendiert. Haben wir uns verstanden?«

Mauricio knirschte mit den Zähnen. »Selbstverständlich, Doutora Fonseca.«

Er deutete eine Verbeugung an und verließ dann eilig den Raum. Viel länger hätte er es nicht ausgehalten.

Mit raschen Schritten durchquerte er das Gebäude und lief hinaus auf die Straße. Er brauchte jetzt dringend einen *Bica* und einen guten Rat von Fabio.

Alexandro Torres konnte seinen Blick nicht vom Fabriktor lösen. Mauricio hatte gesagt, er solle nach Hause gehen. Das war sicher ein guter Rat, doch Alexandro schaffte es nicht. Seine Augen hafteten an den Männern und Frauen, die dort ein und aus gingen, mit ihren weißen Schutzanzügen, in denen man vermutlich höllisch schwitzte.

Alexandro hätte niemals einen Beruf ausüben können, der eine derart unbequeme und unansehnliche Kleidung erforderte. Eher wäre er zur *Guarda Nacional Republicana* gegangen. Die dunklen Hosen, die hellblauen Uniformhemden und das Barett waren kleidsam. Sie zeigten, wer man war, und verliehen dem Träger Autorität und Sicherheit.

Das war etwas, das ihm gefiel. Aus diesem Grund trug er selbst stets akkurat sitzende Anzüge und gestärkte Hemden, auch wenn sein Vater seit jeher der Ansicht war, dass etwas Derartiges in einer kleinen *Engenho* weit entfernt vom Zentrum der Insel nicht nötig war.

Javier Torres hatte seinen Anzug nur dann aus dem Schrank geholt, wenn er ein geschäftliches Treffen in der Stadt hatte. An allen anderen Tagen hatte er sich kaum von den Arbeitern in der Fabrik unterschieden mit seinen Baumwollhemden und -hosen und der verblichenen Schiebermütze auf dem Kopf.

War das der Grund, weshalb die Männer seinem Vater treu ergeben waren, während sie ihn, Alexandro, immer noch mit Zurückhaltung behandelten? Aber er war nun mal nicht der Typ für Vertraulichkeiten. Er war fair; wer gut arbeitete, hatte nichts zu befürchten. Müßiggänger duldete er nicht. Daran hätte sich auch nichts geändert, wenn er jeden Abend mit den Männern ein paar Gläser *Poncha* getrunken hätte.

Er beobachtete, wie ein Leichenwagen vorfuhr. Ein Zinksarg wurde in die Halle hinein- und eine Weile später wieder herausgetragen. Eine Frau im weißen Plastikanzug kam aus dem Gebäude, streifte das Kleidungsstück ab und setzte sich hinter das Steuer eines blauen Jeeps. Die Rechtsmedizinerin, wenn Alexandro alles richtig mitbekommen hatte.

Noch immer konnte er nicht begreifen, was geschehen war. Vor ein paar Tagen noch hatte er geglaubt, der *Engenho* in Prazeres stünde ein steiler Aufstieg bevor. Das Unternehmen war gut in Schuss gewesen, als er es von seinem Onkel geerbt hatte. Immerhin hatte Alexandro seit etlichen Jahren die Geschäftsführung inne, und auch sein Vater vor ihm hatte gute Arbeit geleistet.

Die Brennerei stand auf soliden Füßen, aber das Angebot von *Schnitzler Import Export* hätte der Start in eine neue Ära sein können. Mit dem Geld aus dem Termingeschäft hätte er renovieren und eine neue Produktlinie etablieren können. Der alte Brennmeister

Arturo Andrade hatte im Laufe der Jahre einige schmackhafte Ponchavarianten erfunden. Alexandro hätte sie gern in Flaschen gefüllt und an Touristen verkauft. Doch dafür brauchte man eine neue Abfüllanlage und ein größeres Fabrikgebäude. Schnitzler hätte ihm die Grundlage dafür geliefert.

Aber jetzt funktionierten die Maschinen nicht. Er konnte die Zuckerrohrernte nicht verwerten. Der Termin für den Vertrag würde verstreichen, ohne dass er liefern könnte.

Am Ende müsste er an die deutsche Spirituosenfirma *Grote & Wolf* verkaufen. Und der Preis würde sicher fallen, wenn man dort mitbekam, in welcher Misere er sich befand. Statt zu expandieren, stand er mit einem Mal vor dem Ruin des Traditionsunternehmens. Onkel Caetano würde sich im Grab umdrehen und bereuen, dass er den Betrieb nicht seinem Sohn Nelson vermacht hatte. Dem wäre so etwas sicher nicht passiert.

Alexandro war so in seine Gedanken versunken, dass er nicht merkte, wie sich ihm zwei Beamten der *Guarda Nacional Republicana* näherten. Erst als sie vor ihm stehen blieben, schaute er auf.

»Senhor Torres«, sagte einer der beiden ernst. »Sie werden beschuldigt, den Deutschen Bernd Lange getötet zu haben. Der Richter hat einen Haftbefehl ausgestellt. Wir müssen Sie festnehmen.«

»Was?«

Alexandro war viel zu konsterniert, um Widerstand zu leisten, als sie ihn zu ihrem Wagen führten und auf den Rücksitz bugsierten. Einer der Beamten legte ihm die Hand auf den Kopf, damit er ihn sich nicht am Türholm anstieß. Im nächsten Moment fuhren sie vom Hof.

Er warf noch einen Blick zurück auf die *Engenho*, ehe der Wagen um die Kurve bog.

Alles vorbei. Sein Traum lag in Trümmern.

Mauricio war mittlerweile beim dritten *Bica* angelangt. Er rührte reichlich Zucker hinein und starrte verdrossen auf das Gebäude des *Departamento de Investigação Criminal do Funchal* auf der gegenüberliegenden Straßenseite. Er wusste einfach nicht, was er tun sollte. Die Staatsanwältin hatte ihn von dem Fall entbunden – zu Recht, wie er zugeben musste –, doch er konnte Alexandro nicht einfach im Stich lassen. Wie sollte er sich auf eine Schlägerei in der Markthalle konzentrieren, wenn zugleich gegen seinen Bruder ermittelt wurde?

Fabio kam aus dem Café und setzte sich zu Mauricio. Wie es seine Gewohnheit war, drehte er den Stuhl so, dass die Rückenlehne zum Tisch zeigte, und legte seine verschränkten Arme darauf. Muskulös und bunt tätowiert waren sie, doch was Mauricio bei anderen Männern als Zeichen mangelnden Selbstbewusstseins interpretierte, passte zu Fabio, genau wie seine blond gefärbten Haare und die unvermeidliche Zigarette, die in seinem Mundwinkel hing. Der Ex-Polizist mit der Statur eines Preisboxers war ein guter Typ und – was man angesichts seiner Erscheinung nicht unbedingt erwartete – eine Seele von Mensch.

»Raquel Fonseca ist eine dumme Kuh«, verkündete Fabio.

Mauricio wehrte ab. »Sie hat getan, was nötig war. Auch wenn es mir nicht gefällt. Ich kann es ihr nicht vorwerfen.«

»Felipe Barbosa hätte das auf andere Weise geregelt. Und Matheus Silva auch.«

Der ehemalige leitende Staatsanwalt und sein Stellvertreter. Mauricio nahm an, dass Fabio recht hatte. Felipe und Matheus hätten vermutlich die langjährige Verbundenheit über die Regeln gestellt. Sie hätten ein Auge, vielleicht auch beide Augen zugedrückt und Mauricio die Ermittlungen so lange führen lassen, bis es nicht mehr ging. Raquel Fonseca dagegen urteilte streng nach

Vorschrift. Im Grunde begrüßte Mauricio das. In diesem Fall allerdings hätte er es sich anders gewünscht.

»Sie hätte die Ermittlungen nur nicht Gomes übertragen dürfen.«

Fabio hob die Augenbrauen. »Recardo Gomes? Diesem Schmierlappen gibt sie den Fall?«

Gomes hatte schon in der Mordkommission gearbeitet, als Fabio noch im Dienst gewesen war. Sie hatten ihn beide nie leiden können. Eine Abneigung, die auf Gegenseitigkeit beruhte. Gomes war ein Speichellecker, der unbedingt nach oben wollte. Er hatte keine Skrupel, Gerüchte zu streuen und Intrigen zu spinnen, wenn es ihm nützte. Etwas, das aufrechte, ehrliche Männer wie Fabio und Mauricio verachteten. Sie waren stolz darauf, für Recht und Ordnung einzustehen. Für sie bedeutete das, sich auch selbst entsprechend zu verhalten.

Auf der gegenüberliegenden Straßenseite fuhr ein Dienstfahrzeug der *Guarda Nacional Republicana* vor. Zwei uniformierte Beamte stiegen aus und öffneten die hintere Tür. Dann zogen sie einen widerstrebenden Mann heraus. Es war Alexandro.

Mauricio sprang auf und ballte die Fäuste. Er wollte über die Straße laufen, doch Fabio legte seine Hand schwer auf die Schulter des Freundes. »Tu das nicht.«

Mauricio versuchte ihn abzuschütteln, aber Fabios Hand war wie eine Schraubzwinge.

Sein Freund ließ ihn erst los, als er auf den Stuhl zurücksank und stumm dabei zusah, wie die beiden Beamten seinen Bruder ins Gebäude der *Polícia Judiciária* führten. Recardo Gomes und die Staatsanwältin würden ihn vernehmen und anschließend vermutlich in die Untersuchungshaft überstellen. Und Mauricio konnte nichts tun, um ihm zu helfen. Wütend schloss er die Augen.

»Ich denke nicht, dass du dich damit abfinden solltest«, sagte Fabio.

Mauricio schaute ihn an. »Du meinst ...?«

»Gomes und die Staatsanwältin werden sich auf deinen Bruder einschießen. Aber vielleicht hat der Tod von diesem Deutschen überhaupt nichts mit der Brennerei und deiner Familie zu tun.«

Mauricio nickte.

»Warum versuchst du nicht, etwas über den Deutschen herauszufinden? Ob er Feinde hatte. Jemanden mit einem Motiv, ihm den Schädel einzuschlagen.«

»Dafür bräuchte ich mehr Informationen.«

Als hätte es nur auf dieses Stichwort gewartet, vibrierte das Smartphone in seiner Sakkotasche. Es war eine Nachricht von Diogo Carvalho. Mauricio blickte auf und sah den Kollegen im Gebäude gegenüber am Fenster stehen. Carvalho hob die Hand.

Mauricio schaute auf die Nachricht. Es war die Adresse, unter der Bernd Lange gemeldet war, eine kleine Straße im Zentrum von Ribeira Brava. Lange hatte dort mit einem anderen Deutschen zusammengelebt, einem Mann namens Tobias Thiede.

Mauricio hob den Daumen in Carvalhos Richtung, der daraufhin vom Fenster verschwand. Fabio, der hinter ihn getreten war und auf das Display seines Smartphones schaute, klopfte ihm auf die Schulter.

»Siehst du? Keiner kann dir verbieten, deinen Bruder Jacinto in seiner Bar in Ribeira Brava zu besuchen. Und es spricht auch nichts dagegen, dass du vorher einen kleinen Spaziergang durchs Zentrum machst. Wenn du dabei zufällig durch die Rua de São Bento gehst und diesen ...«, er kniff die Augen zusammen, um den Text auf dem Bildschirm besser entziffern zu können, »Tobias

Thiede triffst, kann dir niemand einen Strick daraus drehen, dass du ein paar Worte mit ihm wechselst.«

Mauricio lachte leise. Dann wurde er wieder ernst. »Was tue ich, wenn er kein Portugiesisch spricht? Ich kann kein Deutsch. Und einen offiziellen Dolmetscher kann ich nicht hinzuziehen, nachdem mich die Staatsanwältin von dem Fall entbunden hat.«

Fabio beugte sich so dicht zu Mauricio, dass dieser das herbe Rasierwasser seines Freundes riechen konnte. »Sag mir, wenn ich mich täusche«, grinste der Café-Besitzer. »Aber ich meine, du hättest heute Besuch bekommen. Von einer hübschen Frau, die zufälligerweise nicht nur hervorragend Portugiesisch spricht, sondern auch Deutsch. Weil es ihre Muttersprache ist.«

Mauricio starrte Fabio an. Bei all den sich überschlagenden Ereignissen hatte er Laura doch tatsächlich vergessen.

4

Laura lief durch die schmalen Straßen hangabwärts zum Strand, *Praia de Calheta*. Dort gab es eine hübsche Strandbar mit gemütlichen Korbstühlen. Im letzten Sommer war sie mit ihrer Freundin Britta hier gewesen, aber es machte ihr auch nichts aus, allein in einem Lokal zu sitzen. Sie nahm auf der Terrasse Platz, bestellte sich *Bica* und Zitronenkuchen und genoss den Blick über den kleinen Strand und das ruhige Wasser, das durch eine große Kaimauer vom aufgewühlten Meer abgeschirmt war.

Die Sonne schien von einem klaren blauen Himmel, und die Luft war warm. Laura beglückwünschte sich, dass sie sich für ihre kurzen Leinenshorts, ein dünnes Top und die flachen Sandalen entschieden hatte. Sie streckte die Beine aus und sah den Badegästen zu. Familien, die ihre Decken ausgebreitet hatten und sich aus ihren Kühltaschen bedienten, Kinder, die mit Bällen oder Schaufeln im Sand und an der Wasserkante spielten. Zwei junge Frauen, die sich mit großer Freude, aber wenig Kunstfertigkeit am Beachball-Spiel versuchten, ein paar mutige Schwimmer, die sich in die sicher kalten Fluten des Atlantiks wagten, und einige der mittlerweile allgegenwärtigen Stand-up-Paddler.

Laura beobachtete gerne Menschen. Sie machte sich auch Notizen. Aussehen und Kleidung, Mimik und Gestik – das alles versuchte sie möglichst präzise zu erfassen und zu beschreiben.

Wenn sie Gesprächsfetzen aufschnappte, stellte sie Vermutungen an – in welcher Beziehung diese Menschen zueinander standen, wie ihre Stimmung war, welche Themen sie beschäftigten. Oft begann sie dann auch, Geschichten zu spinnen – wo die Personen herkamen, wie ihr Leben aussah, welche Pläne sie für die Zukunft hatten. Dieses Material war die Grundlage ihrer schriftstellerischen Arbeit.

Sie dachte daran, dass Britta einmal gesagt hatte, sie würde Laura sowohl beneiden als auch bedauern. Beneiden, weil sie einen Beruf hatte, den man an jedem beliebigen Ort ausüben konnte und der es sogar erforderte, seine Zeit dort zu verbringen, wo andere Urlaub machten. Und bedauern, weil sie all das Schöne nie einfach genießen konnte, sondern alles stets durch ihre Autorinnenbrille betrachtete und niemals Feierabend hatte. Ihre Geschichten lebten mit ihr und ließen sie nicht los. Man konnte sie nicht einfach beiseitelegen und vergessen wie ungebügelte Wäsche.

Damals hatte Laura darüber gelacht. Sie fand ihr Leben wunderbar und ließ sich gern von ihren Geschichten begleiten. Doch dann waren immer mehr Projekte dazugekommen, und sie hatte sich zunehmend ausgelaugt gefühlt. Der Wunsch, den Kopf hin und wieder auszuschalten, war drängender geworden, doch sie hatte feststellen müssen, dass ihr das Talent dazu abhandengekommen war, zerrieben unter dem Mühlstein der Selbstdisziplin, den sie sich selbst umgehängt hatte.

Nun, dann musste sie es eben wieder lernen. Sie verstaute den Notizblock in der Handtasche und schloss die Augen. Die Sonne wärmte sie und machte sie schläfrig. Es war ein angenehmes Gefühl, so als würde sie auf einer Luftmatratze gemächlich über das Meer treiben.

Am liebsten wäre er sofort ins Hotel gefahren, um Laura zu treffen und sich mit ihr auf den Weg zu Bernd Langes Mitbewohner zu machen, ehe Inspektor Recardo Gomes auf die Idee kam, dasselbe zu tun. Aber Gomes hatte Alexandro verhaften lassen und würde damit beschäftigt sein, ihn zu vernehmen. Und der Kollege sprach ebenso wenig Deutsch wie Mauricio. Wenn er diesen Tobias Thiede befragen wollte, müsste er einen amtlichen Dolmetscher anfordern, der nicht binnen einer halben Stunde bereitstand.

Mauricio hatte also Zeit, das zu tun, was ebenso dringlich war wie die Ermittlung des Täters im Mordfall Lange: Er musste das Unheil abwenden, das dem Familienunternehmen drohte. Auf keinen Fall durfte er zulassen, dass die *Engenho* an den deutschen Spirituosenhersteller *Grote & Wolf* verkauft wurde, weil Alexandro den Vertrag mit *Schnitzler Import Export* nicht erfüllen konnte.

Also hatte er den Familienrat einberufen.

Er hatte sich davor gefürchtet, den anderen gegenüberzutreten und ihnen zu berichten, was geschehen war, doch als er jetzt seinen Pick-up vor dem rosafarben gestrichenen Gebäude oben am Hang im Caminho Lombo da Rocha in Prazeres abstellte, fiel die Angst von ihm ab und machte einem warmen Gefühl Platz. In diesem Haus war er aufgewachsen, geliebt und behütet. Es war bescheiden, in einer staubigen Straße mit vielen anderen kleinen Häusern, aber von der Rückseite aus hatte man einen grandiosen Blick über den Atlantik.

Mauricio fand seine Mutter in der Küche, wo sie gerade *Petiscos* zubereitete, Blätterteigpasteten, Hackbällchen und Hähnchen-*Piri Piri*, ihre Spezialität.

Ana Torres war eine kleine, rundliche Frau mit warmen braunen Augen. Sie trug ein schlichtes dunkles Kleid mit einer hellen Schürze darüber. Als er den Raum betrat, drehte sie sich zu ihm um und breitete die Arme aus.

Mauricio drückte sie an seine Brust und ließ sich von ihr umfangen. Für einen Moment standen sie ganz still, und Mauricio genoss das Gefühl der Geborgenheit, das sie ihm vermittelte, obwohl er mittlerweile ein erwachsener Mann war. Aber in ihren Armen war er immer noch der Junge, der mit allen Sorgen zu ihr kommen konnte.

»*Olá, mãe*«, sagte er leise.

Sie löste sich von ihm. »Dein Vater und dein Bruder sind auf der Terrasse. Ich komme später dazu. Möchtest du einen *Bica*? Oder lieber ein kühles *Coral*?«

»Einen Kaffee, *mãe*. Ich muss noch fahren.«

Seine Mutter wandte sich der Espressomaschine zu. »Ich bringe ihn dir gleich nach draußen.«

»Danke.« Mauricio verstand die unausgesprochene Botschaft. Männer hatten in ihrer Küche nichts zu suchen. Das Kochen in diesem Haus war Frauensache. Aber der wahre Grund, warum sie ihn hinausschickte, war, dass er ihre Sorge nicht sehen sollte, die Tränen, die sie nicht zurückhalten konnte. Als er sie im Arm gehalten hatte, hatte er gespürt, dass ihr Kleid feuchte Flecken aufwies.

Er ging durch den Flur, vorbei am Wohnzimmer, zur Hintertür, die auf die Terrasse führte.

»Olá.«

Drei Männer drehten sich zu ihm um, die stumm und gedankenversunken über den Atlantik geblickt hatten, alle drei mit einer Bierflasche in der Hand. Der Älteste war sein Vater, dem man die fast achtzig Jahre nicht ansah, unrasiert, wie eigentlich immer, seit er im Ruhestand war, mit wirren grauen Locken, die ihm fast bis auf die Schulter reichten. Der Mittlere war sein Bruder Jacinto, ein lässiger Enddreißiger mit dunklen Haaren, die ihm in die Stirn fielen, in Jeans, T-Shirt und ausgetretenen Turnschuhen, der Jüngste Alexandros Sohn Tiago. Er trug eine schwarze Lederkluft. Die langen dunklen Haare fielen ihm weit über die Schultern, sein Gesicht wurde von einem schmalen Bart eingerahmt.

»Mauricio.« Jacinto stand auf, stellte die Bierflasche beiseite und nahm seinen Bruder in den Arm. Er schlug ihm auf die Schulter, ehe er ihn auf Distanz schob, ohne ihn loszulassen. »Was ist mit Alexandro?«

»Inspektor Gomes hat ihn verhaften lassen.«

Tiagos dunkle Augen glühten. »Das ist ein Witz.«

»Leider nicht.«

Der junge Mann sprang auf. »Glaubt dieser Idiot wirklich, mein Vater könnte jemanden ermordet haben?«

»Setz dich wieder hin.«

Javier Torres hatte die Stimme nicht erhoben, trotzdem gehorchte Tiago sofort. Mauricios Vater verfügte über eine natürliche Autorität, die ihm gute Dienste geleistet hatte, als er noch Geschäftsführer der *Engenho* in Prazeres gewesen war. Obwohl er mittlerweile seit mehr als zehn Jahren im Ruhestand war und nur noch auf dem Petanca-Platz Anweisungen erteilte, hatte er nichts von seiner Souveränität eingebüßt.

Mauricio nahm zwischen Javier und Tiago Platz. Die Stühle waren im Halbkreis um den Tisch herum aufgebaut, sodass man sich ansehen konnte und trotzdem niemandem der Blick auf den Atlantik verwehrt blieb. Seine Mutter kam mit einer dampfenden Espressotasse heraus, die sie Mauricio reichte.

»Braucht ihr noch Bier?«, erkundigte sie sich.

Javier und Tiago nickten, Jacinto wehrte ab. Er tippte auf seine Armbanduhr. »Ich muss bald los. Wenn die Bar nicht spätestens um sieben öffnet, geht mir das Abendgeschäft durch die Lappen, und dieser Spanier mit seiner Tapasbar, die er in der Nebenstraße aufgemacht hat, lacht sich ins Fäustchen.«

Die Worte »Spanier« und »*Tapas*« spuckte er geradezu aus. Auch wenn man hier auf Madeira weit vom Mutterland und dessen Rivalen entfernt war, die Vorbehalte waren dieselben. Aus portugiesischer Sicht hatten die Spanier einfach keine Kultur. Was sie *Tapas* nannten, waren schlecht gemachte *Petiscos*.

An die Köstlichkeiten, die Mauricios Mutter gleich darauf zusammen mit dem kühlen Coral servierte, kam allerdings auch in Portugal kaum jemand heran. Mauricio und die anderen bedienten sich, während Ana Torres wieder in der Küche verschwand. Wahrscheinlich holte sie noch rasch einige *Pastéis de nata* oder ein paar Buttercroissants.

Mauricio stand auf, um sie zu aufzuhalten. »Du solltest dabei sein, wenn wir über Alexandro und die Brennerei reden.«

Seine Mutter wischte sich die Hände am Küchenhandtuch ab. »Ach. Was kann ich schon dazu sagen?«

Mauricio legte ihr den Arm um die Schultern. »Es geht um deinen Sohn. Und mir ist deine Meinung wichtig.«

Ana Torres lächelte und strich ihm durchs Haar, das zum Glück noch ebenso voll war wie das seines Vaters und seines Bruders Jacinto. Der Einzige von ihnen, der mit dünner werdendem Haar zu kämpfen hatte, war Alexandro, so, wie er von allem, mit dem seine Brüder reichlich gesegnet waren, etwas weniger mitbekommen zu haben schien, sei es die robuste körperliche Konstitution, die große Emotionalität oder die tiefe Schwermut. Bei Alexandro war alles irgendwie flacher. Ob er damit glücklicher war, wusste Mauricio nicht. Im Gegensatz zu Jacinto redete sein älterer Bruder selten mit ihm, schon gar nicht über Gefühle.

Javier wartete, bis seine Frau neben ihm Platz genommen hatte, und griff nach ihrer Hand.

»Also«, sagte er und sah Mauricio an. »Was ist geschehen?«

Mauricio schilderte die Ereignisse des Vormittags so genau

wie möglich. Die anderen hörten schweigend zu. Der Blick seines Vaters verfinsterte sich immer weiter. Seine Mutter holte ein Taschentuch hervor und tupfte sich die Augen. Tiago leerte seine Flasche in einem Zug. Nur Jacinto blieb ruhig.

»Man muss Inspektor Gomes und die Staatsanwältin verstehen«, sagte er. »Es sieht doch wirklich so aus, als hätte jemand diesen Aushilfsarbeiter beauftragt, die Maschinen zu sabotieren, damit Alexandro den Vertrag mit *Schnitzler Import Export* nicht bedienen kann und die Konventionalstrafe zahlen muss. Was ihn dazu zwingt, die Brennerei an *Grote & Wolf* zu verkaufen. Grund genug, dem Saboteur den Schädel einzuschlagen, möchte man meinen.«

Ein Sturm der Entrüstung fegte über ihn hinweg, den er gleichmütig ertrug.

»*Wir* wissen, dass es nicht so war«, fuhr er fort, nachdem sich die anderen wieder beruhigt hatten. »Weil wir Alexandro kennen. Er hat sich noch nie gewehrt. Nicht einmal, als ihm dieser gemeine Junge aus seiner Klasse das Fahrrad weggenommen hat, das er gerade zum Geburtstag bekommen hatte.«

Jacinto, der Nachzügler der Torres-Brüder, kannte diese Anekdote nur aus Erzählungen. Er war damals, als sein zwölf Jahre älterer Bruder von seinem Klassenkameraden drangsaliert worden war, gerade erst auf die Welt gekommen. Aber er liebte die Geschichte. Nicht, weil der Junge seinem Bruder das Fahrrad entrissen und die Klippen hinuntergeworfen hatte, sondern wegen der Lektion, die ihm Javier Torres daraufhin erteilt hatte.

»Du holst das zurück«, hatte er gesagt, und der Junge, der eigentlich weglaufen wollte, war unter Javiers strengem Blick wie festgenagelt stehen geblieben. Der Patron hatte ihm ein Seil um die Brust gewickelt, um ihn zu sichern, und dann musste der Junge die Felsen hinunterklettern und das Fahrrad an einem zweiten Seil befestigen, mit dem Alexandros Vater es wieder nach oben zog. Es hatte ein paar Schrammen davongetragen, aber längst nicht so viele wie der Junge. Der hatte aufgeschürfte Handflächen und Knie, die Ana Torres sorgfältig mit Desinfektionsmittel behandelte. Der Junge hatte vor Schmerz geschrien. Danach hatte Alexandro sich nie wieder gegen ihn verteidigen müssen.

Erst jetzt dachte Mauricio, dass es vielleicht besser gewesen wäre, wenn er es gelernt hätte, statt sich immer auf seinen starken Vater zu verlassen.

»Objektiv betrachtet könnte es so gewesen sein«, sagte Jacinto. »Alexandro könnte diesen Deutschen dabei erwischt haben, wie er die Anlage sabotiert hat. Er hat begriffen, was das für ihn bedeutet, und ihn deshalb erschlagen.«

Dieses Mal beschwerte sich niemand. Alle wussten, dass Jacinto recht hatte. Der Staatsanwältin und Inspektor Gomes war gar keine andere Wahl geblieben.

»Wir müssen beweisen, dass es anders war«, erklärte Jacinto.

»Und wie?« Tiago sah so aus, als sei er bereit, dem Schuldigen höchstpersönlich den Hals umzudrehen.

»Ich werde mit dem Mitbewohner des Toten sprechen.« Mauricio leerte seine Kaffeetasse. »Zum Glück ist Laura heute angekommen. Einen offiziellen Dolmetscher bekomme ich nicht, nachdem mich die Staatsanwältin von dem Fall entbunden hat.«

Ein Lächeln erschien auf Tiagos Lippen und vertrieb die düsteren Wolken auf seiner Stirn.

»Das ist eine tolle Frau, deine Laura.«

Mauricio verengte die Augen. »Wieso?«

Tiago erzählte, wie die Schriftstellerin am Nachmittag das aufgebrachte Ehepaar Schulz zur Raison gebracht hatte, nachdem Sofia Pereira mit deren Mietwagen kollidiert war.

Mauricio seufzte. »Diese Schulzes sind eine Plage. Aber es

sind Stammgäste. Sie kommen jedes Jahr. Und sie geben großzügig Trinkgeld.«

Das Lachen war befreiend, doch alle wurden schnell wieder ernst.

Javier Torres erhob sich ein wenig steif. »Wir lassen die Deutschen mit ihrer Intrige nicht durchkommen«, verkündete er, immer noch der Patron, der in der Familie die Entscheidungen traf. Allerdings nicht, ohne sich mit einem schnellen Blick zu seiner Frau zu versichern, dass das, was er tat, in ihrem Sinne war. »Tiago, du übernimmst die Geschäfte in der *Engenho*, solange dein Vater in Untersuchungshaft sitzt. Ich denke, du kannst ihn für eine Weile in deinem Hotel entbehren, Mauricio?«

Mauricio bestätigte das.

»Gut. Wenn es Schwierigkeiten oder Fragen gibt, kommst du zu mir, Tiago.« Javiers Blick wanderte zu Mauricio. »Du wirst tun, was nötig ist, um den Mörder von diesem Deutschen zu finden und zu klären, warum er sterben musste. Aber sei vorsichtig. Wenn die Staatsanwältin oder dieser Gomes merken, dass du hinter ihrem Rücken ermittelst, werden sie dich kaltstellen. Dann ist alles verloren.«

Mauricio war das Risiko durchaus bewusst.

»Wir schaffen das.« Javier hob seine Bierflasche, und Tiago tat es ihm gleich. Mauricio, seine Mutter und Jacinto griffen in Ermangelung eines Biers zum Wasserglas. »Wir holen Alexandro da raus. Und wir sorgen dafür, dass *Grote & Wolf* die Finger von der *Engenho* lassen.«

Sie war tatsächlich eingenickt! Das war ihr schon lange nicht mehr passiert.

Laura hielt die Augen geschlossen und spürte dem wohligen Gefühl nach, den Bildern, die vor ihrem geistigen Auge dahingetrieben waren, dem entspannten Tonus ihrer Muskeln, der Wärme auf der Haut.

Das Glück währte allerdings nicht lange. Ein Schatten fiel über ihr Gesicht, und ein kalter Wind fuhr über ihre unbedeckten Arme und Beine.

Laura schlug die Augen auf und entdeckte verblüfft, dass sich eine dunkle Wolkendecke von den Bergen im Norden aus über die Insel geschoben hatte. Die Temperatur schien von einer Sekunde auf die andere um mehrere Grade zu fallen, und Laura fröstelte in ihrer dünnen Kleidung. Die Wolken quollen wie im Zeitraffer auf und vermehrten sich in rasender Geschwindigkeit. Das Licht wurde fahl, weil sich die Wolkenfront immer weiter über das Meer hinausschob.

Laura überlegte, was sie tun sollte. Aufbrechen und versuchen, vor dem Einsetzen des Regens, der mit Sicherheit kommen würde, ins Hotel zurückzugelangen? Oder einfach entspannt sitzen bleiben und sich später ein Taxi nehmen? Doch dafür wurde es ihr zu kalt.

Sie wollte gerade aufstehen, als ihr Smartphone klingelte. *Mauricio Torres* stand auf dem Display. Laura nahm das Gespräch an. Ihr Herz klopfte plötzlich schneller.

»*Olá, Dona* Laura«, vernahm sie seine dunkle, warme Stimme. »Sind Sie gut gelandet? Hat Suzana Sie abgeholt? Gefällt Ihnen das Zimmer in meinem Hotel?«

»*Olá, Comissário*«, erwiderte Laura und lächelte, obwohl er es nicht sehen konnte. »Das sind viele Fragen auf einmal. Aber ich kann sie alle mit Ja beantworten.«

»Verzeihen Sie. Es ist einiges passiert heute.«

»Suzana hat es mir erzählt. Ein Toter in der Brennerei Ihres Bruders in Prazeres.«

»*Sim*. Ja.« Mauricio stockte kurz, weil er sich sammeln musste, wie es Laura schien.

»Man hat mir den Fall entzogen«, sagte er dann, und seine Stimme klang nicht länger sanft, sondern hart und kalt. »Jetzt leitet ein *Diletante* die Ermittlungen. Er hat meinen Bruder verhaften lassen.«

»Oh.« Laura wusste nicht, wie sie auf diese Eröffnung reagieren sollte.

»Wo sind Sie?«, fragte Torres.

»Am Strand von Calheta. Ich wollte mich gerade auf den Rückweg zum Hotel machen.«

»Sie werden nass werden. Es fängt bald an zu regnen.«

Laura schaute wieder in den Himmel, der sich weiter verfinsterte. Die Wolken waren jetzt beinahe schwarz. »Die Befürchtung habe ich auch.«

»Bleiben Sie, wo Sie sind. Ich hole Sie ab.«

»Ich glaube, ich nehme mir lieber ein Taxi. Mir ist kalt.«

»Es dauert nicht lange. Ich bin in Prazeres. Maximal eine Viertelstunde. Bestellen Sie sich *Poncha*, dann wird Ihnen warm.«

Laura musste lachen. »In Ordnung. Ich warte auf Sie. Aber ohne *Poncha*. Mir scheint, Sie brauchen jemanden, der einen klaren Kopf hat.«

Mauricio schwieg so lange, dass sie sich fragte, ob sie ihn beleidigt hatte.

»Ja«, sagte er endlich knapp. »Sie haben recht.« Damit drückte er sie weg.

Laura schaute blinzelnd auf das Smartphone, bis das Display erlosch. Hatte sie das Wiedersehen mit Mauricio schon verdorben, ehe sie sich überhaupt begegnet waren?

Er fuhr zu schnell, wie immer, wenn er angespannt war. Auf den meisten Straßen Madeiras war das zum Glück kein Problem. Autobahn und Landstraßen waren gut ausgebaut und in einem hervorragenden Zustand. Dafür hatten umfangreiche Subventionen der EU gesorgt. Und die Portugiesen waren aufmerksame und tolerante Fahrer. Wenn sie merkten, dass jemand schneller fahren wollte, machten sie Platz, um ihn vorbeizulassen. Portugiesischer Machismo drückte sich nicht darin aus, sich Wettrennen auf der Straße zu liefern oder im Verkehr die Muskeln spielen zu lassen.

Mauricio wollte eigentlich an seiner Strategie im Fall Lange feilen, doch das kurze Telefonat mit Laura schob sich in seinen Gedanken immer wieder nach vorn.

Warum hatte er einfach aufgelegt? Sie hatte doch recht; er war aufgewühlt und hatte Mühe, sich zu fokussieren. Aber es entsprach nicht der Art, wie man hier miteinander umging. Portugiesen ging Höflichkeit über alles. Lauras Bemerkung hatte gegen diese Regel verstoßen. So sprach man nicht mit jemandem, mit dem man noch beim Sie war.

In Deutschland war das vermutlich anders. Und Laura war eine Frau, die kein Blatt vor den Mund nahm. Das war es ja, was ihn so an ihr faszinierte. Aber er wusste nicht, ob er damit zurechtkam.

Ob sie eine Entschuldigung von ihm erwartete?

Der Himmel über ihm war pechschwarz. Es machte kaum noch einen Unterschied, ob er sich in einem der langen Tunnel befand oder auf einem Streckenabschnitt unter freiem Himmel. Die starken Schweinwerfer des Pick-ups warfen zwei helle Kegel auf den glatten, schwarzen Asphalt und ließen die Verkehrsschilder und Fahrbahnmarkierungen aufleuchten. Alles, was sich außerhalb dieser Lichtspur befand, war nur schemenhaft zu erkennen, auch die Rücklichter der Wagen, die vor ihm unterwegs waren.

Mauricio drosselte das Tempo. Er fuhr schnell, wenn es die Straßenverhältnisse erlaubten, aber nicht leichtsinnig.

Als er die Abzweigung nach Calheta erreichte, bremste er ab und lenkte den Wagen auf die breite Straße, die an der *Engenho* vorbei zur Strandpromenade führte. In einer oder zwei Minuten würde er Laura gegenüberstehen. Er hatte sich darauf gefreut, doch jetzt kam es ihm vor, als hätte ihn jemand in einer Nussschale auf dem Meer ausgesetzt. Er wurde durchgeschüttelt und irgendwohin getrieben, ohne dass er die Möglichkeit hatte, die Richtung zu ändern.

Das Handy in der Halterung am Armaturenbrett vibrierte, das Display leuchtete auf.

Alexandro hat nach einem Anwalt verlangt und verweigert die Aussage, las er.

Das bleierne Gefühl fiel von ihm ab. Er hielt kurz am Straßenrand.

Danke, Diogo, tippte er, ehe er weiterfuhr.

Gleich darauf lenkte er den Wagen in die Straße, die am Strand entlangführte.

Er war nicht hilflos. Er hatte seine Familie, seine Freunde und Laura. Mit ihrer Hilfe würde er das Ruder herumreißen und das Schiff zurück in den sicheren Hafen steuern.

5

Das Meer, das Laura hinter den Wellenbrechern sehen konnte, war aufgewühlt und beinahe schwarz, genau wie die Wolken, die tief und schwer darüber hingen. Der letzte Rest Sonnenlicht war verschwunden, ebenso wie das leuchtende *Azul* des Nachmittags. Es war nur noch eine Frage von Minuten, bis das Unwetter losbrechen würde.

Sie atmete auf, als der weiße Pick-up am Straßenrand hielt. Beinahe hatte sie befürchtet, Mauricio wäre so eingeschnappt, dass er sie einfach sitzen ließ. Aber dazu war er natürlich zu höflich.

Er stieg aus und kam auf die Strandbar zu. Lauras Herz machte einen kleinen Satz. Sie hatte tatsächlich vergessen, wie attraktiv er war. Ein sportlicher und maskuliner Typ mit vollem, dunklem Haar, einer schmalen, geraden Nase und einem markanten, kantigen Kinn. Ein dunkler Bartschatten bedeckte seine Wangen. Er trug sandfarbene Chinos und ein weißes Hemd, darüber ein helles Leinenjackett.

Als er sie entdeckte, lächelte er. Anscheinend war er ihr nicht mehr böse. Laura erhob sich und ging ihm entgegen.

Dann standen sie voreinander und wussten nicht recht, wie sie sich begrüßen sollten.

Laura fasste ihn an den Schultern und hauchte ihm links und

rechts ein Küsschen auf die Wange; eine Begrüßung, wie sie in Portugal unter Freunden üblich war. Mauricio griff nach ihrer Hand und führte sie an die Lippen.

»*Olá*, Laura«, sagte er rau, und Laura versank in seinen braunen Augen.

Für ein paar Sekunden schien die Welt um sie herum stillzustehen. Dann zerriss ein Donnergrollen die Stille. Ein greller Blitz zuckte zwischen den Wolken auf, die gleich darauf ihre Schleusen öffneten. Dicke Tropfen fielen in dichten Schleiern herab.

Mauricio ließ ihre Hand nicht los.

»Kommen Sie.« Er zog sie hinter sich her zu seinem Pick-up und riss die Beifahrertür auf.

Laura kletterte rasch hinein, während Mauricio um den Wagen herumhetzte. Als er endlich auf dem Fahrersitz saß, waren sein Sakko und seine Hose durchnässt.

»Verdammt.« Er zupfte an dem feuchten Stoff. »Wenn ich nur zwei Minuten früher da gewesen wäre …«

»Dann hätten wir das Wiedersehen zwei Minuten in die Länge gezogen«, entgegnete Laura. Und vielleicht wäre noch mehr passiert. Es hatte nicht viel gefehlt, dann hätte sie ihre Lippen geöffnet und sich den seinen genähert. Jetzt war sie froh, dass es nicht passiert war. Es gab noch so viel zu klären, mit Matthias, und auch in allen anderen Lebensbereichen. Und Mauricio hatte doch wohl auch andere Sorgen, als mit ihr zu flirten?

Der Comissário steuerte den Wagen den Hang hinauf zur *Villa Maria* und hielt vor dem Hotelportal. »Warten Sie im Foyer auf mich? Ich komme gleich nach.«

Laura stieg aus und eilte unter die Überdachung, während Mauricio den Pick-up auf den Parkplatz fuhr. Der Regen rauschte herab, die Stadt und das Meer waren nur wie durch einen Vorhang zu sehen. Laura blieb stehen. Sie wollte nicht hineingehen, auch wenn ihr kalt war. Die Luft war so herrlich frisch und duftete nach Wald und Blumen, und die Tropfen, die über das Pflaster sprangen, hatten etwas Hypnotisierendes.

Mauricio kam im Laufschritt auf sie zu. Sein Haar, sein Sakko, seine Schuhe, alles war komplett durchnässt. Er blieb neben ihr stehen und schüttelte sich.

»Ich ziehe mich rasch um«, sagte er. »Treffen wir uns in einer halben Stunde an der Bar?«

Laura nickte.

»Schön.« Er wollte hineingehen, blieb aber noch einmal stehen. Seine Augen schienen sie zu streicheln. »Ich bin wirklich froh, dass Sie da sind.«

Damit wandte er sich ab, und Laura blieb allein vor dem Hoteleingang zurück.

Wenn sie diese Reise unternommen hatte, um Ordnung in ihr Gefühlsleben zu bringen, war es die falsche Entscheidung gewesen. Ihr Herz hüpfte, ähnlich wie die Regentropfen zu ihren Füßen.

Energisch drehte sie sich um und ging ins Foyer. Sie brauchte jetzt erst einmal eine heiße Dusche. Solange sie fror und sich von Madeira im Regen verzaubern ließ, würde sie kaum einen klaren Gedanken fassen können.

Die dicken Tropfen peitschten über den Hof und hinterließen große Pfützen auf dem Asphalt. Der Schornstein der Fabrik war nur zur Hälfte zu sehen, der Rest verschwand in einer pechschwarzen Wolke, die drohend über die Brennerei zog. Über dem kleinen Weingut zuckten Blitze, und Donnergrollen rollte über Porto da Cruz. Die Welt dahinter, die Berge und das Meer, versank in einem dichten Nebelschleier.

Nelson Pereira ging zu der Schrankwand auf der Rückseite seines Büros. Er wählte eine der zahllosen Rumflaschen, die dort aufgereiht waren, und goss sich einen Fingerbreit *Aguardente de cana-de-açúcar* ein. Während er in kleinen Schlucken trank, schloss er die Augen. Es gab mehrere Brennereien auf der Insel, die Zuckerrohrschnaps produzierten, aber den besten stellten sie seiner Ansicht nach hier in Porto da Cruz her.

Er lauschte dem Regen, der gegen die Scheibe prasselte. Das Geräusch wurde leiser und hörte schließlich ganz auf. Nur von fern hallte noch ein Donner.

Nelson schaute aus dem Fenster. Die Wolkendecke war aufgerissen, die Sonne brach zwischen den schwarzen Fetzen hervor und tauchte den gesamten Komplex der Brennerei Pereira in ein mildes Abendlicht.

Im selben Moment fuhr ein dunkelgrüner Lieferwagen auf den Hof. Viel zu spät, wie ihm ein Blick auf die Uhr zeigte. Er hatte seine Tochter schon vor zwei Stunden zurückerwartet. Energisch stellte er das Glas beiseite und ging hinaus.

»Sofia.«

Seine Tochter, die gerade zum Wohnhaus hinüberlaufen wollte, blieb stehen. »*Pai*.«

Nelson Pereira legte ihr die Hand unters Kinn, damit sie ihn ansah. Wenn sie ihn so zärtlich *Papa* nannte, wollte sie ihn entweder um den Finger wickeln oder irgendetwas vor ihm verbergen.

»Alles in Ordnung mit der Weinlieferung?«

»Ja.«

»War Mauricio nicht zufrieden?«

»Er war gar nicht da.«

»Hat er einen neuen Fall?«

»Ich weiß nicht.« Sofia wich seinem Blick aus.

Nelson gab ihr Kinn frei. »Hast du die Lieferpapiere?«

Sie reichte ihm das Klemmbrett, das sie in der Hand hielt. Er blätterte rasch durch die Seiten. Alle Empfänger hatten quittiert, dass sie die gewünschte Ware erhalten hatten. Das konnte also nicht das Problem sein.

Er sah zu dem dunkelgrünen Lieferwagen. Sofia hatte ihn vorwärts eingeparkt, nicht, wie sonst üblich, rückwärts. Weil sie in Gedanken gewesen war? Oder gab es einen anderen Grund?

Nelson Pereira strich sein Jackett glatt und ging um den Wagen herum. Es hätte ihn nicht gewundert, einen zerbrochenen Scheinwerfer oder eine Beule im Blech zu entdecken, doch da war nichts. Er wollte sich schon abwenden, als ihm auffiel, dass der linke, regennasse Kotflügel einen frischeren Glanz hatte als der restliche Wagen. Er strich mit der Hand darüber und stellte fest, dass sich der Lack irgendwie weich anfühlte und das Blech darunter nicht ganz glatt.

Langsam wandte er sich zu Sofia um und zog den Knoten seiner Krawatte zurecht. »Also?«

»Es tut mir leid, *pai*. Ich habe nicht aufgepasst. Da war ein Begrenzungspfosten, den ich nicht gesehen habe.«

»Kein anderes Auto? Hier fährt nicht in ein paar Minuten ein Wagen der *Polícia de Segurança Pública* oder der *Guarda Nacional Republicana* vor, weil jemand Anzeige erstattet hat?«

»Nein.« Dieses Mal war ihr Blick fest.

»Gut.« Er deutete auf den Kotflügel. »Und das?«

»Das hat ein Freund von mir in Ordnung gebracht.« Sie lächelte schief. »Ich wollte nicht, dass du wütend wirst.«

Nelson legte ihr den Arm um die Schultern. »*Princesa*. Wie kannst du so etwas denken?«

Sie holte tief Luft und schaute zu ihm auf. »Du siehst *mamã* in letzter Zeit immer so böse an.«

Nelson mahlte mit den Kiefern. Es stimmte, aber er hatte nicht gewollt, dass seine Tochter es bemerkte.

»Warum, *pai*?«

Er erwiderte ihren Blick ernst. »Es ist die Kaufsucht. Deine Mutter hat sich überhaupt nicht mehr unter Kontrolle.« Er seufzte. »Ich weiß, dass sie nicht anders kann. Sie fühlt sich leer. Aber es wird immer schlimmer.«

Die Miene seiner Tochter wurde ängstlich. »Können wir uns das nicht leisten?«

Nelson strich ihr mit dem Daumen über die Wange. »Mach dir keine Sorgen, *princesa*. Du wirst eines Tages diesen Betrieb übernehmen, und er wird auf grundsoliden Füßen stehen. Er wird noch viele Generationen von Pereiras ernähren.«

Sofia schien in seinen Augen nach etwas zu suchen, doch ehe sie noch eine Frage stellen konnte, öffnete sich die Tür des Wohnhauses, und eine hagere Frau im schwarzen Kleid stürzte heraus. Sie war Mitte siebzig und komplett ergraut. Die Haare hatte sie im Nacken zu einem straffen Knoten zusammengefasst.

»Nelson!«

»*Mãe*.« Er ging auf sie zu und fasste sie an den Händen. »Was ist los?«

Die Wangen seiner Mutter waren gerötet, und in ihren Augen stand ein Ausdruck, den er noch nie gesehen hatte. »Ana hat mich angerufen.«

Ana war Ana Torres, seine Tante. Eine geborene Pereira, die Schwester seines kürzlich verstorbenen Vaters Caetano.

»Was wollte sie?«

»Man hat Alexandro verhaftet. Und jemand hat die Maschinen in der Brennerei sabotiert.«

»Verhaftet?« Nelson verspürte ein jähes Gefühl der Genugtuung, war aber klug genug, es nicht zu zeigen. »Weshalb denn das?«

»Alexandro soll jemanden umgebracht haben. Und eine deutsche Firma will die Brennerei kaufen.«

»Mord?«

»Du musst dich darum kümmern, Nelson.«

Nelson hob die Augenbrauen. »Die Brennerei gehört uns nicht mehr. *Pai* hat sie Alexandro vererbt.«

»Ein schrecklicher Fehler!«, rief seine Mutter. »Ich weiß nicht, was ihn dazu getrieben hat. Er muss völlig von Sinnen gewesen sein in seinen letzten Stunden. Den eigenen Sohn zu übergehen!«

Nelson wusste, dass sein Vater bis zum Schluss bei klarem Verstand gewesen war. Er kannte auch den Grund für seine Entscheidung. Sie hatten sich überworfen, weil er ihn hier in Porto da Cruz aus dem Betrieb gedrängt hatte. Allerdings nicht, wie ihm sein Vater unterstellt hatte, aus Geltungsdrang, sondern weil sein Vater immer häufiger Fehlentscheidungen getroffen hatte.

»Aber das spielt jetzt keine Rolle mehr«, drängte seine Mutter. »Es geht um die Familie. Wir müssen zusammenhalten.«

Nelson lachte leise. »Und was, denkst du, soll ich tun? Mit meinen Männern nach Funchal fahren und Alexandro aus dem Gefängnis befreien? Oder Mauricio ein paar Fässer unseres besten Weins überlassen, damit er bei den Ermittlungen ein Auge zudrückt?«

Seine Mutter schüttelte den Kopf. »Besorg Alexandro einen guten Anwalt. Du hast Kontakte. Und nimm ihm die Zuckerrohrernte ab, zu einem fairen Preis. Die anderen werden ihn drücken, wenn sie erfahren, dass die Maschinen in Prazeres stillstehen und das frische Rohr nicht verarbeitet werden kann.«

Nelson lächelte. »Natürlich, *mãe*. Ich kümmere mich darum.«

Es schien, als hätte der Himmel entschieden, ihm nicht nur Regen zu bringen, sondern auch einen reichen Geldsegen.

Als sie aus der Dusche trat, eingehüllt in einen dicken, flauschigen Bademantel, den ihr das Hotel – oder Mauricio? – zur Verfügung gestellt hatte, fühlte sie sich besser. Das warme Wasser, das sanft auf sie herabgeprasselt war, hatte nicht nur den Staub der Reise aus ihren Haaren und von ihrer Haut gewaschen, sondern auch ihre Unsicherheit weggespült.

Laura öffnete den Schrank, in den sie gleich nach der Ankunft ihre Kleider gehängt hatte. Das tat sie immer als Erstes. Sich einrichten, alle Dinge an ihren Platz legen, um sich so rasch wie möglich zu Hause zu fühlen.

Sie wählte ein helles Leinenkleid, das ihr knapp über die Knie reichte, dazu die halbhohen braunen Sandaletten und eine leichte dunkelbraune Strickjacke. Noch war es warm genug, um im Freien zu sitzen, doch wenn die Sonne unterging, wurde es rasch kühl.

Es war kurz vor zwanzig Uhr, als sie aus ihrem Zimmer trat und über die schmale Treppe hinunter zur Bar ging. Mauricio war bereits da; er saß mit ausgestreckten Beinen auf einem der Korbstühle auf der Terrasse und schaute über das Meer, auf dem sich das Licht der untergehenden Sonne spiegelte. Die dichten Wolken hatten sich wie von Zauberhand aufgelöst, nur ein paar dünne Schleier schwebten noch über dem Atlantik.

Mauricio hatte sich ebenfalls umgezogen und trug jetzt ein schwarzes Hemd zu hellen Chinos und bequeme braune Slipper. Der Bartschatten schien seit ihrer ersten Begegnung vor einer knappen Stunde noch eine Spur dunkler geworden zu sein.

Sie musste wirklich aufpassen, wenn sie nicht in ein heilloses Gefühlschaos geraten wollte. Dieser Comissário Torres übte eine gefährliche Anziehung auf sie aus. Dabei war er überhaupt nicht ihr Typ. Viel zu impulsiv, viel zu melancholisch. Es gab schließlich gute Gründe, dass sie einen deutschen Professor geheiratet hatte. Wenngleich die derzeitige Situation den Verdacht nahelegte, dass der vernunftbegabte Intellektuelle ebenso wenig rational handelte. Im Gegenteil war Torres seiner Frau Maria wahrscheinlich treu gewesen. Impulsiv hin oder her, er war ein Mann mit einem ausgeprägten Ehrgefühl, wie so viele Portugiesen.

Mauricio blickte auf, als sie aus der Tür trat. Sie meinte, Begehren in seinen Augen zu sehen, doch es verschwand so schnell, wie es gekommen war. Der Comissário erhob sich und deutete eine Verbeugung an.

»Darf ich Ihnen etwas zu trinken bringen? Ein kühles Coral? Oder ein Glas Wein?«

Laura überlegte kurz. Sie mochte das leichte Bier, das auf Madeira gebraut wurde, doch zu ihrem Wiedersehen mit Mauricio schien ein Wein besser zu passen.

»*Um momento*.« Torres ging durch die Terrassentür in die Bar, kehrte aber gleich darauf mit leeren Händen zurück. Laura hob fragend die Augenbrauen.

»Der Wein kommt sofort.« Torres wies auf die beiden Korbstühle. Er wartete, bis Laura sich gesetzt hatte, ehe er selbst Platz nahm. Was die Höflichkeit anging, könnten sich viele deutsche Männer etwas von ihren portugiesischen Geschlechtsgenossen abschauen.

Im Westen berührte der Sonnenball die Spitzen der Berge. Die dünnen Wolkenschleier färbten sich rot und orange. Auch die Sonne veränderte ihre Farbe, während sie hinter den Bergen versank. Tiefrot war sie, als die letzte schmale Sichel verschwand. Auf der gegenüberliegenden Seite, über dem Meer, leuchtete der Himmel in einem unwirklichen Rosa und Hellblau, ehe sich die Dunkelheit wie eine schwarze Decke darüberschob.

Alles schien wie im Zeitraffer zu geschehen, weil die Bahn der Sonne hier, viertausend Kilometer weiter südlich als in Hamburg, viel steiler verlief. Während sich der Sonnenuntergang über der Alster lange hinzog, dauerte er auf Madeira nur wenige Minuten. Laura hatte das Gefühl, dass sich das Erlebnis durch diesen Umstand intensivierte. Sie konnte keine Sekunde lang den Blick abwenden, weil es so wunderschön war.

Erst als sich die Farben aufgelöst und einem dunklen Blau Platz gemacht hatten, das langsam nachtschwarz wurde, schaute sie Mauricio wieder an. Im selben Moment trat ein junger Mann an den Tisch und servierte zwei Gläser Rotwein.

Laura stutzte. Das war der Mann, dem sie am Nachmittag beim Zusammenstoß des Lieferwagens mit dem Mietwagen des Ehepaars Schulz begegnet war. Jetzt, in der einbrechenden Dunkelheit, sah er beinahe finster aus mit seiner Lederkluft und den wilden schwarzen Haaren.

Mauricio nickte ihm zu. »Danke, Tiago.«

Der Mann verneigte sich und verschwand wieder im Inneren des Hotels.

Mauricio hob sein Weinglas. »*Bem-vindo à Madeira*, Laura«, hieß er sie willkommen. Die Gläser klirrten leise, als sie mit ihm anstieß. Ein warmes Gefühl breitete sich in ihr aus, das sicher nicht nur vom Wein kam.

Mauricio behielt sein Glas in der Hand. »Ihnen ist vermutlich bekannt, dass man in Portugal sehr förmlich im Umgang miteinander ist«, begann er umständlich. »Höflichkeit und Respekt spielen eine große Rolle. Man duzt sich nicht so leicht. In vielen Familien werden selbst die Eltern und Großeltern von ihren Kindern und Enkelkindern gesiezt.«

»Ja, ich weiß«, bestätigte Laura. Ihr Mann Matthias beschäftigte sich beruflich mit der portugiesischen Kultur. Er hatte in Laura nicht nur die Liebe zu Land und Leuten geweckt und sie unterstützt, die Sprache zu lernen, sondern ihr auch interessante Einblicke in die portugiesische Lebensart vermittelt. »Trotzdem kann ich es mir nur schwer vorstellen. Ich könnte niemanden siezen, der mir nahesteht, schon gar nicht innerhalb der Familie.«

»Das sind eben unterschiedliche Kulturen«, entgegnete Torres ein wenig steif.

»Siezen Sie Ihre Mutter?«

»Nein.« Ein Lächeln zog über sein Gesicht, wie sie es bisher noch nicht bei ihm gesehen hatte. So viel Wärme und Liebe lagen darin, dass Laura beinahe neidisch wurde. Ein so herzliches Verhältnis hatte sie zu ihrer Mutter nicht.

Mauricio grinste und sah plötzlich verwegen aus. »Ich sieze auch meinen Vater nicht. Bei uns in der Familie ist man nicht so förmlich. Deshalb ...« Er leckte sich die Lippen, als ließe ihn ausgerechnet jetzt seine Courage im Stich. Dann gab er sich einen Ruck. »Ich dachte, wir könnten uns vielleicht duzen.« Er hob ihr fragend sein Glas entgegen.

»Ja. Gern.« Laura stieß erneut mit ihm an.

Sein Gesicht war plötzlich ganz nah vor ihrem, und er hauchte ihr einen sanften Kuss auf die Lippen. Ehe sie reagieren konnte, hatte er sich schon wieder in seinem Sessel zurückgelehnt.

Laura blinzelte. Torres hatte eine Art, sie zu überrumpeln, die ihr zugleich gefiel und widerstrebte. Sie seufzte leise. Es würde wohl hier auf Madeira nicht leichter werden, ihr Gefühlsleben zu ordnen, sondern eher noch schwieriger als zu Hause.

Um wieder festen Boden unter den Füßen zu bekommen, wechselte sie das Thema. »Ein sehr ritterlicher Mann, Ihr junger Angestellter«, sagte sie und schnalzte ärgerlich mit der Zunge, weil sie die neu beschlossene Anrede nicht umgesetzt hatte. »Dein Angestellter, meine ich.«

Mauricio runzelte verständnislos die Stirn. Laura erzählte ihm, wie sich der junge Mann vor Sofia Pereira gestellt hatte, um sie vor dem Zorn des Ehepaars Schulz zu schützen. Zu ihrer Überraschung lächelte er nicht. Vielmehr legte sich ein Schatten über sein Gesicht. »Den Teil der Geschichte kannte ich noch nicht. Aber ich hatte es befürchtet.«

Laura konnte sich keinen Reim auf seine Reaktion machen.

»Tiago ist nicht mein Angestellter«, erklärte der Comissário. »Er ist mein Neffe. Der Sohn meines Bruders Alexandro.«

»Oh.« Laura stellte ihr Glas ab. »Dann ist das so eine Art Romeo-und-Julia-Geschichte? Zwei verfeindete Familien, und die Kinder müssen ihre Liebe geheim halten?«

»Nein. Das ist keine Liebesbeziehung.« Mauricios dunkle Augen schienen sie zu durchbohren. Dann ließ er sich wieder zurücksinken und winkte ab. »Tiago und Sofia kennen sich von Kindesbeinen an. Sie finden es albern, dass Alexandro und mein Cousin Nelson nicht mehr miteinander reden. Aber mehr ist da nicht. Es ist auch keine Familienfehde. Sicher, Nelson verübelt es Alexandro, dass er die Brennerei in Prazeres bekommen hat. Nelson meint, sie stehe ihm zu. Er behauptet auch, Alexandro hätte irgendwie daran gedreht. Was nicht stimmt. Aber wir sind nicht verfeindet. Nelson ist zwar gekränkt, trotzdem machen wir weiterhin Geschäfte miteinander. Er liefert uns den Wein, und er lässt Sofia die Waren vorbeibringen.«

»Weiß er, dass dein Neffe und sie ineinander verliebt sind?«

Mauricio schnitt eine Grimasse. »Ich sage doch, da ist nichts.«

»Wo ist dann das Problem?«

Mauricio nippte an seinem Glas. »Tiago ist ein Rebell. Ich versuche, ihn einzugliedern. Es geht nicht, dass er aus persönlichen Gründen Gäste angeht.«

»Sie haben sich unmöglich benommen.«

Der Comissário seufzte. »Ich weiß. Tiago hat es mir erzählt. Er war sehr beeindruckt, wie du die Situation gelöst hast. Und ich kenne das Paar; sie machen ständig Ärger. Trotzdem. Die Schulzes sind Stammgäste. Du hast es ja schon gesagt. In Portugal ist Höflichkeit immens wichtig. In unserer Branche umso mehr.«

»Der Kunde ist König.«

»Bitte?«

»So sagt man es bei uns. *O cliente é rei.*«

Mauricio lachte. »Hübsch. Es bringt die Sache auf den Punkt.«

Laura wollte nicht weiter über die Hotelbranche oder die junge Liebe diskutieren, für die Mauricio offensichtlich blind war.

»Glaubst du, Nelson hat etwas mit dem Mord in der Brennerei zu tun?«, fragte sie.

Der Comissário schüttelte den Kopf. »Welchen Grund sollte er dafür haben?«

»Rache.« Das war immer ein starkes Motiv. Ein Mensch, der schwer gekränkt oder betrogen wurde, entwickelte heftige negative Gefühle. Wut, Hass, Verbitterung. Wenn sie nicht verarbeitet, sondern verdrängt wurden, schwärten sie im Geheimen weiter, bis ein seelischer Überdruck entstand. Wie bei einem Dampfgartopf, bei dem das Ventil defekt war. Irgendwann explodierte das Ganze.

Torres lächelte müde. »Das hier ist kein Kriminalroman, Laura. Das ist die Realität. Nelson hat sich über seinen Vater geärgert und begegnet Alexandro und unserer Familie seitdem mit Vorbehalten, aber er hat keinen Grund für einen Mord. Es geht ihm wirtschaftlich gut, und die Brennerei in Prazeres ist für ihn nur ein kleiner Fisch. Außerdem ist er kein Mann, der sich von Gefühlen leiten lässt, sonst wäre er nicht so ein erfolgreicher Geschäftsmann.«

Nun war es Laura, die sich gekränkt fühlte. »Ich denke mir Geschichten aus, ja. Aber wenn sie nicht glaubhaft wären, würde niemand meine Bücher lesen. Man kann die Leute nicht für dumm verkaufen.«

Der Comissário hob die Hände. Er wollte diese Debatte offensichtlich nicht führen. Nicht, weil sie ihn überzeugt hatte, argwöhnte Laura, sondern weil er von seiner Meinung nicht abrücken wollte, aber keine Lust hatte zu streiten.

Laura fand das nicht produktiv, ließ ihn aber gewähren. »Erzähl mir, was in Prazeres passiert ist.«

Torres' Miene blieb verschlossen. »Das sind Ermittlungsdetails. Polizeiinterna.«

Laura wurde ungeduldig. »Soweit ich weiß, hat man dich von den Ermittlungen entbunden. Und du wolltest meine Hilfe. Wie soll das gehen, wenn ich keine Informationen habe?«

Mauricios Augen waren dunkel, fast schwarz. »Ich will mit dem Mitbewohner des Toten sprechen. Ein Deutscher.«

Laura trank einen großen Schluck aus ihrem Glas. »Du brauchst eine Dolmetscherin. Schön.« Sie lächelte ihn herausfordernd an. »Sag einfach Bescheid. Ich schreibe dann eine Honorarrechnung.«

»Laura.« Seine Stimme war plötzlich wieder warm und samtweich. »So habe ich das nicht gemeint.«

Ein Schauer lief ihr über den Rücken, als hätte er sanft mit dem Finger ihre Wirbelsäule entlanggestrichen. Sie sagte nichts.

»Das ist eine schwierige Situation für mich«, erklärte er. »Die Brennerei ist wichtig für meine Familie. Ich habe versprochen, mich um die Angelegenheit zu kümmern. Ich kenne meinen Bruder. Ich weiß, dass er kein Mörder ist, doch im Augenblick ist er der Hauptverdächtige. Ich muss herausfinden, was wirklich geschehen ist, aber alle offiziellen Wege sind mir versperrt.« Er schloss kurz die Augen. Dann schaute er zu ihr auf. »Ich brauche wirklich deine Hilfe, Laura.«

Sie faltete die Hände auf den Knien und lächelte. »Gut. Wo fangen wir an?«

6

Die Dunkelheit hatte sich wie eine samtene Decke über die Insel gelegt. Von den Hängen glitzerten vereinzelte Lichter. Sie blinkten auf, wenn sie aus einem Tunnel hinausfuhren, und verschwanden, wenn sie in den nächsten eintauchten. Die Unterführungen selbst waren gut beleuchtet. Der Asphalt glänzte schwarz, die Fahrbahnmarkierungen strahlten weiß. Das Geld, das die EU für Portugals Straßenbau bereitgestellt hatte, war wirklich gut genutzt worden.

Mauricio fasste das Lenkrad seines Pick-ups fester. Seit sie vom Parkplatz des Hotels gerollt waren, hatte Laura geschwiegen. In ihrem Kopf schien es heftig zu arbeiten, aber sie ließ ihn nicht teilhaben.

War es richtig, sie zu seiner Verbündeten zu machen? Sie würde keine strafrechtlichen Konsequenzen zu befürchten haben, aber er zog sie in etwas hinein, das nicht in Ordnung war.

Die Staatsanwältin hatte ihm weitere Ermittlungen im Fall des toten Bernd Lange untersagt. Ihn selbst erwartete ein Disziplinarverfahren, wenn sein eigenmächtiges Handeln bekannt würde. Und auf Laura käme zumindest einiger Ärger zu. Aber hatte er überhaupt eine Wahl?

Raquel Fonseca und Recardo Gomes waren davon überzeugt, mit seinem Bruder Alexandro den Schuldigen bereits in Gewahrsam zu haben. Sie würden andere Möglichkeiten nicht ausreichend berücksichtigen. Wenn er seinem Bruder helfen wollte, musste er selbst etwas unternehmen.

Er erreichte die Abzweigung nach Ribeira Brava und fuhr bis ins alte Zentrum mit den schmalen Gassen. Auf dem Parkplatz an der Kirche, der Igreja Matriz da Ribeira Brava, stellte er den Wagen ab. Als er die Tür öffnete und die Innenbeleuchtung anging, wandte Laura ihm den Kopf zu.

»Mir ist nicht wohl bei der Sache«, bekannte sie.

Mauricio ließ die Hand auf dem Lenkrad liegen. Die Energie, die er auf dem Weg hierher noch verspürt hatte, löste sich in Luft auf. Ohne Laura würde es vermutlich kein Gespräch mit dem Mitbewohner von Bernd Lange geben. Es sei denn, Tobias Thiede sprach Portugiesisch. Vielleicht sollte er das herausfinden, ehe er Laura in seine heimlichen Ermittlungen hineinzog.

»Da oben ist die Bar meines Bruders Jacinto«, sagte er und deutete vage nach links, die Steilküste hinauf. »Ich fahre dich hin, und du wartest dort. Ich gehe allein zu Thiede. Vielleicht beherrscht er die Sprache, und ich brauche keine Übersetzerin.«

Laura lächelte, so flüchtig, dass er es beinahe übersehen hätte. »Ich mache mir vor allem Sorgen um dich, Mauricio. Du setzt deinen Job, deine ganze Karriere aufs Spiel. Mir kann nicht viel passieren. Ich bin eine neugierige Schriftstellerin, die recherchiert und Fragen stellt. Das ist nicht verboten. Aber dir hat die Staatsanwältin untersagt, dich weiter mit dem Fall zu beschäftigen.«

Ihre Worte trafen ihn direkt ins Herz. Laura war eine starke Frau, während er selbst sich gerade klein und schwach fühlte. Aber diesem Impuls durfte er nicht nachgeben.

»Es gibt keine andere Möglichkeit«, erklärte er. »Ich muss Alexandro helfen.«

Dieses Mal war ihr Lächeln breiter. »Ich dachte, *du* könntest vielleicht in Jacintos Bar warten. Ich gehe zu Tobias Thiede und sage ihm, dass ich vom Tod seines Mitbewohners gehört habe. Ich behaupte, ich würde ein Buch darüber schreiben, und bitte ihn, mir ein paar Fragen zu beantworten.«

Mauricio musterte sie, die dunkelblonden, schulterlangen Haare, die ihr Gesicht umrahmten und ihm eine ruhige, überlegte Ausstrahlung verliehen, die graublauen Augen, denen nichts zu entgehen schien, den Mund, der, wie er seit Kurzem wusste, genauso weich war, wie er aussah, und den er gern noch einmal geküsst hätte. Sie blickte ihn unschuldig an, doch in ihren Augen lag ein Glanz, der ihn misstrauisch machte.

»Das ist überhaupt kein Trick, um Thiede zum Reden zu bringen«, erkannte er. »Du planst wirklich einen Roman über den Fall.« Wut stieg in ihm auf.

Laura hob die Hände. »Was spricht dagegen? Am Ende profitieren wir beide. Wir helfen deinem Bruder, die Anschuldigungen zurückzuweisen, finden den Mörder von Bernd Lange und retten den Brennereibetrieb deiner Familie. Und ich habe einen Stoff, den ich dem Verlag anbieten kann. Natürlich verändere ich die Personen so, dass man niemanden erkennt. Das Buch wird nur in Deutschland erscheinen. Keiner aus deiner Familie wird es jemals lesen. Es schadet niemandem, aber mir nützt es.«

Mauricio ließ sich die Sache durch den Kopf gehen. Es gefiel ihm nicht, aber wenn er Lauras Hilfe wollte, musste er wohl Zugeständnisse machen.

»Also gut. Geh zu Tobias Thiede. Ich warte in der Bar und hole dich hier wieder ab, wenn du fertig bist. Aber falls er irgendwas zu sagen hat, das mich interessieren könnte, rufst du mich an.«

Laura öffnete die Tür des Pick-ups. »So machen wird es«, sagte sie und schwang sich dynamisch hinaus.

Mauricio sah ihr nach, wie sie die schmale Gasse entlangging, bis sie in der Dunkelheit verschwunden war. Dann startete er den Motor wieder und machte sich auf den Weg zu Jacintos Bar.

Das Haus in der Rua de São Bento war ein schmales, weiß gestrichenes Gebäude mit einem flachen Dach, das eingezwängt zwischen zwei größeren Wohnhäusern stand. Trotzdem wirkte es gemütlich, mit grün gestrichenen Fensterläden und einem alten rostigen Fahrrad vor der Tür, das zu einer Blumenampel umgestaltet worden war. Rote Blüten ergossen sich über den Lenker und das Vorderrad, das war auch im schwachen Schein der Straßenlaternen zu erkennen.

Durch einen Spalt zwischen den Fensterläden konnte Laura sehen, dass in einem der Zimmer Licht brannte. Bernd Langes Mitbewohner war offenbar zu Hause.

Sie überlegte, wie sie das Gespräch beginnen sollte. Wusste Tobias Thiede überhaupt schon, was mit seinem Wohnungsgenossen geschehen war? Sie hatte vergessen, Mauricio danach zu fragen. Auf der anderen Seite würde es nicht schwierig sein, die Antwort herauszufinden. Wenn sie sich vorsichtig herantastete, erfuhr sie auf diese Weise vielleicht sogar mehr. Sie würde sich einfach auf ihre Intuition verlassen.

Entschlossen ging sie zur Haustür und suchte nach einem Klingelknopf. Sie fand keinen, nur einen altmodischen Türklopfer aus Messing, direkt unter einem Fischauge, durch das die Bewohner nachsehen konnten, wer auf der Schwelle stand. Ehe sie ihn betätigte, nahm sie ihr Smartphone hervor und startete den Voice Recorder. Das würde es leichter machen, später die Details des Gesprächs für Mauricio ins Portugiesische zu übersetzen.

Sie verstaute das Smartphone in der Westentasche. Der dünne Stoff würde die Aufnahme hoffentlich nicht stören. Anschließend klopfte sie an. Das Geräusch war nicht besonders laut; trotzdem waren auf der anderen Seite der Tür nur Sekunden später Schritte zu hören. Aus dem Fischauge drang Licht und verschwand wieder, weil jemand offenbar erst eine Klappe beiseitegeschoben hatte und nun hindurchsah. Dann erschien wieder das Licht, und die Tür öffnete sich.

Ihr gegenüber stand ein mittelgroßer Mann mit hellem Haar, das er nachlässig aus der Stirn gekämmt hatte. Er war braun gebrannt und trug abgeschnittene Jeans und ein bunt bedrucktes T-Shirt, das über seinen muskulösen Schultern spannte. Sein Kinn war mit blonden Bartstoppeln übersät. Im rechten Mundwinkel hing eine selbst gedrehte Zigarette, die zur Hälfte heruntergebrannt war. Mitte dreißig, Typ Abenteurer, selbstbewusst, nahm Laura rasch und fast automatisch eine Charakterisierung vor. Als Autorin war sie daran gewöhnt.

Er blinzelte sie fragend an. »*Olá?*«

»*Olá*«, erwiderte Laura. »*Chamo-me Laura Flemming. Eu gostaria de falar com o senhor.*«

Thiedes Miene blieb ratlos. Offenbar beherrschte er nicht einmal die grundlegenden portugiesischen Wendungen.

»Hallo«, übersetzte sie in ihre Muttersprache. »Mein Name ist Laura Flemming. Ich würde gerne mit Ihnen reden.«

»Ah! Sie sprechen Deutsch!« Auf seinem Gesicht zeichnete sich kurz Erleichterung ab. Dann wurde es wieder misstrauisch. »Worum geht es denn?«

»Um Ihren Mitbewohner.«

»Bernd ist nicht da.« Tobias Thiede verschränkte die Arme vor der Brust. Von seiner Zigarette löste sich ein Stück Glut und zeichnete eine leuchtende Spur in die Nacht, ehe es auf dem Pflaster auftraf und erlosch.

»Darf ich vielleicht kurz hereinkommen?«

Thiedes Haltung blieb ablehnend. »Ich wüsste nicht, wozu.«

»Ich habe Ihnen eine traurige Mitteilung zu machen.«

»So?« In Thiedes Blick schlich sich Unsicherheit. Er schien zu überlegen, wann er seinen Mitbewohner zuletzt gesehen hatte. Offenbar war es schon eine Weile her. »Was ist denn mit Bernd? Hatte er einen Unfall? Wir sind nicht verwandt. Wenn es irgendwas zu entscheiden gibt, bin ich nicht der Richtige.«

»Herr Lange ist tot.«

»Tot?« Die Zigarette fiel ihm aus dem Mundwinkel. Er trat sie aus, ohne es wirklich zu bemerken. »Wieso tot?«

»Man hat ihn ermordet.«

Thiede fuhr sich durch die Haare, als könnte er dadurch in den Kopf bekommen, was nicht hineinwollte. »Aber ... warum?«

»Das würde ich gerne herausfinden.«

»Sind Sie von der Polizei?«

»Nein. Ich bin Schriftstellerin.«

Thiede schüttelte den Kopf. »Sie wollen mich auf den Arm nehmen.« Er machte Anstalten, ihr die Tür vor der Nase zuzuwerfen.

»Bitte. Warten Sie.«

Thiede verharrte mitten in der Bewegung.

»Ein Freund von mir ist Comissário bei der *Polícia Judiciária*, der Kriminalpolizei in Funchal. Er hat mich gebeten, Sie aufzusuchen, um Ihnen die Todesnachricht zu überbringen.«

»Warum kommt er nicht selbst?«

»Er spricht kein Deutsch.«

Tobias Thiede lachte spöttisch und entblößte dabei braun verfärbte Zähne mit mehreren Lücken. »Darauf falle ich nicht herein. Sie wussten doch gar nicht, dass ich kein Portugiesisch verstehe. Sonst hätten Sie es nicht damit versucht.«

Laura gab sich geschlagen. »Sie haben recht. Die Sache ist

kompliziert. Können wir uns einen Moment zusammensetzen? Dann erkläre ich Ihnen alles.«

Thiede legte den Kopf schief. »Na gut. Gefährlich sind Sie ja wohl nicht.« Er trat beiseite und gab die Haustür frei. »Also bitte. Kommen Sie herein.«

Die Terrasse von Jacintos Bar war leer. Anfang April waren die Abende und Nächte noch kühl, und durch den Regenguss waren die Temperaturen zusätzlich gesunken. Dafür lockte der gelbe Schein der Lampen aus dem Inneren.

Mauricio ging trotzdem über die gepflasterte Plattform und warf einen Blick hinunter zum Meer. Die Steilküste glänzte schemenhaft grau, das schwache Licht der schmalen Mondsichel spiegelte sich auf dem Fels. Das Wasser konnte er nicht sehen, es lag in der Finsternis, aber er hörte von unten die Brandung, das rhythmische Anrollen und Sich-Zurückziehen der Wellen und das Aufspritzen der Gischt. Geräusche, die ihm vertraut waren und ihm halfen, sein inneres Gleichgewicht wiederzufinden. An lauen Sommerabenden saß er oft hier draußen, mit einem *Bica* oder *Poncha* neben sich auf dem Tisch, und hing seinen Gedanken nach. Manchmal tanzte er auch, wenn Fado-Musik aus dem Lokal hinausdrang, und stellte sich vor, er hielte Maria in seinen Armen. Doch heute war es ihm zu kalt und zu feucht.

Er betrat das Lokal durch den Eingang von der Terrasse aus. Es war gut besucht. Alle Tische waren besetzt, es wurde geredet und gelacht. Obwohl Jacintos Bar nicht im Zentrum von Ribeira Brava lag, machten sich viele die Mühe, hier heraufzukommen. Das lag an der gemütlichen Einrichtung ebenso wie an Jacintos Lässigkeit. Man traf sich hier zwanglos, Jacinto mixte einen hervorragenden *Poncha* und andere Cocktails, und es gab auch eine kleine Auswahl an schmackhaften *Petiscos*. Das Mobiliar war schlicht, sorgfältig aufgearbeitete Tische und Stühle aus einem rötlichen Holz, darüber alte Schiffslaternen, die ein behagliches gelbes Licht abstrahlten. An den Wänden hingen kunstvolle Fotografien in Schwarz-Weiß. Sie zeigten Zahnräder, Rohre und Zapfhähne in Großaufnahme. Mauricio wusste, dass sie allesamt aus der Brennerei in Prazeres stammten.

Hinter der Theke befand sich ein hohes Regal mit Gläsern und Flaschen, in denen Spirituosen in allen Farben glitzerten, effektvoll beleuchtet durch in die Decke integrierte Strahler. Außerdem gab es eine Reihe handgeschnitzter Skulpturen, die Mauricio sehr mochte. Sie standen auf dem Tresen, im Flaschenregal und auf einem halbhohen Sims, das sich durch den Raum zog. Es waren Musiker und Tänzer, glatt polierte Figuren ohne Gesichter, nur mit einzelnen Details, einem flachen Hut, einem Fächer, einer Gitarre oder Geige, aber gerade diese Schlichtheit berührte Mauricio. Sie waren ganz auf das Wesentliche beschränkt und vermittelten dadurch eine besondere Intensität. Wenn keine anderen Gäste da waren, nahm Mauricio oft seine liebste Figur in die Hand, den Tänzer mit dem Hut und den ausgebreiteten Armen, und strich andächtig über das glatte Holz.

Er rutschte auf den letzten freien Hocker an der Bar, direkt neben dem Hintereingang. Sein Bruder, der an einem der Tische bediente, entdeckte ihn fast sofort.

»Mauricio.« Jacinto legte ihm im Vorbeigehen kurz die Hand auf die Schulter. »Einen *Poncha*? Oder lieber einen *Bica*?«

»Kaffee. Ich muss noch fahren. Und ich brauche einen klaren Kopf.«

»Aha?« Das Mahlwerk der Espressomaschine krachte. Jacinto füllte eine kleine Tasse und schob sie Mauricio hin, zusammen mit einem Schälchen mit Rohrzucker.

»Ich bin mit Laura gekommen.«

»So?« Jacinto sah sich neugierig um. »Wo ist sie?«

»Ich habe sie unten im Ort abgesetzt. Sie will mit dem Mitbewohner des Toten sprechen.«

Jacintos Augenbrauen wanderten so weit nach oben, dass sie unter den schwarzen Haaren verschwanden, die ihm in die Stirn hingen. »Du hast nichts davon gesagt, dass das Mordopfer aus Ribeira Brava stammt.«

Mauricio gab zwei Löffel Zucker in seinen *Bica*. »Was hätte das geändert?«

»Wie heißt der Mann? Vielleicht ist er einer meiner Gäste.«

Mauricio lächelte schwach. »Wohl kaum. Der Mann war Aushilfsarbeiter. Er hat unten im Ort gewohnt. Er ist sicher nicht hier heraufgefahren, um ein kühles Coral zu trinken.«

Jacinto hob die Schultern. »Zu mir kommen viele.«

»Wenn du meinst.« Mauricio nippte an seinem Kaffee. »Sein Name ist Lange. Bernd Lange.«

Er blickte auf, weil Jacinto nicht reagierte. Dann sah er, dass sein Bruder ihn mit offenem Mund anstarrte. »Bernd? Der Tote in der *Engenho* war Bernd?«

»Du kennst ihn tatsächlich?« Mauricio verspürte ein Kribbeln.

Jacinto hob die Hand und deutete auf die Skulpturen auf dem Sims. »Er hat für alle möglichen Leute gejobbt, aber eigentlich war er Künstler. Er hat die Figuren gemacht. Auch deinen Tänzer.«

Mauricio wurde von einer unerwarteten Traurigkeit überrollt. Den Mann, der diese wunderbaren Skulpturen geschaffen hatte, hätte er gern kennengelernt. Lebendig.

»Bernd war ein Aussteiger. Er hat in Deutschland alles hingeschmissen und ist nach Madeira gekommen. Weil es ihm hier besser gefiel. Die Menschen, die Lebensart, das Wetter.« Jacinto lächelte. »Ich konnte ihn verstehen. Wer will schon in einem Land leben, in dem alles nur im Befehlston und mit Stechuhr läuft?«

»Ich glaube, ganz so ist es nicht«, bemerkte Mauricio abwesend, während er versuchte, die Informationen, die ihm Jacinto geliefert hatte, zu einem Bild zusammenzusetzen. »Weißt du, für wen Lange gearbeitet hat? Außer Alexandro, meine ich.«

»Keine Ahnung.« Jacinto breitete die Arme aus. »Ich wusste nicht mal, dass er Alexandro kennt. Wir haben nicht über seine Jobs geredet.«

»Sondern?«

Ein Lächeln stahl sich in Jacintos Mundwinkel. »Wichtige Dinge. Kunst. Frauen. *Poncha*.«

»Man sagte mir, er hätte kaum Portugiesisch gekonnt.«

»Wir haben Englisch gesprochen. Aber eben nicht über die Arbeit.«

»Schon gut.« Mauricio winkte ab. »Vielleicht bekommt Laura mehr heraus.«

»Sicher.« Jacinto war offensichtlich bemüht, die Betroffenheit über den Tod des befreundeten Künstlers mit aufgesetzter Leichtigkeit zu überspielen. »Sie ist ja eine Deutsche. Bestimmt erledigt sie deinen Auftrag akribisch.«

Mauricio wollte etwas entgegnen, doch in diesem Moment öffnete sich die vordere Tür der Bar, und ein neuer Gast trat ein. Ein drahtiger kleiner Mann mit kurzen grauen Locken und einer gewaltigen Nase, einen Zigarillo im Mundwinkel. Er nahm einen letzten Zug, ehe er den Glimmstängel hinauswarf und die Tür schloss.

»Diogo!« Mauricio nickte seinem Kollegen zu, der die Geste erwiderte und auf ihn zukam. »Was tust du hier?«

»Ich dachte, dich interessiert der Stand der Ermittlungen. Anrufen wollte ich dich nicht. Ich bin mir nicht sicher, ob sie meine Telefonverbindungen checken. Aber gegen einen Barbesuch in meiner Freizeit kann niemand etwas einwenden. Ich konnte ja nicht wissen, dass ich dich hier treffe.« Er lächelte spitzbübisch. »Auch wenn die Wahrscheinlichkeit groß ist.«

Jacinto kam um den Tresen herum und begrüßte Diogo Carvalho mit einem herzlichen Schulterklopfen. »Es ist leider sehr voll heute. Ihr könntet in mein Büro gehen ...«

Carvalho schüttelte den Kopf. »Wir setzen uns auf die Terrasse.«

Mauricio hatte nichts dagegen. Er wusste ja, weshalb es seinen Kollegen dorthin zog. Rasch leerte er seine Kaffeetasse.

»Ich trinke noch einen«, sagte er zu Jacinto, und Carvalho schloss sich an. Dann traten sie ins Freie.

Carvalho griff in seine Jackentasche, holte das Päckchen mit den Zigarillos hervor und zündete sich einen an. Sie setzten sich an einen Tisch in der Nähe der Tür. Es war niemand hier, der sie belauschen konnte, doch Carvalho neigte sich trotzdem näher zu ihm.

»Gomes und die Staatsanwältin sind wild entschlossen, deinem Bruder den Mord in die Schuhe zu schieben. Für sie ist die Sache klar. Dieser Spirituosenhersteller *Grote & Wolf* hat Lange engagiert, um die Maschinen zu sabotieren, damit Alexandros Vertrag mit *Schnitzler Import Export* platzt und er verkaufen muss. Alexandro hat Lange erwischt und erschlagen.«

»Haben sie dafür Beweise? Hat Alexandro etwas ausgesagt?«

»Nein. Er hat auf seinen Anwalt gewartet. Ein guter Mann übrigens. Dein Cousin hat ihn geschickt, Nelson Pereira.«

Mauricio war überrascht. Er hätte nicht erwartet, dass Nelson nach der unseligen Erbschaftsgeschichte etwas für Alexandro tun würde. Entweder hatte er seine Vorbehalte gegen Alexandro überwunden, oder ihre Mutter, Nelsons Tante Ana, steckte dahinter. Mauricio tippte auf Letzteres.

»Die Fragen zur Person und zu seinen Geschäftspartnern hat

Alexandro beantwortet«, fuhr Diogo fort. »Ansonsten hat er geschwiegen.«

»Gut.« Das war vermutlich zunächst einmal die beste Strategie. »Was sagen *Grote & Wolf* und *Schnitzler?*«

»Maximilian Böhm – der Verhandlungsführer von *Grote & Wolf* – bestreitet, dass er Lange mit der Sabotage beauftragt hat. Natürlich. Angeblich kennt er Bernd Lange gar nicht. Dasselbe sagt auch Friedrich Schnitzler.«

»Also ist alles, was Gomes und Fonseca in der Hand haben, nur graue Theorie. Keine Beweise.«

»Richtig. Aber unser werter Kollege und die neue Staatsanwältin sind davon überzeugt, dass sie recht haben. Sie meinen, wenn sie Alexandro nur lange genug in die Mangel nehmen, wird er einknicken und ein Geständnis ablegen. Sie unternehmen gar nicht erst den Versuch, andere Erklärungen zu finden. Gomes ist nicht einmal zu Langes Mitbewohner gefahren, um ihn zu befragen und sich die Wohnung anzusehen. Er hat nur Langes persönliche Daten gecheckt. Vor zehn Jahren ausgewandert, bis dahin Kundenberater bei einer Bank. Er hat eine Aufenthaltsgenehmigung, weil er angeblich als freier Künstler und Animateur tätig ist, aber er hat hier auf Madeira nie eine feste Anstellung gehabt. Ein Mann ohne ein stabiles persönliches Umfeld und deshalb auch niemand, der Feinde hätte, die ihn ermorden würden, meint Senhora Fonseca.«

»Er hat Skulpturen gemacht.« Mauricio wies mit einer vagen Geste auf die Tür zur Bar.

»Ah.« Carvalho nickte und zog an seinem Zigarillo. »Die sind schön.« Er stieß eine Rauchwolke aus und legte den Kopf schief. »Hast du mit dem Mitbewohner gesprochen?«

»Nein. Ich habe Laura vorgeschickt.«

»So.« In Carvalhos Gesicht regte sich nichts. »Und?«

»Ich warte noch darauf, dass sie sich meldet.«

»Gut.« Carvalho schlug die Beine übereinander. »Dann leiste ich dir Gesellschaft.«

Mauricio schnitt heimlich eine Grimasse. Einerseits war er Carvalho dankbar, dass er ihn nicht allein ließ, andererseits bedeutete seine Gesellschaft, dass er hier draußen in der Kälte ausharren musste, weil für Carvalho Warten und Rauchen untrennbar miteinander verbunden waren.

Er warf einen sehnsüchtigen Blick auf den Eingang zur warmen Gaststube. Zum Glück kam Jacinto heraus und brachte ihnen den heißen *Bica*. Damit konnte er sich zumindest von innen wärmen.

Laura fröstelte, als sie wieder vor der Igreja Matriz da Ribeira Brava stand und auf Mauricio wartete. In Gedanken rekapitulierte sie das Gespräch mit Tobias Thiede. Besonders ergiebig war es nicht gewesen, aber vielleicht konnte Mauricio mit den Informationen, die sie erhalten hatte, etwas anfangen.

Sie atmete erleichtert auf, als ein Scheinwerferpaar näher kam und sein Pick-up im nächsten Moment auf den Parkplatz bog. Eilig öffnete sie die Beifahrertür und kletterte hinein.

»Ich hätte nicht gedacht, dass die Abende im April so kühl sind«, bemerkte sie.

Mauricio lächelte flüchtig. »Dabei sind wir hier fast auf Meeresspiegelniveau. Oben bei Jacintos Bar ist es noch ein paar Grad kälter.«

»Ich hoffe doch, wir sitzen drinnen?«

»Das musst du mit Carvalho ausmachen.«

Laura sah ihn neugierig an. »Wer ist das?«

»Mein Partner.«

»Ach so?« Laura versuchte, sich an einen Kollegen zu erinnern. Der einzige Vertreter der *Polícia Judiciária*, mit dem sie im letzten

Jahr außer Mauricio zu tun gehabt hatte, war der Mann in seinem Büro, der sie darüber aufgeklärt hatte, dass der Comissário nicht von seiner Frau verlassen worden, sondern sie bei einem Autounfall ums Leben gekommen war. Noch immer verspürte sie ein brennendes Schamgefühl, wenn sie daran dachte. War das der Kollege, den er meinte? Aber bei allen Begegnungen außerhalb des Polizeireviers war Mauricio allein gewesen.

»Mir war gar nicht klar, dass du einen Partner hast.«

Mauricio lächelte schief. »Das ist kein Wunder. Diogo Carvalho versieht keinen Außendienst mehr, seit er in eine Schießerei geraten ist.«

»Ach so?« Laura war verwundert. In Deutschland wäre einem Kommissar in diesem Fall ein neuer Partner zugeordnet worden. Aber möglicherweise handhabte man solche Dinge in Portugal anders.

»Unsere Vorgesetzten wissen nichts davon«, erklärte Mauricio, der ihre Irritation bemerkte. »Von seiner Phobie, meine ich. Der Schusswechsel ist natürlich dokumentiert, es war ja ein Polizeieinsatz.«

Sein Tonfall entlockte ihr ein Lächeln. Es gefiel ihr, dass er loyal war, ob es nun um seinen Bruder oder um seinen Kollegen ging.

»Weshalb muss ich mir mit ihm einig werden?«, erkundigte sie sich.

»Er wartet bei Jacinto auf uns. Draußen. Weil er dort rauchen darf.«

Laura hob die Augenbrauen. »Ich nehme an, er ist bereit, darauf zu verzichten, damit die Dame in deiner Begleitung nicht friert?«

Mauricio lachte leise. »Da bin ich mir nicht sicher.«

Mittlerweile hatten sie das Zentrum von Ribeira Brava hinter sich gelassen und fuhren über eine Straße, die rechts und links von weitläufigen Grundstücken mit großen Häusern gesäumt wurde. Die Straßenlaternen erfassten nur kleine Ausschnitte davon. Hier und da glitzerte das blaue Wasser von innen beleuchteter Swimmingpools.

Es folgten einige Serpentinen, dann befanden sie sich oben an der Steilküste. Mauricio stoppte den Wagen vor einem flachen Gebäude, aus dem warmer Lichtschein auf die Straße fiel. »Das ist Jacintos Bar.«

Mauricio stieg aus, kam um den Wagen herum und öffnete ihr die Tür. Er reichte ihr sogar die Hand, um ihr beim Aussteigen behilflich zu sein. Vollkommen überflüssig, aber die Geste gefiel ihr trotzdem. Wann hatte Matthias zuletzt etwas Derartiges getan und sich ihr gegenüber wie ein Gentleman benommen? Hatte er es überhaupt jemals getan?

Laura folgte Mauricio, der sie am Haus vorbei zur Terrasse führte. Sie hörte das Geräusch von Wellen, die gegen eine Felswand schlugen, und das Zischen sprühender Gischt. Offenbar befanden sie sich unmittelbar über den Klippen.

In der Dunkelheit vor dem Haus glomm neben einem flackernden Windlicht ein roter Punkt auf. Laura sah schemenhaft ein Gesicht und graue Rauchschwaden.

»Da ist Diogo.«

Mauricio führte sie zu dem Kollegen, der seinen Zigarillo im Aschenbecher ausdrückte und sich geschmeidig erhob. Es war derselbe Mann, der ihr damals die Peinlichkeit erspart hatte, von Mauricio mit dem Bild seiner verstorbenen Frau in der Hand erwischt zu werden, das sie von seinem Schreibtisch genommen hatte.

»*Boa tarde*«, begrüßte er Laura.

»*Boa tarde*, Senhor Carvalho«, erwiderte sie. »Es freut mich, Sie wiederzusehen.«

»Die Freude ist ganz auf meiner Seite«, verkündete Carvalho und machte eine einladende Geste. »Gehen wir hinein? Hier draußen ist es Ihnen sicherlich zu frisch.«

»Gern.« Sie schenkte Mauricio ein triumphierendes Lächeln. Der zuckte mit den Schultern.

Drinnen war es warm. An einem Tisch auf der Empore, die mit einem Geländer vom Rest des Lokals separiert war, erhoben sich gerade ein Mann und zwei Frauen und verließen die Bar. Ein schlanker Mann mit schwarzen Haaren, die ihm in die Stirn hingen, kam auf sie zu. Sie erinnerte sich, dass sie ihn schon einmal gesehen hatte, bei ihrem ersten Zusammentreffen mit Mauricio im letzten Jahr vor dem Gebäude des *Departamento de Investigação Criminal do Funchal*. Es musste sich um seinen Bruder Jacinto handeln.

Mauricio bestätigte das, und Jacinto räumte den Tisch ab und forderte sie auf, sich zu setzen, nachdem er Laura herzlich begrüßt hatte.

Wenig später hatten sie jeder ein Glas stilles Wasser und mehrere Schalen mit *Petiscos* vor sich stehen. Laura spürte plötzlich, dass sie hungrig war. Bei allem Jagdfieber hatte sie gar nicht daran gedacht, dass sie das Abendessen versäumt hatte. Sie probierte die Blätterteigpasteten und das Hähnchen-*Piri-Piri* und hob anerkennend die Augenbrauen. »Dein Bruder ist ein guter Koch.«

Mauricio grinste. »Nein. Er ist nur charmant. Die *Petiscos* stellt unsere Mutter her.«

»Ah.« Laura lachte. Sie fühlte sich wohl in der gemütlichen Bar mit den beiden Männern, die sie neugierig ansahen und trotzdem geduldig warteten, bis sie ihren Hunger gestillt hatte. Mit der nationaltypischen Melancholie, der *Saudade*, konnte sie nicht viel anfangen, aber die portugiesische Höflichkeit gefiel ihr.

Jacinto, der gerade nichts zu tun hatte, kam mit einem Tablett mit Kaffeetassen und setzte sich zu ihnen.

»Er hat Bernd Lange gekannt«, berichtete Mauricio. »Von ihm sind die Skulpturen, die hier überall stehen.«

Laura ließ den Blick zur Theke und über das Wandsims wandern und nickte.

»Hinter dem Haus, in dem er mit Tobias Thiede gewohnt hat, gibt es eine kleine Werkstatt«, berichtete sie. »Thiede hat sie mir gezeigt.«

Es war ein besonderer Ort gewesen. Schlicht, weil es nur einen Tisch, einen Schemel und ein Regal mit Werkzeugen gab, dazu eine Kiste mit unbearbeiteten Holzstücken und ein Wandbord mit fertigen Figuren. Unter der Decke hingen starke Lampen, die das Atelier taghell erleuchteten. Die winzigen Fensterscheiben waren mit roter Farbe gestrichen, vermutlich, weil das natürliche Licht unwillkommene Schatten warf. Tobias Thiede hatte die Mini-Stereoanlage neben der Tür eingeschaltet, und aus den Lautsprechern war leise Orgelmusik erklungen. Obwohl der Raum winzig war, hatte Laura sich wie in einer Kathedrale gefühlt.

»Bernd Lange hat die Figuren auf dem Markt verkauft, aber das hat nicht gereicht, um seinen Lebensunterhalt zu bestreiten«, berichtete sie. »Deshalb hat er alle möglichen Jobs angenommen.«

»Wusste Thiede, für wen er zurzeit gearbeitet hat?«, fragte Mauricio.

»Ja. Für deinen Bruder und für einen Händler in der Markthalle in Funchal. Den Namen kennt er nicht.«

»Was für ein Mensch war Lange? Hätte er sich dafür bezahlen lassen, die Anlage in der Brennerei zu sabotieren?«

Laura musste lächeln. Genau diese Fragen hatte sie Thiede

auch gestellt. So weit, wie Mauricio meinte, wich ihre Vorstellung von Polizeiarbeit offenbar doch nicht von der Realität ab.

»Thiede sagt Nein. Geld war Bernd Lange nicht wichtig. Er hat gearbeitet, um sich Essen, Kleidung und Werkzeug kaufen zu können, aber er war nicht gierig. Im Gegenteil hat es ihm gefallen, von der Hand in den Mund zu leben. Das entsprach seiner Vorstellung eines Lebens als freier Künstler.«

»Was ist dieser Thiede für ein Typ? Sagt er die Wahrheit? Oder könnte er in der Sache mit drinstecken?«

Laura hatte das Bild des Mannes wieder vor sich, das braun gebrannte Gesicht mit dem Dreitagebart und den schlechten Zähnen.

»Er hat ein Boot, mit dem er Touristen zum Angeln rausfährt. Das Haus, in dem die beiden gewohnt haben, sieht nicht so aus, als hätte einer von ihnen Interesse an Luxus.« Laura rümpfte unwillkürlich die Nase, als sie an die Berge ungespülten Geschirrs in der Küche, die überquellenden Aschenbecher und die Unordnung dachte.

Die drei Männer am Tisch warfen sich Blicke zu.

»Ein typischer Männerhaushalt, nehme ich an?«, fragte Carvalho.

»Ich kenne niemanden, der so lebt.«

Carvalho zog ein wenig den Kopf ein. Jacinto grinste. Mauricio rückte seinen Hemdkragen zurecht.

»Hatte Bernd Lange Feinde?«

»Thiede sagt Nein. Die beiden waren nicht befreundet, aber sie haben sich abends gelegentlich mit einem Glas Wein in der Küche zusammengesetzt. Thiede meint, wenn Lange Stress mit einem seiner Arbeitgeber gehabt hätte, hätte er ihm davon erzählt.«

»Gab es andere Freundschaften?«

»Nein. Thiede scheint ein Eigenbrötler zu sein, und Lange war es offenbar auch.«

Mauricio wandte sich an Jacinto. »Er war doch oft hier, und du hast seine Figuren gekauft. War dieser Thiede manchmal dabei?«

Jacinto schüttelte den Kopf.

»Bernd Lange war mit einem alten Mofa unterwegs«, wusste Laura zu berichten. »Er hätte niemanden mitnehmen können.«

»Er ist mit dem Mofa von hier nach Funchal zum Markt und nach Prazeres zu Alexandros Brennerei gefahren?«, fragte Mauricio ungläubig.

»Er hatte ja keine Eile.« Laura dachte daran, was ihr Tobias Thiede erzählt hatte. »In Deutschland hat er bei einer Bank gearbeitet. Alles getaktet, den ganzen Tag Zeit- und Leistungsdruck. Deswegen ist er ausgewandert. Er wollte nicht mehr funktionieren, er wollte sich treiben lassen.« So, wie sie Thiede verstanden hatte, hatte Lange sein Aussteiger-Image gründlich gepflegt. Zu jemandem, der eine Fabrikanlage gegen Geld sabotierte, passte das nicht.

Mauricio löffelte Zucker in seinen Kaffee. »Was hatte er so früh am Morgen in der *Engenho* zu suchen? Warum ist er nicht erst gekommen, als sich die anderen getroffen haben, um zur Ernte aufs Feld zu fahren?«

»Thiede meint, er hätte irgendetwas von Zitronen gesagt, die er deinem Bruder vom Markt mitbringen wollte. Für den *Poncha*, wenn der *Aguardente de cana-de-açúcar* fertig ist.«

»Davon hat Alexandro auch gesprochen«, bestätigte Mauricio. »Aber er hat Lange keinen Auftrag gegeben. Er hat einen Händler, mit dem er seit Jahren zusammenarbeitet. Der beliefert ihn auch.«

»Thiede sagt, Lange hätte zufällig mitbekommen, dass es da Probleme gab. Ein Lastwagen, der umgekippt ist. Ein paar Tausend Zitronen, die über die Klippen ins Meer gefallen sind.«

»Ach so?« Carvalho, der seinen Kaffee schwarz trank, setzte die Tasse ab. »Die Meldung habe ich gehört. Und es würde passen.«

»Du meinst, Lange hat beschlossen, die verlorenen Zitronen zu ersetzen und Alexandro welche vom Markt mitzubringen? Mit dem Mofa?«, erkundigte sich Mauricio.

»Nein.« Carvalho schmunzelte. »Auf dem Parkplatz hinter der Brennerei stand ein kleiner Lieferwagen. Auf der Ladefläche befanden sich mehrere Kisten mit Zitronen. Der Wagen gehört einem Blumenhändler aus Funchal. Wir haben ihn schon befragt. Er sagt, Bernd Lange hat sich das Auto gelegentlich ausgeliehen. Im Gegenzug hat er ein paar Dinge für den Blumenhändler erledigt, unentgeltlich.«

Mauricio und Jacinto nickten, als fänden sie das völlig normal. Offenbar war diese Art von Geschäften nach portugiesischen Maßstäben nicht unüblich.

»Wir wissen also, wie Lange nach Prazeres gekommen ist«, fuhr Carvalho fort. »Sein Mofa steht übrigens bei dem Blumenhändler im Hof. Er muss die Fahrzeuge heute Morgen ausgetauscht haben. Gestern Abend war der Lieferwagen noch da und das Mofa nicht, sagt der Blumenhändler. Gesehen hat er Bernd Lange nicht, er ist erst später gekommen, aber das war kein Problem. Lange wusste, wo er den Schlüssel findet.«

»Also hat sich Bernd Lange früh am Morgen den Wagen geholt und die Zitronen besorgt. Er war in der Brennerei, um Alexandro aus der Bredouille zu helfen, damit er seinen *Poncha* produzieren kann, nicht, um die Maschinen lahmzulegen«, überlegte Mauricio. »Oder waren die Zitronen nur ein Vorwand, um in die Fabrik zu kommen und seinen Sabotageauftrag auszuführen?«

Darauf hatte niemand eine Antwort.

Jacinto erhob sich. »Wo wir gerade von *Poncha* reden«, sagte er zu Laura. »Möchten Sie einen?«

Laura dachte an die einzige Gelegenheit, bei der sie das madeirische Nationalgetränk aus Zuckerrohrschnaps, Honig und Zitronen probiert hatte, im letzten Jahr in der Strandbar in Calheta, zusammen mit ihrer besten Freundin Britta. Im Gegensatz zu vielen anderen der sogenannten regionalen Spezialitäten, die ihr auf ihren Reisen in verschiedene Länder begegnet waren, war der *Poncha* ausgesprochen lecker. Süffig und nicht zu süß, und man schmeckte den Alkohol kaum heraus. Genau darin lag allerdings auch die Gefahr. Ehe man sich versah, hatte man zu viel davon getrunken und bekam die Nachwirkungen zu spüren.

»Nein, danke.«

Jacinto grinste seinen Bruder an. »Deine Freundin ist eine kluge Frau.«

Mauricio warf ihm einen bösen Blick zu, der Laura viel sagte. Über das Verhältnis der beiden Brüder ebenso wie über die Hoffnungen, die sich Mauricio anscheinend machte.

Diogo Carvalho stand ebenfalls auf. »Ich fahre nach Hause. Heute werden wir nichts mehr ausrichten.«

Er verabschiedete sich mit einem Schulterklopfen von Mauricio und reichte Laura höflich die Hand. Während er zur Tür ging, zog er bereits die Schachtel mit den Zigarillos aus der Tasche. Laura sah die Rauchwolke aufsteigen, ehe sich die Tür zum Lokal hinter ihm schloss.

Sie fühlte sich plötzlich befangen und sah, dass es Mauricio nicht anders ging.

»Willst du noch etwas trinken, oder soll ich dich zurück ins Hotel fahren?«, fragte er.

Laura überlegte nur kurz. »Lass uns fahren. Es war ein anstrengender Tag. Ich muss das alles erst einmal verarbeiten.«

Das war tatsächlich so. Sie konnte kaum fassen, dass sie am frühen Morgen noch auf dem Hamburger Flughafen gestanden hatte. Der Check-in, die Sicherheitskontrolle, der vierstündige Flug – das alles schien schon jetzt mindestens eine Woche zurückzuliegen. Dazu der Schock, dass man in der Fabrik von Mauricios Bruder einen Toten gefunden und Alexandro verhaftet hatte, dass man Mauricio den Fall entzogen hatte und schließlich das Gespräch mit Tobias Thiede und die Besprechung mit den drei Männern in Jacintos Bar – das war mehr als genug für einen Tag.

Während sie durch die dunkle Landschaft fuhren, die im Licht der schmalen Mondsichel nur ein verschwommener Schattenriss war, immer wieder unterbrochen von hell erleuchteten Tunneln, die sie fast blendeten, versuchte Laura, ihre Gedanken zu ordnen. Sie war noch längst nicht damit fertig, als Mauricio vor dem Hotel anhielt und sie aussteigen ließ.

»Ich rufe dich morgen an«, versprach er. »Sobald ich eine freie Minute habe.«

Laura blinzelte irritiert. »Hat man dich nicht freigestellt?«

»Nein. Die Staatsanwältin hat mich vom Mordfall Lange entbunden. Dafür habe ich jetzt die Arbeit von Inspektor Gomes am Hals.«

Mauricio winkte ihr, zog die Beifahrertür zu und fuhr vom Parkplatz. Unter den Rädern seines Pick-ups knirschten Steine. Gleich darauf verschwanden die Rücklichter in der Dunkelheit.

Laura nahm ihren Schlüssel aus der Tasche und ging in ihr Zimmer. Sie nahm sich einen warmen Pullover aus dem Schrank, zog ihn über und trat auf den Balkon. Nachdenklich schaute sie über die Dächer der Stadt zum Atlantik. Sehen konnte sie ihn nicht, Himmel und Meer bildeten eine einheitlich schwarze Fläche hinter den Lichtpunkten der Straßenbeleuchtung Calhetas, aber trotzdem spürte sie die wohltuende Ruhe, die von diesem Ort ausging.

Sein Wohnhaus lag nur zwei Querstraßen von der *Villa Maria* entfernt, doch Mauricio hielt nicht dort an. Stattdessen fuhr er zurück auf die Autobahn. Vorbei an Prazeres und Raposeira Do Logarinho bis zur Abzweigung auf die Estrada Fajã da Ovelha, die alte Küstenstraße von Paul do Mar nach Ponto do Pargo. Oben auf dem Hochplateau, auf dem Parkplatz des Restaurants *O Precipício*, stellte er den Wagen ab.

Tagsüber hatte man von hier aus einen atemberaubenden Blick auf Paul do Mar, den Atlantik und die Steilküste. Jetzt lag alles in Finsternis. Nur ein schmaler Lichtstreif der Mondsichel schimmerte auf dem Meer.

Mauricio ging den sandigen Grünstreifen am Fahrbahnrand entlang bis zur letzten Kurve vor dem Lokal, jenem Punkt, an dem es fast vierhundert Meter in die Tiefe ging. Um nicht zu stolpern und die Klippe hinunterzustürzen, schaltete er die Taschenlampe seines Handys ein. Anders hätte er auch das Kreuz nicht gefunden. Schlicht, hell und mit Blumen geschmückt, obwohl der Unfall fast drei Jahre zurücklag.

Es war eine der Kellnerinnen des *O Precipício*, die regelmäßig frische Blumen brachte, das hatte er mittlerweile herausgefunden. Sie hatte Maria und ihn gekannt, weil sie oft hier heraufgekommen waren, um den Blick von der Terrasse des Restaurants aus zu genießen. Auch der *Poncha* und die *Petiscos* waren nicht zu verachten. Trotzdem war Mauricio nach jener tragischen Nacht nie wieder dorthin gegangen. Seine Welt war zusammengebrochen, als zwei Beamte von der *Guarda Nacional Republicana* vor seiner Tür gestanden und ihm mitgeteilt hatten, dass seine Frau mit dem Wagen von der Straße abgekommen und über die Klippen in den Tod gestürzt war.

Er hatte sich seitdem oft gefragt, ob es nicht besser wäre, die *Villa Maria* zu verkaufen. Das Hotel in Calheta und der Job bei der *Polícia Judiciária* in Funchal waren zu viel, er bekam nicht beides unter einen Hut. Aber er hatte es bis jetzt nicht übers Herz gebracht. Das Hotel war das Einzige, das ihm von Maria geblieben war.

Wie immer, wenn er hierherkam, kniete Mauricio vor dem Kreuz nieder und spielte mit dem Smartphone Musik ab. *Mariza*, die Fado-Sängerin. Sie hatten beide die schwermütigen Klänge geliebt, die zur portugiesischen Seele ebenso gut passten wie zu seiner Stimmung.

Heute allerdings war etwas anders. Normalerweise konnte er sich hier vollkommen auf Maria konzentrieren. Jetzt dagegen wirbelten die Gedanken und Bilder in seinem Kopf durcheinander. Der Tote im Kupferkessel, sein Bruder Alexandro, den man in Handschellen ins Justizgebäude geführt hatte. Gomes und die Staatsanwältin, die ihm den Fall weggenommen hatten. Und Laura.

Sie brachte etwas in ihm zum Klingen, so wie der Fado. Er hatte es schon im letzten Sommer gespürt, doch jetzt war es noch viel stärker. Aber war er wirklich schon bereit? Würde er es schaffen, sich endgültig von Maria zu verabschieden und Laura nicht beständig mit ihr zu vergleichen? Oder, schlimmer noch, zu versuchen, sie zu Marias Ebenbild zu formen? Rein äußerlich waren die beiden Frauen grundverschieden, doch charakterlich gab es durchaus Ähnlichkeiten. Das war nicht weiter schlimm, im Gegenteil. Aber Laura war eine eigenständige Persönlichkeit. Eine Beziehung mit ihr würde nur funktionieren, wenn er sie auch so wahrnahm. Vorher sollte er allerdings herausfinden, ob sie überhaupt interessiert war.

Er hob die Hand und strich über das weiche Holz des Kreuzes. Sonne, Wind und Salz hatten ihm zugesetzt, es zeigte bereits deutliche Spuren der Verwitterung. Es verging, genauso, wie Maria vergangen war.

Die Trauer spülte über ihn hinweg, und seine Augen füllten sich mit Tränen. Er lauschte der Musik und ließ die Tränen fließen. Sicherlich war es gut, wenn die Gefühle, die er so lange weggesperrt hatte, endlich an die Oberfläche kamen. Er musste um Maria trauern, das sagten ihm Jacinto und seine Mutter schon lange.

Vielleicht konnte er jetzt damit anfangen. Und dann war er vielleicht auch in der Lage, sich auf etwas Neues einzulassen.

7

Tiago Torres presste die Zähne so fest zusammen, dass es knirschte. Seine Augen brannten, und er verspürte einen Druck hinter den Lidern, den er kaum zurückzudrängen vermochte. Aber ein Mann weinte nicht. Ein Portugiese, ein jugendlicher Rebell erst recht nicht.

Er ballte die Fäuste in den Taschen seiner Motorradjacke. Die schwarze Lederkluft, in der er sich gewöhnlich supercool fühlte, wenn er mit seiner giftgrünen Enduro über die Insel brauste, kam ihm plötzlich wie eine Lumpenhülle vor. Stark und souverän wollte er wirken, doch seinem Onkel Nelson gegenüber fühlte er sich hoffnungslos unterlegen.

Weltmännisch und lässig zugleich stand Nelson Pereira da, in seinem maßgeschneiderten dreiteiligen Anzug mit der Designerkrawatte, das Kinn glatt rasiert, die gewellten dunklen Haare mit Gel nach hinten gekämmt. Ein erfolgreicher Geschäftsmann, der nur mit dem Finger schnipsen musste, damit ihm jedermann gehorchte.

Genau das hatte er getan, als die fünf Transporter der Firma Pereira auf den Hof der *Engenho Torres* gerollt waren. Er hatte Alexandros Angestellte zusammengetrommelt und sie angewiesen, das frisch geerntete Zuckerrohr auf die Lieferwagen zu laden, während er Tiago mit einer nicht minder herrischen Handbewegung in das Büro seines Vaters befohlen hatte.

Den Kaufvertrag hatte er bereits vorbereitet. Er würde Alexandro die gesamte Ernte abnehmen, die Tiagos Vater nicht verarbeiten konnte, weil die Maschinen stillstanden. Sie würden auch nicht rechtzeitig instand gesetzt werden können. Tiago hatte bereits am frühen Morgen einen Monteur dagehabt, der sich den Schaden angesehen hatte. Die Reparatur an sich war keine große Sache, aber bis die nötigen Ersatzteile beschafft waren, wäre das Zuckerrohr vertrocknet und wertlos.

Tiago war froh gewesen, dass sein Onkel gekommen war. Er war nicht der Einzige, der Interesse an der Ernte gezeigt hatte, doch was die Besitzer der anderen Brennereien auf der Insel Tiago dafür angeboten hatten, war lächerlich. Mit Einnahmen in dieser Höhe könnte er ebenso gut sofort Konkurs anmelden.

Dann allerdings hatte er einen Blick auf den Vertrag geworfen und die Summe gesehen, die ihm sein Onkel zahlen wollte.

»Das ist nicht dein Ernst.« Tiago konnte nicht verhindern, dass sich seine Stimme überschlug, obwohl er alles tat, um sich selbstbewusst zu geben.

Nelson Pereira schob eine Hand in die Tasche seiner Anzughose, während er mit der anderen eine gleichgültige Geste vollführte. »Ich bin nicht auf euer Zuckerrohr angewiesen. Wir haben selbst eine reiche Ernte. Wenn ich euch die Stangen abnehme, muss ich zusätzliche Leute einstellen, um sie zu verarbeiten. Es ist eine Gefälligkeit, kein großartiges Geschäft.«

Tiago funkelte ihn an. Er würde nicht vor Wut heulen, aber irgendwie musste sein Zorn hinaus. »Ich dachte, wir sind immer noch eine Familie«, hielt er seinem Onkel vor. »Egal, was Großonkel Caetano in seinem Testament verfügt hat. Großtante Graciana hat gesagt, das spielt keine Rolle. So leicht bringt man die

Torres und die Pereiras nicht auseinander. Wir helfen uns gegenseitig, wenn jemand in Schwierigkeiten steckt.«

Nelsons Augenbrauen wanderten ein Stück nach oben. »Das tue ich.«

»Du nimmst uns die Ernte zu einem Spottpreis ab.«

Pereira hob die Hände. »Wenn dir jemand anders ein besseres Angebot macht ...«

»Du weißt, dass das niemand tut.«

»Worüber beklagst du dich dann?«

»Du nutzt unsere Notlage aus. Das ist keine verwandtschaftliche Hilfe. Das ist kalt und berechnend.«

Pereiras braune Augen zeigten keine Regung. »Wenn du als Geschäftsmann Erfolg haben willst, musst du lernen, deine Gefühle besser zu kontrollieren.«

Tiago biss sich auf die Zunge. Die Hilflosigkeit, die Wut, die Verzweiflung, das alles bildete ein heißes Knäuel in seinem Inneren. Er machte das hier, um seinem Vater zu helfen. Alexandro Torres hing mit ganzer Seele an der Brennerei. Wenn er verkaufen müsste, würde es ihm das Herz brechen. Aber Nelson Pereira war offenbar unversöhnlich.

»Du bist immer noch wütend«, warf Tiago ihm vor. »Weil Großonkel Caetano die Brennerei meinem Vater vermacht hat und nicht dir.«

Sein Onkel lächelte herablassend. »Ich brauche diesen heruntergewirtschafteten Betrieb nicht.«

»Warum machst du uns dann keinen besseren Preis?«

»Weil ich nicht aus Sentimentalität ein Geschäft eingehe, das mich am Ende mehr kostet, als es einbringt.« Pereira deutete nachlässig auf den Vertrag, der zwischen ihnen auf dem Tisch lag. »Unterschreibst du jetzt? Oder soll ich meinen Leuten sagen, dass sie das Zuckerrohr wieder abladen und zurückfahren sollen, weil aus der Sache nichts wird?«

Tiago hätte ihm am liebsten den Stift vor die Füße geschleudert, doch er begriff, dass er keine Wahl hatte. Wenn er das Rohr nicht verkaufte, wäre es in Kürze nur noch ein Haufen trockenes Gestrüpp, das er wegwerfen müsste. Selbst wenn ihm Nelson nur einen lächerlichen Betrag zahlte, war es besser als nichts. Um die Brennerei seines Vaters vor dem Bankrott zu retten, musste er sich allerdings etwas anderes einfallen lassen.

Tiago folgte Nelson Pereira auf den Hof.

Die Lastwagen waren beladen und abfahrbereit. Die Arbeiter aus Alexandros Fabrik standen aufgereiht daneben, die Gesichter starr, die Augen traurig auf das Zuckerrohr auf den Ladeflächen gerichtet, das sie in den letzten Tagen in mühsamer Handarbeit geerntet hatten und nun einem anderen überlassen mussten, damit er daraus Melasse herstellte und Rum brannte.

Pereira gab seinen Leuten ein Zeichen, und die Transporter rollten vom Hof. Er selbst stieg in seinen roten Sportwagen, winkte Tiago mit einem Siegerlächeln zu und folgte ihnen, nachdem er den Motor ein paarmal effektvoll hatte aufröhren lassen.

Tiago ging zu den Männern seines Vaters. Es würde nicht leicht sein, sie dazu zu bewegen, nicht aufzugeben, sondern zu kämpfen.

Aber ein Torres steckte den Kopf nicht in den Sand. Er packte den Stier bei den Hörnern.

Laura Flemming hatte sich gerade mit Kaffee, Orangensaft und einem Buttercroissant auf die Terrasse gesetzt, als Mauricio Torres aus der Tür trat und auf sie zukam. Er trug ein Tablett, auf dem sich ebenfalls eine Kaffeetasse und ein Croissant befanden.

»*Bom dia*, Laura«, begrüßte er sie. »Darf ich mich dazusetzen?«

»Olá, Mauricio. Gerne.« Sie betrachtete ihn, während er sein Frühstück auf dem Tisch abstellte und Platz nahm. »Ich dachte, du musst arbeiten?«

»Ich habe mich krankgemeldet. Wie soll ich im Büro sitzen und mich um eine Körperverletzung mit Todesfolge in der Markthalle kümmern, wenn ich weiß, dass nebenan mein Bruder verhört wird und niemand sich die Mühe macht, nach anderen Verdächtigen zu suchen?«

»Das verstehe ich.« Sie hob die Kaffeetasse und prostete ihm zu. »Was hast du jetzt vor?«

»Ich will selbst mit Tobias Thiede sprechen.«

Laura stellte die Tasse zurück auf den Tisch. »Meinst du, ich habe nicht die richtigen Fragen gestellt? Weil ich keine Polizistin bin, sondern nur Krimiautorin?«

Mauricio grinste. Er hatte sich nicht rasiert; sein kantiges Kinn war von dichten dunklen Stoppeln bedeckt. Er sah geradezu unverschämt attraktiv aus.

»Das ist deine Schwachstelle, stimmt's? Wenn man dich bei deiner Ehre packt.« Er blinzelte ihr zu. »Aber darum geht es nicht. Polizeiarbeit ist mehr als das Sammeln von Informationen. Es geht auch darum, sich einen Eindruck zu verschaffen. Intuition. Bauchgefühl. Für einen Portugiesen ist das eine wichtige Sache.«

Vermutlich war es versöhnlich gemeint, doch Laura fühlte sich gekränkt. »Du meinst, wir Deutschen wären dazu nicht in der Lage?«

Mauricio legte ihr leicht die Hand auf den Arm. »Warum bist du so empfindlich?«

Laura lief ein Schauer über den Rücken. Sie entzog sich ihm und seufzte. »Das weißt du doch. Mein Leben ist gerade ziemlich kompliziert.«

»Dein Mann. Und der Verlag, der Druck macht. Das hast du

mir geschrieben.« Er schaute sie ernst an. »Von mir aus kannst du die Geschichte verwenden. Hauptsache, wir finden heraus, was in der *Engenho* passiert ist.«

Laura versuchte, seinem Blick standzuhalten. Es gefiel ihr nicht, wie er ihre Gefühle durcheinanderwirbelte. Sie war hierhergekommen, um ihr Leben neu zu ordnen, nicht, um das Chaos vollkommen zu machen.

Dass Mauricio ebenfalls nicht recht zu wissen schien, was er eigentlich wollte, machte die Sache nicht einfacher. Einerseits flirtete er mit ihr, andererseits versuchte er, sie auf Distanz zu halten. Er hatte wohl noch immer nicht mit dem Tod seiner Frau abgeschlossen.

Das war das Letzte, was sie brauchte. Sie hatte weder Lust, ein Trostpflaster zu sein, noch, von einem neuen Partner ständig mit dessen verstorbener Ehegattin verglichen zu werden.

Es war ein Duell, das man nicht gewinnen konnte, das wusste sie aus Erfahrung. Der Mann, mit dem sie vor Matthias zusammen gewesen war, hatte seine vorherige Freundin bei einem Motorradunfall verloren. Laura hatte ihm nichts recht machen können. In allem war sie seiner toten Freundin unterlegen gewesen. Sie hatte sich schließlich von ihm getrennt, obwohl sie ihn geliebt hatte.

Ein derartiges Erlebnis brauchte sie nicht noch einmal.

Es war Mauricio, der zuerst den Blick abwandte und Zucker in seinen Espresso rührte.

Laura hatte plötzlich ein schlechtes Gewissen. Mauricio hatte sie um Hilfe gebeten, weil er den Verdacht gegen seinen Bruder nicht allein entkräften konnte, und sie wies ihn zurück, weil sie seit Matthias' Betrug dünnhäutig geworden war. Das hatte er nicht verdient.

»Wir fahren zusammen zu Tobias Thiede«, sagte sie. »Aber zuerst will ich frühstücken.«

»*Obrigado*«, erwiderte Mauricio.

Sie schaute in seine Augen und wusste im selben Moment, dass es ein Fehler war. So warm und sanft war sein Blick, dass er sie tief im Inneren berührte. Auch wenn sie es nicht wollte, da war etwas zwischen ihnen, das längst mehr war als ein Flirt.

Ganz heimlich hatte sich dieser Mauricio Torres in ihr Herz geschlichen. Nun musste sie sich entscheiden. Wollte sie ihm weiter Zutritt gewähren – oder ihn lieber schleunigst wieder hinauswerfen, bevor es zu spät war?

Sie sprang auf und holte sich eine Schale Müsli vom Büfett, um ihn nicht länger ansehen zu müssen, und vertilgte es, während ihre Gedanken und Gefühle rasten. Da war diese Anziehung, die von Mauricio ausging, und auf der anderen Seite Matthias. Liebte sie ihn noch? Oder waren ihre Gefühle für ihn längst erloschen? Sie verspürte Sehnsucht nach etwas Neuem, nach einem Hauch von Abenteuer, und zugleich wünschte sie sich Ruhe und Sicherheit.

Als sie ihren Orangensaft ausgetrunken und die Kaffeetasse geleert hatte, war sie noch immer zu keiner Entscheidung gelangt.

Mauricio nahm sie ihr ab. Mit einem Ruck stand er auf, die Lippen schmal, ohne die Spur eines Lächelns. Er schien plötzlich kein Interesse mehr daran zu haben, die Romanze zu vertiefen, sondern hatte nur noch sein Ziel vor Augen.

»Komm«, sagte er. »Je eher wir mit Thiede sprechen, desto schneller finden wir vielleicht irgendetwas, das Alexandro entlastet.«

»Einverstanden«, entgegnete Laura und erhob sich. Sie wusste, dass sie sich all diesen Fragen irgendwann würde stellen müssen. Aber für den Moment war sie froh, dass sie einen Aufschub bekommen hatte.

Laura hatte Tobias Thiede und den Wohnstil der beiden Männer perfekt charakterisiert. Das war das Erste, das Mauricio auffiel, als der Mitbewohner von Bernd Lange sie ins Wohnzimmer führte. Sie hatten ihn offenbar aus dem Bett geholt; er trug eine ausgeleierte Pyjamahose, ein schmuddeliges Unterhemd und Espadrilles. Da er keine Anstalten machte, sich etwas anderes anzuziehen, nachdem sie auf der durchgesessenen Couchgarnitur Platz genommen hatten, war es aber vielleicht auch sein übliches Outfit für zu Hause.

Mauricio wartete darauf, dass Thiede ihnen etwas zu trinken anbot, doch er hatte anscheinend nicht die Absicht. Er fläzte sich lässig in einen Sessel, drehte sich eine Zigarette und zündete sie an. Mauricio schnupperte und identifizierte außer Tabak auch den typischen Geruch von Marihuana. Ärgerlich runzelte er die Stirn. Er war nicht von der Drogenpolizei, aber vor seinen Augen einen Joint zu rauchen war eine Dreistigkeit, die er nicht unkommentiert lassen wollte.

»Sag Herrn Thiede, wir verzichten auf eine Anzeige wegen Drogenmissbrauchs, wenn er uns bei unseren Ermittlungen unterstützt.«

Laura hob überrascht die Augenbrauen. Offenbar hatte sie nicht bemerkt, was Thiede tat.

Nichtsdestoweniger erkannte sie die Chance, die sich ihnen bot. Ihre Miene hätte jeder strengen Richterin gut zu Gesicht gestanden. Tobias Thiede zog unwillkürlich den Kopf ein und drückte die Marihuana-Zigarette rasch im Aschenbecher aus.

»Tut mir leid«, sagte er zu Laura und sah Mauricio an. »*Desculpe.*« Zumindest dieses eine Wort beherrschte er.

»Frag ihn noch einmal, ob er sich vorstellen kann, dass Bernd Lange Geld dafür genommen hat, die Anlage in der *Engenho* zu sabotieren. Er hatte jetzt eine Nacht, um darüber zu schlafen. Vielleicht hat er seine Meinung geändert.«

Doch das hatte Tobias Thiede nicht.

»Bernd war absolut korrekt. Klar, er war ein Außenseiter. So wie ich. Ein Künstler. Der war sich für keinen Job zu schade, wenn er damit ein paar Euro verdienen konnte, um den nächsten Monat zu überstehen. Aber er hätte nie etwas Illegales getan. Der war bei einer Bank! Den Job hat er hingeworfen, aber seine Moral hat er nicht abstreifen können.« Er grinste, sodass Mauricio seine braun verfärbten Zähne und die Lücken im Gebiss sah. »Nur beim Hasch hat er eine Ausnahme gemacht. Das war für ihn keine Droge, sondern Inspiration.«

Mauricio wollte nicht über illegale Rauschmittel diskutieren.

Thiede holte ein anderes Tabakpäckchen hervor und drehte sich eine neue Zigarette. Dieses Mal enthielt der Rauch keine Beimischungen.

»Ich glaube nicht, dass Bernd an den Apparaten gedreht hat. Wenn, dann war es andersherum. Er hat denjenigen erwischt, der das getan hat, als er Alexandro die Zitronen gebracht hat. Und der hat ihn erschlagen, damit Bernd ihn nicht verrät.«

»So sehe ich das auch«, erklärte Laura, nachdem sie für Mauricio übersetzt hatte.

Er stimmte ihr zu.

»Aber warum musste der Saboteur ihn töten?«, überlegte sie weiter. »Es hätte doch gereicht, ihn kampfunfähig zu machen, damit er fliehen kann.«

Mauricio verspürte ein Kribbeln im Nacken. »Die beiden müssen sich gekannt haben. Bernd Lange hätte den Täter identifizieren können.«

Laura hob die Augenbrauen. »Das klingt nicht sehr wahrscheinlich.«

»Frag ihn.« Mauricio gestikulierte in Thiedes Richtung. »Vielleicht hat jemand Lange Geld angeboten, und er hat abgelehnt. Und dann hat er dieselbe Person dabei erwischt, wie sie die Anlage sabotiert hat.«

Er konnte an ihrem Gesicht ablesen, was sie von seiner Theorie hielt, aber sie wandte sich dennoch an Thiede und sagte etwas zu ihm.

Der Deutsche kniff die Augen zusammen. Langsam, fast stockend, begann er zu erzählen. Dann wurden seine Sätze flüssiger, und er sprach immer schneller. Mauricio wartete ungeduldig, bis sich Thiede mit einem abschließenden Nicken in seinem Sessel zurückwarf.

»Was hat er gesagt?«

Lauras Augen glühten. »Er hat vor ein paar Wochen beobachtet, wie sich Bernd Lange unten am Hafen in einer Bar mit einem Mann getroffen hat. Der andere hatte einen Umschlag dabei, den er Lange geben wollte, aber Lange hat ihn nicht angenommen. Sein Gegenüber schien sehr verärgert darüber. Er hat eine ganze Weile auf Lange eingeredet, aber irgendwann hat er aufgegeben und ist gegangen. Den Umschlag hat er wieder mitgenommen. Thiede hat seinen Mitbewohner auf dieses Treffen angesprochen, aber Lange hat behauptet, das sei nur eine Zufallsbekanntschaft gewesen. Thiede hat nicht weiter nachgehakt. Lange war nicht sein Freund, nur sein Mitbewohner. Sie haben sich gut verstanden, sich aber nicht in das Leben des anderen eingemischt.«

Mauricio hatte sein Notizbuch aus der Tasche gezogen, während Laura berichtet hatte. Er skizziert den Hafen von Ribeira Brava, eine Häuserzeile, ein paar Fischerboote und einige kleinere Yachten. Die Bar am rechten Rand malte er vergrößert auf die nächste Seite, auf der Terrasse davor einen Tisch, an dem zwei

Männer saßen. Der eine hielt dem anderen einen Umschlag hin, doch dieser hob abwehrend die Hände.

»Kann er den Mann beschreiben?«

Laura gab die Frage weiter, und wieder redete und gestikulierte Thiede lebhaft.

»Ein Deutscher«, übersetzte Laura anschließend. »Lange hat sich flüssig mit ihm unterhalten, das hätte er auf Portugiesisch nicht gekonnt. Der Mann sah auch deutsch aus, behauptet Thiede. Mitte dreißig, braune Haare, modisch geschnitten, mit Undercut und langem Deckhaar.«

Mauricio sah sie verblüfft an. »Hat er das so gesagt?«

»Nein.« Dieses Mal war es ihm gelungen, ihr ein Lächeln zu entlocken. »Aber gemeint.«

»Okay.« Mauricio versuchte sich an einer Skizze.

»Korrekt, aber fantasielos gekleidet«, fuhr Laura fort. »Grauer Anzug und Krawatte.«

»So?« Mauricio hielt Thiede das aufgeschlagene Notizbuch hin.

»Ungefähr. Die Schultern waren schmaler und die Haare kürzer. Aber sonst nicht schlecht.«

Mauricio fertigte eine zweite Zeichnung an. »Was ist mit dem Gesicht?«

»Dazu kann er nichts sagen«, erklärte Laura, nachdem sie den Zeugen gefragt hatte. »Die beiden waren zu weit weg.«

»Schade.« Mauricio klappte das Notizbuch zu.

»Immerhin.« Laura schaute ihn auffordernd an. »Wir haben eine Spur. Das ist besser als nichts.«

»Ja. Du hast recht.« Er versuchte, den schwarzen Strudel der Melancholie beiseitezuschieben, der nach ihm griff. So ganz gelang es ihm nicht.

Wie sollte er mit einer solchen Beschreibung jemanden finden?

Laura erhob sich. »Wir gehen hinunter zum Hafen. Vielleicht erinnert sich jemand in der Bar.«

Mauricio hielt das für wenig wahrscheinlich, folgte ihr aber trotzdem, nachdem sie sich von Thiede verabschiedet hatten. Was sollte er auch sonst tun?

Sie liefen durch steile Gassen und über schmale Treppen, vorbei an kleinen Häusern mit bunt gestrichenen Türen und üppigen Blumentöpfen auf den Fensterbänken und Treppenstufen. Die Sonne stand mittlerweile hoch am Himmel und brannte, doch im Schatten der Häuser war es behaglich. Zwischen den Gebäuden hindurch konnte Laura auf den glitzernden Atlantik sehen, darüber wölbte sich das unvergleichliche *Azul* der Insel. Die weißen Schäfchenwolken, die vereinzelt vorbeitrieben, wirkten beinahe kitschig.

Das Bild war so schön, dass Laura für einen Moment vergaß, weshalb sie hier waren. Sie blieb stehen und zog ihr Smartphone hervor, um ein Foto zu schießen. Mauricio trat neben sie und legte den Arm um ihre Schultern, und sie lehnte sich bei ihm an, ohne darüber nachzudenken. Er drehte sie zu sich herum, und seine Lippen waren nur Zentimeter von ihren entfernt.

Dann ließ er sie wieder los. »Lass uns weitergehen.«

Er lief die Treppen hinunter, als wäre er auf der Flucht. Laura steckte ihr Smartphone ein und folgte ihm.

In der Bar war nicht viel Betrieb. Sie setzten sich an einen Tisch mit Blick auf das Hafenbecken, das durch eine hohe Betonmauer vor der Meeresbrandung geschützt war. Ein paar kleine Segelboote dümpelten dort, außerdem einige bunt gestrichene Fischerboote. Wäre die Mauer nicht so hässlich grau, der Anblick wäre absolut idyllisch. Aber auch so fühlte Laura sich wohl.

Ein junger Kellner mit kurzen dunklen Locken nahm ihre Bestellung auf. Als er den *Bica* brachte, bat Mauricio ihn, sich kurz zu ihnen zu setzen.

»Claro.« Der Kellner zog sich einen Stuhl heran, nahm die Zigarettenschachtel aus der Brusttasche seines weißen Hemds und steckte sich eine an. »Was kann ich für Sie tun?« Die Frage kam zusammen mit einer dichten Rauchwolke aus seinem Mund.

Mauricio schlug sein Notizbuch auf und legte es vor dem Kellner auf den Tisch. »Haben Sie diesen Mann schon einmal gesehen?«

Der Kellner betrachtete die Zeichnung. »So sehen viele aus.«

»Frag ihn nach Thiede und Lange«, schlug Laura vor.

»Tobias Thiede?«, erkundigte sich der Kellner, ehe Mauricio die Frage formulieren konnte. »Der hat sein Boot hier liegen.« Er deutete auf ein offenes Motorboot mit einer kleinen Kajüte und einem Sonnendach. Es war an der Mole festgemacht, unterhalb eines großen Werbeschilds. Die Schrift konnte Laura von ihrem Platz aus nicht lesen, aber sie erkannte Männer mit langen Angelruten, die stolz ihren Fang präsentierten.

»Ein guter Typ. Fährt mit den verrückten Deutschen raus und hilft ihnen, ein paar Fische aus dem Wasser zu ziehen. Manchmal springt er auch hinein und holt eine Schildkröte an Bord, um sie den Leuten zu zeigen. Aber die lässt er natürlich anschließend wieder frei.«

Mauricio kommentierte den wenig respektvollen Umgang mit den Meeresbewohnern nicht. »Kommt er manchmal hierher?«

»Oft. Immer, wenn er eine Tour hinter sich hat. Dann braucht er erst mal ein paar Flaschen Coral.«

»Und Bernd Lange? Kommt der auch gelegentlich?«

»Der Bildhauer?« Der Kellner sah nicht so aus, als hätte er Verständnis für diese Berufswahl. »Ja, manchmal. Wenn Tobias ihn einlädt.« Sein Blick wanderte zu Mauricios Zeichnung. Eine Erkenntnis blitzte plötzlich in seinen Augen auf. »Ach, das meinen Sie.« Der Kellner zog noch einmal an seiner Zigarette, ehe er sie im Aschenbecher ausdrückte. »Das war vor ein, zwei Wochen. Da haben sich die beiden hier getroffen. Sie haben heiß diskutiert. Keine Ahnung, worüber. Ich verstehe kein Deutsch. Aber Andy hatte einen dicken Umschlag dabei, den er Bernd geben wollte. Er hat ihn aber nicht genommen. Andy war ziemlich sauer. Hat sich nicht mal verabschiedet, als er gegangen ist.«

»Andy? Ist das dieser Mann?« Mauricio deutete auf seine Zeichnung. Laura hielt gespannt den Atem an.

»Ja. Das sage ich doch.«

»Und der Nachname? Kennen Sie den auch?«

»Nein. Tut mir leid.« Der Kellner erhob sich. Er wollte schon gehen, doch dann fiel ihm etwas ein. Mit einem Lächeln drehte er sich zu Laura und Mauricio um. »Ich kann Ihnen aber sagen, wo Sie ihn finden.«

Mauricio richtete sich auf seinem Stuhl auf. Laura spürte, wie ihr ein Schauer über den Rücken lief.

»Wo?«

»Er hat eine kleine Bar. Oben im Norden. In Faial. Den Namen weiß ich nicht.«

»Danke.« Mauricio nahm seine Brieftasche aus der Hose und hielt dem Kellner einen Zwanzig-Euro-Schein hin. Das Wechselgeld wehrte er ab. »Das ist für Ihre Hilfe.«

Der Kellner pfiff zufrieden, als er zurück ins Lokal ging. Laura hatte bereits ihr Smartphone in der Hand und gab die Stichworte »Bar«, »deutsch« und »Faial« ein. In der nächsten Sekunde hatte sie ihre Antwort.

»*O Anjo Vermelho* – madeirischer Wein, deutsches Bier und deutsches Essen.« Das Lokal befand sich in einem weiß gestrichenen Haus, über dessen Fassade ein gemalter roter Engel schwebte. Auf dem Foto daneben war der Besitzer zu sehen. *Andreas Fiedler* stand unter dem Bild.

»Das ist er.« Mauricio stand so schwungvoll auf, dass sein Stuhl beinahe umgefallen wäre. Er sah Laura ungeduldig an. »Komm. Wir fahren hin.«

Laura leerte rasch ihre Kaffeetasse. Daran musste sie sich gewöhnen, diese plötzlichen Wechsel zwischen der gemächlichen portugiesischen Lebensart, der Schwermut, die alles verlangsamte, und den Energieschüben, von denen Mauricio gelegentlich erfasst wurde.

Er lief so zügig die Treppen zum Parkplatz an der Igreja Matriz da Ribeira Brava hinauf, dass Laura Mühe hatte, ihm zu folgen. Dabei war sie alles andere als unsportlich. Dass er trotz der Eile noch die Zeit fand, ihr die Beifahrertür des Pick-ups mit einem Lächeln aufzuhalten, gefiel ihr, das Tempo, mit dem er gleich darauf die Straße entlangjagte, weniger.

Das Smartphone in seiner Sakkotasche vibrierte, als er gerade in den Kreisel einbog, der auf die Autobahn führte. Nicht zum ersten Mal, wie ihm jetzt bewusst wurde. Es hatte sich bereits bemerkbar gemacht, als sie bei Tobias Thiede gewesen waren, und auch, als sie mit dem Kellner in der Bar im Hafen geredet hatten. Beide Male hatte Mauricio dem jeweiligen Gespräch den Vorzug gegeben. Doch wenn jemand so penetrant anrief, musste es dringend sein.

Statt auf die Autobahn zu fahren, durchquerte er einmal den gesamten Kreisel und hielt auf der freien Fläche vor dem Estádio Municipal, dem Fußballplatz von Ribeira Brava. Früher hatte er selbst dort gespielt, doch das schien Ewigkeiten her zu sein. Er war kein guter Techniker gewesen, aber ein talentierter Schütze. Das Tor hatte er fast immer getroffen, auch aus größerer Entfernung. Damit hatte er seine Mannschaft mehr als einmal gerettet. Schade eigentlich, dachte er, dass er heute zu keinem der Mitspieler mehr Kontakt hatte.

Er zog das Handy aus der Tasche und aktivierte das Display. Fünf Nachrichten wurden angezeigt, alle vom selben Absender. Diogo Carvalho. Mauricio spürte, wie sich sein Herzschlag beschleunigte.

»Was ist los?« Laura sah ihn fragend an.

»Keine Ahnung.« Er öffnete die letzte Nachricht und runzelte die Stirn.

Beeil dich. Sie wollen deinen Bruder verhaften, stand da.

»Ich dachte, das hätten sie längst getan?«, wunderte sich Laura. »Dein Bruder Alexandro sitzt in Untersuchungshaft, oder nicht?«

»Ja.« Mauricio scrollte zurück zur ersten Nachricht, die Diogo geschickt hatte. Der Kollege war seit der Schießerei vor einigen Jahren angeschlagen, doch das betraf nur seine psychische Verfassung. Zumindest hatte Mauricio das bisher angenommen. Kam nun auch noch eine geistige Verwirrtheit hinzu? Carvalho war erst neunundfünfzig, zu jung für eine beginnende Demenz. Oder nicht?

Er fand die Nachricht, und ihm stockte der Atem. Nicht Carvalho war es, der geistig nicht voll auf der Höhe war, sondern er selbst.

Weil er kein Wort herausbrachte, nahm Laura ihm das Smartphone aus der Hand und las die Mitteilung selbst.

»Jacinto? Dein jüngerer Bruder macht Geschäfte mit Schwarzbrennern? Und jetzt ist er ins Visier der Steuerfahndung geraten?«

Der Kloß in Mauricios Hals löste sich endlich. »Das kann nicht sein.«

Er wendete, durchquerte erneut den Kreisel und fuhr zurück in den Ort. Am nächsten Kreisel wechselte er auf die Rua Cmte. Camacho de Freitas, die Küstenstraße, die über mehrere Serpentinen aufs Hochplateau von Ribeira Brava führte, dorthin, wo Jacinto seine Bar hatte. Laura gab einen erschrockenen Laut von sich, als er so zügig durch eine enge Haarnadelkurve fuhr, dass der Wagen beinahe über die Klippen hinausgetragen wurde.

»*Desculpa*«, murmelte er, drosselte aber das Tempo nicht.

Er musste Jacinto warnen! Vielleicht könnte er das Schlimmste noch verhindern.

Er brauste die Straße mit den luxuriösen Häusern entlang. Zum Glück war kaum Verkehr, nur einmal musste er einen Kleinwagen überholen. Trotzdem kam ihm die Strecke endlos vor, obwohl es nur knapp zwei Kilometer vom Zentrum zu Jacintos Bar waren.

Als er um die letzte Kurve bog, sah er sofort, dass sie zu spät waren. Zwei Fahrzeuge der *Guarda Nacional Republicana* standen vor der Bar, außerdem ein ziviler Wagen, der zum Fuhrpark der *Polícia Judiciária* gehörte.

Mauricio stoppte auf der gegenüberliegenden Straßenseite.

Sie mussten nicht lange warten, dann öffnete sich die Tür der Bar. Zwei GNR-Beamte führten Jacinto heraus. Sie hatten ihm die Hände mit Handschellen auf dem Rücken gefesselt wie einem Schwerverbrecher. Mauricio ballte wütend die Fäuste. Das war absolut überflüssig.

Jacinto hatte den Kopf gesenkt, die schwarzen Haare hingen wie ein Vorhang vor seinem Gesicht. Mauricio konnte nicht erkennen, ob seine Haltung verstört oder schuldbewusst war. Er zauderte. Sollte er aussteigen und sich einmischen oder lieber im Hintergrund bleiben?

Wieder traten zwei Personen aus der Bar, Inspektor Recardo Gomes und die Staatsanwältin Raquel Fonseca. Mauricio stutzte. Die beiden hatten einen Mordfall zu klären. Warum bemühten sie sich persönlich an den Ort einer Durchsuchung wegen möglicher Schwarzbrennerei?

Gomes hielt den Männern, die ihm folgten, die Tür auf. Es waren uniformierte Beamte der GNR. Sie schleppten Kisten mit Rumflaschen zu ihrem Einsatzfahrzeug. Beweismaterial. Offenbar hatten sie gefunden, was sie suchten.

Mauricio rührte sich nicht. Er fühlte sich, als wäre er in einen Strudel geraten, der ihn immer weiter in die Tiefe zog und jede Bewegung lähmte.

Gomes und die Staatsanwältin stiegen in den zivilen Wagen, die GNR-Beamten in ihre Dienstfahrzeuge. Als sie an ihm vorbeifuhren, konnte Mauricio einen Blick auf das Gesicht der Staatsanwältin erhaschen. Sie lächelte zufrieden.

Mauricio löste sich mühsam aus seiner Erstarrung und wählte Carvalhos Handynummer.

»Du warst nicht rechtzeitig dort, nehme ich an«, sagte der Kollege statt einer Begrüßung.

»Nein.«

»Vielleicht ist es besser so. Am Ende hätten sie dich wegen Beihilfe angeklagt, wenn du deinem Bruder zur Flucht verholfen hättest.«

»Was wirft man ihm vor?«

»Gomes hat einen Tipp bekommen. Im Keller von Jacintos Bar soll sich ein Lager für schwarz gebrannten *Aguardente de cana-de-açúcar* befinden.«

»Die Kollegen von der GNR haben Kisten mit Flaschen herausgetragen. Aber das kann nicht stimmen. Jacinto macht keine Geschäfte mit Schwarzbrennern.«

»Die Staatsanwältin und Gomes meinen, dass das alles zusammenhängt. Dass deine Familie im großen Stil illegale Geschäfte mit madeirischem Rum macht. Deshalb auch die Sabotage und der Mord, glauben sie. Ein Streit zwischen rivalisierenden Ganoven, der aus dem Ruder gelaufen ist.«

Eine große schwarze Welle schwappte über Mauricio zusammen.

»Das ist eine Intrige«, presste er hervor. »Irgendjemand will meine Familie zerstören.«

»Ich muss Schluss machen«, sagte Carvalho. »Ich halte dich auf dem Laufenden.«

Mauricio ließ das Smartphone sinken und starrte es ratlos an.

»Dein Cousin. Nelson Pereira«, sagte eine leise Stimme neben ihm.

Mauricio hob mit einem Ruck den Kopf. Beinahe hatte er Lauras Anwesenheit vergessen.

»Warum sollte er das tun?«

»Er ist wütend, dass dein Bruder Alexandro die Brennerei in Prazeres geerbt hat und nicht er.«

»Ja. Das war er sicher. Deswegen redet er auch nicht mehr mit uns. Weil er glaubt, dass Alexandro bei der Sache irgendwie seine Finger im Spiel hatte. Aber Nelson würde kein Verbrechen begehen, um sich sein Erbe zurückzuholen. Er braucht den Betrieb nicht. Seine *Engenho* in Porto da Cruz, das Weingut, das Hotel, das Restaurant – das ist alles hundertmal mehr wert als unsere kleine Brennerei.«

Laura schaute ihn nachdenklich an.

Mauricio schnaubte leise. »Du glaubst, für einen Portugiesen spielt das keine Rolle? Er rastet aus, wenn man ihn gekränkt hat, egal, was die Vernunft ihm sagt?«

»Hältst du das für ausgeschlossen?«

»Nein. Aber im Fall von Nelson kann ich es mir beim besten Willen nicht vorstellen.«

»Vielleicht sollten wir ihn besuchen. Uns selbst einen Eindruck verschaffen.«

»Von mir aus. Seine Fabrik ist nicht weit entfernt von Fiedlers Bar. Von Faial nach Porto da Cruz sind es nur gut zehn Kilometer. Wir kommen ohnehin dort vorbei.«

Laura nickte ihm zu. »Also los.«

Mauricio startete den Motor wieder und fuhr die Serpentinenstraße entlang in Richtung Campanário, um dort auf die Autobahn zu wechseln. Vor ihnen erhob sich das madeirische Bergpanorama, grüne Wälder, graue Berge, darüber der unvergleichlich blaue Himmel.

Wie schön wäre es, jetzt einfach sorglos mit Laura dorthin fahren zu können und einen Spaziergang an einer der wenig frequentierten Levadas entlang zu machen. Dem Lauf des Wassers zu folgen, das aus dem regenreichen Norden in den sonnigen Süden transportiert wurde, eingemauert in schmalen Rinnen, die wie ein Netz die gesamte Insel überzogen. Von Hand verlegt und in ihrer Art einzigartig, Grundlage für Madeiras landwirtschaftlichen Reichtum ebenso wie für unvergleichlich romantische Wanderwege durch dichte Lorbeerwälder.

Er war sicher, dass es Laura gefallen würde, auch wenn ihre erste Levada-Wanderung zum Wasserfall von Risco vor einem Jahr sie direkt ins Zentrum eines Verbrechens geführt hatte. Und nun war sie bei ihrem zweiten Besuch auf der Insel schon wieder mittendrin in einem Geflecht aus Intrigen und mörderischen Verstrickungen. Er hatte keine Ahnung, ob es ihr gefiel oder ob sie sich etwas anderes gewünscht hätte. Die Abenteuer verhinderten zwar, dass sie zur Ruhe kam, doch auf der anderen Seite lieferten sie ihr eine Menge Stoff, den sie für ihre Romane gebrauchen konnte.

»Was glaubst du, wer dahintersteckt?«, fragte sie in seine Gedanken hinein. »Wenn es nicht dein Cousin Nelson ist?«

Mauricio musste nicht lange überlegen. »Diese Hamburger Spirituosenfirma. *Grote & Wolf*. Die haben diesen Plan entwickelt, um sich unsere *Engenho* unter den Nagel zu reißen.«

»Du meinst, das sind die üblichen Geschäftspraktiken eines deutschen Schnapsherstellers?«

»Solche Unternehmen sind nicht zimperlich. Das ist doch so, oder nicht?«

»Kommt darauf an. Aber ich dachte, eure Brennerei ist so klein, dass sich ein solcher verbrecherischer Aufwand nicht rentiert?«

Mauricio warf ihr einen kurzen Blick zu. Ihr Tonfall gefiel ihm nicht. Nahm sie ihn nicht ernst? »Für Nelson lohnt es sich nicht. Für ein deutsches Unternehmen, das gerne einen Fuß auf die Insel setzen möchte, könnte das anders aussehen.«

Laura verengte die Augen, als hätte sie eine Fährte aufgenommen. »Du hast recht«, sagte sie und fixierte die Straße, als könnten sie auf diese Weise ihr Ziel schneller erreichen. »Standortsicherung. Das könnte ein Motiv sein.«

Die Strecke bis zum Flughafen war ihr mittlerweile vertraut. Auf der hochbeinigen Autobahntrasse vorbei an den roten Ziegeldächern Funchals, danach ein Stück durch eine flache, spärlich bewachsene und nur dünn besiedelte Landschaft und schließlich der freie Blick über den Atlantik auf dem letzten Abschnitt bis nach Santa Cruz. Als sie den Cristiano Ronaldo International Airport passierten, startete gerade ein Flugzeug.

Es folgten einige Tunnel, dann verließ Mauricio die Autobahn und wechselte auf die ER108. Laura schaute ihn erstaunt an. Auf dem Hinweisschild, an dem sie eben vorbeigefahren waren, hatte auch Porto da Cruz gestanden.

Der Comissário lächelte ihr zu. »Ja. Die Schnellstraße führt direkt zum Ziel. Aber ich wollte die Gelegenheit nutzen, dir etwas vom Norden der Insel zu zeigen.«

Laura blinzelte. Das war einer dieser Momente, in denen ihr bewusst wurde, wie unterschiedlich die Menschen und die Kulturen hier und in Deutschland waren. Sie konnte sich beim besten Willen keinen deutschen Kommissar vorstellen, der während einer Ermittlung die landschaftlich schönere Route wählte, statt zu versuchen, schnellstmöglich ans Ziel zu gelangen. Oder war das ein Klischee?

Mauricio schien an ihrem Gesicht ablesen zu können, was ihr durch den Kopf ging. »Es sind nur zwanzig Kilometer bis Faial. Der Unterschied in der Fahrzeit ist nicht groß. Aber auf der Autobahn fährst du die Hälfte der Zeit durch endlose Tunnel und siehst nichts. Das wäre schade.«

Laura ließ sich in ihrem Sitz zurücksinken. Vielleicht hatte Mauricio ja recht. Sie selbst war immer diszipliniert, auf Effizienz und perfektes Zeitmanagement bedacht. Dabei musste sie sich als Schriftstellerin auch treiben lassen können. Ein Großteil der Arbeit war zwar Handwerk, doch wenn die Kreativität nicht floss, blieb die Seite auf dem Bildschirm weiß, und der vorwurfsvoll blinkende Cursor wurde zu einem Folterinstrument, das so lange auf die Netzhaut trommelte, bis man Kopfschmerzen bekam.

Deshalb war sie hierhergekommen. Sie wollte etwas an ihrem Leben ändern. Warum also nicht sofort damit anfangen? Laura lehnte den Kopf an die Nackenstütze und ließ ihren Blick über die Landschaft schweifen.

Die Straße führte steil bergauf, durch zahllose enge Serpentinen, die sich zwischen dichtem Lorbeerwald hindurchwanden. Die Berge waren hier höher, das Grün der Bäume war undurchdringlicher, die Landschaft noch ursprünglicher als im Süden der Insel. Die Häuser, die hier und da am Straßenrand auftauchten, waren klein und geduckt; versprengte bunte Tupfer in einer Natur, die erst zum Teil urbar gemacht worden war. Selbst das Meer, das weit unter ihnen gegen die Küste anrollte, erschien ihr von hier oben intensiver, die Gischt schaumiger, die Kraft der Wellen größer.

Sie spürte, wie ihr das Herz aufging. Diese Insel war wirklich ein Ort, an dem man zur Ruhe kommen konnte.

Viel zu schnell erreichten sie Porto da Cruz, fuhren durch schmale, dicht besiedelte Straßen und waren gleich darauf wieder auf der Autobahn, die weiter nach Faial führte. Laura entwich unwillkürlich ein leiser Seufzer, und Mauricio grinste zufrieden.

Faial lag am Fuß eines hohen Berges, der zum Meer hin steil abfiel. Es war der fünfhundertneunzig Meter hohe *Penha de Águia*, wie Mauricio ihr erklärte. Er fügte hinzu, dass Faial in einem der schönsten Täler der Insel lag. Die große Karting-Strecke, an der sie vorbeifuhren, erweckte den gegenteiligen Eindruck, doch als das Meer und das Zentrum mit den gemütlichen weißen Häusern in Sicht kamen, musste sie ihm recht geben.

Mauricio parkte den Pick-up neben der *Igreja do Faial*, und Laura dachte, dass er eine Vorliebe für Kirchen zu haben schien. War er ein gläubiger Mensch? Oder ging es ihm darum, seiner verstorbenen Frau nah zu sein? Sie fühlte sich plötzlich befangen und kletterte rasch aus dem Wagen.

Erst dann sah sie das Lokal, das sich direkt gegenüber der Kirche befand. *O Anjo Vermelho*, der rote Engel, stand in gleichfarbigen Lettern über der hölzernen Eingangstür, die ebenfalls in einem rötlichen Farbton gestrichen war. Darüber schwebte der gemalte rote Engel, den sie bereits auf der Homepage gesehen hatte. Vor der Gaststätte standen ein paar Tische und Stühle auf der Straße, mit roten Tischdecken und passenden Sitzkissen. Der Besitzer nahm den Namen seines Lokals offenbar ernst.

Von den Tischen waren nur zwei besetzt. An einem davon saßen zwei Frauen in Jeans und T-Shirt. Beide hatten dunkle Haare und braune Augen. Freundinnen, die in Faial lebten und sich auf einen *Bica* trafen, um über ihre Kinder oder Probleme mit dem Ehepartner zu reden. Die Gesten wirkten zugewandt und vertraut, beide lächelten häufig und berührten sich gelegentlich mit den Händen.

Das Kontrastprogramm bildete das Paar am Nachbartisch. Offensichtlich Touristen, das sah man an der farbenfrohen Markenkleidung und den teuren Wanderschuhen. Beide hatten verhärmte Gesichter und waren bereits ergraut. Ihre Nationalität konnte Laura nicht feststellen, da sie sich offenbar nichts mehr zu sagen hatten. Der Mann saß mit verschränkten Armen und ausgestreckten Beinen halb abgewandt von der Frau, die sich konzentriert mit ihrem Mobiltelefon beschäftigte.

»Ich finde das traurig«, sagte Mauricio neben ihr. »Wenn von einer Liebe so wenig übrig bleibt.«

Laura musste schlucken. War es bei Matthias und ihr genauso? Hatte sich die Liebe einfach verflüchtigt? Aber warum tat sein Betrug dann so weh?

Sie setzten sich an den Tisch, der am weitesten von den anderen Gästen entfernt stand. Laura lehnte sich auf ihrem Stuhl zurück und hielt das Gesicht in die Sonne. Ein milder Wind streichelte ihre Haut. Vielleicht sollte sie einfach weniger nachdenken und mehr den Moment genießen?

Aus der Tür des roten Engels trat ein Mann und kam zu ihnen an den Tisch. Mitte dreißig, mit braunem Haar und einem Undercut, wie ihn Tobias Thiede beschrieben hatte. Er trug ein weißes Hemd und eine Schürze, auf der ein roter Engel abgebildet war.

»*Boa tarde*«, begrüßte er seine Gäste freundlich. »Was darf ich Ihnen bringen?« Er sprach Portugiesisch; offenbar war er sich zumindest bei ihrem Begleiter sicher, dass dieser die Sprache beherrschte.

»Zwei *Bica*«, orderte Mauricio und schaute Laura fragend an. »Möchtest du auch etwas essen?«

»Gern.«

Mauricio blätterte mit gerunzelter Stirn in der Karte und bestellte schließlich eine Ofenkartoffel. Laura wählte den Bauernsalat mit Brot. Sie schwiegen, bis der Besitzer des Lokals das Gewünschte brachte, jeder mit seinen eigenen Gedanken beschäftigt.

»Haben Sie einen Moment für uns?«, erkundigte sich Mauricio und deutete auf den freien Stuhl am Tisch. »Wir hätten ein paar Fragen.«

»So?« Die Augen des Gastwirts verengten sich.

»Sie sind doch Andreas Fiedler?«, fragte Laura rasch auf Deutsch. »Ein Bekannter von uns sagte, Sie könnten uns vielleicht helfen.«

Ein Lächeln breitete sich auf dem Gesicht des Wirts aus und vertrieb das Misstrauen. »Warten Sie einen Moment. Ich hole mir etwas zu trinken.«

Gleich darauf kehrte er zurück, ein Glas mit einer trüben gelben Flüssigkeit in der Hand.

»Apfelsaftschorle«, erläuterte er und nahm einen Schluck, nachdem er sich gesetzt hatte. »Also. Was kann ich für Sie tun?«

»Es geht um Bernd Lange. Sie haben sich letzte oder vorletzte Woche mit ihm getroffen, in der Bar im Hafen von Ribeira Brava.«

Andreas Fiedler zuckte mit den Schultern. »Kann sein. Warum interessiert Sie das?«

»Ich schreibe ein Buch«, sagte Laura und signalisierte Mauricio, dass er sich gedulden sollte. Fiedler würde nicht leicht zu knacken sein. Sie musste sich konzentrieren und durfte den Gesprächsfluss nicht mit Übersetzungen stören. Wenn sie etwas erreichen wollte, musste sie ein Vertrauensverhältnis aufbauen. Und das funktionierte mit einem Landsmann nun einmal am besten in der Muttersprache, auch wenn Fiedler das Portugiesische offenbar gut beherrschte.

Der Wirt hob die Augenbrauen. »Über Bernd? Was für ein Buch soll das sein?«

»Ein Kriminalroman.«

»Aha?« Fiedler wirkte irritiert.

»Sie haben es vermutlich noch nicht gehört?« Laura setzte eine mitfühlende Miene auf.

Der Wirt machte Anstalten aufzustehen. »Tut mir leid. Ich habe keine Ahnung, wovon Sie reden.«

»Bernd Lange ist tot.« Sie senkte effektvoll die Stimme. »Man hat ihn ermordet.«

Fiedler fiel auf seinen Stuhl zurück. »Was?«

Laura wiederholte ihre Worte nicht. Sie wusste, dass der Wirt sie verstanden hatte. Er brauchte nur Zeit, um die Information zu verdauen.

»Was hat das mit mir zu tun?«, erkundigte er sich endlich und räusperte sich vernehmlich. Den Kloß in seinem Hals versuchte er mit der Apfelsaftschorle herunterzuspülen, doch so recht gelang es ihm nicht. »Und was geht Sie das an?«

»Wie gesagt. Ich schreibe ein Buch. Über die schmutzigen Geschäfte eines Hamburger Schnapsproduzenten, der sich eine Brennerei auf Madeira unter den Nagel reißen will.«

»So?«

Laura glaubte, etwas in Fiedlers Augen aufblitzen zu sehen, doch der Moment war so schnell vorbei, dass sie es nicht mit Sicherheit sagen konnte.

»Wie kommt Bernd da ins Spiel?«, fragte er, sichtlich um einen gleichmütigen Tonfall bemüht.

»Er hatte den Auftrag, die Apparaturen in dieser Brennerei zu sabotieren. Man hat ihn dafür bezahlt. Aber der Besitzer hat ihn erwischt und erschlagen.«

»Eine interessante Geschichte.« Fiedler erhob sich. »Aber ich kann Ihnen nicht helfen. Ich weiß nichts von solchen Geschäften.«

»*Sie* haben Bernd Lange Geld angeboten, damit er die Maschinen in der *Engenho Torres* in Prazeres lahmlegt.«

Der Wirt lachte. »Nein. Wie kommen Sie auf eine solche Idee?«

»Es gibt einen Zeugen, der beobachtet hat, wie Sie Bernd Lange einen dicken Umschlag überreicht haben.«

Fiedler setzte sich wieder hin. Laura sah, wie es hinter seiner Stirn arbeitete. »Hat der Zeuge auch gesehen, was sich darin befand?«

»Nein.«

»Dachte ich mir.« Der Wirt grinste. »Sie haben eine tolle Fantasie, aber Sie sind auf der falschen Spur. In dem Umschlag war kein Geld.«

»Sondern?«

Der Wirt verschränkte die Arme vor der Brust. »Das geht Sie nichts an.«

»Also war es doch Geld.«

»Nein.« Fiedler trank sein Glas leer. Sein Adamsapfel bewegte sich rasch auf und ab. Seine Augen huschten über den Platz vor der Kirche.

»Warum geben Sie es nicht einfach zu?«

»Meine Güte, sind Sie penetrant.« Fiedler stellte das Glas zurück auf den Tisch. »Also. Wenn Sie es unbedingt wissen wollen: Es waren Liebesbriefe. Von einer Frau, die sich in Bernds Kunstwerke verliebt und ihre Euphorie auf den Künstler übertragen hat. Sie hat nebenan im Hotel gewohnt. Die beiden haben sich hier kennengelernt, als Bernd mir ein paar Skulpturen für meine Gaststube verkauft hat. Aber er wollte nichts von ihr. Deshalb hatte er auch kein Interesse an ihren blumigen Ergüssen.«

Laura fühlte sich ein wenig verunsichert. Konnte man sich eine solche Erklärung auf die Schnelle ausdenken? Oder war es die Wahrheit?

»Dann können Sie uns diese Briefe sicher zeigen?«, fragte sie.

»Nein.« Andreas Fiedler hatte seine Selbstsicherheit wiedergefunden. »Ich habe Sie weggeworfen. Was sollte ich damit? Bernd wollte sie nicht, und die Frau war längst abgereist.« Er erhob sich lächelnd, offensichtlich zufrieden mit sich selbst.

Laura dachte fieberhaft darüber nach, wie sie ihn aufhalten könnte, doch ihr fiel nichts ein. Sie glaubte ihm die Geschichte mit den Briefen nicht, aber wie sollte sie beweisen, dass er log?

Fiedler nahm sein leeres Glas und verschwand im Lokal.

Mauricio sah Laura drängend an. »Was hat er gesagt?«

Laura berichtete es ihm.

»Vielleicht stimmt es«, entgegnete Mauricio und betrachtete die Folienkartoffel, die Fiedler ihm aufgetischt hatte, und die

Schale mit dem Kräuterquark, den es dazu gab. Er zupfte an der Alufolie und stocherte mit der Gabel in der weichen Kartoffel, während sich seine Miene verdüsterte. Laura konnte die melancholische Wolke, die über ihm schwebte, fast plastisch vor sich sehen. Sie spürte, wie seine Schwermut auch ihr die Energie entzog.

Missmutig griff sie zur Gabel und machte sich über ihren Salat her. Wer tat hier eigentlich wem einen Gefallen? Er war es doch, der seine beiden Brüder aus dem Schlamassel holen wollte. Dann sollte er sich auch dafür einsetzen und nicht ihr die ganze Arbeit überlassen.

Mauricio seufze. Sie schaute in seine dunklen Augen, und ihr Unmut löste sich in Luft auf. Einem Mann, der sie so ansah, konnte sie einfach nicht böse sein.

8

Mauricio warf einen sehnsüchtigen Blick auf die Karting-Strecke, als sie aus Faial hinausfuhren. Seit Jahren sprachen Jacinto und er darüber, einmal hierherzukommen und die Karts auszuprobieren. Doch zurzeit hatte er andere Sorgen.

Er nahm die Autobahn, während er über Lauras Gespräch mit Andreas Fiedler nachdachte. Während die beiden geredet hatten, hatte er den Besitzer des Roten Engels genau beobachtet. Fiedler hatte sich unwohl gefühlt. Lauras Fragen hatten an irgendetwas gerührt, mit dem er sich nicht beschäftigen wollte. Aber Mauricio vermochte nicht zu entscheiden, ob er gelogen hatte.

Sicher war er sich nur, dass Fiedler von Bernd Langes Tod nichts gewusst hatte. Er war erschrocken gewesen, und für einen Augenblick hatten seine Augen Mauricio einen unverstellten Blick auf seine Seele gewährt. Er hatte Mitleid darin gelesen, aber auch etwas anderes.

Angst, weil er begriffen hatte, dass er sich auf etwas eingelassen hatte, das ihm ebenso zum Verhängnis werden könnte wie Bernd Lange? Ein schlechtes Gewissen, weil er sich zum Handlanger eines verbrecherischen Unternehmens gemacht hatte? Oder stimmte die Geschichte mit den Liebesbriefen, und Fiedler war es einfach nur peinlich, dass er sich eingemischt hatte?

Aber das glaubte Mauricio nicht. In dem Umschlag waren

keine Briefe gewesen, sondern Geld, und die Sache hatte irgendetwas mit dem Hamburger Schnapshersteller *Grote & Wolf* und der Firma *Schnitzler Import Export* zu tun.

Er hätte gern mit den betreffenden Personen gesprochen, doch das wäre zu riskant. Wenn Inspektor Gomes und die Staatsanwältin Wind davon bekämen, würden sie ihn komplett kaltstellen, und er wäre sämtlicher Ermittlungsmöglichkeiten beraubt. Solange er nicht suspendiert war, hatte er zumindest noch Zugriff auf die Datenbanken und konnte mit Diogo Carvalho Kontakt halten.

Laura, die in die Betrachtung der Landschaft und ihre Gedanken versunken gewesen war, wandte ihm den Kopf zu. »Fahren wir jetzt zu deinem Cousin?«

»Ja.«

Sie erreichten Porto da Cruz. Der alte Küstenort lag an den Hang geschmiegt. Auf Meereshöhe gab es die Bucht mit den romantischen Fischerhäusern. Vom Zentrum aus führten schmale Straßen steil nach oben. Mauricio steuerte den Pick-up hinauf, bis sich vor ihnen ein Postkartenmotiv öffnete: die verwinkelten Gassen, die weißen Häuser mit den roten Ziegeldächern und dahinter das weite, blau schimmernde Meer unter einem Himmel, der sich in seinem schönsten *Azul* präsentierte.

Die *Engenho Pereira* und das Weingut befanden sich am Ortsrand oben am Hang. Mauricio sah, dass Laura beeindruckt war, von der Größe des Unternehmens ebenso wie von der Ordnung, die überall herrschte. Vor der Fabrik standen ausgemusterte Brennapparate. Die Gestelle waren glänzend schwarz gestrichen, die blank polierten Kupferkessel funkelten in der Sonne. Bunte Tafeln erklärten auf Portugiesisch, Englisch und Deutsch die einzelnen Phasen des Prozesses, in dem aus dem frischen Zuckerrohr der Saft gewonnen und zu Sirup und Melasse verkocht wurde, bis hin zur Destillation, mit der man aus der Melasse den Zuckerrohrschnaps, *Aguardente de cana-de-açúcar*, gewann.

Auf der Terrasse vor dem Restaurant waren die Tische eingedeckt. Rot-grün karierte Sitzkissen und Tischdecken lockten einladend. Laura bestaunte den Boden, ein aufwendiges Mosaik aus weiß-rot und grau-grün gemusterten Kacheln. Typisch portugiesisch und mit der Betonung der Nationalfarben rot und grün zugleich ein schönes Bekenntnis zur Tradition. Was immer man in der Familie über Nelson Pereira dachte, er hatte jedenfalls Geschmack.

Mauricio ging auf das Nebengebäude zu, in dem Nelson sein Büro hatte. Laura, die interessiert die Informationstafeln studierte, folgte ihm mit einigem Abstand.

Die Tür des kleinen Gebäudes öffnete sich, ehe Mauricio sie erreicht hatte. Nelson Pereira trat heraus, wie immer tadellos gekleidet, auch wenn er nur allein im Büro saß und keinen Geschäftstermin hatte. Der anthrazitfarbene Dreiteiler saß perfekt, das blütenweiße Hemd betonte sein gebräuntes Gesicht. Die dunklen Haare waren streng zurückgekämmt, das Kinn glatt rasiert. Der einzige Farbtupfer war die rot und grün gewürfelte Krawatte. Die meisten Männer hätten damit albern ausgesehen, doch bei Nelson unterstrich der bunte Stoff den seriösen Eindruck.

»Mauricio. Was für eine Überraschung.« Sein Cousin hob die Augenbrauen. Er schien nicht sonderlich erbaut über Mauricios Besuch. Dann entdeckte er Laura, und seine Miene wurde weich. »Die Senhora gehört zu dir?«, erkundigte er sich und musterte Laura neugierig.

»*Sim*.« Mauricio drehte sich zu ihr um. »Das ist Laura Flemming, eine deutsche Schriftstellerin. Sie interessiert sich für die madeirischen Rumbrennereien.«

Erst jetzt, als er sie mit Nelsons Augen betrachtete, wurde

ihm klar, wie attraktiv sie war mit ihren halblangen dunkelblonden Haaren, dem fein geschnittenen Gesicht und den wachen blaugrauen Augen. Das weiße Leinenkleid mit der Knopfleiste schmeichelte ihrer schlanken Figur. Dazu trug sie schlichte Ballerinas. Mit dem Make-up war sie sparsam umgegangen, auf Schmuck hatte sie komplett verzichtet. Sie trug nur eine rot glänzende Armbanduhr – und einen Ehering.

Die Begehrlichkeit, mit der er sie ansah, erhielt einen Dämpfer. Laura steckte vielleicht in einer Ehekrise, aber sie war noch längst nicht frei. Und selbst wenn – er selbst war es auch nicht.

Nelson verneigte sich formvollendet vor Laura.

»*Boa tarde, Senhora* Flemming«, begrüßte er sie und fügte auf Deutsch hinzu: »Ich fühle mich geschmeichelt, dass Sie meinem Unternehmen einen Besuch abstatten.«

Mauricio konnte nicht beurteilen, ob seine Aussprache und Grammatik korrekt waren, doch nach Lauras Miene zu urteilen, hatte er sie beeindruckt.

Nelson schenkte ihr ein herzliches Lächeln, bevor er sich wieder an Mauricio wandte und geschmeidig ins Portugiesische zurückwechselte.

»Es tut mir leid, was bei euch passiert ist«, sagte er ernst. »Der tote Arbeiter im Melasse-Kessel. Die Sabotage. Und dann noch Alexandros Verhaftung.« Er warf Laura einen Blick zu, als wollte er abschätzen, ob sie ihn verstand. Dann sah er wieder Mauricio an. »Du weißt, dass ich mit Vaters Entscheidung, Alexandro die *Engenho* zu vermachen, nicht einverstanden war, aber das hat er nicht verdient.«

Mauricio nickte knapp und schaute über den Hof zu den Lieferwagen, die neben der Brennerei standen. »Du hast Tiago das Rohr abgenommen?«

»Selbstverständlich. Deine Mutter hat meine angerufen und

sie darum gebeten. Auch wenn wir unsere Differenzen haben – in einem solchen Fall hält die Familie zusammen.« Er schenkte Laura ein Lächeln, ehe er sich wieder seinem Cousin zuwandte. »Allerdings wird sich Tiago vermutlich bei dir beschweren.«

Mauricio wurde von einer unguten Ahnung befallen. »Weshalb?«

»Er war mit dem Preis nicht einverstanden, den ich ihm gemacht habe.« Nelson hob die Hände. »Aber was soll ich tun? Ich habe genug eigenes Zuckerrohr. Um eure Ernte zu verarbeiten, muss ich zusätzliche Arbeiter einstellen. Das rechnet sich nur, wenn ich das Rohr günstig einkaufe.« Er wehrte ab, ehe Mauricio etwas einwenden konnte. »Ich habe ihm trotzdem mehr gezahlt, als er von jedem anderen bekommen hätte, einzig und allein, um ihm entgegenzukommen, weil wir verwandt sind.«

Mauricio erwiderte sein Lächeln mühsam. Er wusste genau, dass Nelson seinen Neffen über den Tisch gezogen hatte. Aber er konnte nichts dagegen tun.

Nelson wies einladend auf die Restaurantterrasse. »Setzt euch. Ich lade euch auf einen *Bica* ein. Und vielleicht ein Stück *Bolo de mel* dazu?«

»Gern.«

Sein Cousin verschwand kurz, während Laura und Mauricio an einem der Tische Platz nahmen.

»Das Geld reicht vermutlich nicht, um die Konventionalstrafe an den Großhändler zu bezahlen«, sagte Mauricio düster. »Ich fürchte, Tiago muss den Betrieb trotzdem verkaufen.«

Laura sah ihn nachdenklich an. Als Nelson mit dem Kaffee und einem Teller mit Honigkuchen zurückkehrte, wandte sie sich ihm zu.

»Wenn Sie das Zuckerrohr erworben haben, könnten Sie doch

auch den Vertrag der Familie Torres mit *Schnitzler Import Export* übernehmen«, schlug sie vor.

Nelson gab sich überrascht, dabei war sich Mauricio sicher, dass er von dem Geschäft wusste. Alle Brennereibesitzer trafen sich regelmäßig in der Markthalle in Funchal. Dort wurde viel geredet; es gab kaum etwas, das geheim blieb.

»Tiago hat mir nichts davon gesagt, dass es einen Vertrag gibt. Ich hatte ja keine Ahnung«, erklärte Nelson und setzte eine bedauernde Miene auf. »Sonst hätte ich nicht meinerseits eine Verabredung mit Friedrich getroffen. Er hat einen Abnehmer in Hamburg und hat sich gefreut, eine größere Menge als geplant absetzen zu können. Wenn ich gewusst hätte, dass der andere Teil der Lieferung von Alexandro kommen sollte ...« Er seufzte theatralisch. »Nun haben wir den Rum aus derselben Ernte sozusagen zweimal verkauft. Aber liefern können wir nur einmal.«

»Ich verstehe.« Laura sah ebenso skeptisch aus, wie Mauricio sich fühlte.

»Wer ist Friedrich?«, fragte er seinen Cousin.

»Friedrich Schnitzler. Ich dachte, du kennst ihn.«

»Nein. Ich habe mit der *Engenho* nichts zu tun.«

»Richtig.« Nelson trank seinen *Bica*. »Du hast ja deinen Job und das Hotel. Wie kommst du zurecht?«

»Danke. Gut.«

Nelson machte eine entschuldigende Geste in Lauras Richtung. »Sie müssen verzeihen. Seit mein Vater die unselige Entscheidung getroffen hat, die Brennerei in Prazeres meinem Cousin Alexandro zu vermachen, verläuft zwischen unseren Familien ein Graben, der sich nicht so leicht überbrücken lässt.«

Laura tat so, als wäre ihr das Thema neu. »Warum? Sie haben doch hier ein florierendes Unternehmen. Sie sind auf die Brennerei in Prazeres nicht angewiesen.«

Nelson neigte den Kopf. »Das ist richtig. Ich brauche sie nicht. Aber ich hätte gern die *Poncha*-Produktion ausgelagert, um hier mehr Kapazitäten für einen besonders feinen *Aguardente de cana-de-açúcar* zu haben.« Er stellte seine Tasse ab und blickte über das Gelände. Mauricio sah, wie es in seinem Kopf arbeitete. »Aber darum geht es im Grunde nicht«, stieß er hervor. »Ich kann nur nicht begreifen, weshalb mein Vater das getan hat. Ich habe immer mein Bestes gegeben, um das Familienunternehmen würdig fortzuführen. Und er ... hat mich behandelt, als wäre ich sein Feind gewesen.«

Laura hob überrascht die Augenbrauen, und Mauricio ahnte, weshalb. Ein deutscher Mann hätte vermutlich nicht so offen seine Gefühle geäußert. In Portugal war man emotionaler, allerdings in der Regel nur innerhalb der Familie. Nelson musste ein dringendes Bedürfnis verspüren, über diese Erbschaft zu reden, ein Indiz dafür, dass er die Sache noch längst nicht verarbeitet hatte. Das schien ihm auch selbst aufzugehen, denn er winkte rasch ab und schob sich ein Stück *Bolo de mel* in den Mund, um nicht weiterreden zu müssen.

Laura tauschte einen kurzen Blick mit Mauricio. Dann verschränkte sie die Hände auf dem Tisch und neigte sich Nelson vertraulich zu.

»Ich denke darüber nach, einen Roman über diese Sache zu schreiben. Der Tote, der kopfüber im Melasse-Kessel der Brennerei steckt, ist ein hübsches Motiv. Und dann ... Ich stelle mir vor, dass es einen Drahtzieher im Hintergrund gibt. Einen enttäuschten Erben, der sich rächen und die *Engenho* wieder in seinen Besitz bringen will. Er engagiert jemanden, der die Anlage sabotiert, damit der Erbe ein Termingeschäft nicht abschließen kann. Infolgedessen muss der eine hohe Strafe zahlen und ist gezwungen, die Brennerei zu verkaufen. Finden Sie das plausibel?«

Nelson legte das angebissene Kuchenstück zurück auf den Teller. »Ein interessanter Gedanke«, bemerkte er. »Fast bedauere ich, dass nicht ich ihn hatte.« Er zwinkerte ihr zu und spitzte die Lippen. »Und der Verkauf ... an wen würde Ihr Brennereibesitzer denn verkaufen?«

»An einen deutschen Schnapshersteller? Nennen wir ihn ... *Grote & Wolf*?«

»Damit hätte der Drahtzieher seine Rache. Aber das Erbe wäre trotzdem verloren.«

»Richtig.«

Mauricio sah, wie Laura auf diesem Punkt herumkaute. Sie hatte tatsächlich ein gutes Gespür für Ermittlungsarbeit, aber hier lief ihre Argumentation ins Leere. Nelson hatte nichts davon, wenn der Hamburger Spirituosenhändler die *Engenho* kaufte. Er könnte sich vielleicht daran erfreuen, wenn Alexandro, der ihm sein Erbe weggenommen hatte, wegen Mordes im Gefängnis saß. Aber diese Entwicklung war nicht vorherzusehen gewesen. Wäre Nelson der Drahtzieher, hätte er nur hoffen können, den deutschen Geschäftsleuten in die Karten zu spielen. War das ein überzeugendes Motiv?

Laura gingen offensichtlich dieselben Gedanken durch den Kopf, und auch ihr Fazit war dasselbe. »Also steckt dieser deutsche Schnapshersteller dahinter. Er macht gemeinsame Sache mit der Import-Export-Firma, um dem Brennereibesitzer eine Falle zu stellen und sich seinen Betrieb unter den Nagel zu reißen.«

»Das ist ein plausibler ... Wie sagt man in Ihrer Branche?«

»Plot.«

»Ein plausibler Plot. Wenn Sie die Geschichte schreiben, kommen Sie gerne wieder vorbei. Ich kann Ihnen die Anlage zeigen und Ihnen alles erklären, was Sie über das Rumbrennen auf Madeira wissen müssen. Ein solcher Roman sollte authentisch sein, nicht wahr?«

»Das ist sehr freundlich.« Laura lächelte verhalten. »Ich werde auf Ihr Angebot zurückkommen.«

»Schön.« Nelson warf einen demonstrativen Blick auf seine Armbanduhr. »Ich habe leider zu arbeiten. Aber ihr dürft euch gerne alles ansehen.« Er blinzelte ihr zu. »Ich habe nichts zu verbergen.«

Sie erhoben sich alle drei und verabschiedeten sich mit den obligatorischen Wangenküssen, ehe Nelson zurück in sein Büro ging.

Laura sah ihm nachdenklich hinterher. »Schade. Das war ein Schuss in den Ofen«, murmelte sie auf Deutsch.

»*Perdão?*«

Laura lachte leise. »*Um tiro no forno*«, übersetzte sie wörtlich. »Das sagt man bei uns, wenn etwas überhaupt nicht funktioniert hat. *Um fracasso* wäre es auf Portugiesisch.«

»Aha?« Mauricio musste trotz der angespannten Stimmung lachen. Die Deutschen hatten wirklich merkwürdige Redewendungen.

Für den Rückweg wählte Mauricio die Autobahn, und Laura stellte fest, dass er recht gehabt hatte. Die Strecke führte durch zahllose lange Tunnel, und von der atemberaubenden Landschaft des Nordens der Insel bekam man nur wenig zu sehen. Sie war ihm dankbar, dass er auf der Hinfahrt den Weg über die Landstraße genommen hatte.

Weil sie müde war und ohnehin nicht viel verpassen würde, schloss sie die Augen. So konnte sie besser nachdenken.

Nelson Pereira war ein eindrucksvoller Mann, attraktiv, souverän und weltgewandt. Man sah ihm den beruflichen Erfolg an.

Was er über das verlorene Erbe seines Vaters gesagt hatte, hatte überzeugend geklungen. Aber war es auch die Wahrheit?

Logisch betrachtet machte es keinen Sinn, wenn er seinem Cousin einen Schaden zufügte, der ihn zwang, den Betrieb zu verkaufen. Dachte und handelte er so rational? Die Portugiesen waren emotionale Menschen. Respekt und Ehre spielten eine weitaus größere Rolle als in Deutschland. Doch alles in allem erschien ihr Mauricios Theorie stimmiger. Als Comissário hatte er ein Auge für diese Dinge. Möglicherweise ein besseres als sie selbst. Schließlich musste er sich tagtäglich der Realität stellen.

Das gleichmäßige Geräusch des Motors machte sie schläfrig, das schnelle Dahingleiten über den glatten Asphalt zog sie mit sich. Ihre Gedanken wurden träge, statt Worten waren es Bilder, die vor ihren Augen aufblitzten, Matthias und ihre Tochter Lilly, das Haus in Hamburg, in dem sie wohnten, die blonde Studentin, die mit Matthias im gemeinsamen Ehebett gelegen hatte. Dazu kamen die Gefühle, die Enttäuschung, die Wut, die Trauer. Wie hatte Matthias ihr das antun können? Nicht nur einmal, sondern gleich zweimal? Die Kollegin, mit der sie sich im letzten Jahr überworfen hatte, gesellte sich hinzu, dann ihre Freundin Britta. Mit ihr verloren die Bilder ihre Schwere, die Gefühle wurden leichter. Und dann war da Mauricio.

Der Abend mit ihm im *Felicidade do peixe*, dem *Glück vom Fisch*, jenem urigen Fischerlokal im Hafen von Calheta. Sie hatten getanzt. Mauricio hatte sie fest in seinen Armen gehalten und über die gepflasterte Mole geführt. Und als das Lied zu Ende gewesen war, hatte sie ihn geküsst.

Das Quietschen der Bremsen und der harte Ruck, als er von der Straße abbog, rissen sie aus ihren Traumgedanken. Sie öffnete die Augen und schaute auf eine felsige Klippenlandschaft hoch über dem Atlantik, die ihr vage bekannt vorkam.

»Prazeres«, sagte Mauricio, und Laura setzte sich in ihrem Sitz auf.

»Wir sind schon da?«

»Ja.« Er schaute kurz zu ihr herüber und blinzelte. »Du hast tief und fest geschlafen.«

»Nein, ich …«, setzte sie an, winkte dann aber ab. Mauricio hatte offensichtlich recht.

Mit leisem Bedauern verabschiedete sie die Erinnerung an den Kuss. Er war schön gewesen, auch wenn er nur kurz gedauert hatte. Nach der ersten Überraschung hatte Mauricio sie zurückgewiesen. Er war noch nicht so weit, hatte den Tod seiner Frau noch nicht verarbeitet. Und Laura war froh darüber gewesen. Sie hatte ja selbst keine Ahnung, wie sie sich entscheiden sollte. Wollte sie Matthias noch eine Chance geben oder etwas vollkommen Neues beginnen? Sie wusste es jetzt genauso wenig wie vor einem Dreivierteljahr.

Mauricio steuerte den Pick-up durch das Zentrum von Prazeres, ein paar kleine, eng aneinandergeschmiegte Häuser, ein Café, ein Supermarkt, eine Schule. Am Ende der Straße bog er nach links ab und fuhr gleich darauf auf den Hof vor einem weißen Fabrikgebäude.

Der Kontrast zur *Engenho Pereira* hätte kaum größer sein können. Was sich in Porto da Cruz wie eine Filmkulisse präsentierte, war hier ein Museumsstück mit abblätternder Farbe. Man sah den Mauern die Jahre an, die harte Arbeit, die hinter ihnen verrichtet wurde. Die *Engenho* passte zum Ort, zum Einfachen und Schlichten, das aus Lauras Sicht zu Portugal dazugehörte. Dass dieses Objekt mörderische Begehrlichkeiten bei einem Mann wie Nelson Pereira weckte, war allerdings kaum vorstellbar.

Der Hof war menschenleer, doch als Mauricio den Pick-up abstellte, öffnete sich die Tür eines Nebengebäudes, und zwei Männer traten heraus, beide mit dunklen Haaren, die ihnen in die Stirn fielen.

»Jacinto!« Mauricio sprang aus dem Wagen und lief auf seinen Bruder zu. »Sie haben dich gehen lassen?«

Laura folgte ihm eilig, weil sie das Gespräch nicht verpassen wollte. Mauricios jüngerer Bruder grinste. »Sie konnten mir nichts nachweisen. Der Rum in den Flaschen war schwarzgebrannt, aber dafür kann ich nichts. Die Ware war ordentlich eingekauft. Das Problem hat der Lieferant.«

Mauricio musterte ihn durchdringend, doch Jacinto ließ keine Nervosität erkennen. Der Comissário wandte sich an den zweiten Mann, Alexandros Sohn Tiago. »Du hast das Rohr an Nelson verkauft?«

Der junge Mann schob die Hände in die Taschen seiner Lederhose und hob die Schultern. »Ich hatte keine Wahl. Der Preis war ein Witz, aber was hätte ich tun sollen? Die Maschinen laufen nicht. Bis die Ersatzteile kommen, dauert es mindestens zwei Wochen. Bis dahin wären die Stangen vertrocknet.«

»Niemand macht dir einen Vorwurf, Tiago«, sagte Jacinto. »Nelson ist derjenige, der sich auf unsere Kosten bereichert. Eine schöne Rache dafür, dass sein Vater deinem Vater die Brennerei vererbt hat.« Er legte den Kopf schief und schaute Mauricio an. »Glaubst du, er steckt hinter der Sabotage?«

»Nein.«

»Ich dachte, er sei der Drahtzieher«, mischte Laura sich ein. »Deswegen habe ich ihm auf den Zahn gefühlt. Aber er hat mich davon überzeugt, dass er selbst keinen Vorteil davon hätte.« Sie berichtete von ihrem Besuch in Porto da Cruz.

Tiago betrachtete traurig das Gebäude der *Engenho*. »Also war es das? Wir verkaufen, und das kurze Kapitel der Familie Torres als Besitzer einer eigenen Brennerei ist Geschichte? Und …«, er schluckte, »*pai* geht in den Knast, weil er Bernd erschlagen hat?«

»Das hat er nicht«, sagte Mauricio hart.

»So schnell geben wir nicht auf«, unterstützte Laura ihn. »Hier läuft irgendeine Schweinerei. Und wir werden aufdecken, wer dahintersteckt.«

Tiago wandte sich ihr zu, und ein winziges Lächeln erhellte seine düsteren Gesichtszüge. »Kommen Sie mit? Der Familienrat tagt heute Abend bei uns zu Hause. Wir können jede Verstärkung gebrauchen.«

Laura schaute zu Mauricio, konnte aber an seiner Miene nicht ablesen, ob es ihm recht wäre. Nun, dann traf sie eben ihre eigene Entscheidung.

»Gern«, sagte sie.

Mauricio fühlte sich unbehaglich. Laura stammte aus ganz anderen Verhältnissen als er. Ihr Mann war Professor an der Hamburger Universität, sie selbst hatte studiert und war eine erfolgreiche Krimiautorin. Seine Eltern dagegen waren einfache Leute. Sein Vater war Geschäftsführer der *Engenho* in Prazeres gewesen, seine Mutter Hausfrau. Sie waren nicht belesen, führten keine intellektuellen Gespräche bei Tisch und besuchten nur selten kulturelle Veranstaltungen. Sein Vater spielte mit Freunden und Nachbarn *Petanca* und *Jogo de Malha*, das in Portugal beliebte Scheibenwerfen, seine Mutter saß gerne mit den Frauen aus der Nachbarschaft beim *Bica* zusammen und unterhielt sich mit ihnen über Gott und die Welt. Mauricio schämte sich nicht für sie. Im Gegenteil war er stolz, weil sie ihre drei Söhne zu guten, aufrechten Menschen erzogen hatten, und dankbar, weil er sich ihrer Liebe immer sicher gewesen war und sich zu Hause geborgen gefühlt hatte. Aber er hatte Angst, dass Laura enttäuscht sein würde.

Er wollte sie gerne beeindrucken, ihr etwas bieten. Irgendetwas Besonderes, das spannender war als der schlichte portugiesische Alltag. Zumindest hätte er sie gern auf den bevorstehenden Besuch vorbereitet, doch er kam nicht dazu, weil Tiago, der bei ihnen mitfuhr, die ganze Zeit redete. Die Strecke war auch viel zu kurz; die Fahrt von der *Engenho* zum Hause seiner Eltern dauerte keine fünf Minuten.

Jacinto hatte sich vor der Brennerei von ihnen verabschiedet, er wollte zurück nach Ribeira Brava.

»Sonst macht meine Bar am Ende auch noch Pleite«, hatte er gewitzelt, doch keiner von ihnen hatte über diesen Scherz lachen können.

Seine Mutter öffnete die Tür, sein Vater erschien hinter ihr im Flur. Erst jetzt, als er sich vorzustellen versuchte, wie sie auf Laura wirkten, fiel ihm auf, wie alt seine Eltern geworden waren.

Rein mathematisch war das nicht überraschend. Er selbst ging auf die fünfzig zu. Nur noch zwei Jahre, dann würde diese bedrohliche Zahl auf seinen Glückwunschkarten stehen. Dabei fühlte er sich überhaupt noch nicht alt, und er nahm auch seine Eltern nicht so wahr. Wenn man sich täglich sah, fielen die Veränderungen kaum auf. Und doch waren die beiden irgendwann in den letzten Jahren grau und faltig geworden. Sein Vater bewegte sich mühsam, und seine Mutter konnte nur noch schlecht sehen.

Sie begrüßten Laura herzlich und baten sie auf die Terrasse. Seine Mutter verschwand wieder in der Küche. Sein Vater holte eine Flasche Rum hervor, die noch aus seiner Zeit in der Brennerei stammte, und mixte rasch einen Krug *Poncha*. Die Zutaten waren immer zur Hand, ein Gefäß mit frisch gepressten Zitronen im Kühlschrank, der flüssige Honig griffbereit im Schrank, der *Poncha*-Stab – ein doppelt geflügelter Holzstab – oben in der Schublade. Es war Tradition, dass jedem Gast ein Glas dieser Spezialität vorgesetzt wurde. Je nachdem, wie die Reaktion war, gestaltete sich auch die weitere Beziehung zur Familie Torres.

Sein Vater Javier füllte Gläser mit Eiswürfeln und übergab Tiago das Tablett, damit er es hinaustrug. Javier selbst folgte mit dem *Poncha*-Krug.

Laura hatte an dem großen Tisch auf der Terrasse Platz genommen und blickte über die Klippen aufs Meer, das sich im Licht der untergehenden Sonne rot färbte.

»Das ist wunderschön«, sagte sie zu seinem Vater. »Ein Paradies, das Sie hier haben.«

Javier Torres strahlte. Er hatte das Haus vor vielen Jahrzehnten eigenhändig gebaut. Es war sein ganzer Stolz, deshalb hatte er nie von hier wegziehen wollen, auch wenn sie es sich hätten leisten können. Aber was sollte er in Funchal, wenn er hier in Prazeres alles hatte, was das Herz begehrte?

Tiago verteilte die Gläser auf dem Tisch, und Javier schenkte ein. »Willkommen in unserem bescheidenen Haus«, sagte er.

Laura stieß zuerst mit ihm, dann mit Tiago und schließlich mit Mauricio an. Sie nippte an ihrem Glas und ließ den *Poncha* über ihre Zunge rollen. »Ich habe noch nicht viele Erfahrungen mit *Poncha* gesammelt«, erklärte sie. »Aber dieser hier ist von allen, die ich bisher probiert habe, der Beste.«

Javier strich seine grauen Locken zurück und schaute Mauricio anerkennend an. »Deine neue Freundin hat Geschmack.«

Mauricio versteifte sich. »Sie ist nicht meine Freundin, *pai*.«

Sein Vater ignorierte ihn. »Sie sprechen hervorragend Portugiesisch«, lobte er.

Lauras Lächeln verblasste ein wenig. »Mein Mann hat mich unterrichtet. Er ist Professor für französische und portugiesische Literatur und Medien an der Universität Hamburg.«

Javiers buschige Augenbrauen zogen sich zusammen. Er

fischte sein Zigarettenpäckchen aus der Brusttasche seines Hemds und zündete sich eine an. »Sie machen gemeinsam hier Urlaub?«

Die Frage erreichte Laura zusammen mit einer dichten Rauchwolke. Mauricio rechnete es ihr hoch an, dass sie keinen Unmut darüber zeigte und den Rauch nicht beiseitewedelte, wie es einmal eine seiner Freundinnen bei ihrem Antrittsbesuch bei seinen Eltern getan hatte. Sie war für seinen Vater sofort disqualifiziert gewesen. Aber Laura beherrschte die Spielregeln portugiesischer Höflichkeit.

»Nein. Wir machen zurzeit eine Beziehungspause und versuchen herauszufinden, wie es weitergehen soll.«

Sein Vater war kein gebildeter Mann, aber er war nicht dumm. Er verstand auch das Ungesagte. »Spielen Sie *Petanca*?«, wechselte er das Thema und wies auf die gekieste Fläche neben der Terrasse.

»Ich habe es schon gelegentlich versucht.«

»Machen Sie mir die Freude?« Javier stemmte sich mühsam aus dem Sessel hoch, die Zigarette noch im Mundwinkel.

»Gern.« Laura erhob sich ebenfalls, verzichtete aber darauf, seinem Vater unter die Arme zu greifen. Sie hatte wirklich einen guten Blick für Menschen. Seinem Vater hätte die ungebetene Hilfe nicht gefallen, auch wenn er sie, wie Mauricio sich eingestehen musste, gebrauchen könnte.

Mit schleppenden Schritten bewegte er sich zum Spielfeld. »Tiago? Bringst du uns die Kugeln?«

Mauricio und sein Neffe stellten ihre Stühle so, dass sie das Feld überblicken und in Ruhe ihren *Poncha* trinken konnten. Javier überließ Laura den ersten Wurf mit der kleinen Holzkugel, der man sich anschließend mit den größeren Metallkugeln so dicht wie möglich nähern musste. Seine ersten Würfe machte er mit der lässigen Überheblichkeit des erfahrenen Spielers. Dann erkannte er, dass Laura eine ebenbürtige Gegnerin war. Er legte seine Zigarette beiseite, um sich auf seine Würfe zu konzentrieren, und hob sie anschließend vom Boden auf, um weiterzurauchen. Am Ende gewann er knapp, das beste Ergebnis, das Mauricio sich vorstellen konnte. Sein Vater hatte seine Ehre verteidigt, und Laura hatte sich seine Wertschätzung erarbeitet.

Seine Mutter kam auf die Terrasse und registrierte das Szenario mit einem Lächeln. »Das Essen ist fertig.«

Mauricio sprang auf, um ihr beim Heraustragen der Speisen zu helfen, und Tiago schloss sich an.

Gleich darauf saßen sie zu fünft um den Tisch herum, den Blick auf das Meer gerichtet, auf dem ein letzter roter Schimmer auf den Wellen tänzelte, während sich die Dunkelheit über den Himmel schob. Sie tranken kühles Coral und verspeisten die leckeren *Petiscos*, die Ana Torres hergestellt hatte. Es war eine wunderbar warme, harmonische Stimmung, und für einen Moment konnte Mauricio das Drama vergessen, das sie hier zusammengeführt hatte.

Dann schob sein Vater seinen Teller beiseite, zündete sich eine neue Zigarette an und fixierte Mauricio. »Was habt ihr unternommen, um Alexandro zu befreien und die Brennerei zu retten?«

Mauricio berichtete von der Befragung von Langes Mitbewohner, dem Gespräch mit dem Kellner in der Hafenbar in Ribeira Brava, der Fahrt nach Faial und dem Besuch bei seinem Cousin Nelson.

Javier schüttelte den Kopf. »Das ist Unsinn. Nelson ist ein selbstverliebter Geck, aber so weit würde er nicht gehen. Ihr müsst mit den Leuten von diesem Schnapshersteller sprechen. Die wollen die *Engenho* kaufen, also haben sie auch das stärkste Interesse daran, die Maschinen zu sabotieren, damit Alexandro den Vertrag mit Schnitzler nicht erfüllen kann.«

»Das geht nicht. Die Staatsanwältin hat mich von dem Fall entbunden. Ich kann keine Zeugen befragen. Wenn sie davon entfährt, suspendiert sie mich, und dann habe ich gar keine Einflussmöglichkeiten mehr.«

Sein Vater zog an seiner Zigarette und kratzte sich das unrasierte Kinn. »Ihnen hat niemand verboten, sich mit diesem Fall zu befassen, richtig?«, fragte er an Laura gewandt. »Sie sind doch Schriftstellerin? Sie dürfen recherchieren, wo und wie es Ihnen gefällt. Die Staatsanwältin wird es Ihnen nicht verbieten. Schon allein deshalb nicht, weil es unhöflich wäre.«

Mauricio wollte dazwischengehen, doch Laura nickte bereits. »Ich tue das gern. Für Mauricio. Und für Sie.«

»Dann ist das beschlossen.« Javier hob den Krug, der in der Tischmitte stand. »Noch einen *Poncha*?«

Laura hielt ihm ihr leeres Glas hin. »Mit Vergnügen.«

Mauricio bemerkte, dass seine Mutter ihn ansah.

Wäre diese Frau nicht etwas für dich?, lautete die stumme Botschaft in ihren Augen.

Mauricio lächelte. »Wir werden sehen, was die Zeit bringt«, sagte er zu niemand Bestimmtem.

Jetzt, in diesem Moment, fühlte er sich wohl. Doch er wusste, dass die anderen Gefühle, die Schwermut, die Trauer und die Angst, nicht weit entfernt waren. Sie lauerten hinter der nächsten Ecke.

Davon abgesehen hatten sie momentan andere Probleme. Zunächst mussten sie sich um Alexandro und die Brennerei kümmern.

Er warf einen Blick auf seine Armbanduhr und sah, dass es spät geworden war.

»Lass uns zurückfahren«, sagte er zu Laura. »Wir haben morgen einiges vor.«

Laura stimmte ihm zu, doch sein Vater hielt sie auf.

»Gleich«, sagte er. »Erst trinken wir noch einen *Poncha*.«

Es war schon nach elf, als sie endlich in Mauricios Pick-up saßen und zurück in Richtung Calheta fuhren. Tiago war noch geblieben, um mit seinem Großvater zu besprechen, wie seine weitere Strategie aussehen könnte. Das Rohr war zu einem Spottpreis verkauft, die Maschinen standen still, aber trotzdem gab es Möglichkeiten, den Betrieb zumindest zum Teil weiterlaufen zu lassen. Die Bar könnte wieder eröffnen, sobald die Polizei das Gelände freigegeben hatte, und Tiago könnte Führungen durch die Brennerei für Touristen anbieten. Außerdem gab es im Lager noch einige Flaschen älterer Jahrgänge, die sich möglicherweise zu einem guten Preis verkaufen ließen.

Laura war beeindruckt, wie klug Mauricios Vater dachte. Obwohl er seit mehr als zehn Jahren im Ruhestand war, hatte er nichts von seinem Geschäftssinn eingebüßt. Sie bewunderte auch die natürliche Autorität, mit der er Entscheidungen traf. Kein Despot, aber ein Patron, der die Geschicke der Familie zu lenken verstand. Laura wusste natürlich, dass man in Portugal, vor allem in den ländlichen Regionen, noch weitaus stärker an den Traditionen orientiert war als in Deutschland, aber es hautnah mitzuerleben war etwas anderes.

Mauricios Mutter hatte ebenfalls einen starken Eindruck hinterlassen. Die Selbstverständlichkeit, mit der sie Laura in ihrem Haus empfangen hatte, die Warmherzigkeit, mit der sie ihr begegnet war – das beides hatte bewirkt, dass Laura sich auf wunderbare Weise willkommen und geborgen gefühlt hatte. Ana Torres verströmte eine Mütterlichkeit, wie Laura sie sich von ihrer eigenen Mutter oft gewünscht, aber nie erfahren hatte. Es hatte ihr als Kind an nichts gefehlt, doch ihre Eltern, beide bei der Stadtverwaltung tätig, waren eher förmlich als herzlich. Sie hatten über alles reden können, aber es hatte keine ausgebreiteten Arme gegeben, in die sie sich hätte flüchten können. Ihrer Selbstständigkeit hatte das vermutlich gutgetan, doch ein Bedauern über die fehlende Wärme war geblieben.

Die gelben Lichter an den Tunnelwänden huschten an Laura vorbei und verbanden sich zu einer Lichtspur. Ihre Gedanken bewegten sich ein wenig träge, ihr Kopf fühlte sich schwer an. Das lag natürlich am *Poncha*, diesem Teufelszeug. Das madeirische Nationalgetränk war verführerisch und gab sich harmlos mit seiner dezenten Alkoholnote, die man unter den kräftigen Zitronen und dem süßen Honig kaum herausschmeckte. Wie groß dieser Irrtum war, spürte man erst, wenn es längst zu spät war.

Mauricio, der mit der Wirkung vertraut war, hatte nur ein Glas getrunken, sehr langsam und bedächtig. Dazu hatte er sich Wasser eingeschenkt und jeden Versuch seines Vaters, ihm einen weiteren *Poncha* aufzudrängen, abgelehnt, weil er noch fahren musste. Der alte Torres hatte ihn belächelt, doch Mauricio war standhaft geblieben.

»Ich bin Polizist«, hatte er erklärt. »Ich muss mich an die Gesetze halten. Und ich will es auch.«

Sein Vater hatte etwas Spöttisches in seinen Bart gebrummelt, doch Laura hatte gesehen, dass er in Wirklichkeit stolz auf seinen Sohn war.

»Du hast eine tolle Familie«, sagte sie und merkte, dass sie Mühe hatte, die portugiesischen Laute sauber zu artikulieren. Wenn sie zurück im Hotel war, würde sie als Erstes eine Magnesiumtablette nehmen und reichlich Wasser trinken, ein probates Mittel, um einem Kater vorzubeugen. Das hatte sie von ihrer Kollegin gelernt, die sie aus der gemeinsamen Büroetage geworfen hatte, nachdem sie sich über ein neues Projekt komplett zerstritten hatten. Immerhin, dieses nützliche Wissen hatte sie aus der gescheiterten Zusammenarbeit mitgenommen.

Was nahm sie aus der Ehe mit Matthias mit?

Bevor sie weiter über diese Frage sinnieren konnte, fuhr Mauricio auf den Hof der *Villa Maria* und stellte den Motor ab. Er sprang hinaus, lief um den Wagen herum, öffnete die Beifahrertür und hielt ihr die Hand hin, um ihr beim Aussteigen behilflich zu sein.

Laura nahm die Hilfe gerne an. Sie fühlte sich nicht mehr ganz sicher auf den Beinen, und sie hatte keine Lust, zu stürzen und sich Handflächen und Knie auf dem Schotter aufzuschürfen oder womöglich ihr schönes Leinenkleid zu ruinieren.

Mauricio ging mit ihr zum Eingang des Hotels und blieb kurz davor unter einer Laterne stehen. Sein Gesicht war plötzlich ganz nah. Laura sah seine warmen braunen Augen und den dunklen Bartschatten auf seinen Wangen. Seine Hände lagen auf ihren Armen. Es war ein gutes Gefühl.

»Das war ein schöner Abend«, sagte sie.

Mauricio schaute sie an. »Er muss noch nicht zu Ende sein«, flüsterte er rau.

Laura verspürte ein Prickeln. Sie näherte sich seinen Lippen und zuckte zusammen, als aus dem Dunkel unvermittelt eine Stimme ertönte.

»Laura.«

Laura fuhr herum. Sie erblickte einen Mann, der sich aus dem Schatten neben dem Hoteleingang löste und zu ihnen ins Licht trat. Groß und schlank, mit blonden Haaren, die an den Schläfen grau wurden. Seine blauen Augen sahen sie freundlich und traurig zugleich an.

»Matthias.« Laura blinzelte. »Was tust du hier?«

»Du bist einfach gegangen. Aber wir müssen reden.«

»Ja.«

Matthias schaute neugierig zu Mauricio.

Laura versuchte, ihr wild klopfendes Herz zu ignorieren. »Das ist Mauricio Torres, der Besitzer des Hotels«, erklärte sie und bemühte sich, gelassen zu klingen. »Er war so nett, mich nach Hause zu bringen.« Sie wandte sich an Mauricio und wies auf den überraschenden Gast. »Matthias Flemming. Mein Ehemann«, sagte sie auf Portugiesisch.

»Ah. Der Professor.« In Mauricios Stimme schwang Verachtung mit, doch Matthias schien es nicht zu registrieren.

»*Boa noite*«, begrüßte er Mauricio und fügte, ebenfalls auf Portugiesisch, an: »Danke, dass Sie meine Frau begleitet haben.«

»Es war mir ein Vergnügen«, entgegnete Mauricio steif und richtete seinen Blick wieder auf Laura. »Wir sehen uns morgen früh?«

»Selbstverständlich.«

»Ich dachte nur ... Jetzt, wo dein Mann da ist ...«

»Das ändert nichts an unserer Verabredung.«

»Gut.« Er neigte knapp den Kopf. »*Boa noite*.«

»Gute Nacht.« Sie sah ihm nach, wie er zum Parkplatz ging, in seinen Pick-up kletterte und davonfuhr.

Matthias schüttelte lächelnd den Kopf. »Immer so förmlich, diese Portugiesen.«

Laura ließ ihn in dem Glauben, dass Mauricios Verhalten seiner Herkunft geschuldet war. Alles andere wäre viel zu kompliziert gewesen. Sie wusste auch nicht, ob sie ihm irgendetwas erklären musste. War sie ihrem Mann noch Rechenschaft schuldig?

»Was ist das für eine Verabredung?«, erkundigte sich Matthias, während sie das Hotel betraten.

»Ich helfe ihm«, erwiderte Laura. »Er versucht, einen Mordfall zu klären, und braucht eine Dolmetscherin.«

Matthias runzelte die Stirn. Dann kam ihm die Erleuchtung, und die Falten glätteten sich wieder. »Ach. Das ist der Comissário, von dem du erzählt hast?«

»Ja.« Sie ging vor ihrem Mann die Treppe hinauf und blieb vor der Tür ihres Zimmers stehen. »Sei mir nicht böse, aber ich bin müde«, sagte sie. »Lass uns morgen reden, ja?«

»Sicher. Kein Problem.« Matthias rührte sich nicht von der Stelle.

Laura kniff die Augen zusammen. »Wo wohnst du?«

Matthias deutete auf ihre Zimmertür.

»Nein.« Laura schüttelte den Kopf.

Matthias sah sie bittend an. »Wo soll ich denn hin? Um diese Zeit finde ich keine andere Unterkunft mehr.«

»Du könntest an der Rezeption fragen, ob noch ein Zimmer frei ist.«

»Das habe ich bereits getan. Es gibt keines.«

Laura seufzte tief. »Also gut. Aber morgen früh suchst du dir etwas Eigenes.«

»Versprochen.«

Laura öffnete die Tür und betrat das Zimmer. Irgendjemand musste Matthias bereits hereingelassen haben, ehe sie zurückgekommen war. Neben dem Bett stand sein großer Koffer. Matthias hatte offenbar die Absicht, länger zu bleiben als nur eine Nacht.

Sie wusste nicht, ob ihr das gefiel.

9

Mauricio brauchte nicht lange, um eine Entscheidung zu treffen. Er konnte jetzt nicht einfach nach Hause fahren und sich ins Bett legen. In seiner Seele tobte ein Sturm. Ausgerechnet in dem Moment, als er bereit gewesen war, von Maria Abschied zu nehmen und sich auf Laura einzulassen, war ihr Mann aufgetaucht!

Er lenkte den Pick-up auf die Autobahn und trat das Gaspedal durch. Zum Glück war kaum Verkehr. Durch das geöffnete Fenster wehte die milde Nachtluft herein und verschaffte ihm – zusammen mit der Geschwindigkeit – ein wenig Erleichterung.

Mauricio atmete tief und bewusst ein und aus, während sich seine Finger um das Lenkrad krallten. Warum hatte er überhaupt die Tür zu seinem Inneren geöffnet? Er wusste doch, dass er damit nur Schmerzen provozierte. Es war besser, auf Distanz zu anderen Menschen zu bleiben. Je mehr Nähe man zuließ, desto größer war das Risiko, verletzt zu werden.

Die Sehnsucht nach Maria überrollte ihn wie eine Sturmwelle. Mit ihr war alles so leicht, so einfach gewesen. So viel Liebe und Zärtlichkeit verspürte er für seine tote Frau, dass sich sein Herz zusammenkrampfte. Die leise Stimme, die ihn daran erinnern wollte, wie sie ihn mit ihrem Leichtsinn und ihrer Unbekümmertheit auch immer wieder auf die Palme gebracht hatte, überhörte er. Er wollte nicht daran denken, dass ihr sorgloser Fahrstil ihrer letzten Fahrt ein jähes und tödliches Ende bereitet hatte.

Als die Lichter von Funchal in Sicht kamen, drosselte er das Tempo und bog auf die ER 103, die zum Stadtteil Monte führte, der oben am Hang lag. Tagsüber starteten von dort die Fahrten mit den Korbschlitten, die engen Gassen hinunter bis ins Zentrum. Im letzten Jahr hatte er dieses Abenteuer mit Laura erlebt. Er erinnerte sich, wie zögerlich sie gewesen war und wie sehr sie die rasante Fahrt dann genossen hatte.

Sie waren sich nah gewesen, genau wie an jenem Abend im Fischlokal in Calheta, als Laura ihn geküsst hatte. Damals hatte er sie zurückgewiesen. Dieses Mal war es andersherum.

Mauricio schüttelte den Kopf. Selbst wenn er Ordnung in sein Seelenleben brachte, die Sache war aussichtslos. Was sollte das zarte Pflänzchen der Anziehung zwischen ihnen schon ausrichten gegen den jahrzehntelang gewachsenen Baumstamm der Zusammengehörigkeit in Lauras Ehe? Im Augenblick war sie verletzt, weil ihr Mann sie betrogen hatte, doch es bestand immer noch eine starke Verbundenheit zwischen den beiden, das hatte Mauricio gespürt. Laura würde ihren Mann nicht verlassen, um etwas mit einem portugiesischen Comissário anzufangen.

Er stellte das Auto in der Nähe des großen Parks ab und stieg die Stufen zum Platz vor der *Igreja Paroquial de Nossa Senhora do Monte* hinauf. Von dort aus hatte man am Tag einen großartigen Blick über die Dächer der Stadt bis zum Atlantik. Jetzt waren es die Lichter der Straßenlaternen, eine Vielzahl schimmernder Punkte, die sich den Hang hinunter bis zum Hafen zogen. An der Mole lag ein großes Schiff vor Anker, ein Kreuzfahrtriese, hochhaushoch und hell erleuchtet, ein Goliath über den bescheidenen Häusern Funchals.

Mauricio fragte sich, wie es sich anfühlen mochte, mit einer solchen schwimmenden Kleinstadt unterwegs zu sein. Er wusste, dass es an Bord dieser Schiffe alles gab, vom Swimmingpool über Sportanlagen, Restaurants und Bars bis zum Theater und Casino.

Nein, er verspürte nicht den Wunsch zu einer solchen Reise. Viel zu viele Menschen auf viel zu engem Raum. Wenn er aufs Meer hinausfuhr, dann mit seinem Freund Fabio in dessen Segelboot. Das war die wahre Freiheit, ein Schiff, das man steuern konnte, wohin man wollte, nur mit dem Nötigsten an Bord, so nah es ging am Wasser, mit dem Wind in den Haaren. Auf einem Kreuzfahrtschiff war man von alldem weit entfernt und musste sich dem Stundenplan des Veranstalters beugen. Für einen Portugiesen, der sein eigenes Tempo brauchte und die Ablehnung von Fremdbestimmung im Blut hatte, war das nicht das Richtige. Die Diktatur lag Jahrzehnte zurück, doch die Spuren, die sie in der portugiesischen Seele hinterlassen hatte, waren noch lange nicht getilgt.

Er selbst hatte die Insel bisher nur wenige Male verlassen. Ein paar Mal war er auf dem Festland gewesen, in Porto und Lissabon, und nach dem Schulabschluss hatte er mit ein paar Klassenkameraden eine Rucksacktour durch Marokko unternommen. Ansonsten hatte es immer zu viel anderes zu tun gegeben. Als Hotelier hatte man wenig Freizeit. Aber Maria und er hatten auch kein Bedürfnis gehabt zu verreisen. Sie lebten an einem der schönsten Orte der Welt. Weshalb sollten sie die kostbare Freizeit, die sie hatten, anderswo verbringen?

Wieder wanderte sein Blick zu den hellen Fenstern des Kreuzfahrtschiffs. Irgendwo am Rumpf wurde eine Versorgungstür geöffnet, ein Viereck aus Licht, das zuvor nicht dort gewesen war, erstrahlte. Mauricio kniff die Augen zusammen.

Natürlich war das Schiff zu weit entfernt, um Details auszumachen, doch er meinte zu sehen, wie ein weiteres Licht nach Osten davonglitt. Ein Boot, das mitten in der Nacht vom Kreuzfahrtschiff wegfuhr? Die Luke wurde wieder geschlossen, das helle Viereck im Rumpf verschwand. Dafür konnte Mauricio jetzt den anderen Lichtpunkt besser erkennen. Es war nicht nur eine weiße Laterne, es gab auch ein rotes und ein grünes Positionslicht. An der Anordnung konnte er erkennen, dass er richtiggelegen hatte. Das Boot fuhr in Richtung Osten.

Seltsam, aber was ging es ihn an?

Mauricio legte den Kopf in den Nacken und holte tief Luft. Dann machte er sich auf den Rückweg zu seinem Wagen. Er war die Treppe gerade erst zur Hälfte hinabgestiegen, als sein Smartphone vibrierte. Der Anrufer war Diogo Carvalho.

»Mauricio«, flüsterte er. »Tut mir leid, dass ich mich jetzt erst melde, aber Gomes und die Staatsanwältin haben ständig ein Auge auf mich. Sie lassen mich nicht einmal allein zum Rauchen vor die Tür.«

Mauricio war sofort aufs Höchste alarmiert. Weshalb waren Inspektor Gomes, die Staatsanwältin und sein Kollege weit nach Mitternacht noch im Dienst?

»Es gibt einen Großeinsatz«, erklärte Carvalho. »Die Staatsanwältin will einen Schmugglerring zerschlagen. Die Waren werden in Porto mit der ordentlich deklarierten Ladung an Bord eines Kreuzfahrtschiffes geschafft und hier bei Nacht und Nebel mit einem Beiboot in eine verlassene Bucht bei Caniço gebracht.«

Mauricio durchrieselte ein Schauer. Sein Blick wanderte zum Hafen, doch die Lichter abseits des Kreuzfahrtriesen waren verschwunden.

»Um welche Art von Waren geht es?«

»Das Übliche. Schnaps und Zigaretten.« Carvalho machte eine kurze Pause und schien zu horchen. »Ich habe natürlich keine genauen Informationen«, fuhr er dann fort. »Aber die Rumflaschen, die wir in der Bar deines Bruders sichergestellt haben, scheinen aus derselben Quelle zu stammen wie die Schmuggelware aus Porto.«

Mauricio hatte plötzlich einen Kloß im Hals. »Jacinto ist kein Schmuggler«, presste er mühsam hervor.

»Dann ist es ja gut«, erwiderte Carvalho. »Ich wollte nur, dass du Bescheid weißt.«

Die kleine Bucht lag im Dunkeln. Die Lichter von Caniço waren weit genug entfernt, um sich sicher zu fühlen, und zugleich nicht völlig fern jeder Zivilisation. Der Himmel war klar; Jacinto sah die Sterne funkeln und den Mond, der nur eine schmale Sichel war. Die Wellen rollten auf den steinigen Strand und zogen sich zurück, ein Rhythmus, der etwas Beruhigendes hatte.

Jacintos Nerven vibrierten trotzdem. Der Kurier hätte schon vor einer halben Stunde eintreffen sollen. Vermutlich wäre es das Klügste, sich einfach aus dem Staub zu machen. Aber er brauchte die Ware.

Das Boot, in dem er saß, war wenig vertrauenerweckend, ein schrottreifer alter Kahn, den Alexandros Sohn Tiago gekauft hatte, um ihn aufzuarbeiten. Sein Neffe wusste noch nicht, was er mit seinem Leben anfangen wollte. In der Brennerei gab es keinen Ausbildungsplatz, und Nelson Pereira, der Jobs zu vergeben hätte, wollte ihn nicht einstellen. Nicht aufgrund des familiären Zerwürfnisses wegen der Erbschaft, wie er immer wieder betonte. Das sei ohnehin nur die Fantasie der Torres-Familie, die ihrem schlechten Gewissen entsprang. Nein, Tiago mit seiner rebellischen Art passe einfach nicht in das solide Unternehmen seines Cousins.

Ganz von der Hand zu weisen war das Argument nicht. Tiago wollte sich nicht unterordnen. Er wollte seine Freiheit und lehnte sich gegen Regeln und Gesetze auf, wenn sie ihn beschränkten. Zum Glück hatte Mauricio ihm einen Job in seinem Hotel gegeben, mit dem Tiago sich über Wasser halten konnte, bis er eine Entscheidung getroffen hatte.

Tiagos Traum war die Selbstständigkeit, und das Boot war ein erster Schritt. Wenn es fertig war, wollte er damit Fahrten für Touristen anbieten, um Wale und Delfine zu beobachten, die es vor der Küste Madeiras gab. Davon war er allerdings noch weit entfernt. Der Motor war zu schwach für solche Touren und musste ersetzt werden, der Rumpf wies etliche Roststellen auf und benötigte einen neuen Anstrich, und Sitzgelegenheiten, die man Urlaubern anbieten könnte, am besten noch mit einem Sonnenschutz, gab es auch nicht. Aber immerhin war der Rumpf dicht und zog kein Wasser.

Es war nicht ganz leicht gewesen, den Bootsanhänger mit dem Transporter die schmale Straße von Caniço aus in die Bucht zu manövrieren, ihn rückwärts ins Wasser zu fahren und das Boot herunterzulassen, doch Jacinto hatte es geschafft. Jetzt dümpelte er ein paar Hundert Meter von der Küste entfernt auf dem Meer und wartete. Wieder schaute er auf die Uhr, deren Leuchtziffern schwach glommen. Zehn Minuten noch, dann würde er umkehren, beschloss er.

Im selben Moment hörte er das schwache Geräusch eines Schiffsmotors, und dann sah er auch die Positionslichter, die sich von Westen aus näherten. Endlich!

Plötzlich ging alles rasend schnell. Das Tenderboot steuerte die Bucht an. Jacinto gab mit der Taschenlampe seines Handys das vereinbarte Signal. Es wurde erwidert, und gleich darauf schob sich das Boot neben seines. Zwei Männer sprangen zu ihm herüber, zwei weitere erschienen mit großen Kisten an der Reling.

»You have money?«, fragte einer der beiden, die an Bord gekommen waren.

Jacinto reichte ihm den Umschlag. Der Mann aktivierte die Stirnlampe, die an seinem Basecap befestigt war. Schnell und routiniert zählte er die Scheine, während Jacinto seine Gesichtszüge zu erkennen versuchte. Er hatte keine Chance. Die Lampe befand sich oberhalb des Schirms, der einen ausgedehnten Schatten auf das Gesicht des Mannes warf. Jacinto sah lediglich ein kantiges und unrasiertes Kinn.

»Okay.« Der Mann schob den Umschlag in die Hosentasche und machte den beiden auf dem Tenderboot ein Zeichen. Die Stirnlampe erlosch. Schnell und routiniert wurden die Kisten auf Tiagos Boot herübergehievt. Die vier Männer arbeiteten Hand in Hand. Man sah, dass sie es nicht zum ersten Mal taten.

Es dauerte nur ein paar Minuten, dann war die Lieferung komplett. Jacinto würde weitaus länger brauchen, um die Kisten vom Boot in seinen Lieferwagen umzuladen.

»Finish.« Der Mann mit der Kappe hob die Hand. »You go.«

»*Sim. Obrigado*«, sagte Jacinto. »Thank you.«

Die beiden Männer auf seinem Boot zogen sich behände auf die Reling und sprangen in das höher gelegene Tenderboot. Der Dieselmotor dröhnte auf, die beiden Schiffskörper trennten sich, und das Tenderboot fuhr in einer Schleife aus der Bucht hinaus. Gleich darauf wurde es von der Dunkelheit verschluckt. Nur noch die Positionslichter waren zu sehen und die schaumigen Blasen der Schleppe, die es hinter sich herzog.

Jacinto atmete tief durch. Nun hatte er es wirklich getan. Er hatte die Grenze überschritten. Aber ihm war keine andere Wahl geblieben. Mauricio würde das verstehen. Noch besser wäre es allerdings, wenn er niemals etwas davon erfuhr.

Er startete den Motor von Tiagos Boot und steuerte es zurück an den felsigen Strand. Es setzte unsanft auf den Steinen auf, und Jacinto verspürte ein schlechtes Gewissen. Hoffentlich hatte er dem Boot seines Neffen keine weiteren Schäden zugefügt.

Rasch sprang er von Bord und befestigte die Kette des Trailers, der noch im Wasser stand, an der passenden Öse am Bug des Bootes. Mit der Seilwinde konnte er es später auf den Anhänger ziehen und festmachen. Doch zuerst musste er die Kisten umladen. Andernfalls müsste er jedes Mal erst auf den Anhänger und über die Reling klettern und denselben Weg anschließend mit der Ware zurücklegen.

Er hob die erste Kiste aus der Bilge und trug sie zu seinem Lieferwagen. Im Inneren klirrte es. Offenbar hatte man am Füllmaterial gespart. Jacinto hoffte, dass nichts kaputtgegangen war.

Vorsichtig schaute er sich um, doch die Straße lag noch genauso still und verlassen da wie bei seiner Ankunft. Er öffnete die hinteren Türen des Lieferwagens und schob die Kiste hinein. Dann machte er sich auf den Weg, um die nächste zu holen.

Er war froh, dass er seine Surfschuhe angezogen hatte. Mit den festen Gummisohlen konnte er problemlos über die spitzen Steine laufen, und das Salzwasser ruinierte sie nicht, wie es mit normalem Schuhwerk der Fall gewesen wäre.

Als er die zweite Kiste an Land trug, pfiff er leise vor sich hin. Es war verrückt und illegal, aber wenn es gelang und er die Brennerei rettete, würde dieses waghalsige Unternehmen in die Familiengeschichte eingehen.

Das grelle Licht, das plötzlich aufflammte, traf ihn vollkommen unvorbereitet. Reflexartig kniff er die Augen zusammen, weil es ihn blendete. Trotzdem registrierte er, dass von allen Seiten schwarz gekleidete Personen auf ihn zuliefen. Eine metallisch verzerrte Stimme brüllte: »GNR«, und er sah ein halbes Dutzend Maschinenpistolen auf sich gerichtet.

Im nächsten Augenblick hatten sie ihn erreicht. Ein breitschultriger Mann riss ihm die Kiste aus den Händen. Jacinto wurde grob zu Boden gestoßen. Jemand zerrte ihm die Arme auf den Rücken und legte ihm Plastikhandschellen an, die viel zu fest gezogen wurden. Anschließend stellten sie ihn unsanft wieder auf die Füße.

Die Reihen der Uniformierten öffneten sich, und eine Frau trat hervor.

»*Boa noite, Senhor Torres*«, sagte sie. »Wir kennen uns ja bereits. Falls Sie sich nicht mehr erinnern: Mein Name ist Raquel Fonseca. Ich bin die leitende Staatsanwältin. Ich verhafte Sie wegen des Verdachts, einem organisierten Schmugglerring anzugehören.«

»Nein.« Jacinto schüttelte hektisch den Kopf. »Das ist nicht wahr.«

Ein Mann trat neben die Staatsanwältin, den Jacinto ebenfalls kannte.

»Natürlich«, entgegnete Inspektor Recardo Gomes spöttisch. »Das ist alles nur ein dummer Zufall. Genau wie die falsch etikettierten Flaschen, die wir heute Morgen in Ihrer Bar entdeckt haben.« Er grinste. »Was finden wir wohl, wenn wir diese Kisten öffnen? Und wenn wir das Lager in der Brennerei Ihres Bruders in Prazeres durchsuchen?«

Jacinto schloss die Augen. Er konnte sagen, was er wollte, die Tatsachen ließen sich nicht leugnen. Sein Plan, mit dem er Alexandro hatte helfen wollen, war grandios gescheitert.

Er sah die Scheinwerfer bereits, als er auf die Straße hinter Caniço einbog, die hinunter zu den kleinen, verschwiegenen Buchten führte. Mehrere Einsatzfahrzeuge der *Guarda Nacional Republicana* kamen ihm entgegen.

Mauricio lenkte den Pick-up an den Straßenrand und versuchte, hinter den dunklen Scheiben etwas zu erkennen. Er meinte, Jacintos Gesicht zu sehen, war sich aber nicht sicher. Die beiden Personen, die als Letzte in einem Zivilfahrzeug an ihm vorbeifuhren, konnte er dagegen mühelos identifizieren, weil sie die Innenbeleuchtung angeschaltet hatten. Am Steuer saß Inspektor Recardo Gomes, auf dem Beifahrersitz die Staatsanwältin Raquel Fonseca. Natürlich waren sie viel zu rasch an ihm vorbei, als dass er Details hätte erfassen können. Trotzdem bildete er sich ein, dass ihre Mienen einen Ausdruck satter Zufriedenheit gezeigt hatten.

Mauricio wartete, bis sich die Lichter ein Stück entfernt hatten, und wendete dann. In einem Abstand, der ihn nicht verraten konnte, folgte er der Kolonne. Da er sich das Ziel denken konnte, war die Verfolgung nicht weiter schwierig. Es ging auf der Autobahn in Richtung Westen bis nach Funchal, dann durch die menschenleeren Straßen ins Zentrum. Vor dem Gebäude des *Departamento de Investigação Criminal* stoppten die Fahrzeuge.

Zwei uniformierte GNR-Beamten schoben die Seitentür eines der Wagen auf und zerrten einen schlanken Mann heraus, dessen Hände auf dem Rücken gefesselt waren. Er hatte den Kopf gesenkt, und die dunklen Haare fielen ihm ins Gesicht, doch im Licht der Straßenlaternen hatte Mauricio trotzdem keine Mühe, ihn zu erkennen. Es war tatsächlich Jacinto.

»*Maldito*«, fluchte er und schlug mit der flachen Hand auf das Lenkrad.

Er wollte aus dem Wagen springen, um seinen Bruder aus den Fängen der Kollegen zu befreien, doch er schaffte es, sich zurückzuhalten. Er ballte die Fäuste und presste die Zähne so fest zusammen, dass sie knirschten. Seine Kiefermuskeln verhärteten sich, und er hörte das Blut in seinen Ohren rauschen.

Er durfte jetzt nicht überstürzt handeln. Obwohl es ihm

schwerfiel, schloss er die Augen und atmete konzentriert ein und aus. Es funktionierte; langsam entspannte er sich wieder. Seine Fäuste öffneten sich, und er schaffte es, die Zähne auseinanderzuzwingen. Sein Kiefer knackte, als er ihn bewegte.

Aus den Wagen stiegen weitere GNR-Beamte und trugen Kisten ins Gebäude hinein. Als Letzte folgten Gomes und die Staatsanwältin.

Mauricio schaute zu den verwaisten Plätzen vor Cordeiros Café. Er hätte jetzt einiges dafür gegeben, sich von seinem Freund Fabio einen *Bica* servieren und ein wenig trösten zu lassen. Aber das Café war natürlich längst geschlossen. Mittlerweile war es fast zwei Uhr nachts.

Das Smartphone in seiner Tasche vibrierte. Mauricio zog es hervor und warf einen Blick auf das Display.

»*Olá*, Diogo«, sagte er matt, nachdem er das Gespräch angenommen hatte.

»Du weißt, was passiert ist?«, fragte sein Kollege.

»Ich habe die Einsatzfahrzeuge gesehen in Caniço. Aber ich war zu spät.«

»Wo bist du jetzt?«

»Vor dem *Departamento*.«

»Warte kurz.«

Diogo drückte ihn weg. Mauricio schob das Smartphone zurück in die Sakkotasche und stieg aus dem Wagen. Er ging über die Straße und setzte sich an einen der verlassenen Tische vor dem Café. Sein Blick fiel auf die Statue der Justitia vor dem Polizeigebäude, über die sich Jacinto so gerne lustig machte, weil ihr das Schwert und die Augenbinde fehlten und sie darüber hinaus eine gewisse Ähnlichkeit mit Cristiano Ronaldo hatte. Mauricio amüsierte sich jedes Mal darüber, doch nun blieb ihm das Lachen im Hals stecken. Er konnte nur hoffen, dass Madeiras Justitia tatsächlich nicht blind war.

Im gegenüberliegenden Gebäude öffnete sich eine Tür. Eine dunkle Gestalt trat heraus, klein, schlank, mit den sparsamen und geschmeidigen Bewegungen eines Tänzers. Dort, wo der Kopf war, leuchtete in regelmäßigen Abständen ein roter Punkt auf.

»*Olá*, Mauricio.« Diogo Carvalho setzte sich zu ihm an den Tisch und streifte die Asche von seinem Zigarillo. »Es sieht nicht gut aus. Jacinto hat in der Bucht bei Caniço eine Lieferung entgegengenommen. Ungefähr zweihundert Flaschen mit *Aguardente de cana-de-açúcar*, angeblich hergestellt auf Madeira. In Wirklichkeit sind die Etiketten falsch, und der Inhalt ist irgendein billiger Brand aus Lissabon oder Porto. Es ist dieselbe Sorte wie die Flaschen, die wir in Jacintos Bar sichergestellt haben.«

Mauricio konnte nur nicken. Seine Kiefermuskeln hatten sich wieder verspannt, und es gelang ihm nicht, sie zu lockern.

»Im Augenblick durchsuchen die Kollegen von der GNR die Lagerräume der *Engenho* in Prazeres. Wenn sie dort auch fündig werden ...«

Er musste nicht weitersprechen. Mauricio begriff auch so das Ausmaß des Unheils, das sich über seiner Familie zusammenbraute. Für Inspektor Gomes und die Staatsanwältin musste es so aussehen, als stünde der Mord an Bernd Lange mit irgendwelchen illegalen Geschäften der Familie Torres in Zusammenhang, Schwarzbrennerei, Schmuggel und womöglich noch Schlimmerem. Die Theorie, dass es Krieg zwischen zwei rivalisierenden Banden gab, schien auf einmal viel plausibler als die Annahme, dass ein deutscher Spirituosenhersteller die Anlagen in der Brennerei sabotiert hatte, um ein günstiges Geschäft zu machen.

Carvalho warf seinen heruntergebrannten Zigarillo beiseite und steckte sich einen neuen an. Er rauchte eine Weile schweigend. Schließlich stand er auf und legte Mauricio die Hand auf die Schulter.

»Fahr nach Hause und leg dich ins Bett«, riet er ihm. »Ich melde mich bei dir, wenn es etwas Neues gibt. Im Augenblick kannst du nichts tun.«

Mauricio nickte und erhob sich schwerfällig. Er hatte in seiner Zeit bei der *Polícia Judiciária* schon mit vielen komplizierten Fällen zu tun gehabt, doch noch nie war er derart persönlich betroffen gewesen. Zwei Mitglieder seiner Familie saßen in Untersuchungshaft. Und wer wusste schon, was noch alles geschehen würde?

»*Boa noite*«, wünschte Carvalho, überquerte die Straße und verschwand im Polizeigebäude.

Mauricio ging zurück zu seinem Pick-up und setzte sich hinters Steuer. Gut war diese Nacht nicht. Er konnte nur hoffen, dass der neue Tag besser wurde.

Laura wälzte sich von einer Seite auf die andere. Sie konnte nicht schlafen. Zu deutlich spürte sie Matthias' Anwesenheit. Die beiden Einzelbetten, die bei Bedarf zu einem Doppelbett zusammengestellt wurden, hatten sie an die gegenüberliegenden Wände des Zimmers gerückt. Der gesamte Raum lag zwischen ihnen, doch Laura war es trotzdem zu nah.

Sie brauchte Abstand, das spürte sie jetzt noch deutlicher als bei ihrer Abreise aus Hamburg. Matthias' doppelter Betrug war etwas, das sich nicht so leicht verarbeiten ließ. Zweimal hatte er ihr Vertrauen enttäuscht, das zweite Mal, nachdem er ihr hoch und heilig versprochen hatte, dass die Sache mit seiner Studentin ein einmaliger Ausrutscher gewesen war. Nun, anscheinend war der Boden, auf dem sich Matthias derzeit bewegte, besonders glatt, und man kam leicht zu Fall.

Laura ahnte, dass ihm sein bevorstehender fünfzigster Geburtstag zu schaffen machte. Zwar dauerte es bis dahin noch fast zwei Jahre, doch die Anzeichen für das Alter, das unerbittlich zuschlug, häuften sich. Die Schläfen, die nicht mehr nur leicht ergraut waren, die Bartstoppeln, die ebenfalls ihre blonde Farbe verloren hatten, die Falten um Mund und Nase, die sich vermehrten. Dazu kamen die Aussetzer, die es früher nicht gegeben hatte, Wörter, die ihm plötzlich nicht mehr einfielen, Fehlhandlungen, die unerklärlich blieben, so wie die Brille, die sich nach langer Suche endlich in der Besteckschublade gefunden hatte.

Matthias steckte in der Midlife-Crisis, das war nicht zu übersehen. Laura selbst war nur wenig jünger als er, doch diese zwei Jahre schienen einen großen Unterschied zu machen. Vielleicht lag es aber auch daran, dass sie eine Frau war. Oder einfach an ihrer unterschiedlichen Persönlichkeit. Matthias hatte sich selbst immer als jung gebliebenen Revoluzzer gesehen, als unangepassten Bohemien, als Schöngeist, der über den Dingen und also auch über dem Alter stand. Nun musste er schmerzlich feststellen, dass die Zeit darauf ebenso wenig Rücksicht nahm wie bei allen anderen.

War es da nicht nachvollziehbar, dass er dem Werben einer jungen Frau nachgab, um sich selbst zu beweisen, dass er noch immer vital war?

Laura fluchte lautlos. Das fehlte noch, dass sie anfing, Verständnis für seinen Seitensprung aufzubringen. Er hatte ihr Treue geschworen, und an dieses Versprechen sollte er sich verdammt noch mal halten. Schließlich war sie immer noch attraktiv. Wenn er sich etwas beweisen musste, warum dann nicht gemeinsam mit ihr?

Unwillkürlich wanderten ihre Gedanken zu Mauricio. Er war im selben Alter wie Matthias, aber ein vollkommen anderer Charakter. Bodenständig, wo Matthias durchgeistigt war, melancholisch, wo Matthias mit seiner lässigen Art das Bedrückende einfach beiseiteschob. Mauricio war genau der Typ Mann, mit dem Laura niemals eine Beziehung hatte eingehen wollen. Und doch war da diese Anziehung. Sie hatte sie schon im letzten Jahr gespürt, als sie ihn kennengelernt hatte, doch dieses Mal war sie noch viel stärker.

Laura vergrub den Kopf im Kissen. Die ganze Situation war zu kompliziert. Sie wollte diese Verwicklungen nicht. Zuerst musste sie sich über ihre Gefühle für Matthias klar werden. Vorher konnte sie keine Entscheidung treffen. Und nebenbei galt es auch noch, den Mörder von Bernd Lange zu finden, um Mauricios Bruder Alexandro vor dem Gefängnis zu retten. Das alles wäre einfacher, wenn Matthias in Hamburg geblieben wäre. Oder war es gut, dass er gekommen war, damit sie sich nicht in einem Luftschloss verirrte, das hier auf Madeira plötzlich so real zu sein schien?

10

Sein erster Impuls war, mit seiner Enduro eine halsbrecherische Wende hinzulegen und mit Vollgas vom Hof zu rasen. Raus aus Prazeres, so weit weg wie nur irgend möglich von der Destillerie und von allen Schwierigkeiten. Er fühlte sich der Sache einfach nicht gewachsen.

Schon als die Familie ihn gebeten hatte, seinen Vater in der Brennerei zu vertreten, hatte er sich überfordert gefühlt. Er war gerade erst zwanzig, viel zu jung für eine derart verantwortungsvolle Position. Außerdem verstand er nichts vom Geschäft.

Wenn es nur darum gegangen wäre, das Verkochen des Zuckerrohrsafts und die Rumdestillation zu überwachen, wäre das kein Problem gewesen. Aber da war dieses Termingeschäft, das nicht erfüllt werden konnte, weil die Maschinen stillstanden, und darüber hinaus hatte ihm sein Großcousin Nelson Pereira das Zuckerrohr zu einem Spottpreis abgeluchst. Probleme, die ihm den Schweiß auf die Stirn getrieben hatten, doch nun steckte er vollends in der Klemme.

Das Lager war mit gelb-weißem Flatterband umzäunt, und zwei Beamte der *Guarda Nacional Republicana* standen vor dem Eingangstor, breitbeinig, die Hände auf dem Rücken verschränkt. Er brauchte nicht zu fragen, was das zu bedeuten hatte. Die Sache letzte Nacht war schiefgelaufen. Sie hatten Jacinto erwischt und würden ihm zweifellos einen Strick daraus drehen. Dabei hatte ihm sein Onkel doch nur helfen wollen.

Deshalb durfte er jetzt auch nicht davonlaufen. Es war nicht richtig, wenn Jacinto den Kopf für ihn hinhielt und womöglich die Gewerbeerlaubnis für seine Bar in Ribeira Brava verlor. Er musste irgendetwas tun, um ihn aus der Schusslinie zu nehmen. Aber was? Tiago hatte nicht die geringste Idee.

Das Beste war wohl, wenn er seinen Onkel Mauricio um Rat fragte. Der war immerhin Polizist, auch wenn man ihn von diesem Fall abgezogen hatte.

Tiago bremste, und eine Staubwolke wirbelte unter den Rädern seiner Enduro auf. Die beiden GNR-Beamten sahen zu ihm herüber, machten aber keine Anstalten, sich ihm zu nähern. Die Panik, die ihn überfallen hatte, ebbte ein wenig ab.

Um die Polizisten nicht auf dumme Gedanken zu bringen, wendete er die Maschine lässig und fuhr in moderatem Tempo vom Hof. Erst als die *Engenho* in seinem Rückspiegel nicht mehr zu sehen war und das blau leuchtende Meer vor ihm auftauchte, über dem die Morgensonne wie ein riesiger gelber Ball schwebte, gab er wieder Gas.

Matthias schritt durch den Garten des Hotels und betrachtete die zahllosen Blumen, die dort blühten. Seine Bewegungen waren Laura vertraut, das Schlenkern der Gliedmaßen, die leichten Schritte, das Neigen des Kopfes, wenn ihn etwas interessierte. Matthias nahm seine Umwelt neugierig und wohlwollend wahr. Das hatte ihr schon immer gefallen, genau wie das feine Lächeln und der wache Ausdruck in seinen Augen.

»Es war ein Fehler, dass wir Madeira ausgelassen haben«, sagte er. »Die Insel ist wunderschön. Nicht nur ein Steinhaufen im

Meer, wie ich dachte. Eher eine schimmernde Perle in der blauen Weite des Atlantiks.«

Seine Worte berührten Laura, obwohl sie es nicht wollte. Matthias konnte simple Sachverhalte poetisch formulieren, auch etwas, das sie mochte. Hatte sie wirklich schon mit ihm und ihrer Ehe abgeschlossen? Oder könnte sie ihm auch nach dem zweiten Seitensprung noch eine Chance geben?

Immerhin waren sie seit fast vierundzwanzig Jahren verheiratet und hatten eine gemeinsame Tochter. Lilly war zwar mittlerweile aus dem Haus, doch wenn sie zu Besuch kam, waren sie immer noch eine Familie. Das wäre anders, wenn Laura auszog.

Auf der anderen Seite hatte sich vieles mit den Jahren abgenutzt. Sie funktionierten als Paar, und die Routinen hatten sich eingespielt, doch wo waren das gegenseitige Interesse, die Zärtlichkeit und schließlich auch die Leidenschaft geblieben? Viele Jahre lang hatte Laura gar nicht gemerkt, dass ihr etwas fehlte. Sie hatte ihr Leben mit großer Disziplin gemeistert und viel zu viel zu tun gehabt, um den Wünschen nachzuspüren, die unerfüllt blieben. Erst im letzten Sommer, nachdem sie Matthias mit seiner Studentin erwischt hatte, Lilly zu einem Jahr *Work & Travel* nach Schottland aufgebrochen war und ihre Co-Autorin ihr das gemeinsame Projekt und die Büroetage gekündigt hatte, war ihr bewusst geworden, dass ihr Leben große Ähnlichkeit mit dem eines Hamsters im Rad bekommen hatte.

Der Flirt mit Mauricio hatte eine Sehnsucht geweckt, die vollkommen verschüttet gewesen war. Aber war das wirklich mehr als das Aufflackern vergessener Träume, wie es für Krisensituationen typisch war? Sollte sie diese Erfahrung nicht lieber zum Anlass nehmen, an ihrer Beziehung zu arbeiten? Sie hatte schließlich immer dafür plädiert, das, was man hatte, nicht einfach wegzuwerfen, weil etwas Neues einfacher schien. Das, so ihre feste Überzeugung, war ohnehin eine Illusion. Zahlreiche Trennungen und neue Liebesbeziehungen im Freundeskreis, die ebenso gescheitert waren, hatten sie in dieser Sicht bestätigt.

Aber wie war es, wenn sie selbst in dieser Situation steckte? Sollte sie mit Matthias gemeinsam versuchen, den Trümmerhaufen aufzuräumen, der von ihrer großen Liebe geblieben war, und aus den Steinen etwas Neues aufzubauen? Oder war so viel Porzellan zerschlagen worden, dass die Risse immer sichtbar bleiben würden, schmerzhafte Narben, die niemals richtig verschwanden?

Matthias wandte sich von den Blumen ab und kam auf sie zu. Mit einer schnellen Kopfbewegung warf er die halblangen blonden Haare zurück, wie es seine Gewohnheit war. Sein Blick war so intensiv wie schon lange nicht mehr.

»Es tut mir leid, was geschehen ist, Laura«, sagte er. »Ich wollte das nicht. Aber ich war nicht stark genug.«

»Du hattest mir versprochen, dass es nicht wieder vorkommt.« Laura hörte selbst, dass sie nörgelig klang, doch sie konnte es nicht ändern. Höchstens, indem sie zynisch wurde. »Ein Ausrutscher, hast du gesagt. Und dann bist du gleich noch einmal ausgeglitten.«

»Ich verstehe, dass du wütend bist.« Matthias ging nicht auf ihren Tonfall ein. Er wusste, wie sie reagierte, wenn sie gekränkt war. Zu ihrem eigenen Ärger besänftigte sie das nicht. Im Gegenteil machte es sie eher noch zorniger.

»Erklär es mir«, verlangte sie. »Was hat diese Studentin, das sie so unwiderstehlich macht?«

Matthias sah sie ernst an. »Sie hat mir deutlich zu verstehen gegeben, dass sie mich begehrt. Das hast du schon lange nicht mehr getan.«

Laura verspürte einen Stich. Matthias hatte recht, es lag nicht nur an ihm, dass die Leidenschaft zwischen ihnen eingeschlafen war. Sie hatte immer so viel zu tun gehabt, so viele Projekte, so viele Bücher, die geschrieben werden mussten ... Abgabetermine, Lektorate, Lesungen ... Ihr Tag war vom Morgen bis zum Abend durchgeplant. Viel Raum für Freizeit, Entspannung und Vergnügen war nicht geblieben.

Sollte das jetzt heißen, dass sie schuld war? Lauras Zorn kochte wieder hoch.

»Und deswegen vergisst du das Versprechen, das wir uns gegeben haben? Dass wir uns treu und für den anderen da sind, in guten wie in schlechten Zeiten?«

»Du warst auch nicht mehr da«, sagte Matthias schlicht. »Ich habe mich einsam gefühlt neben dir.«

»Warum hast du nicht mit mir darüber geredet?«

Matthias machte eine vage Geste. »Ich habe es lange Zeit gar nicht gemerkt. Eigentlich erst, als ...«

Er sprach nicht weiter. Es war auch nicht nötig, Laura verstand ihn auch so. Diese blonde Studentin hatte also den Konflikt offengelegt, der schon lange unter der Oberfläche geschwärt hatte. Womöglich müsste sie ihr am Ende noch dankbar sein? Nein.

»Glaubst du, du könntest uns noch eine Chance geben?«, erkundigte sich Matthias sanft.

Laura wandte sich den Blumen zu und verschränkte die Arme vor der Brust. »Ich weiß es nicht. Ich brauche Zeit.«

Matthias legte ihr leicht die Hand auf die Schulter und strich über ihren Rücken. »So viel du willst. Ich warte auf dich.« Er nahm die Hand herunter, und Laura verspürte Bedauern. »Ich liebe dich«, fügte er leise hinzu.

Lauras Herz zog sich schmerzhaft zusammen.

Es war schwer genug gewesen, die Koffer zu packen, als sie Matthias mit der Studentin in ihrem Ehebett erwischt hatte. Wenn er jetzt so reumütig vor ihr stand, brachte sie es kaum fertig, ihn zurückzuweisen. Aber so leicht würde sie es ihm nicht machen.

»Lass uns frühstücken gehen«, wich sie einer Antwort aus.

Matthias lächelte. »Ich werte es als gutes Zeichen, dass du vorschlägst, es gemeinsam zu tun.«

Mit langen Schritten ging er durch den Garten auf den verglasten Frühstücksraum zu. Beschwingt und mit dieser positiven Ausstrahlung, die ihn stets begleitete. Matthias war immer noch attraktiv. Und er war ihr Ehemann. Wollte sie das wirklich wegwerfen?

Das Gesicht, das ihn im Spiegel anblickte, sah alt und müde aus. Als hätte die Sorge um Alexandro und Jacinto ihm über Nacht ein Dutzend Falten hinzugefügt, die vorher nicht da gewesen waren. Zudem hatte die Begegnung mit Lauras Ehemann einen dunklen Schatten über seine Züge gelegt. Seine braunen Augen hatten keinen Glanz, und die grau-schwarzen Bartstoppeln wirkten nicht männlich, sondern einfach nur ungepflegt.

Mauricio griff zum Rasierpinsel, trug den Schaum dick auf und fuhr sich anschließend mit der Klinge über Kinn und Wangen. Zu ungeduldig, wie ihm ein scharfer Schmerz im nächsten Moment verriet. Ein rotes Rinnsal bahnte sich seinen Weg durch den weißen Schaum.

»*Maldito.*«

Mit etwas mehr Sorgfalt führte er die Rasur zu Ende, wusch sich die Reste des Schaums vom Gesicht und griff zum Rasierwasser. Der Schnitt auf der Wange war nicht tief. Der Alkohol brannte nur kurz und hinterließ dann ein warmes Gefühl.

Mauricio seufzte. Er sah immer noch alt und müde aus, aber zumindest nicht mehr heruntergekommen.

Im Schlafzimmer wählte er eine helle Jeans, ein blaues Hemd

und ein leichtes Sakko für den Tag, verstaute Smartphone, Brieftasche und Wagenschlüssel und ging in die Küche, um sich den ersten *Bica* des Tages zu kochen. Die Maschine ratterte laut, wurde aber von einem anderen Geräusch übertönt, einem kreischenden Motor, der näher kam und direkt vor dem Haus verstummte, im selben Augenblick, als sich auch der Espressoautomat abschaltete. Gleich darauf klingelte es an der Tür.

Mauricio wusste, wer davorstand. Das Motorgeräusch der Enduro war unverwechselbar.

Rasch schaufelte er Zucker in den Kaffee und schlürfte daran. Hiobsbotschaften am frühen Morgen ertrug er nicht ohne Koffein. Und dass Tiago keine guten Neuigkeiten bringen würde, lag auf der Hand.

»*Bom dia*«, begrüßte ihn sein Neffe, als er die Tür öffnete.

»*Olá*, Tiago. Komm rein.« Mauricio winkte den jungen Mann durch den Flur auf die Terrasse. »Einen *Bica*?«

»Ja. Gern.« Tiago sank auf einen der Korbstühle und streckte die langen Beine aus, die wie immer in einer engen schwarzen Lederhose steckten. Die passende Jacke zerrte er von den Armen und warf sie auf den freien Stuhl daneben.

Mauricio ließ eine weitere Tasse Espresso durchlaufen und stellte sie zusammen mit der Zuckerdose auf den Tisch.

»Die GNR hat Jacinto letzte Nacht verhaftet«, sagte Mauricio. »Sie haben Schmuggelware bei ihm sichergestellt. Kannst du mir das erklären?«

Tiago senkte den Blick. Die schwarzen Haare fielen ihm in die Stirn und verdeckten seine Augen. »Er hat es für mich getan«, stieß er gequält hervor. »Jacinto kennt eine Menge Leute. In seiner Bar wird viel geredet. Deshalb wusste er auch, dass es eine Bande gibt, die Zuckerrohrschnaps vom portugiesischen Festland nach Madeira schmuggelt.«

»Versteckt im Bordproviant eines Kreuzfahrtschiffes.«

»Ja.« Tiago hob den Kopf. »Er wollte mir die Ware beschaffen, die dieser Schnitzler kaufen will. Damit ich den Vertrag erfüllen kann und die Konventionalstrafe nicht zahlen muss.«

Mauricio verspürte ein ungutes Grummeln im Magen. Natürlich wollte auch er Alexandro helfen und den Verkauf der *Engenho* verhindern. Doch die Wahl der Mittel konnte er nicht gutheißen.

»Das ist illegal.«

Tiago fuhr auf. »Deswegen haben wir dir ja nichts davon gesagt. Jacinto wusste, dass du dagegen wärst. Er wollte dir das moralische Dilemma ersparen.«

»Stattdessen hat er sich selbst in größte Schwierigkeiten gebracht.«

»Ja.« Tiago fuhr sich mit beiden Händen übers Gesicht.

Mauricio trank von seinem Kaffee. Er war nicht überrascht. Seine Familie war schon immer rebellisch gewesen. In der Zeit der portugiesischen Diktatur hatte es in der Verwandtschaft einige Widerstandskämpfer gegeben. Soweit er wusste, war auch sein Vater Javier beteiligt gewesen. Man sprach nicht darüber, aber die Haltung war ein Teil der Persönlichkeit geworden. Regeln und Gesetze wurden nicht einfach akzeptiert, sondern hinterfragt und gelegentlich auch ignoriert, wenn sie als unsinnig eingeschätzt wurden. Was das anging, war Mauricio derjenige, der aus der Reihe tanzte.

Nicht das schwarze Schaf, sondern das weiße, *a ovelha branca*, wie ihn sein Vater gelegentlich mit liebevollem Spott nannte. Zugleich schwang darin auch der Stolz mit, der Mauricio ebenso galt wie der ganzen Familie. Sie hatten es geschafft, das Unbehagen der Diktatur abzuschütteln und der Demokratie zu trauen, auch wenn ein paar Relikte geblieben waren.

Nun, in diesem Fall hatte der Hang, unkonventionelle Entscheidungen zu treffen, direkt ins Verderben geführt.

»Was machen wir denn jetzt?« Tiago, sonst die Coolness in Person, sah ihn mit der jammervollen Miene eines Teenagers an, der erschöpft vom Kämpfen war und nicht wusste, was er eigentlich wollte.

Mauricio wurde selbst von seinen Sorgen und seiner Melancholie geschüttelt, doch er begriff, dass er jetzt stark sein musste, für seinen Neffen, seine Brüder, seine ganze Familie. »Das Termingeschäft werden wir nicht erfüllen können, richtig?«

»Nein. Dafür reichen die Vorräte aus den letzten Jahren nicht.«

»Also müssen wir die Konventionalstrafe zahlen.«

»Aber das können wir nicht. Selbst dann nicht, wenn wir die restlichen Bestände zu Liebhaberpreisen an den Mann bringen.«

Mauricio spürte, wie ihm etwas die Kehle zuschnürte. »Das heißt, wir müssen verkaufen?«

Tiago nickte schwer. »Ich sehe keinen anderen Ausweg.«

»Es muss eine Möglichkeit geben.« Mauricio dachte nach. Die *Villa Maria* lief gut, aber größere Rücklagen besaß er nicht. Nur das Nötigste für den Fall, dass irgendetwas repariert oder erneuert werden musste. Bei Jacinto war es nicht anders. Sein Bruder wirtschaftete noch knapper als er selbst.

War das ein Wink des Schicksals? Ein Zeichen, dass es an der Zeit war, sich von dem Hotel zu trennen? Es war Marias Ein und Alles gewesen, aber seine Frau war tot. Mauricio führte das Hotel seitdem weiter, doch eigentlich war er der Doppelbelastung nicht gewachsen. Er hatte seinen eigenen Job, der Zeit und Kraft kostete. Vielleicht musste er nicht nur Maria loslassen, sondern auch diesen Ort?

»Ich könnte die *Villa Maria* verkaufen.«

Tiago schaute erschrocken auf. »Nein. Du …« Er winkte ab.

»Das würde ohnehin nicht funktionieren. Die Strafe für das Nichterfüllen des Vertrags wird zum selben Termin fällig wie die Lieferung. In der kurzen Zeit würdest du keinen Käufer finden. Der Interessent für die *Engenho* dagegen steht schon vor der Tür. Und es war mein Vater, der die Brennerei in die Misere gewirtschaftet hat. Warum solltest du dafür geradestehen?«

»Wir sind eine Familie«, erwiderte Mauricio und legte seinem Neffen die Hand auf den Arm. Die Zuneigung, die er verspürte, war so stark, dass sie fast wehtat. »Und für Alexandro ist die *Engenho* wichtiger als das Hotel für mich.«

Tiago hob die Augenbrauen. »Bist du sicher?«

Mauricio war es nicht, aber das musste sein Neffe nicht wissen. »Ich höre mich um. Vielleicht finde ich jemanden, der Interesse an der *Villa Maria* hat.«

»Okay.« Tiago sah nicht so aus, als sei er mit dieser Lösung glücklich. »Und was machen wir mit Jacinto?«

Mauricio biss die Zähne zusammen und dachte angestrengt nach. Irgendetwas musste er tun, um seinen Bruder vor einer Anklage wegen Schwarzbrennerei und Schmuggel zu bewahren, die ihn am Ende womöglich die Konzession für seine Bar kosten oder sogar ins Gefängnis bringen würde.

Tiago fischte ein zerdrücktes Zigarettenpäckchen aus seiner Lederjacke und zündete sich eine an. Der orangefarbene Punkt, der aufleuchtete, erinnerte Mauricio an seinen Kollegen Diogo. Und an etwas, das Carvalho ihm irgendwann einmal erzählt hatte.

Elektrisiert sprang er auf, so unvermittelt, dass Tiago vor Schreck die Zigarette aus den Fingern fiel.

»Was ist los?«

Mauricio fühlte sich mit einem Mal so rebellisch und verwegen, wie es der Haltung seiner Familie entsprach. »Ich muss telefonieren. Ich habe eine Idee.«

Matthias hatte sich sorgsam rasiert und das Rasierwasser benutzt, das Laura besonders mochte. Die blonden Haare waren frisch gewaschen und fielen ihm locker bis fast auf die Schultern. Er trug eine dunkle Anzughose und dazu ein blaues Hemd. Auf eine Krawatte hatte er verzichtet und den obersten Knopf offen gelassen. Nun entnahm er seinem Koffer eine braune Aktenmappe aus Leder und klemmte sie sich unter den Arm.

Laura kniff die Augen zusammen. »Was hast du vor?«

Ihr Mann lächelte. »Ich begleite dich. Du hast mir doch beim Frühstück erzählt, dass du dich mit einem Vertreter dieser Hamburger Spirituosenfirma treffen willst. Wegen der Recherchen für dein neues Buch, angeblich. Ich gebe mich als dein Agent aus. Das verleiht der Sache eine größere Glaubwürdigkeit.«

Laura, die gerade ein hellgelbes Sommerkleid über den Kopf zog, stockte mitten in der Bewegung. »Comissário Torres wollte das mit mir gemeinsam tun.«

Matthias schnitt ihr mit einer knappen Geste das Wort ab. »Das ist keine gute Idee. In welcher Funktion soll er denn mitkommen? Diese Schnapsproduzenten sind Deutsche. Es besteht kein Grund, sich mit ihnen auf Portugiesisch zu unterhalten, also würde er sie gar nicht verstehen. Oder spricht er mittlerweile Deutsch? Du müsstest für ihn dolmetschen und könntest dich nicht auf das Gespräch konzentrieren. Und als was willst du ihn ausgeben? Dass du mit einem einheimischen Agenten arbeitest, nur weil dein Roman auf Madeira spielt, klingt nicht besonders überzeugend.«

Laura musste zugeben, dass er recht hatte. Trotzdem fühlte sie sich bedrängt. Matthias hatte sich bereits ungebeten in ihrer Unterkunft einquartiert. Und nun wollte er auch noch bei ihrer Arbeit dabei sein?

»Möchtest du dir nicht lieber die Insel ansehen? Und dich um ein Hotelzimmer kümmern?«, fragte sie kühl, während sie zugleich darüber nachdachte, was sie selbst eigentlich wollte. Ging es nur um die Recherchen für ihr neues Buch? Darum, Mauricios Bruder vom Vorwurf des Mordes zu entlasten? Oder spielte auch die Anziehung, die sie verspürte, eine Rolle?

»Das kann ich später tun.« Matthias' Lächeln war so einnehmend wie damals, als sie sich kennengelernt hatten. Ganz offensichtlich war er entschlossen, um sie zu kämpfen.

Laura zögerte. Mauricio würde es nicht gefallen, wenn er von ihrem Mann ausgebootet wurde. Aber möglicherweise erfuhr sie wirklich mehr, wenn sie ihre Rolle überzeugend spielte. Es könnte immerhin sein, dass der Vertreter der Spirituosenfirma Kontakte hatte. Falls er herausfand, dass sie von einem Polizisten begleitet wurde, könnte er misstrauisch werden. Besser war es, wenn sie das Gespräch aufzeichnete und Mauricio hinterher Bericht erstattete.

Davon abgesehen konnte sie nicht leugnen, dass ihr Matthias' Entschlossenheit imponierte. Sie hatte sich noch längst nicht entschieden, wie es weitergehen sollte. Warum also sollte sie sich nicht von beiden Männern zeigen lassen, was sie zu bieten hatten? Es verpflichtete sie ja zu nichts.

»Einverstanden«, sagte sie.

Matthias' Augenbrauen hoben sich überrascht. Er hatte wohl mit mehr Widerstand gerechnet. »Schön.« Sie sah, dass er sich ehrlich freute. »Wie finden wir diesen Vertreter von *Grote & Wolf*?«

»Das muss ich Mauricio ... den Comissário fragen.« Sie nahm ihr Smartphone aus der Handtasche und wählte die Nummer. Matthias lehnte lässig mit der Schulter an der Wand und sah ihr zu, die Hände in den Hosentaschen. Wenn er irritiert war, dass sie den Kommissar so vertraulich beim Vornamen genannt hatte, zeigte er es nicht.

»*Olá*«, begrüßte sie ihn, als er das Gespräch nach dem dritten Klingeln entgegennahm. »Hier ist Laura Flemming.«

»*Olá*, Laura«, entgegnete Torres weich, und Laura lief ein Schauer über den Rücken. Diese Stimme streichelte sie von innen.

Rasch erläuterte sie ihm Matthias' Bedenken und erkundigte sich nach den Kontaktdaten des Geschäftsmannes, während sie sich die ganze Zeit darüber bewusst war, dass ihr Ehemann sie beobachtete. Ob er ahnte, dass Mauricio mehr für sie war als nur ein Bekannter, dem sie bei der Lösung sprachlicher Probleme half? Sie notierte die Informationen, die Torres ihr gab.

»Und es ist in Ordnung, wenn Matthias und ich den Mann allein befragen?«, fragte sie nach.

»Ich finde die Idee gut«, erwiderte der Comissário. »Ich habe ohnehin noch etwas anderes zu tun.« Er verabschiedete sich höflich und beendete das Gespräch.

Laura war verwirrt und enttäuscht. Mauricio schien es nichts auszumachen, dass ihr Ehemann aufgetaucht war und sie für sich beanspruchte. Hatte sie sich das Knistern zwischen ihnen nur eingebildet? Oder war Torres ein Mann, der lediglich flirten wollte oder sein Vergnügen suchte, aber gar kein Interesse an einer ernsthaften Beziehung hatte? Es wäre ja kein Wunder, nachdem er den Tod seiner Frau offensichtlich noch längst nicht überwunden hatte.

Sie erschrak über ihre eigenen Gedanken. Wollte sie das denn? Eine ernsthafte Beziehung mit einem Portugiesen? Wie sollte das überhaupt gehen? Für eine Fernbeziehung war der Weg von Hamburg nach Madeira viel zu weit. Mauricio sprach kein Deutsch und war beruflich an die Insel gebunden. Also wäre sie diejenige, die übersiedeln müsste. Könnte sie sich das vorstellen? Ein Leben auf Madeira, fern von ihrer Familie und all ihren Freunden und Bekannten?

»Worüber denkst du nach?«, erkundigte sich Matthias, und Laura schüttelte die Bilder rasch ab. Für solche Überlegungen war es noch viel zu früh.

»Entschuldige.« Sie lächelte ihren Mann an. »Mir sind ein paar Ideen für den Plot meiner Geschichte durch den Kopf gegangen.«

Matthias fragte nicht weiter nach; er kannte diese Phasen. »Hast du die nötigen Informationen bekommen?«

»Ja.« Laura blickte auf ihren Zettel. »Der Mann, der hier auf Madeira für *Grote & Wolf* tätig ist, heißt Maximilian Böhm. Mauricio hat mir die Nummer der Hamburger Firmenzentrale gegeben. Er meint, dass wir darüber den Kontakt herstellen können.«

»Prima.« Matthias' Augen blitzten unternehmungslustig. »Dann ruf am besten gleich an.«

11

Der *Mercado dos Lavradores*, der Bauernmarkt von Funchal, befand sich mitten in der Altstadt. Es war ein großes, verwinkeltes Gebäude aus hellem Sandstein mit hohen Fenstern und einem Uhrenturm auf der linken Seite. Das Innere war lichtdurchflutet, ein sauberer, weiß gestrichener Raum mit zahlreichen schmalen Säulen und Gängen.

Mauricio kam gern hierher. Er mochte das kleine Terrassencafé vor dem Markt, in dem die Einheimischen ihren *Bica* tranken, Karten spielten und diskutierten. Gelegentlich begleitete er Jacinto bei seinen Einkäufen, und sie gönnten sich eine Portion *Carne de vinho e alhos*, in Wein und Knoblauch eingelegtes Schweinefleisch, eine der Spezialitäten des Cafés. Er betrachtete auch gern den Eingang zur offenen Markthalle, der mit Bildern aus bemalten Kacheln, *Azulejos*, geschmückt war, und schenkte den Blumenfrauen in ihren traditionellen Trachten ein Lächeln.

Früher hatte er Maria oft ein paar Blumen von hier mitgebracht. Sie hatte die Vielfalt geliebt, die Strelitzien und Orchideen, die Azaleen und Glyzinien, die Kamelien und Rosen und all die anderen Sorten.

Jacinto kaufte in der Markthalle fast alles ein, was er für seine Bar brauchte. Das Angebot war reichlich, und die Produkte waren frisch. Obst und Gemüse, Gewürze und Kräuter wurden in großen Weidenkörben angeboten. Daneben gab es auch Stände mit Leder- und Korbwaren und auf der anderen Seite der Halle den Fischmarkt. Hier lagen die einheimischen Fische und Meeresfrüchte auf Eis, der schwarze Degenfisch, *o espada preta*, Thunfisch, Oktopus und Entenmuscheln, *lapas*. Letzteren konnte Mauricio nicht viel abgewinnen, aber Degenfisch liebte er.

Er stellte den Pick-up direkt vor dem Gebäude ab und legte die Plastikkarte hinter die Windschutzscheibe, die ihn als Angehörigen der *Polícia Judiciária* auswies. Auf diese Weise sparte er sich die Suche nach einem Parkplatz, die hier meist mühsam war. Gemeinsam mit Tiago stieg er aus dem Wagen und ging auf den Eingang zu. Sein Neffe sah sich suchend um und wies dann auf einen der Tische des Cafés.

Dort saß ein schlanker Mittdreißiger mit lichtem blondem Haar im dunklen Dreiteiler mit schwarzer Krawatte. Er hatte die Beine übereinandergeschlagen und blätterte in einer Zeitung. Vor ihm auf dem Tisch stand eine leere Kaffeetasse. Sein rechter Fuß wippte ungeduldig auf und ab. In regelmäßigen Abständen ließ er die Zeitung sinken und blickte auf seine klobige Armbanduhr.

»Das ist Friedrich Schnitzler«, sagte Tiago. »Der Mann, mit dem *pai* das Termingeschäft abgeschlossen hat.«

Mauricio schaute auf die Zeitung und stellte fest, dass es ein deutsches Blatt war. »Du warst dabei?«

»Nein.« Tiago lächelte schwach. »*Pai* hat mir ein Foto gezeigt. Auf der Homepage der Import-Export-Firma. Er hat recherchiert, um sicherzugehen, dass er keinem Betrüger aufsitzt.«

Mauricio nickte. Das war typisch Alexandro. Er agierte umsichtig und mit Weitblick, und zugleich war er den Sorgen und Nöten der Arbeiter gegenüber aufgeschlossen. Ein Firmenchef, wie man ihn sich besser nicht wünschen konnte. Doch gegen Sabotage war auch er nicht gefeit.

Sie gingen auf den Mann zu.

Schnitzler sah nur kurz auf und wandte sich dann wieder seiner Zeitung zu. Erst als Mauricio und Tiago vor seinem Tisch stehen blieben, hob er den Kopf erneut. Seine Augen verengten sich. »*Can I help you?*«

»Sie sind hier mit Alexandro Torres verabredet, richtig?«, fragte Tiago auf Englisch. »Herr Schnitzler, wenn ich mich nicht täusche?«

»Ja.« Der Deutsche blieb zurückhaltend.

»Ich bin Tiago Torres.« Tiago reichte Schnitzler die Hand. »Das hier ist mein Onkel Mauricio. Mein Vater, Alexandro Torres, ist leider verhindert.«

Mauricio warf ihm einen anerkennenden Blick zu. Tiagos Englisch klang grammatikalisch korrekt und flüssig. Er selbst hätte sich nur mit Mühe so geschliffen ausdrücken können.

»Verhindert?« Schnitzler wirkte nicht amüsiert.

»Sorry.« Tiago deutete auf die freien Stühle am Tisch. »Dürfen wir?«

»Bitte.« Der Deutsche faltete seine Zeitung zusammen und winkte dem Kellner, ihm einen weiteren *Bica* zu bringen. Mauricio signalisierte mit einer kurzen Handbewegung, dass Tiago und er ebenfalls eine Tasse wünschten.

»Also.« Schnitzler schaute sie auffordernd an. »Was kann ich für Sie tun?«

Tiago setzte sich aufrecht hin. »Wir haben ein Problem«, berichtete er. »Jemand hat die Brennapparaturen in unserer *Engenho* mutwillig beschädigt. Die nötigen Ersatzteile sind geordert, aber bis sie geliefert werden, vergehen mindestens zwei Wochen. So lange können wir das frische Zuckerrohr nicht lagern. Deshalb mussten wir es verkaufen.«

»Wie bedauerlich.« Schnitzler verzog keine Miene.

Der Kellner brachte drei Tassen Espresso, und die Männer am Tisch löffelten Zucker hinein.

»Wir haben das Rohr an meinen Großcousin Nelson Pereira verkauft«, fuhr Tiago fort. »Er wird es verarbeiten und Ihnen die gewünschte Menge Zuckerrohrschnaps liefern.«

Schnitzler lehnte sich zurück. »Das wird er in der Tat. Ich habe mit Senhor Pereira einen Vertrag geschlossen, genau wie mit Ihrem Vater. Aber die eine Vereinbarung hebt die andere nicht auf.«

»Wo ist das Problem? Sie erhalten die gewünschte Ware und können sie weiterverkaufen.«

»Ich bin nach der Offerte von Senhor Pereira weitere Verbindlichkeiten eingegangen. Wenn Sie nicht liefern, muss ich dafür geradestehen.« Schnitzler machte eine bedauernde Geste. »Deshalb gibt es die vertraglich vereinbarte Konventionalstrafe bei Nichterfüllung. Ich muss leider darauf bestehen.«

»Aber wir haben das Geld nicht.«

Schnitzler leerte seine Kaffeetasse in einem Zug. »Dann schlage ich vor, Sie suchen nach einem Weg, es sich zu beschaffen. Andernfalls bin ich gezwungen, Anzeige zu erstatten.«

Mauricio ballte die Fäuste. Dieser Friedrich Schnitzler war ein eiskalter Geschäftsmann. Er würde auf die Zahlung nicht verzichten. Vielleicht hatte er sogar gehofft, dass Alexandro nicht würde liefern können, weil er auf diese Weise den größeren Profit machte.

»Wir könnten das Geschäft ins nächste Jahr verschieben«, schlug Tiago vor.

Schnitzler lachte humorlos. »Das wird nicht möglich sein.« Er stand auf, klemmte sich die Zeitung unter den Arm und deutete eine knappe Verbeugung an. »Sie übernehmen die Rechnung?« Er wies auf seine beiden leeren Kaffeetassen, auf eine Art, die keinen Zweifel daran ließ, dass die Frage rhetorisch gemeint war. »Was unseren Vertrag angeht: Ich erwarte Ihre Zahlung in zwei Tagen auf meinem Geschäftskonto. Die Bankverbindung ist Ihnen bekannt?«

Tiago nickte mit zusammengebissenen Zähnen.

»Schön.« Die Mundwinkel des Mannes hoben sich. »Wie sagt man bei Ihnen? *Foi um prazer para mim?* Es war mir eine Freude?«

»*Sim*«, quetschte Tiago hervor.

Schnitzler nickte zufrieden. Er blinzelte Tiago zu und verschwand dann mit beschwingten Schritten in der Markthalle.

»*Que idiota!*«, fluchte Tiago.

Mauricio stimmte ihm insgeheim zu, doch was er sagte, war: »Er ist im Recht.«

»Ja, ich weiß.« Tiago trank seinen *Bica* und fischte das Zigarettenpäckchen aus seiner Jackentasche. »Also verkaufen wir die *Engenho?*« Das Feuerzeug flammte auf, und er stieß eine dichte Rauchwolke aus.

Mauricio nickte düster. »Ich fürchte, uns bleibt keine andere Wahl. In zwei Tagen finde ich keinen Käufer für die *Villa Maria*. Und das Angebot von *Grote & Wolf* liegt auf dem Tisch.«

Humorlos, verkniffen und ehrgeizig. Das waren die Adjektive, die Laura durch den Kopf schossen, als sie Maximilian Böhm erblickte. Zumindest ging sie davon aus, dass es sich um den Mitarbeiter des Hamburger Schnapsproduzenten *Grote & Wolf* handelte. Die Gäste an den anderen Tischen des Cafés waren Einheimische mit dunklem Teint und entspannter Mimik, die rauchten, Zeitung lasen und diskutierten, und Touristen in legerer Kleidung, die sich über Wanderkarten beugten, in Reiseführer vertieft waren oder sich mit ihren Smartphones beschäftigten. Zwei junge Frauen hatten große Rucksäcke neben sich stehen, die offenbar schon auf vielen Reisen dabei gewesen waren. Laura schenkte den beiden ein Lächeln und wandte sich dann wieder dem Mann zu, der allein am Tisch saß.

Wäre sie ohne Matthias und ohne einen Auftrag hier gewesen, hätte sie die beiden jungen Frauen angesprochen. Sie liebte es, sich fremde Geschichten und Abenteuer erzählen zu lassen. Aus dem Fundus, der daraus entstand, konnte sie schöpfen, wenn sie ihre Bücher schrieb. Doch jetzt hatte sie ein anderes Ziel.

Der Mann war mittelgroß und schlank. Ein unauffälliger Typ mit kurz geschorenen dunklen Haaren, die sich an der Stirn bereits lichteten. Laura schätzte ihn auf Ende dreißig, Anfang vierzig. Er trug keinen Ehering und war wahrscheinlich Single. Darauf deuteten zumindest die Knitterfalten in seiner dunklen Anzughose und die rot-schwarz gemusterte Krawatte, die nicht zu seinem blassblauen Hemd passte.

Vor ihm auf dem Tisch stand ein Glasbecher mit Henkel, in dem sich eine goldgelbe Flüssigkeit befand. Auf einem kleinen Teller daneben lag ein ausgedrückter Teebeutel. Er hatte ein Tablet auf den Knien, auf dem er mit verbissener Miene mit einem Stift herumtippte.

Vom Ambiente rundherum schien er nichts mitzubekommen. Dabei war es hier ausgesprochen schön. Das Lokal lag in einer kleinen Seitengasse in der Altstadt Funchals, unweit des großen Platzes, an dem sich der *Teleferico* befand, die Seilbahn, mit der man hinauf nach Monte gelangte.

Die Gasse war schmal, die Häuser waren abwechselnd weiß und gelb gestrichen, mit braunen Umrandungen der Fenster und einem breiten braunen Streifen über dem Fußweg. Auf dem Weg vom Parkhaus hierher waren sie an vielen Türen vorbeigekommen, die mit selbst gemalten Bildern geschmückt waren. Ein Sandmännchen im Mond mit einem Buch in der Hand, den Blick durch ein geöffnetes Fenster in eine Gasse mit buntem Straßenpflaster, das Bild einer hübschen Frau und jede Menge fantasievoller Graffiti hatte sie gesehen. An einer Hauswand gab es sogar eine Skulptur, zwei Köpfe, die von seltsamen Elfenwesen zu stammen schienen, aus messingfarbenem Metall modelliert.

Laura hatte sich sofort wohlgefühlt. Die Sonne wärmte ihre Haut, die milde Luft streichelte ihre Sinne, und die Zeit schien auf einmal nicht mehr zu drängen. In dieser Umgebung fielen Stress und Hektik einfach von ihr ab. Sie genoss es, neben Matthias über das Kopfsteinpflaster zu schlendern, und spürte, dass ihr die Ruhe und Gelassenheit, die er ausstrahlte, ebenso guttaten wie das Flair des Viertels.

Zum Glück hatte sich Matthias bereit erklärt zu fahren und die Suche durch die verwinkelten Straßen nach einem Parkplatz übernommen. So hatte Laura die Fahrt nutzen können, um sich auf das Gespräch mit Maximilian Böhm vorzubereiten. Es würde nicht leicht werden, ihm etwas zu entlocken. Wenn *Grote & Wolf* tatsächlich hinter dem Sabotageakt in der Brennerei in Prazeres steckten, würde Böhm das kaum zugeben. Sie konnte nur versuchen, ihn zum Prahlen zu verlocken. Ihrer Erfahrung nach fiel es Männern schwer, Dinge, auf die sie stolz waren, für sich zu behalten. Der verkniffene Typ, der dort im Lokal saß, wirkte allerdings nicht so, als gehöre er zu dieser Gattung.

Sie war froh gewesen, als Matthias im Verkehrsgewirr schließlich das Hinweisschild auf ein Parkhaus entdeckt hatte, und noch mehr, als sich herausstellte, dass es nur wenige Gehminuten von der Station des *Teleferico* entfernt war.

»Wir könnten später nach Monte hinauffahren«, hatte er vorgeschlagen. Offenbar hatte er sich über das touristische Angebot informiert. »Uns den botanischen Garten ansehen. Und anschließend mit einem der berühmten Korbschlitten wieder hinunterfahren.«

Laura hatte nur einen undefinierbaren Laut von sich gegeben. Sie wollte ihm nicht verraten, dass sie das alles bereits im letzten Sommer gemeinsam mit Mauricio getan hatte. Obwohl Matthias es nicht besser verdient hatte. Aber sie war gegen ihren Willen gerührt, dass er ihr nach Madeira gefolgt war, um ihre Ehe zu retten. Vielleicht hatte sie wirklich zu schnell die Flinte ins Korn geworfen? Auf der anderen Seite war nicht sie es, die ihren Partner betrogen hatte. Wenn Matthias wollte, dass sie ein Paar blieben, würde er sich anstrengen müssen.

Sie trat auf den Mann mit der rot-schwarzen Krawatte zu und sah, dass sie am unteren Ende mit einem Logo versehen war, zwei einander zugeneigten grauen Weinflaschen, darüber in Rot der Schriftzug *Grote & Wolf*. Der Schlips war also nicht dem schlechten Geschmack des Vertreters geschuldet, sondern Teil dessen, was man neudeutsch als Corporate Identity bezeichnete. Allerdings hätte er ein anderes Hemd dazu wählen können, in Blassrosa oder Hellgrau zum Beispiel. Immerhin wusste sie nun, dass sie die richtige Person vor sich hatte.

»Guten Morgen, Herr Böhm«, begrüßte sie ihn. »Warten Sie schon lange?«

Der Mann steckte seinen Stift weg und klappte die Lederhülle des Tablets zu. »Sind Sie diese Krimiautorin?«

»Ja. Laura Flemming.« Sie winkte Matthias heran. »Das ist mein Mann. Er ist Professor für französische und portugiesische Literatur und Medien an der Universität Hamburg.« Den Plan, ihn als ihren Agenten auszugeben, hatten sie wieder fallen lassen. Matthias verstand einfach zu wenig vom Verlagsgeschäft, und es war auch nicht üblich, dass Agenten ihre Autoren auf Recherchereisen begleiteten.

»Aha.« Maximilian Böhm war nicht halb so beeindruckt, wie

sie gehofft hatte. Aber das spielte auch keine Rolle. Es war ihr vor allem darum gegangen, dass er nicht misstrauisch wurde.

»Bitte.« Böhm wies auf die freien Stühle am Tisch. »Setzen Sie sich. Ich habe allerdings nur eine halbe Stunde. Wichtige Verhandlungen, Sie verstehen?«

»Selbstverständlich.« Laura nahm dem Vertreter von *Grote & Wolf* gegenüber Platz, Matthias setzte sich über Eck dazu. Ein Kellner kam, und sie bestellten beide einen Espresso. Dann wandte Laura sich wieder an Böhm. »Ich danke Ihnen, dass Sie sich die Zeit nehmen.«

Böhm winkte ab. »Der Kollege von der Pressestelle, mit dem Sie Kontakt aufgenommen haben, sagte, Sie recherchieren für einen Roman, in dem die einheimischen Brennereien eine Rolle spielen. Er meinte, Sie bräuchten Informationen aus erster Hand.«

»Richtig.« Das war es, was sie dem freundlichen Mitarbeiter von *Grote & Wolf* vorgetragen hatte, der daraufhin den Kontakt zu Böhm hergestellt hatte. Sie nahm ihr Smartphone aus der Handtasche und legte es auf den Tisch. »Ist es in Ordnung, wenn ich unser Gespräch aufzeichne?«

»Bitte«, entgegnete Böhm gleichgültig. »Aber viel kann ich Ihnen nicht erzählen. Ich mache das nur, weil die Geschäftsleitung es gern sieht, wenn wir den Kontakt zum Kunden pflegen.«

Also wäre es für ihn vermutlich nachteilig gewesen, wenn er das Treffen abgelehnt hätte. Keine guten Voraussetzungen für das Gespräch, das sie führen wollte, aber sie konnte es nicht ändern.

Laura aktivierte die Diktaphon-App. »Ich stelle Ihnen einfach ein paar Fragen, okay?«

»Nur zu.« Böhm nippte an seinem Tee. Er schien nicht besonders interessiert, doch zugleich fixierte er sie aufmerksam. Wie jemand, der auf der Hut war, weil er etwas zu verbergen hatte.

Oder interpretierte sie zu viel in das Verhalten eines gestressten Geschäftsmannes hinein, der seinem Unternehmen zuliebe zu einer Verabredung mit einer Autorin erschien, obwohl er eigentlich Besseres zu tun hatte?

Der Kellner kam, stellte zwei *Bicas* auf den Tisch und entfernte sich rasch wieder. Laura löffelte Zucker in ihren Kaffee, Matthias trank seinen schwarz.

»Was tun Sie auf Madeira?«, erkundigte sich Laura.

Böhms Blick wurde spöttisch. »Ich treffe Geschäftspartner.«

»Mit welchem Ziel?«

»Ich bin Einkäufer.«

»So?« Laura war irritiert. Sie hatte die Homepage von *Grote & Wolf* gründlich studiert. Das Unternehmen stellte Schnaps, Likör und mit Alkohol gefüllte Pralinen für den Großhandel her. »Ich dachte, Ihre Firma produziert selbst.«

Böhm lächelte. »Das ist korrekt. Aber wir haben auch Produkte in unserer Palette, die wir nicht in unserem Werk in Hamburg herstellen können. Zuckerrohrschnaps aus Madeira zum Beispiel. Der wird, wie Sie sicherlich wissen, ausschließlich hier auf der Insel gebrannt, aus einheimischem Zuckerrohr.«

»Sie betätigen sich also auch als Zwischenhändler.«

»Selbstverständlich.« Böhm verschränkte die Arme. Mehr schien er zu diesem Thema nicht sagen zu wollen.

»Wäre es nicht einfacher, Sie besäßen eine eigene Produktionsstätte auf Madeira?«, erkundigte sich Matthias mit dem Duktus des Professors, der seine Studenten zum Nachdenken anregen will. Er sah den Handelsvertreter dabei nicht an, sondern wischte ein paar Krümel von der blauen Tischdecke und ließ seinen Blick über das Wandgemälde an der Mauer auf der anderen Straßenseite wandern, als sei er an der Antwort nur mäßig interessiert.

Sein Plan, wenn es denn einer gewesen war, ging auf. Böhm

bedachte ihn mit einem nachsichtigen Lächeln. »In der Tat bemühen wir uns derzeit genau darum.«

»Ich nehme an, das ist nicht ganz einfach?«, fragte Laura unschuldig. »Die einheimischen Brennereibesitzer wollen vermutlich nicht gerne verkaufen?«

»Dazu kann ich nichts sagen. Das sind Betriebsinterna, Sie verstehen?«

»Natürlich.« Laura lächelte. »Ich frage auch nur rein hypothetisch. In dem Roman, den ich plane, geht es unter anderem um dieses Thema. Einen Brennereibesitzer, der nicht verkaufen will, und eine Firma, die nicht vor unlauteren Mitteln zurückschreckt, um ihr Ziel zu erreichen.«

»Sie sollten darauf achten, dass Ihre fiktive Firma keine Ähnlichkeit mit einem real existierenden Unternehmen aufweist. Eine Anzeige wegen Rufschädigung kann teuer werden.« Der Vertreter klang, als bereite er im Geiste bereits das Schreiben an die Staatsanwaltschaft vor.

»Keine Sorge.« Laura beobachtete Böhm genau. Er trommelte ungeduldig mit dem Mittelfinger der rechten Hand auf dem Tisch und sah wiederholt auf seine Armbanduhr. Weil er unter Zeitdruck war? Oder weil sie mit ihrer erfundenen Geschichte der Wahrheit zu nah kam?

»Ich dachte mir das so«, sagte sie. »Der Schnapsproduzent wartet, bis der Brennereibesitzer Verpflichtungen eingeht, die über Sein oder Nichtsein entscheiden. Dann schickt er jemanden in die Fabrik, der die Anlage sabotiert. Die Brennerei gerät in wirtschaftliche Schieflage, und dem Besitzer bleibt nichts anderes übrig, als zu verkaufen.«

Böhm machte eine ungeduldige Handbewegung. »Ich fürchte, ich kann Ihnen nicht weiterhelfen. Das Szenario, das Sie schildern, ist fern jeder Realität. Sie dürfen selbstverständlich in Ihren

Büchern schreiben, was Sie wollen, aber für derartige Fantastereien bin ich nicht der richtige Gesprächspartner. *Grote & Wolf* haben es jedenfalls nicht nötig, zu solchen Mitteln zu greifen.« Er erhob sich und schob einen Geldschein unter die Glastasse. »Ich sehe auch nicht, worin der Reiz Ihrer Geschichte liegt.«

»Es ist ein Krimi. Der Saboteur wird ermordet.«

»Vom Besitzer der Brennerei, nehme ich an?«

»Nein. Vom Kaufinteressenten.«

Böhm stützte die Hände auf den Tisch und beugte sich zu Laura vor. »Warum, um alles in der Welt, sollte der Mann das tun?«

Laura fühlte sich unbehaglich. Die Pose hatte etwas Bedrohliches; Böhms dunkle Augen schienen sich in ihre zu bohren. Hatte sie in ein Wespennest gestochen, oder war er nur verärgert, weil sie seine Branche in den Dreck ziehen wollte?

Eine Antwort auf seine Frage hatte sie nicht. Tatsächlich schien Alexandro Torres der Einzige zu sein, der ein Motiv gehabt hatte, Bernd Lange zu ermorden.

»Das weiß ich noch nicht«, erwiderte sie. »Ich dachte, Sie könnten mir zu diesem Punkt ein paar Anregungen liefern.«

»Tut mir leid.« Böhm richtete sich wieder auf, und sein Gesicht glättete sich. »Vielleicht wenden Sie sich besser noch einmal an unsere Pressestelle. Der Kollege dort hat möglicherweise mehr Fantasie als ich.« Er schaute demonstrativ auf seine Armbanduhr. »Ich muss mich leider verabschieden. Mein Geschäftstermin wartet.«

Er nickte Laura und ihrem Mann knapp zu und entfernte sich dann mit großen Schritten durch die Gasse.

»Das war nicht sehr ergiebig«, bemerkte Matthias.

Laura beendete die Aufzeichnung und verstaute rasch ihr Smartphone. Sie zog ihr Portemonnaie aus der Handtasche und steckte wie Böhm einen Schein unter eine der Tassen. »Komm. Ich will wissen, wo er hingeht.«

Matthias trank im Stehen seinen Kaffee aus und bot ihr den Arm. Laura hängte sich bei ihm ein.

Der Weg, den sie zurücklegen mussten, war nicht besonders weit. Zweimal nach rechts, zweimal nach links durch die schmalen Gassen der Altstadt von Funchal, dann waren sie auf der Rua Latino Coelho und gingen auf ein großes Gebäude aus Sandstein zu.

»Der *Mercado dos Lavradores*«, sagte Matthias, der ein ausgezeichnetes Bildgedächtnis hatte. Wenn er ein Bauwerk einmal im Reiseführer gesehen hatte, erkannte er es in der Realität mühelos wieder. Lauras Stärke war das nicht. Sie verfügte stattdessen über einen guten Orientierungssinn. Gemeinsam erreichten sie auf diese Weise jedes Ziel, ohne ein Navigationsgerät in Anspruch zu nehmen. In vielerlei Hinsicht waren sie wirklich ein gutes Team. Aber reichte das noch?

Maximilian Böhm betrat die Markthalle durch einen Seiteneingang. Laura und Matthias folgten ihm. Sie kamen an Ständen vorbei, die exotische Früchte in großen Körben anboten. Laura lief das Wasser im Mund zusammen, als sie die reifen Papayas und Mangos sah. Doch der Grund dafür, dass sie unvermittelt stehen blieb, war ein anderer.

Halb verborgen hinter einem kleinen Stand, der goldgelbe Zitronen anbot, hatte sie ein Paar erspäht, einen jungen Mann und eine junge Frau, die sich an den Händen hielten und sich abwechselnd küssten und aufgeregt debattierten.

Matthias, der ihrem Blick gefolgt war, lächelte. »Die Liebe ist nie einfach, auch wenn sie jung ist«, bemerkte er.

Laura nickte und schüttelte zugleich den Kopf. »Ich kenne die beiden. Der Mann ist Tiago, der Neffe von Comissário Torres. Und die Frau ist Sofia, die Tochter von seinem Cousin Nelson Pereira.«

»Das ist nicht verboten. Das Verwandtschaftsverhältnis ist nicht so eng, dass es ein Problem wäre.«

Laura wollte ihm erklären, dass es möglicherweise Schwierigkeiten gab, die anders gelagert waren, dass Nelson Pereira der Mann war, der von seinem Vater um sein Erbe, die Brennerei in Prazeres, betrogen worden war, doch sie musste sich auf Maximilian Böhm konzentrieren. Sie hatten den Anschluss verloren; der Vertreter von *Grote & Wolf* tauchte bereits auf der anderen Seite der Halle zwischen den Ständen mit den Korb- und Lederwaren unter.

»Komm.« Laura griff nach Matthias' Hand und zog ihn eilig hinter sich her.

Sie sah gerade noch, wie Böhm hinter eine Säule trat und einen Mann per Handschlag begrüßte, der durch den Metallträger verdeckt war.

So beiläufig wie möglich bog sie mit Matthias in einen Nebengang ein, umrundete ein paar Stände und näherte sich der Säule vor der anderen Seite.

Nun konnte sie Böhm und seinen Gesprächspartner deutlich erkennen. Die beiden diskutierten ähnlich aufgeregt wie Tiago und Sofia. Laura hätte gern gewusst, worüber, doch es gab keine Möglichkeit, sich ihnen zu nähern, ohne selbst ebenfalls gesehen zu werden.

Laura nahm ihr Smartphone aus der Handtasche und machte ein paar Fotos. Das würde Mauricio sicher interessieren.

Tiago war noch immer nicht zurück. Konnte in den Waschräumen tatsächlich ein solcher Andrang herrschen? Oder hatte sein Neffe auf dem Weg dorthin einen Bekannten getroffen? An die dritte

Möglichkeit, dass er vor dem Unausweichlichen davongelaufen war, wollte Mauricio nicht denken.

Er hob die Hand, um dem Kellner zu signalisieren, dass er einen weiteren *Bica* wünschte. Sicher keine kluge Entscheidung; er hatte an diesem Tag bereits zu viel Kaffee getrunken. Aber er wusste nicht, wie er seine Anspannung anders in den Griff bekommen sollte.

In einer knappen Viertelstunde würde die *Engenho* in Prazeres den Besitzer wechseln. Sie hatten beide nicht damit gerechnet, dass es so schnell gehen würde, doch als Tiago den Vertreter von *Grote & Wolf* angerufen hatte, hatte Maximilian Böhm erklärt, er sei ganz in der Nähe, und den Kaufvertrag habe er bereits in der Tasche. Da es ohnehin nichts mehr zu retten gab, hatte Tiago einem sofortigen Treffen im Café vor der Markthalle zugestimmt.

Vermutlich sollte Mauricio dasselbe tun. Das Schicksal akzeptieren und sich auf die Dinge konzentrieren, die noch zu ändern waren.

Seine beiden Brüder saßen in Untersuchungshaft. Er musste etwas unternehmen, um Alexandros Unschuld zu beweisen und Jacinto vom Vorwurf der Schwarzbrennerei und des organisierten Schmuggels zu entlasten. Zumindest, was Letzteres anging, bestand Hoffnung.

Diogo Carvalho hatte keine Sekunde gezögert, als Mauricio ihm seine Idee geschildert hatte. Er konnte zwar akzeptieren, dass Mauricio nicht in einem Fall ermitteln durfte, in dem sein Bruder zu den Verdächtigen zählte, doch die Art und Weise, wie man ihn kaltgestellt hatte, missfiel ihm ebenso wie die Fokussierung von Staatsanwältin Fonseca und Inspektor Gomes auf Alexandro als Hauptverdächtigen. Dass Jacinto daraufhin etwas sehr Dummes getan hatte, fand er verständlich. Schließlich war es darum gegangen, das Familienunternehmen zu retten. Diogo trug noch den

Geist des Widerstands im Herzen, auch wenn er erst zehn Jahre alt gewesen war, als die Diktatur abgeschafft worden war. Aber die Kindheit prägte die Menschen, und Carvalho hatte sich seine Vorbehalte gegen das System erhalten, obwohl er mittlerweile selbst ein Teil davon war. Dass es außerdem um den Bruder eines Kollegen ging, der seit Jahren seine schützende Hand über ihn hielt, spielte natürlich ebenfalls eine Rolle.

Mauricios Smartphone vibrierte in seiner Sakkotasche. Er nahm es heraus und sah, dass der Anruf von seinem Kollegen kam. Es wunderte ihn nicht; er hatte es schon des Öfteren erlebt, dass er gerade dann an eine Person dachte, wenn diese sich entschloss, ihn anzurufen oder aufzusuchen. Es gab eben mehr Dinge zwischen Himmel und Erde, als die Wissenschaft erklären konnte.

»*Olá*, Diogo«, meldete er sich, und sein Kollege erwiderte den Gruß.

»Ich habe alles vorbereitet«, sagte Carvalho. »Die Akte ist angelegt, die richterlichen Genehmigungen sind unterschrieben. Ich habe ein paar alte Gefälligkeiten eingefordert. Keine große Sache. Unterm Strich sollte es reichen.«

Mauricio verspürte ein warmes Gefühl in der Brust. »*Muito obrigado*«, sagte er herzlich. »Das werde ich dir nicht vergessen.«

»Schon gut«, wehrte Carvalho ab. »Eine Hand wäscht die andere. Ich bin dir auch einiges schuldig.«

Mauricio lächelte. Sie versicherten sich noch ein paarmal gegenseitig ihrer Dankbarkeit und Zuneigung, ehe sie das Gespräch beendeten.

Der Kellner brachte den gewünschten *Bica*, und Mauricio rührte Zucker hinein. Erneut schaute er sich suchend um.

Endlich erschien Tiago vor dem Eingang der Markthalle. Er warf einen Blick zurück, ehe er zu Mauricio an den Tisch kam, und

Mauricio sah eine Gestalt hinter ihm auf die Straße huschen, die ihm bekannt vorkam. War das nicht Sofia Pereira? Aber vielleicht hatte er sich auch getäuscht. Was sollte Nelsons Tochter zu dieser Stunde in der Markthalle tun? Sicher war sie im Betrieb ihres Vaters beschäftigt oder erledigte Lieferungen auf der Insel. Er hatte die junge Frau auch nur flüchtig gesehen; sie war viel zu rasch in einer Gruppe von Touristinnen untergetaucht.

Tiago setzte sich mit ernster Miene, doch in seinen Augen stand noch etwas anderes, und seine Wangen waren gerötet. Mauricio betrachtete ihn neugierig. Hatte Laura mit ihrer Vermutung doch ins Schwarze getroffen, und er selbst hatte es nur nicht bemerkt?

»War das Sofia?«, erkundigte er sich.

Sein Neffe zuckte zusammen. »Was? Wer?« Er schaute sich hektisch um.

»Sofia Pereira. Ich dachte, sie hätte direkt nach dir die Markthalle verlassen.«

»Nein. Bestimmt nicht.«

»Wie du meinst.« Mauricio wollte nicht weiter in Tiago dringen. Es ging ihn ja auch nichts an. Wenn sein Neffe sich heimlich mit der Tochter seines Cousins traf, waren die Schwierigkeiten vorprogrammiert, doch das war Sache der jungen Leute. Er hatte genug eigene Probleme, um die er sich kümmern musste.

Eines davon tauchte soeben vor der Markthalle auf. Mauricio stockte für einen Moment der Atem. Selbst auf die Distanz konnte er Lauras Ausstrahlung spüren. Das hellgelbe Sommerkleid stand ihr gut; es passte zu ihren dunkelblonden Haaren und betonte ihre schlanke Figur. Sie schaute sich suchend um, lächelte, als sie Mauricio entdeckte, und kam auf ihn zu, den Mann, der sie begleitete, fest an der Hand.

Der Professor war ein interessanter Typ, die blonden Haare

halblang, das Gesicht offen, die Bewegungen entspannt und selbstbewusst, ohne überheblich zu wirken. Ein Mann, der etwas erreicht hatte, aber immer noch neugierig war, mit wachen Augen, die jedes Detail seiner Umgebung aufzusaugen schienen.

Mauricio verspürte einen Stich. Die beiden waren ein schönes Paar. Man sah, dass sie aufeinander eingespielt waren. Ihre Schritte hatten dieselbe Länge, ihre Arme schwangen synchron. Matthias war kein Mann, den Laura einfach verlassen würde. Erst recht nicht für einen portugiesischen Comissário, der dem Professor in keiner Hinsicht das Wasser reichen konnte.

Laura setzte sich auf den freien Stuhl neben Mauricio. Sie nahm ihr Smartphone aus der Tasche, aktivierte das Display und legte das Gerät mit bedeutungsvoller Miene vor ihm auf den Tisch. »Ich habe deinen Cousin gesehen.«

Mauricio schaute auf den Bildschirm und erkannte Nelson Pereira im angeregten Gespräch mit einem dünnen Mann mit kurz geschorenen schwarzen Haaren.

»Das ist Maximilian Böhm. Der Vertreter von *Grote & Wolf*«, wisperte Laura.

»Aha.« Mauricio schob das Smartphone zu ihr zurück.

Laura runzelte die Stirn. »Findest du das nicht merkwürdig?«

»Nein. Wieso? Ich nehme an, Nelson macht Geschäfte mit der Firma. Oder sie wollen seinen Betrieb ebenfalls kaufen.«

Laura steckte ihr Telefon wieder ein. Sie wirkte verstimmt, enttäuscht, wenn nicht sogar verärgert. Aber was dachte sie denn? Dass sie zufällig Zeugin eines konspirativen Treffens geworden war, weil Nelson und Maximilian Böhm gemeinsam hinter der Sabotage der Brennapparaturen in der *Engenho* in Prazeres steckten? Abgesehen davon, dass Nelson dafür kein Motiv hatte – was er ihr bereits mehrfach auseinandergesetzt hatte –, wären die beiden dumm, sich gut sichtbar in der Öffentlichkeit zu treffen, wenn es tatsächlich so wäre.

Er überlegte, ob er etwas Versöhnliches sagen sollte, doch stattdessen wurde er zornig. Das wirkliche Leben war eben kein Kriminalroman. Laura mochte ein gutes Gespür für solche Stoffe haben, aber die Realität war komplexer als die Mordgeschichte in einem Buch.

Matthias Flemming zog sich einen Stuhl heran. Er setzte sich neben seine Frau und legte ihr den Arm um die Schultern. Eine Demonstration, die Mauricio vermutlich ebenso galt wie Laura. Flemming stellte klar, dass er nicht beabsichtigte, seine Frau kampflos einem anderen Mann zu überlassen.

Mauricio nahm den Fehdehandschuh nicht auf. Er wollte keinen Hahnenkampf. Laura musste sich entscheiden, ob sie ihrem Mann noch eine Chance geben wollte. Wenn sie sich von ihm trennte, war Mauricio da. Sofern es ihm gelang, sich von Maria zu verabschieden. Vielleicht war es ohnehin besser, wenn nichts davon geschah. Er war sich nicht sicher, ob er schon so weit war.

Sein Neffe machte sich mit Flemming bekannt, und man tauschte ein paar Worte, ehe alle verstummten. Ein weiterer Mann kam auf den Tisch zu, derselbe, den Laura ihm auf dem Smartphone gezeigt hatte. Maximilian Böhm, der Vertreter der Hamburger Spirituosenfirma *Grote & Wolf*.

»Ist es Zufall, dass wir uns hier wiedersehen?«, erkundigte er sich, an Laura und ihren Mann gewandt. Seine Miene wirkte, als sei er über dieses erneute Zusammentreffen wenig erfreut.

»Wie man es nimmt«, entgegnete Laura. »Ich recherchiere über die madeirischen *Engenhos*. Da liegt es nahe, sich mit einem Brennereibesitzer zu verabreden, finden Sie nicht?«

Böhm fixierte erst Mauricio, dann seinen Neffen. »Einem ehemaligen Brennereibesitzer«, korrigierte er. »Senhor Tiago Torres, wenn mich nicht alles täuscht?«

Tiago versteifte sich. Er erhob sich so schwerfällig, als sei er plötzlich um Jahre gealtert. Sein Lederoutfit schien ihm nicht mehr zu passen; es wirkte wie ein Relikt, das er vergessen hatte abzulegen.

Böhm reichte ihm förmlich die Hand. Anschließend setzte er sich und öffnete seine Aktenmappe. Er legte einen stabilen Papphefter auf den Tisch, der das Emblem von *Grote & Wolf* trug, graue Weinflaschen und rote Schrift. Aus der Innentasche seiner Anzugjacke zog er einen hochwertigen Kugelschreiber, den er Tiago reichte.

»Lesen Sie sich den Vertrag in Ruhe durch«, forderte er ihn auf. Er sprach Englisch, langsam und akzentuiert, um Verständigungsprobleme zu verhindern. »Es ist alles so, wie ich es mit Ihrem Vater besprochen habe. Wenn Sie einverstanden sind, unterschreiben Sie. Dann haben Sie das Geld in zwei Tagen auf Ihrem Konto.«

Was zufälligerweise der Termin war, an dem die Konventionalstrafe an *Schnitzler Import Export* fällig wurde.

Mauricio schaute kurz zu Laura. Es konnte nicht anders sein, Schnitzler und Böhm hatten Alexandro in eine Falle gelockt. Aber wie sollten sie das beweisen?

Tiago warf ihm einen hilfesuchenden Blick zu, doch Mauricio konnte nur mit den Schultern zucken. Es lag nicht in seiner Macht, die *Engenho* zu retten.

Matthias Flemming legte einen Finger auf den Vertrag und zog ihn zu sich heran. Er studierte die Vereinbarung gründlich, ehe er Tiago die Papiere zurückgab.

»Soweit ich das sehe, ist alles korrekt, nach deutschem ebenso wie nach portugiesischem Recht«, erklärte er, ebenfalls auf Englisch.

Tiagos Hand wanderte zur Brusttasche seiner Lederjacke, wo er seine Zigaretten aufbewahrte, doch er zog sie rechtzeitig zurück. Diese Blöße wollte er sich nicht geben, dass er Böhm seine Nervosität zeigte. Stattdessen griff er nach dem Stift und schlug die letzte Seite des Vertrags auf. Auf der Linie unten links befand sich bereits eine Unterschrift. Maximilian Böhm, soweit Mauricio den schwungvollen Schriftzug über Kopf entziffern konnte.

Tiago umklammerte den Stift. Sein Adamsapfel bewegte sich ruckartig auf und ab. Mauricio sah, wie er die Zähne zusammenbiss. Dann setzte er den Stift aufs Papier und unterzeichnete die Vereinbarung.

»Ein Jammer«, ertönte eine dunkle Stimme neben ihnen. »Wenn mein Vater das geahnt hätte ...«

Mauricio musste den Kopf nicht heben, um zu sehen, wer zu ihnen an den Tisch getreten war, doch er tat es trotzdem.

»Nelson.« Er musterte seinen Cousin. Wie immer wie aus dem Ei gepellt im dreiteiligen Anzug mit den zurückgegelten dunklen Haaren und dem glatt rasierten Kinn. Seine Stimme war mitfühlend, sein Gesichtsausdruck neutral. Nur in seinen Augen lag ein Funkeln, das nicht dazu passte, ein stiller Triumph. Alexandro hatte die *Engenho* in Prazeres ebenso verloren wie Nelson.

Mauricio blickte rasch zu Laura. Hatte sie recht, und Nelson hatte doch seine Finger im Spiel? Nicht, weil er die Brennerei in seinen Besitz bringen wollte, sondern nur um der Genugtuung willen, dass sein Cousin nicht bekam, was ihm selbst seiner Meinung nach zugestanden hätte?

Nelson genoss den Moment offensichtlich. Aber bedeutete das auch, dass er etwas mit der Sabotage und dem Mord zu tun hatte? Wäre er dieses Risiko für den vergleichsweise kleinen Effekt eingegangen? Oder freute er sich einfach nur an dem, was ihm das Schicksal ohne sein Zutun bescherte?

Verübeln konnte man es ihm nicht. Es war nicht weniger als ein Schlag ins Gesicht gewesen, dass Caetano Pereira die Brennerei seinem Neffen Alexandro und nicht seinem Sohn vermacht hatte. Immerhin hatte Nelson allen Streitigkeiten zum Trotz immer nur das Beste für das Familienunternehmen im Sinn gehabt. Da war es nur natürlich, dass er einen Teil der Schuld bei Alexandro suchte, der seinem Onkel Caetano gerne nach dem Mund geredet hatte, und Alexandros Niederlage nun als gerecht empfand.

Aber Mauricio wollte sich nicht auf Vermutungen verlassen, er wollte die Sache klären. »Vorgestern Morgen«, fragte er seinen Cousin. »Was hast du da getan?«

Nelson hob die linke Augenbraue, eine Marotte, die er pflegte, seit er die Brennerei in Porto da Cruz übernommen hatte. »Am Dienstag? Weshalb interessiert dich das?«

»An diesem Morgen wurde Bernd Lange ermordet.«

»Das ist mir bekannt.« Nelson schob die Hände in die Hosentaschen. Weil er gelangweilt war oder weil er verhindern wollte, dass seine fliegenden Finger etwas verrieten, das er nicht preisgeben wollte?

»Also?«

»Fragst du als Polizeibeamter? Ich dachte, man hätte dir den Fall entzogen.«

Mauricio verspürte ein Kribbeln im ganzen Körper. Es ärgerte ihn, dass Nelson ihn so auflaufen ließ. »Woher weißt du das?«

»Ich habe auf deiner Dienststelle angerufen, weil ich dir ein Angebot für das Zuckerrohr machen wollte. Das war, ehe ich wusste, dass Tiago die Geschäfte übernimmt. Ich habe den Beamten zu sprechen verlangt, der den Mord in der Brennerei in Prazeres bearbeitet. Man hat mich mit einem Inspektor Gomes verbunden, der mir erklärt hat, die Staatsanwältin hätte dich von den Ermittlungen entbunden, wegen persönlicher Verwicklungen.«

Mauricio versuchte, sich seinen Ärger nicht anmerken zu lassen. Natürlich ließ Gomes keine Gelegenheit aus, seinen Sieg auszukosten. Dass man nicht ihn, sondern Mauricio trotz seines jüngeren Alters und der geringeren Zahl an Dienstjahren zum Comissário befördert hatte, würde er ihm nie verzeihen, auch wenn Mauricio auf diese Entscheidung keinerlei Einfluss gehabt hatte.

»Richtig. Offiziell ermittle ich nicht. Aber ich mache mir meine Gedanken.«

Nelson zeigte seine blendend weißen Zähne. »Und dabei stellst du dir vor, dass ich diesen Gelegenheitsarbeiter erschlagen habe?«

»Sag mir, was du getan hast. Dann kann ich es ausschließen.«

»Am Dienstagmorgen?« Pereira wechselte geschmeidig vom Portugiesischen ins Englische. »Da hatte ich einen Geschäftstermin. Mit Herrn Böhm.«

»So?« Mauricio dachte an das Foto, das Laura ihm gezeigt hatte. Was genau verband diese beiden Männer? Waren sie womöglich doch nicht nur Geschäftspartner, sondern Komplizen einer hinterhältigen Intrige?

»Um was für eine Art von Geschäft ging es da?«, fragte er, ebenfalls auf Englisch.

Der Vertreter von *Grote & Wolf* schob den unterschriebenen Vertrag zurück in den Pappordner und verstaute ihn in der Aktenmappe. »Unser Unternehmen plant eine neue Branntwein-Linie. Wir wollen Weine verarbeiten, die auf Madeira gekeltert worden sind. Darüber habe ich mit Senhor Pereira verhandelt.«

Nelson breitete die Hände aus und lächelte Mauricio an.

Mauricio erwiderte das Lächeln. Er durfte sich nicht provozieren lassen, auch wenn es ihn in den Fingern juckte, Nelson am Kragen zu packen und durchzuschütteln.

»Wann war das genau? Und wo? Gibt es Zeugen?«

»Wir haben uns in Faial im *O Anjo Vermelho* getroffen«, erwiderte Böhm an Pereiras Stelle. »Der Besitzer, Senhor Fiedler, wird das sicher bestätigen. Senhor Pereira beliefert sein Lokal regelmäßig, und er ist dort Stammgast.«

Der rote Engel. Das Lokal, das dem Mann gehörte, der Bernd Lange einen Umschlag hatte übergeben wollen. Angeblich alte Liebesbriefe, doch vielleicht auch Geld für die geplante Sabotage der Brennapparaturen in Alexandros Betrieb. Irgendwie hingen all diese Dinge zusammen. Ein dichtes Netz von Intrigen, doch statt es zu entwirren, verfing sich Mauricio immer weiter darin.

Maximilian Böhm erhob sich und deutete eine Verbeugung an, die allen Anwesenden am Tisch galt.

»Es war mir ein Vergnügen, mit Ihnen Geschäfte zu machen.« Er reichte Tiago die Hand, der es nicht schaffte, ebenfalls aufzustehen. »Ich lasse Ihnen eine Kopie des Vertrags zukommen und melde mich dann wegen der Übergabe.«

Tiago konnte nur kraftlos nicken. Er sah Böhm nach, der gemütlich an der Markthalle vorbei in Richtung Altstadt schlenderte, und holte nun doch seine Zigaretten aus der Tasche. Die Rauchwolke stieg in den Himmel, der sich in seinem schönsten *Azul* zeigte, als hätte es das Drama vor der Markthalle nicht gegeben. Sturm, Hagel und Donner hätten besser zur Stimmung am Tisch gepasst.

Nelson schlug Tiago jovial auf die Schulter.

»Ja, mein Junge, so ist das«, sagte er, nun wieder in seiner Muttersprache. »Manchmal gewinnt man, manchmal verliert man.« Seine Mundwinkel zuckten. »Die einen öfter, die anderen seltener.« Wie Böhm deutete er eine Verbeugung an. »Ihr entschuldigt mich? Die Geschäfte rufen.«

Er verschwand in dieselbe Richtung wie der Vertreter von *Grote & Wolf*.

Tiago warf seine Zigarette auf den Boden. *»Idiota!«*

»Wer?«, erkundigte sich Matthias Flemming. »Dieser Böhm? Oder *Senhor* Pereira?«

»Beide.«

Flemming nickte nachdenklich. »Da haben Sie recht«, erklärte er.

Sofia Pereira presste sich mit dem Rücken an die Wand der Markthalle und spähte zu dem Tisch hinüber, an dem Mauricio und Tiago Torres saßen, zusammen mit der Frau, die eingesprungen war, als Sofia den Unfall mit dem deutschen Ehepaar auf dem Parkplatz der *Villa Maria* gebaut hatte, und einem weiteren Mann, der zu der Frau zu gehören schien. Sofias Vater, der sich mit seinem Cousin und dessen Neffen unterhalten hatte, schlenderte gerade davon. An der nächsten Straßenecke wartete jemand auf ihn. Es war der Mann, der ebenfalls am Tisch gesessen hatte, mit Papieren, die Tiago unterschrieben hatte.

Sie hatte nicht alles verstanden, was ihr Tiago in knappen Worten anvertraut hatte, als sie sich in der Markthalle getroffen hatten. Viel zu groß war ihre Angst gewesen, dass ihr Vater sie entdecken könnte. Sie hatte ihn gebeten, sie mitzunehmen, angeblich, weil sie die Wohnung ihrer Großmutter mit frischen Blumen schmücken wollte. Das war ein Argument, für das ihr Vater jederzeit aufgeschlossen war. So tief der Graben zwischen ihm und seinem eigenen Vater, Sofias Großvater Caetano, gewesen war, so innig war die Beziehung zu seiner Mutter, Sofias Großmutter Graciana. Nelson liebte Graciana, und sie vergötterte ihren Sohn geradezu. Dabei waren ihr emotionale Regungen ansonsten eher fremd. Graciana war eine hagere, spröde Frau, allerdings mit einem ausgeprägten Sinn für Anstand und Moral. Sie war entsetzt gewesen, dass ihr verstorbener Mann die *Engenho* in Prazeres nicht ihrem gemeinsamen Sohn Nelson vermacht hatte, sondern seinem Neffen Alexandro. Ändern hatte sie es indessen nicht können.

Sofia dagegen, die einen weniger verklärten Blick auf ihren Vater hatte, konnte die Entscheidung ihres Großvaters durchaus verstehen. Sie hatte miterlebt, wie ihr Vater, Nelson Pereira, seinen Vater Caetano systematisch aufs Altenteil abgeschoben und ihm Stück für Stück die Befugnisse in der Brennerei in Porto da Cruz, im Hotel und auf dem Weingut entzogen hatte.

Nichts hatte er wissen wollen von der Lebenserfahrung und Expertise seines Vaters, der das Familienunternehmen aufgebaut hatte. Alexandro dagegen hatte Caetano oft besucht und sich von ihm alles über die Traditionen des Zuckerrohrbrennens auf Madeira erzählen lassen. Nicht, weil er darauf gehofft hatte, den Betrieb zu erben, sondern weil es ihn interessierte.

Tiagos Vater war ein guter Mensch. Im Gegensatz zu ihrer eigenen Familie wusste er, dass Tiago und sie ein Paar waren. Sie hatten sich oft bei ihm zu Hause getroffen. Alexandro vertrat den Standpunkt, dass die Kinder nicht für die Sünden der Eltern büßen sollten. Nelson Pereira dagegen würde toben, wenn er erführe, dass Sofia Beziehungen ins feindliche Lager unterhielt.

Natürlich konnte er ihr nichts mehr verbieten. Sie war volljährig. Aber sie absolvierte ihre Ausbildung im väterlichen Unternehmen. Und sie wollte auch nicht, dass die Familie ihretwegen endgültig zerbrach. Es war schwierig genug mit ihren Eltern. Ihre Mutter Patricia kreiste ausschließlich um sich selbst, um ihre Schönheit, die bessere Gesellschaft, in der sie um jeden Preis zu

Hause sein wollte, und die teuren Kleider, die immer der neuesten Mode zu entsprechen hatten. Sie hatte keine Liebe, weder für ihren Mann noch für ihre Tochter, doch Sofias Vater verehrte sie dennoch – auf eine ganz ähnliche Weise, wie er selbst von seiner Mutter vergöttert wurde.

Vermutlich stimmte, was sie in einem psychologischen Ratgeber gelesen hatte: dass sich bestimmte familiäre Muster in jeder Generation wiederholten.

Sofia seufzte. Irgendwie waren Tiago und sie mitten hinein in ein riesiges Drama geraten. Dabei wollten sie doch einfach nur zusammen sein. Aber jetzt gab es einen Toten in der *Engenho* in Prazeres, Tiagos Vater Alexandro und sein Onkel Jacinto saßen im Gefängnis, und Tiago musste die Geschäfte der Brennerei führen. Er hatte irgendetwas von einem Termingeschäft erzählt, von einer Konventionalstrafe und dass er die *Engenho* verkaufen musste, weil er nicht zahlen konnte.

Der dünne Mann mit den kurz geschorenen schwarzen Haaren war vermutlich der Käufer. Er wirkte zufrieden, also hatte er wohl bekommen, was er wollte.

Sofias Vater blieb neben ihm stehen, und die beiden wechselten ein paar Worte. Auch Nelson Pereira schien zu gefallen, wie sich die Dinge entwickelt hatten. Alexandro hatte die Quittung dafür bekommen, dass er sich bei seinem Onkel Caetano eingeschmeichelt hatte, so würde es ihr Vater sehen. Dass sich die Brennerei nun nicht mehr im Besitz der Familie befand, auch wenn es ein anderer Zweig war, störte ihn offenbar nicht. Vielleicht war er sogar froh, dass Alexandro keine Konkurrenz mehr war.

Sie schaute wieder zu der Gruppe am Tisch. Die Frau und die drei Männer saßen immer noch reglos. Anscheinend wussten sie nicht so recht, wie sie jetzt weitermachen sollten.

Sofia überlegte, ob sie ihnen irgendwie helfen könnte. Aber wahrscheinlich war es besser, wenn sie im Verborgenen blieb. Tiagos Vater hatte ihre Beziehung akzeptiert, doch das war gewesen, bevor ein Mord geschehen war und er die *Engenho* verloren hatte. Sie nahm an, dass Mauricio nicht gut auf ein Mitglied der Familie Pereira zu sprechen wäre, auch wenn sie nur indirekt mit der Sache zu tun hatte.

Seufzend wandte sie sich ab und lief durch einen Nebeneingang zurück in die Markthalle. Sie würde jetzt die Blumen kaufen, die sie ihrer Großmutter Graciana versprochen hatte. Und wenn sie wieder zu Hause war, würde sie darüber nachdenken, ob es nicht doch irgendetwas gab, das sie für Tiago und seine Familie tun könnte.

Laura Flemming schaute gedankenvoll über den Platz. Wie schön könnte es sein, hier zu sitzen, in dem kleinen Café gegenüber der Markthalle, vor der das Leben pulsierte! Sie betrachtete das bunte Treiben, Einheimische und Touristen, Lieferanten mit großen Körben voller Obst und Gemüse, die Blumenfrauen in ihren Trachten, Kinder, die vor ihren Eltern hersprangen, ein Eis oder angebissene *Pastéis de nata* in der Hand.

Unter anderen Umständen hätte sie ihren Fotoapparat aus der Tasche genommen und eine ganze Serie von Bildern geschossen, die sie sich später ansehen konnte, wenn sie schrieb und versuchte, die Erinnerung an einen solchen Moment auf dem Papier lebendig werden zu lassen. Doch an diesem Morgen spürte sie nur die schwarze Wolke, die über ihnen hing, obwohl der Himmel in Wirklichkeit von diesem herrlich frischen und leuchtenden Blau war, das von den Einheimischen *Azul* genannt wurde und nirgendwo so schön war wie hier.

Nachdem Maximilian Böhm und Nelson Pereira gegangen waren, hatte keiner am Tisch mehr ein Wort gesprochen. Tiago fummelte eine Zigarette nach der anderen aus dem zerdrückten Päckchen, sog so heftig daran, dass sie nach ein paar Zügen heruntergebrannt war, und trat die Kippen dann mit dem Absatz auf dem Pflaster aus, als wolle er in Wirklichkeit den Vertreter von *Grote & Wolf* unter seinem Stiefel zermalmen.

Matthias hatte sein Smartphone aus der Tasche gezogen und las konzentriert. Laura hatte keine Ahnung, womit er sich beschäftigte, aber sie fragte auch nicht. Wenn ihr Mann diesen Gesichtsausdruck aufgesetzt hatte, war er in seiner eigenen Welt versunken und nicht erreichbar.

Mauricio blickte mit traurigen Augen die Straße entlang, in der sein Cousin verschwunden war. Sämtliche Energie schien aus seinem Körper gewichen zu sein. Wenn die *Saudade*, die typisch portugiesische Melancholie, ein Sinnbild brauchte, fand sie es in ihm.

Laura wusste nicht recht, was sie davon halten sollte. Sicher war es gut, wenn ein Mann seine Gefühle nicht in sich verschloss, so wie Matthias es oft tat, doch durfte er sich derart von seinen Emotionen überrollen lassen? Könnte sie sich einen solchen Mann als Partner vorstellen?

Nein, das waren nicht die Gedanken, die sie sich im Augenblick machen wollte.

Sie legte Mauricio die Hand auf den Arm, aber nur kurz, weil Matthias neben ihr saß. Auf keinen Fall wollte sie den beiden Männern den Eindruck vermitteln, sie hätte irgendeine Art von Entscheidung getroffen. Dazu brauchte sie mehr Zeit und Distanz.

»Es tut mir leid«, sagte sie.

Mauricio wandte ihr den Kopf zu, und sie blickte in einen Abgrund. Der Schmerz, die Trauer, die Verzweiflung in seinen Augen berührten sie tief im Herzen. Er blinzelte und schob die Sonnenbrille herunter, die er sich ins Haar gesteckt hatte. Vorgeblich, weil ihn die Sonne blendete, die gerade um die Markthalle herumkam, doch Laura wusste, dass er sich nicht noch weiter öffnen wollte. Ein portugiesischer Mann durfte seine Melancholie zeigen, aber er durfte nicht zerfließen.

»Du hast getan, was du konntest«, presste er hervor.

Matthias schaltete sein Smartphone aus und verstaute es in der Innentasche seines Sakkos. »Dann sind wir hier fertig?«

Tiago warf seine heruntergebrannte Zigarette weg. »So kann man es wohl sagen.« Er stand auf, schwerfällig, ohne den Elan des jugendlichen Rebellen, der ihn sonst umgab. Wieder zog er das zerknüllte Zigarettenpäckchen hervor, musste aber feststellen, dass es leer war.

»Ich fahre in die *Engenho*«, verkündete er. »Die Angestellten müssen erfahren, dass sie bald für einen neuen Besitzer arbeiten.« Er bemühte sich um eine aufrechte Haltung, die Laura gefiel. Auch wenn er dem Schrecken entgegensah, ging er tapfer darauf zu.

»Sie werden verstehen, dass du nicht anders handeln konntest«, ermutigte sie ihn.

Tiago nickte und wirkte für einen Moment erleichtert, doch dann kam ihm ein neuer Gedanke, und ein Schatten fiel über sein Gesicht. »Ich sollte es wohl auch *pai* berichten«, erkannte er und wandte sich an Mauricio. »Kann ich ihn in der Untersuchungshaft besuchen?«

Der Comissário löste sich aus seiner Starre. »Ja.« Er schaute seinen Neffen eindringlich an. »Bist du sicher, dass du das schaffst? Oder soll ich zu ihm gehen?«

Tiago straffte sich. »Nein. *Pai* hat mir die Leitung der *Engenho* übertragen, also werde ich ihm auch sagen, was ich getan habe.«

»Es ist nicht deine Schuld, Tiago.« Mauricio schob sich die Sonnenbrille wieder ins Haar. »Dein Vater hat den Kontrakt mit *Schnitzler* geschlossen.«

»Aber er konnte nicht ahnen, dass jemand die Anlage sabotieren würde.«

»Nein. Das konnte er wohl nicht.« Wieder wanderte Mauricios Blick über den Platz vor dem *Mercado dos Lavradores*.

Fragte er sich, ob der Verdacht der Staatsanwältin stimmen könnte? Ob es tatsächlich Alexandro gewesen war, der Bernd Lange erschlagen hatte, nachdem er ihn dabei erwischt hatte, wie er seine Lebensgrundlage zerstörte? Laura hatte Mauricios Bruder bisher nicht persönlich kennengelernt. Nach dem, was Mauricio ihr erzählt hatte, war er ein zurückhaltender und sehr rationaler Mann. Aber auch introvertierte Charaktere konnten die Kontrolle verlieren, wenn sie in eine Ausnahmesituation gerieten.

Tiago verabschiedete sich mit einem knappen Nicken und stiefelte dann mit großen Schritten über die Straße zu seiner Enduro. Er nahm den Motocrosshelm vom Lenker, setzte ihn auf und brauste mit aufheulendem Motor davon. Er sah wohl keinen Sinn darin, die Sache auf die lange Bank zu schieben.

»Ich würde gern in den Norden nach Santana fahren«, meldete sich Matthias zu Wort. »Dort gibt es die Madeira-Häuser. Traditionelle Steinhäuser mit einem reetgedeckten, fast bis auf den Boden reichenden Giebeldach.«

Laura blinzelte. War es das, womit sich Matthias so intensiv beschäftigt hatte? Sie konnte nicht fassen, dass ihn das Unglück der Familie Torres und das Leid der beiden Männer, mit denen sie am Tisch gesessen hatten, so unberührt ließen.

Sie warf Mauricio einen fragenden Blick zu.

Der Comissário nahm die Brille aus dem Haar, steckte sie in die Innentasche seines Sakkos und erhob sich. »Ich fahre ins

Büro. Wenn ich schon Alexandro nicht helfen kann, dann vielleicht wenigstens Jacinto.«

Laura verspürte einen Stich. Sie hätte beinahe vergessen, dass nicht nur Mauricios älterer, sondern auch sein jüngerer Bruder im Gefängnis saß. Über Schuld oder Unschuld mochte sie nicht urteilen.

»Wenn ich noch irgendetwas für dich tun kann ...«

»Ich melde mich.« Mauricio reichte Matthias die Hand und hauchte Laura ein Küsschen links und rechts auf die Wange. Anschließend ging er zu seinem Pick-up, der direkt vor der Markthalle parkte. Er stieg ein und starrte eine Weile durch die Windschutzscheibe, ehe er den Motor startete. Dann wendete er schwungvoll und fuhr in die Richtung, in der das *Departamento de Investigação Criminal do Funchal* lag.

Matthias blickte ihm hinterher. »Der Kommissar ist in dich verliebt.«

»Unsinn.« Laura schob ihre Kaffeetasse energisch von sich weg. »Wie kommst du darauf?«

Matthias lachte leise. »Ich sehe, wie er dich ansieht.«

»Er ist noch in Trauer. Seine Frau ist bei einem Autounfall ums Leben gekommen.«

Matthias griff nach ihrer Hand. »Ich wäre auch sehr traurig, wenn ich dich verlieren würde«, sagte er. Seine blauen Augen schimmerten feucht. Laura hatte plötzlich das Gefühl, direkt in sein Herz blicken zu können. Da war so viel, das sie verband, so viele schöne Stunden, die sie zusammen verbracht hatten, all die Interessen, die sie teilten, die Vertrautheit und das blinde Verständnis und natürlich die gemeinsame Tochter. Das war ein solides Fundament, auf dem sie ihre Beziehung aufgebaut hatten. Es hatte Risse bekommen, und Matthias' Treuebruch war wie ein

Erdbeben gewesen, aber das gemeinsame Haus war nicht eingestürzt.

»Das wäre ich auch«, entgegnete Laura. »Aber ich weiß nicht, ob ich dir noch vertrauen kann.«

»Was soll ich tun? Dich auf Knien um Verzeihung bitten?« Matthias machte Anstalten, sich von seinem Platz zu erheben.

»Nein.« Laura mochte keine Theatralik. »Wenn wir eine Chance haben wollen, müssen wir reden. Darüber, was in den letzten Jahren schiefgelaufen ist. Warum wir uns voneinander entfernt haben.«

Matthias setzte sich wieder. »Du hast recht«, sagte er. »Lass uns die Zeit nutzen. Ich fliege morgen Nachmittag zurück nach Hamburg. Am Montag beginnen die Vorlesungen des Sommersemesters, und das Wochenende brauche ich, um mich vorzubereiten, aber den Tag heute haben wir für uns.« Er lächelte. »Vielleicht sind die traditionellen madeirischen Häuser dafür nicht verkehrt? Ein Blick zurück in die Vergangenheit? Sich auf seine Wurzeln besinnen?«

Laura verspürte plötzlich eine Welle der Zärtlichkeit für ihren Mann. Dieses Feinsinnige, Intellektuelle, Hintergründige hatte ihr immer gefallen. Auf einmal wollte sie, dass es gelang.

»Einverstanden«, sagte sie und erhob sich so entschlossen, dass ihre Handtasche von der Stuhllehne glitt und auf dem Straßenpflaster landete. Matthias sprang vom Stuhl, hob die Tasche auf und reichte sie ihr. Dann nahm er ihre Hand und zog sie in Richtung Parkhaus, und Laura fühlte sich fast wie damals, als sie sich kennengelernt und ihre ersten gemeinsamen Reisen unternommen hatten. Leicht und frei, voller Neugier auf die Zukunft, die vor ihnen lag.

12

»Warum weiß ich davon nichts?« Raquel Fonseca studierte mit gerunzelter Stirn die Unterlagen, die sie vor sich auf dem Schreibtisch ausgebreitet hatte. Sie warf Inspektor Recardo Gomes einen verärgerten Blick zu, doch der konnte nur hilflos die Hände heben.

»Ich hatte keine Ahnung.«

Diogo Carvalho setzte eine unschuldige Miene auf. »Die Angelegenheit fällt nicht in Ihren Zuständigkeitsbereich«, erklärte er. »Fälle dieser Art bearbeitet Staatsanwalt Gonzalez.«

Dass Hector Gonzalez ein alter Freund von ihm war, erwähnte er nicht. Sie hatten vor vielen Jahren im selben Fußballclub gespielt und nach den Spielen zusammen Bier getrunken. Seit Hector Karriere gemacht hatte, trafen sie sich nur noch selten. Hector verbrachte viel Zeit beim Golfspiel mit anderen Amtsträgern und Politikern, während Diogo es mehr mit dem traditionellen *Petanca* hielt, gelegentlich auch mit dem Scheibenwurfspiel *Jogo de Malha*. Aber die Beziehung war herzlich geblieben. Wenn sie heute zusammensaßen, tranken sie *Poncha*, rauchten Zigarillos und erinnerten sich an die Zeit, als sie noch jung und vital gewesen waren.

Hector hatte keine Sekunde gezögert, als Diogo seine Bitte geäußert hatte. Er war weder korrupt noch bestechlich, ein aufrechter Mann, der sich streng an die Gesetze hielt, doch in diesem Fall hatte er eine Ausnahme gemacht. Manchmal, fand er, musste ein guter Staatsanwalt der Gerechtigkeit auch mit Mitteln zum Sieg verhelfen, die im Gesetzestext nicht vorgesehen waren. Das war seine Meinung, und schließlich war man in Portugal, wo man die Dinge entspannter sah als im restlichen Europa. Bestraft werden mussten die Drahtzieher, nicht die armen Sünder, die versehentlich ins Straucheln geraten waren.

Raquel Fonseca hatte offensichtlich einen Verdacht, aber natürlich keinen Beweis. »Außer Staatsanwalt Gonzalez, Comissário Torres und Ihnen war niemand eingeweiht?«, fragte sie.

Diogo hob die Mundwinkel so kurz, dass sie es vermutlich gar nicht sah. »Das ist der Sinn bei einer solchen Aktion, *Doutora*.«

»Schön.« Raquel Fonseca schob die Papiere zusammen. Sie schaute Diogo lauernd an. »Wir vernehmen Jacinto Torres noch einmal. Dann werden wir ja sehen, ob sich seine Aussagen mit dem decken, was Sie uns soeben vorgetragen haben.«

Diogo Carvalho nickte gleichmütig. In Wirklichkeit schwitzte er Blut und Wasser, doch das würde er der Staatsanwältin nicht zeigen. Jacinto war der Schwachpunkt bei der Geschichte, das war Mauricio und ihm von Anfang an klar gewesen.

»Sorgen Sie dafür, dass Senhor Torres in den Vernehmungsraum gebracht wird«, wies die Staatsanwältin Inspektor Recardo Gomes an und schenkte Diogo ein Lächeln, das ihn an eine Raubkatze erinnerte, die ihr nächstes Opfer erspäht hatte. »Sie kommen doch dazu? Und bringen Sie auch Comissário Torres mit. Ich bin sicher, gemeinsam werden wir die Angelegenheit schnell zu einem Abschluss bringen.«

»Selbstverständlich.« Diogo verneigte sich knapp, ehe er den Raum verließ und aus dem Gebäude eilte. Während er die Straße zu Cordeiros Café überquerte, zündete er sich einen Zigarillo an.

Er nahm an einem der Tische auf dem Bürgersteig Platz und zog sein Smartphone aus der Tasche, um Mauricio anzurufen.

Was mit ihm selbst geschah, war ihm gleichgültig. Er war ohnehin nur noch im Polizeidienst, weil Mauricio seine schützende Hand über ihn hielt. Wenn man ihn in den vorzeitigen Ruhestand versetzte, hätte er mehr Zeit für seine Freunde, seine Blumen und seine Kanarienvögel. Aber Mauricio war zu jung, um den Dienst zu quittieren. Es wäre auch fatal, weil er sich dann nur noch um sein Hotel kümmern und seine verlorene Liebe niemals vergessen würde.

Aber daran wollte Diogo nicht denken. Die Sache musste einfach gut ausgehen.

Die Strecke von Funchal zum Flughafen und von dort in die Berge nach Porto da Cruz und Faial kannte Laura bereits. Es war erst einen Tag her, dass sie mit Mauricio hier entlanggefahren war. Trotzdem war es mit Matthias anders. Er fuhr deutlich langsamer als Mauricio. Die Landschaft vor dem Fenster raste nicht an ihr vorbei, sie dümpelte. Zu ihrer eigenen Überraschung gefiel es ihr. Während ihr Matthias' bedächtiger Fahrstil in Hamburg oft auf die Nerven ging, weil sie unter Strom stand und dringend zu einem Termin wollte, schien er hier alles zu entschleunigen. Laura hatte das Gefühl, plötzlich wieder tief durchatmen zu können.

Zumindest in diesem Punkt besaß auch Matthias etwas von der portugiesischen Mentalität. Merkwürdigerweise fiel ihr das jetzt zum ersten Mal auf. Sie hatte sich oft gefragt, warum jemand, der die Dinge so gern ordnete wie Matthias, sich ausgerechnet die französische und portugiesische Literatur und Lebensart zum Forschungsprojekt gewählt hatte. Auf die Gegensätze, die sich anzogen, hatte sie getippt. Doch vielleicht war es nicht nur die Sehnsucht. Vielleicht war Matthias im Herzen auch ein wenig Südländer.

Es überraschte sie, dass sie plötzlich so viele positive Seiten an ihrem Mann entdeckte. War sie in den letzten Monaten blind gewesen? Oder hatte sich Matthias genauso vor ihr versteckt wie sie sich vor ihm? Waren sie beide so tief in ihre Arbeit versunken, dass sie sich einfach gar nicht mehr wahrgenommen hatten? Plötzlich war sie froh, dass er sich entschlossen hatte, ihr nach Madeira zu folgen. Womöglich hatten sie wirklich noch eine Chance.

Hinter Faial schraubte sich die Straße in zahllosen Serpentinen die Berge hinauf bis nach Santana. Ein ungeduldiger SUV-Fahrer saß Matthias im Nacken, doch er ließ sich nicht aus der Ruhe bringen. Weder fluchte er, noch änderte er sein Tempo. Stattdessen wartete er, bis eine Haltebucht in Sicht kam, fuhr rechts ran und ließ den Drängler passieren. Erst dann atmete er tief durch.

»Ich hasse diese Leute«, sagte er. »Doppelte Rücksichtslosigkeit. Gegenüber anderen Verkehrsteilnehmern und gegenüber der Umwelt.«

Laura stimmte ihm zu, und sie tauschten ein verständnisinniges Lächeln.

Matthias lenkte den Wagen zurück auf die Straße.

»Es tut mir wirklich leid, dass das noch ein zweites Mal passiert ist«, sagte er. »Die Sache mit der Studentin, meine ich. Aber du warst so verändert, als du im Sommer aus Madeira zurückgekehrt bist. Sicher, wir haben uns ausgesprochen, aber trotzdem war da eine Mauer. Ich kam überhaupt nicht mehr an dich heran. Und sie ... hat mir das Gefühl gegeben, wieder jung zu sein. Attraktiv.« Er seufzte. »Es war ein Fehler, das weiß ich. Aber manchmal schafft man es einfach nicht, das Richtige zu tun.«

Laura schaute ihn von der Seite an. Er wirkte ehrlich zerknirscht und reumütig. Und womöglich hatte er ja recht. Hatte sie ihm wirklich eine Chance gegeben? Sie wusste, dass sie oft heimliche Vergleiche angestellt hatte zwischen ihm und Mauricio. Was unfair war. Sie kannte Mauricio kaum und hatte vermutlich ein völlig unrealistisches Bild von ihm entworfen. Gegen eine solche Fantasiegestalt konnte ihr langjähriger Ehemann nichts ausrichten.

»Mir tut es auch leid«, sagte sie. »Ich war verletzt. Es war nicht leicht, dir zu verzeihen. Möglicherweise ist es mir nicht gelungen. Deshalb habe ich dich auf Distanz gehalten.«

»Ich verstehe das.« Matthias blickte kurz zu ihr herüber. »Wollen wir es noch einmal versuchen?«

Laura dachte an Mauricio, an seine dunklen Augen, daran, wie geborgen sie sich in seinen Armen gefühlt hatte, als sie getanzt hatten, im Sommer vor diesem Fischlokal in Calheta, an seine Familie, die sie so warm und herzlich in ihrer Mitte aufgenommen hatte. Ein Teil von ihr wünschte sich, das wäre ihr Leben, doch zugleich wusste sie, dass es auch mit einem Portugiesen wie Mauricio rasch Konflikte geben würde. Andere als mit Matthias, doch unterm Strich würde sich die Situation nicht verbessern. Nur die Probleme wären andere. Sie war auch nicht die Frau, die mehr als zwanzig Jahre Ehe einfach wegwarf. Und dann war da ja auch noch ihre Tochter. Sie war erwachsen und brauchte ihre Eltern nicht mehr, aber trotzdem …

»Ja«, sagte sie. »Ich würde mich freuen, wenn wir wieder zueinanderfinden.«

Matthias lächelte, wie nur er lächeln konnte. Die blauen Augen strahlten, und sie sah wieder den Mann vor sich, in den sie sich einmal verliebt hatte. »Da sind wir.«

Sie passierten den Ortseingang von Santana, und Matthias ließ sich vom Navigationsprogramm seines Handys, das er in die

Halterung am Armaturenbrett gesteckt hatte, ins Zentrum und von dort zu dem Platz lenken, an dem sich die *Casas típicas de Santana*, die historischen Landhäuser, befanden. Sie stiegen aus und gingen über die Straße. Matthias legte locker einen Arm um ihre Schultern.

Die Häuser waren hübsch mit ihrer dreieckigen Front, der schmalen Tür in der Mitte und den beiden kleinen Fenstern rechts und links daneben. Über der Tür gab es zudem eine hohe Luke. Die Häuser waren weiß gestrichen, mit einem dicken roten Streifen am unteren Ende. Die Tür und die Luke hatten dieselbe Farbe und waren außerdem mit einem hellen Blau umrandet. Das helle Reetdach zog sich fast bis zur Erde, wodurch die Häuser aussahen wie große Zelte. Sie standen in blühenden und gepflegten Gärten, eingerahmt von einer niedrigen Hecke, ein Ambiente, das an deutsche Neubausiedlungen erinnert hätte, wären die Pflanzen nicht so viel bunter und exotischer gewesen als zu Hause.

Insgesamt waren es nur drei Häuser, doch das genügte, um einen Eindruck davon zu bekommen, wie eine historische Siedlung auf Madeira ausgesehen haben mochte. Dass es außerdem auch einen kleinen Verkauf einheimischer Handwerksprodukte gab, gefiel Laura.

Matthias zog sein Smartphone aus der Tasche und schoss eine Reihe von Bildern. Vermutlich plante er, Madeira zum Thema einer seiner Vorlesungen im vor ihm liegenden Sommersemester zu machen.

Sie war froh, dass sie mit ihm hierhergekommen war. Angesichts der wunderschönen Umgebung, des Bergpanoramas auf der einen und des blauen Atlantiks auf der anderen Seite konnte sie die dramatischen Ereignisse, die sich seit ihrer Ankunft zugetragen hatten, zumindest für einen Moment vergessen.

»Sollen wir noch einen Spaziergang durch den Ort unternehmen und danach etwas essen gehen?«, fragte Matthias, als er mit den Fotos fertig war.

»Ja. Gern.« Laura überlegte. Auch wenn sich ein Teil von ihr wünschte, den Mord an dem deutschen Aussteiger und die Verhaftung der beiden Brüder von Mauricio Torres einfach zu verdrängen – der andere Teil wollte helfen. Vielleicht fand sie ja noch etwas heraus, das Licht in die Sache brachte?

»In Faial gibt es ein interessantes Restaurant«, sagte sie deshalb. »*O Anjo Vermelho*. Wollen wir später dorthin fahren?«

Matthias reagierte nicht auf den Namen. Offenbar hatte er nicht zugehört, als Nelson Pereira ihn erwähnt hatte, oder er hatte ihn wieder vergessen. Stattdessen breitete er die Arme aus. »Was immer du wünschst«, sagte er lächelnd.

Mauricio hatte kein gutes Gefühl, als er durch den langen Flur im *Departamento de Investigação Criminal do Funchal* zum Vernehmungsraum ging. Es wurde auch nicht besser, als ihm von der anderen Seite drei Männer entgegenkamen, zwei uniformierte Vollzugsbeamte, die seinen Bruder Jacinto in der Mitte führten. Sie hatten seine Hände mit Handschellen hinter dem Rücken fixiert und hielten ihn an den Schultern fest, als rechneten sie jeden Moment mit einem Fluchtversuch. Mauricio versetzte es einen Stich. Am liebsten hätte er seine Sonnenbrille aufgesetzt, damit niemand das Entsetzen in seinen Augen sah, doch die Fenster im Vernehmungsraum waren abgedunkelt, und es würde einfach nur albern aussehen.

Jacinto hatte ihn noch nicht entdeckt. Er hielt den Kopf gesenkt, die dunklen Haare fielen ihm über die Stirn in die Augen. Sein weißes T-Shirt, die Bluejeans und die weißen Turnschuhe sahen schmuddelig aus. War niemand auf den Gedanken gekommen, ihm frische Kleidung in die Untersuchungshaft zu bringen, oder hatte Jacinto es abgelehnt, sich umzuziehen?

Die Vollzugsbeamten führten Mauricios jüngeren Bruder zum Tisch. Sie drückten ihn auf den Stuhl, der für den Verdächtigen vorgesehen war, und nahmen rechts und links von ihm Aufstellung. Mauricio blieb an der Tür stehen und spähte den Gang entlang.

Wo blieben die Staatsanwältin und sein Kollege Carvalho? Diogo hatte ihn gedrängt, sofort hierherzukommen. Vielleicht hatte er gehofft, dass Mauricio allein auf Jacinto traf, damit er ihn in ihren Plan einweihen konnte, doch in der Gegenwart der beiden Vollzugsbeamten war das nicht möglich.

Deshalb verzichtete Mauricio auch darauf, Jacinto auf sich aufmerksam zu machen. Er würde womöglich Dinge sagen, die ihn noch weiter in Schwierigkeiten brachten. Besser, er wartete auf die Staatsanwältin, in deren Gegenwart Jacinto sich jedes Wort genau überlegen würde.

Mauricio spürte, dass seine Nerven vibrierten. Seine Idee war gut, aber die Sache würde nur gelingen, wenn Jacinto begriff, welche Rolle man ihm zugedacht hatte. Konnte er überhaupt darauf kommen? Oder war der Plan von vornherein zum Scheitern verurteilt?

Wenn es schiefging, hätte das nicht nur für Jacinto, sondern auch für Diogo, Hector Gonzalez und ihn selbst böse Konsequenzen. Aber es war der einzig mögliche Weg. Sie mussten es einfach riskieren.

Matthias parkte genau wie Mauricio vor der Kirche in Faial, direkt gegenüber dem *O Anjo Vermelho*. Er betrachtete interessiert die Fassade mit dem gemalten roten Engel und lächelte, als er die Tische und Stühle mit den roten Tischdecken und passenden Sitzkissen ansteuerte.

»Ein hübsches Lokal«, bemerkte er, während er den Stuhl für Laura zurechtrückte und dann selbst Platz nahm. »Wie bist du darauf gekommen?«

»Wir haben gestern den Wirt befragt.«

Matthias runzelte die Stirn. »Wie muss ich mir das vorstellen?«

Sie erklärte ihm die Situation und berichtete, dass sich Bernd Lange, der Tote in der *Engenho* in Prazeres, ein oder zwei Wochen zuvor mit Andreas Fiedler, dem Besitzer des roten Engels, getroffen hatte.

»Angeblich waren in dem Umschlag, den er ihm übergeben wollte, Liebesbriefe. Aber Mauricio und ich glauben das nicht. Wir vermuten, dass es Geld war. Dafür, dass Lange die Apparaturen in der Brennerei sabotiert.«

Sie sah, dass Matthias mehrere Fragen auf der Zunge lagen. Vor allem über den Charakter der Beziehung zwischen Mauricio und ihr hätte er vermutlich gern mehr erfahren, doch was er sagte, war: »Welches Interesse sollte dieser Fiedler an der Manipulation haben?«

»Wir glauben, dass er als Vermittler agiert. Für *Grote & Wolf* oder vielleicht auch für die Import-Export-Firma, mit der Mauricios Bruder das Termingeschäft vereinbart hat.«

»Aber Beweise gibt es nicht?«

»Nein. Die Leute sind ausgefuchst. Die machen so etwas nicht zum ersten Mal.«

Matthias schaute über den Platz zu der hübschen weißen Kirche. »Und du bist sicher, dass nicht die schriftstellerische Fantasie mit dir durchgeht?«

»Mauricio hat denselben Verdacht wie ich.«

»Mauricio.« Nun konnte Matthias sich doch nicht länger zurückhalten. »Was ist das zwischen euch?«

Lauras erster Impuls war, die Frage mit einer Handbewegung und einem knappen »Nichts« beiseitezuwischen, doch dann fiel ihr ein, dass sie sich nicht mit Matthias auf eine Stufe stellen wollte. Wenn es Konflikte in der Ehe gab, musste man darüber reden. Und wenn das Herz für jemand anderen schlug, auch wenn man sich dieses Gefühls keinesfalls sicher war, ebenfalls.

»Ich weiß es nicht«, sagte sie deshalb. »Er ist ein attraktiver Mann. Ich finde ihn sympathisch. Und er ist ein guter Tänzer«, fügte sie mit einem Schmunzeln hinzu. Das zumindest konnte man von Matthias nicht behaupten.

»Liebst du ihn?«

Laura horchte in sich hinein. »Nein. Ich empfinde etwas für ihn. Aber Liebe würde ich es nicht nennen.«

Matthias' Gesicht war starr vor Anspannung. »Und was ist mit mir? Liebst du mich noch? Oder habe ich alles verspielt?«

Laura seufzte. Diese Frage war nicht leichter zu beantworten als die nach ihren Gefühlen für Mauricio.

»Du hast mich tief verletzt«, entgegnete sie. »Ich muss das erst einmal verarbeiten.«

»Ich verstehe, wenn du Zeit brauchst.«

Der Blick aus seinen blauen Augen war so intensiv, dass er ihr Herz berührte. Matthias griff nach ihrer Hand und streichelte mit dem Daumen darüber. Lauras abweisende Haltung schmolz wie Schnee in der Sonne. Sie wollte, er würde sie nie wieder loslassen.

»Ich weiß nicht, ob es funktioniert«, sagte sie. »Aber ich wünsche es mir.«

Matthias' Gesicht entspannte sich. »Dann hat sich der Flug nach Madeira gelohnt.« Er wollte noch etwas hinzufügen, doch in diesem Moment trat Andreas Fiedler an ihren Tisch. Der Besitzer des roten Engels stutzte, als er Laura erkannte. Sein Blick wanderte zu ihrem Begleiter und wieder zurück.

»*Olá*«, sagte er und fuhr auf Deutsch fort: »Haben Sie schon gewählt?«

Laura rechnete es ihm an, dass er sich eine Bemerkung verkniff.

»Meine Frau und ich nehmen eine Flasche Wein«, antwortete Matthias, ebenfalls auf Deutsch. »Können Sie uns etwas empfehlen?«

Fiedler pustete sich eine seiner braunen Haarsträhnen aus dem Gesicht. Laura fiel auf, dass seine Ohrläppchen, die man dank der rasierten Seiten gut sehen konnte, Löcher hatten. Offenbar trug der Wirt gelegentlich Ohrringe oder hatte es zumindest irgendwann einmal getan. Bei der Arbeit jedenfalls beschränkte er sich auf den jugendlichen Haarschnitt. Aber mit Ende dreißig war er ja auch noch nicht zu alt dafür.

»Wir beziehen unseren Wein vom Weingut Pereira in Porto da Cruz«, erklärte er. »Wenn Sie einen leichten Rotwein mögen?«

»Bitte. Und dazu das Rumpsteak. Medium, bitte.«

»Selbstverständlich. Und die Dame?«

»Ein Wasser. Und den Caesar Salad.«

»Sehr gern.« Fiedler verschwand im Inneren des Lokals.

Laura stand auf. »Ich gehe mich rasch frisch machen.«

Matthias nickte. Er zog sein Smartphone aus der Tasche und begann, auf dem Display herumzuwischen.

Laura betrat den Gastraum des *O Anjo Vermelho*. Er war klein, bot nur Platz für fünf helle Holztische mit passenden Stühlen und eine winzige Bar. In der Vitrine reihten sich Flaschen mit Madeirawein und *Aguardente de cana-de-açúcar*, davor stand eine hochwertige Espressomaschine. Andreas Fiedler wusste offenbar, worauf es bei einem Lokal ankam, das vor allem Touristen anziehen sollte.

Im Augenblick waren sie die einzigen Gäste, was an der ungünstigen Zeit liegen mochte, zu früh für ein Abendessen, zu spät für Kaffee und Kuchen, jedenfalls nach portugiesischen Maßstäben. Deutsche Gäste waren in dieser Hinsicht anders. Sie bestellten auch am Nachmittag warmes Essen oder am Abend ein Stück Kuchen. Doch Fiedler war selbst Deutscher und vermutlich daran gewöhnt. Jedenfalls hatte er bei ihrer Bestellung nicht mit der Wimper gezuckt. Es war ja auch schon beinahe halb sechs; eine Zeit, zu der man in Deutschland durchaus über das Abendessen nachdachte, auch wenn es Laura merkwürdig vorkam. Matthias und sie aßen gewöhnlich nicht vor zwanzig Uhr, so, wie man es in Portugal tat. Heute allerdings machten sie eine Ausnahme. Der Tag war lang und aufregend gewesen, und sie hatten beide seit dem Frühstück im Hotel nichts Richtiges mehr zu sich genommen, nur einen Schokoriegel, den Matthias an der Tankstelle besorgt hatte. Ihr Magen machte sich mittlerweile mit lautem Knurren bemerkbar.

Laura entdeckte ein Schild, das auf die Toiletten hinwies. Es zeigte auf einen schmalen Durchgang neben der Theke. Sie ging den engen Flur entlang, der an der Tür zur Küche vorbeiführte. Als diese plötzlich aufschwang und Andreas Fiedler heraustrat, blieb ihr beinahe das Herz stehen.

Der Gastronom streckte den Arm aus und blockierte ihr den weiteren Weg zu den Waschräumen. »Was wollen Sie eigentlich von mir? Schickt Sie jemand von der Konkurrenz, um mein Geschäft zu ruinieren?«

Laura machte einen Schritt zurück. Die Aggressivität, die plötzlich von Fiedler ausging, war bedrohlich.

»Ich bin hier, um für einen Roman zu recherchieren, das habe ich Ihnen doch bereits erklärt. Mein Name ist Laura Flemming. Sie finden meine Bücher im Netz. Dort gibt es auch Fotos von mir, wenn Sie mir nicht glauben.«

Fiedler wies mit der freien Hand zum Ausgang. »Und der Mann da draußen?«

»Das ist mein Ehemann. Matthias Flemming. Er ist Professor für französische und portugiesische Literatur und Medien an der Universität Hamburg. Von ihm gibt es ebenfalls Bilder im Internet.«

Andreas Fiedler brummte und ließ den Arm sinken. »Wenn der da draußen Ihr Ehemann ist, wer war dann der Typ, mit dem Sie gestern hier waren? Ihr Geliebter?«

»Nein.« Laura setzte eine empörte Miene auf. Dass Fiedler der Wahrheit näher kam, als ihr lieb war, brauchte er nicht zu wissen. »Das war mein portugiesischer Informant. Er verdient sein Geld damit, dass er sich umhört, wenn irgendwo etwas Aufsehenerregendes passiert ist.«

Das war nicht die ganze Wahrheit, aber auch nicht gelogen.

»Okay.« Fiedler musterte sie von Kopf bis Fuß. »Und was würde Ihr Ehemann sagen, wenn ich ihm von dem anderen erzähle?«

»Dass er darüber selbstverständlich Bescheid weiß.«

Fiedler hob die Hände. »Hey. Nichts für ungut. Man darf doch mal fragen, oder nicht?« Er machte eine einladende Handbewegung in Richtung der Toiletten. »Bitte. Ich will Sie nicht aufhalten. Das Essen kommt gleich.«

»Danke.«

Laura setzte ihren Weg fort und betrat den Waschraum. Sie stützte sich am Waschbecken ab und betrachtete ihr Gesicht im Spiegel. Zum Glück sah man ihr nicht an, dass sie aufgewühlt war. Ihre Miene war entspannt, neugierig und selbstbewusst wie immer. Dass ihr das Herz bis zum Hals schlug, würde Fiedler nicht erkannt haben.

Sie ließ sich kaltes Wasser über die Handgelenke laufen, erneuerte ihr Make-up und ging zurück nach draußen. Dieses Mal blieb sie unbehelligt. Durch das kleine Bullauge in der Küchentür konnte sie sehen, wie Fiedler am Herd hantierte. Offenbar kochte er selbst.

Matthias blickte auf, als sie sich wieder an den Tisch setzte.

»Alles in Ordnung?«, fragte er stirnrunzelnd. Anscheinend sah man ihr doch etwas an. Aber Matthias kannte sie auch seit fünfundzwanzig Jahren. Er konnte jede kleinste Regung in ihrem Gesicht deuten.

»Alles gut. Ich hatte nur einen kleinen Zusammenstoß mit dem Wirt. Ihm gefallen meine Fragen nicht.«

Matthias nickte. »Das könnte daran liegen, dass du recht hast.« Er hielt sein Smartphone hoch. »Mir ist da etwas aufgefallen.«

Weiter kam er nicht, weil Fiedler mit dem Essen und den Getränken an den Tisch trat. Matthias widmete sich sofort seinem Steak.

»Ich erzähle es dir, wenn ich gegessen habe«, sagte er. »Wäre zu schade, wenn es kalt wird.«

Laura kannte das von ihm. Matthias mochte es nicht, zwei Dinge gleichzeitig zu tun. Er wollte allem seine volle Aufmerksamkeit widmen. Sie selbst fand das schade. Früher hatte sie es genossen, mit Freundinnen oder Studienkolleginnen zusammen zu frühstücken oder essen zu gehen. Das hatte sich oft über Stunden hingezogen, weil sie zwischen den einzelnen Bissen geredet und gelacht hatten. Mit Matthias war das nicht möglich. Sie hatte sich mit den Jahren daran gewöhnt, aber bedauerlich fand sie es immer noch.

Unwillkürlich musste sie an den Abend denken, den sie im Sommer mit Mauricio in diesem Fischlokal in Calheta verbracht hatte. Er war in der Lage, ein gutes Essen zu genießen und sich gleichzeitig zu unterhalten. In seiner Familie war es ebenso gewesen. Aber für Portugiesen hatten die gemeinsamen Mahlzeiten auch einen ganz anderen Stellenwert.

Sie spießte ein Stück Hähnchenfilet auf ihre Gabel und lachte in sich hinein. Das war wohl kaum ein Grund, den einen Mann zu verlassen und sich für den anderen zu entscheiden.

Matthias bemerkte ihren Blick. Er legte seine Gabel beiseite und hob sein Glas.

»Auf die Zukunft, die wir hoffentlich noch vor uns haben«, sagte er ernst.

Laura musste schlucken.

Nein, so einfach warf man eine Ehe nicht weg. Nicht, wenn man den Mann, mit dem man verheiratet war, immer noch liebte. Und das tat sie.

13

Am anderen Ende des Flurs erschienen drei Personen. Diogo ging voran, nicht mit tänzerischer Leichtigkeit wie sonst, eher wie ein Mann, der eine schwere Last geschultert hatte. Hinter ihm schritten Raquel Fonseca und Recardo Gomes. Beide trugen entschlossene und kampfbereite Mienen zur Schau.

Diogo lächelte ein wenig gequält, als er an Mauricio vorbeiging und sich zu Jacinto an den Tisch setzte, der den Blick nach wie vor auf die Platte geheftet hielt. Die Staatsanwältin und der Inspektor blieben vor ihm stehen.

»Danke, dass Sie gekommen sind«, sagte die Staatsanwältin. »Ich hoffe, wir können die Sache rasch zu einem Abschluss bringen.«

Damit betrat sie den Raum, während Gomes den Finger hob. »Das wird euch alles um die Ohren fliegen, dir und deiner verbrecherischen Familie, diese ganzen Mauscheleien und Intrigen. Wir werden die Wahrheit ans Licht zerren.«

»Da bin ich mir sicher«, gab Mauricio so gleichmütig zurück, wie er es vermochte. Auf keinen Fall sollte Recardo merken, dass seine Nerven flatterten.

Als er die Stimme seines Bruders vernahm, hob Jacinto den Kopf. »Mauricio.«

»*Olá, amigo*«, begrüßte Mauricio ihn und versuchte, alles in seinen Blick zu legen, was er Jacinto sagen wollte.

»Bitte. Nehmen Sie Platz.« Die Staatsanwältin vollführte eine auffordernde Geste, und Mauricio, Diogo und Recardo Gomes setzten sich zu Jacinto an den Tisch. Raquel Fonseca selbst blieb stehen. Sie gab den Vollzugsbeamten ein Zeichen. »Sie können uns allein lassen. Ich rufe Sie, wenn Senhor Torres zurück in seine Zelle gebracht werden soll.«

Die beiden salutierten und verließen den Raum. Fonseca setzte sich Jacinto gegenüber und schaltete das Aufnahmegerät auf dem Tisch ein.

»Vernehmung des Verdächtigen, *Senhor* Tiago Torres. Die Befragung führen Inspektor Recardo Gomes und Raquel Fonseca, leitende Staatsanwältin. Außerdem anwesend sind Comissário Mauricio Torres und Inspektor Diogo Carvalho. *Senhor* Torres, sind Sie zu einer Aussage bereit?«

»*Sim*.« Jacinto nickte der Staatsanwältin zu, aber seine Augen waren bei Mauricio.

»Bisher haben Sie keine Angaben zur Sache gemacht«, fuhr Fonseca fort. »Jetzt haben Sie die Gelegenheit, den Vorfall klarzustellen. Staatsanwalt Gonzalez hat Ihnen die Freigabe erteilt.«

Das war ein hilfreicher Fingerzeig, mehr, als Mauricio sich erhofft hatte. Durchschaute die Staatsanwältin die Scharade, die hier aufgeführt werden sollte? Unterstützte sie Diogo und ihn womöglich? Nein, wohl kaum. Raquel Fonseca war die Rechtschaffenheit in Person. Für sie galten einzig und allein die Buchstaben des Gesetzes. Dass sie Gonzalez erwähnte, entsprach vermutlich einfach ihrer Vorstellung von Fairness.

»So?« Jacintos Blick flackerte. Es war offensichtlich, dass er mit der Information nichts anfangen konnte. Er schaute hilfesuchend zu Mauricio.

Was konnte er tun? Wie sollte er Jacinto klarmachen, was er sagen sollte, ohne dass Gomes und Fonseca etwas merkten? Er spürte die Verzweiflung heranrollen wie eine dunkle Welle, diese Melancholie, die ihn so oft erfasste und lähmte, doch dann durchfuhr ihn plötzlich ein Geistesblitz.

»Fabio lässt dich grüßen«, sagte er. »Du sollst ihn daran erinnern, dass er dir das Rezept für die Hackfleischpasteten geben wollte.«

Jacinto liebte die gefüllten Blätterteigpasteten, die Mauricios bester Freund in seinem Café servierte, und hätte sie gern auch in seiner Bar angeboten. Doch das Rezept war ein altes Familiengeheimnis, das Fabio Cordeiro um keinen Preis verraten wollte. Die beiden hatten schon oft erbittert darüber gestritten, aber Fabio war stur geblieben.

Das war der eine Teil der Botschaft. Der andere bestand darin, dass Fabio, der bis zu seinem Motorradunfall, von dem er ein steifes Bein davongetragen hatte, selbst Polizist gewesen war. Zu seinen Aufgaben hatte der Kontakt zu V-Leuten gehört. Das wusste Jacinto. Möglicherweise war es auch Recardo Gomes bekannt, doch die beiden Männer hatten in ihrer gemeinsamen Zeit kaum Kontakt gehabt. Sie waren verschiedenen Abteilungen zugeordnet gewesen und hatten sich nicht besonders gemocht. Gut möglich also, dass Gomes den ehemaligen Kollegen ebenso vergessen hatte wie dessen Tätigkeitsfeld. Ein Stammgast in Cordeiros Café gegenüber dem Polizeirevier war er jedenfalls nicht.

Raquel Fonseca dagegen war Fabio nie begegnet; sie hatte ihre Stelle im *Departamento de Investigação Criminal do Funchal* erst vor wenigen Monaten angetreten. Es bestand also die Hoffnung, dass die beiden Ankläger Mauricios versteckten Hinweis nicht entschlüsseln würden. Die Frage war, ob es Jacinto gelang.

Sein Bruder runzelte die Stirn. »Das Geheimrezept?«, fragte er.

»Exklusiv für dich«, antwortete Mauricio und blinzelte so heftig, als hätte er eine Fliege ins Auge bekommen. Zum Glück schien es außer Jacinto niemand zu bemerken.

»Wie nett von ihm«, murmelte er.

Mauricio sah, wie es in seinem Kopf arbeitete.

Die Staatsanwältin räusperte sich. »Vielleicht könnten Sie dieses Gespräch auf später verschieben? Wir sind nicht hier, um über Rezepte zu verhandeln.«

»*Desculpe*.« Mauricio deutete eine Verbeugung in ihre Richtung an. »Es war nur, weil mein Bruder schon so lange darauf hofft, dass Fabio ihn ins Vertrauen zieht.«

»Ja. Fabio ist ein harter Hund.« Jacinto grinste. Offenbar hatte er den Hinweis begriffen. »Der Staatsanwalt hat also nichts dagegen, wenn ich deine Kollegen einweihe?«

Mauricio sah die eigentliche Frage in seinen Augen und nickte. »Du kannst offen über unseren Plan reden.«

Recardo Gomes fuhr auf. »Moment. Du spielst ihm doch heimlich Informationen zu.«

Mauricio hob die Hände. »Ich habe nichts gesagt.«

Raquel Fonseca unterbrach den Disput mit einer ungeduldigen Geste. »Bitte. Sprechen Sie.«

Jacinto schenkte ihr sein schönstes Lächeln. Soweit Mauricio wusste, flogen die Frauen darauf, doch an der Staatsanwältin perlte es ab. An ihrer strengen Miene änderte sich nichts. Jacinto ging nonchalant darüber hinweg.

»Mein Bruder hat mich darum gebeten«, erklärte er und ließ sich von Mauricio durch ein unmerkliches Nicken bestätigen, dass er auf der richtigen Fährte war. »Er hat gesagt, dass die Staatsanwaltschaft schon lange versucht, Beweise gegen diese Bande zu finden, die minderwertigen, illegal gebrannten und unversteuerten Alkohol auf Kreuzfahrtschiffen von Portugal auf die Insel bringt, um ihn hier als angebliche madeirische Spezialität zu verkaufen. Aber bisher sind ihnen die Schmuggler immer durchs Netz gegangen. Sie sind zu vorsichtig.«

Mauricio lächelte, und Jacinto, der sich jetzt sicher war, dass der eingeschlagene Weg stimmte, lief zur Höchstform auf.

»Mein Bruder weiß, dass ich gute Verbindungen habe. In meine Bar kommen alle möglichen Leute. So konnte ich Kontakt zu der Bande aufnehmen. Wir haben eine Lieferung vereinbart, schwarzgebrannten Rum in Flaschen mit gefälschten Etiketten.« Jacinto setzte eine verärgerte Miene auf. »Eigentlich hatte ich erwartet, dass ein Polizeiboot kommt und die Schmuggler festnimmt. Stattdessen sind sie unbehelligt mit ihrem Tenderboot zum Kreuzfahrtschiff zurückgefahren, und man hat mich verhaftet, als ich die Ware an Land gebracht habe.«

»Das war ein ärgerliches Missverständnis«, sprang Diogo Carvalho ein, der nur auf sein Stichwort gewartet hatte. Mit großen Gesten beschrieb er den verfehlten Ehrgeiz zweier Richter, die um das Amt des Obersten Richters konkurrierten, das in Kürze neu zu besetzen war, und sich mit ihren nicht abgesprochenen Aktionen in die Quere gekommen waren – der eine hatte Staatsanwalt Hector Gonzalez um die V-Mann-Aktion gebeten, der andere hatte Raquel Fonseca mit einem Sonderkommando betraut. Für Mauricio klang das ausgesprochen plausibel. Diogo war ein Darsteller, der seine Rolle bestens ausfüllte.

Recardo Gomes war anzusehen, dass ihm das Schauspiel nicht gefiel. Raquel Fonseca dagegen schien zufrieden. Sie rückte den Kragen ihrer schwarzen Bluse zurecht, die sie wie stets zum hellen Hosenanzug trug, und strich sich durch die dunkle Kurzhaarfrisur. Anschließend schlug sie die Mappe auf, die vor ihr auf dem Tisch lag, und machte sich ein paar Notizen. Sie blickte die versammelten Männer am Tisch an und erhob sich.

»Ich danke Ihnen, meine Herren«, sagte sie. »Das war sehr aufschlussreich.« Sie betätigte den Knopf für die Gegensprechanlage und rief die beiden Vollzugsbeamten herein. »Bringen Sie *Senhor* Torres bitte zurück in seine Zelle.«

Die beiden zerrten Jacinto von seinem Stuhl hoch und stießen ihn zur Tür. Mauricio sah gerade noch den verständnislosen und verzweifelten Blick seines Bruders, der ihm ins Herz schnitt.

Was passierte hier? Jacinto hatte doch alles richtig gemacht. Er hatte Fonseca und Gomes genau die Geschichte präsentiert, die Mauricio und Diogo angekündigt hatten. Mauricio hatte keine Ahnung, wo der Fehler lag. Warum ließ die Staatsanwältin seinen Bruder nicht frei?

Raquel Fonseca klemmte sich ihre Mappe unter den Arm. »Ich denke, den Vorwurf des organisierten Schmuggels gegen Ihren Bruder können wir fallen lassen«, verkündete sie.

Nun war Mauricio erst recht verwirrt. »Warum darf er dann nicht gehen?«

Raquel Fonseca lächelte förmlich. »Der Schmuggel ist nur der minder schwere Anklagepunkt. Aber wir können nicht ausschließen, dass Ihr jüngerer Bruder etwas mit dem Tod des Arbeiters in der Brennerei Ihres älteren Bruders zu tun hat. Solange dieser Verdacht nicht ausgeräumt ist, bleibt die Untersuchungshaft bestehen.«

Damit verließ sie den Raum, gefolgt von Recardo Gomes, der Mauricio zum Abschied ein breites Grinsen schenkte. Diogo Carvalho seufzte. Mauricio schlug mit der Faust auf den Tisch.

»*Que merda*«, fluchte er. »Diese hinterhältige Schlange. Das hat sie doch von Anfang an so geplant.«

Carvalho zog sein Zigarillopäckchen aus der Tasche. »Lass uns in Cordeiros Café gehen«, schlug er vor. »Da können wir in Ruhe reden. Hier haben die Wände Ohren.«

Mauricio stand auf und nahm sein Sakko von der Stuhllehne. »Ja«, sagte er. »Du hast recht.«

Es war besser, wenn sie sich an einen sicheren Ort zurückzogen. Außerdem brauchte er dringend einen *Bica*.

»Wirklich hervorragend.« Matthias legte das Besteck beiseite und tupfte sich mit der Serviette die Lippen ab. »Dieses Lokal ist ein echter Geheimtipp.«

Laura spießte das letzte Stück Hähnchenfilet ihres Caesar Salad auf und stimmte ihm zu. Der Besitzer des roten Engels war in ihren Augen eine zwielichtige Gestalt, aber er war ein hervorragender Koch.

»Hat es Ihnen geschmeckt?« Andreas Fiedler stand neben dem Tisch, kaum dass auch Laura ihre Mahlzeit beendet hatte.

Matthias sprach ihm sein Lob aus, und Fiedler freute sich aufrichtig. Er schob die benutzten Teller zusammen. »Darf ich Ihnen noch einen Nachtisch bringen? Oder einen Espresso?«

Matthias sah ihn hoffnungsvoll an. »Haben Sie *Pastéis de nata*?«

»Selbstverständlich.«

»Dann nehmen wir zwei davon. Und zwei Espresso dazu. Macchiato.«

»Kommt sofort.«

Fiedler trug das Geschirr ab, und Matthias streckte die Füße aus und schaute über den Kirchenvorplatz. »Es ist wirklich schön hier.« Er drehte sich halb zu Laura. »Tut mir leid, dass ich es mir nie ansehen wollte. Ich dachte, diese Sache mit der Blumeninsel ist maßlos übertrieben, aber es stimmt. Eine Reise nach Madeira lohnt sich.«

Er sah sie mit dem jungenhaften Lächeln an, in das sie sich

damals verliebt hatte, und Laura erwiderte es herzlich. Sie fühlte sich wohl. Plötzlich war es wieder so wie in ihren ersten Urlauben, als sie gemeinsam die Welt erkundet hatten und sich dabei immer nähergekommen waren. Es war schön, Erlebnisse mit jemandem zu teilen, der so aufgeschlossen und neugierig war wie Matthias. Wie oft hatte sie ihre eigene Begeisterung in seinen Augen gespiegelt gesehen!

Seine Liebe zu Frankreich und Portugal hatte sie häufig in diese Länder geführt, und ihr verdankte Laura auch ihre profunden Kenntnisse der portugiesischen Sprache. Ohne Matthias wäre ihr diese Welt vermutlich verschlossen geblieben.

Die Urlaube ihrer Kindheit hatte sie mit ihren Eltern in Norddeutschland verbracht. Allenfalls in die Eifel oder in den Schwarzwald war man gefahren.

»In diesem Land gibt es so viel zu sehen«, hatte ihr Vater immer gesagt. »Was sollen wir im Ausland?«

Erst jetzt, im Rentenalter, hatten ihre Eltern das Reisen entdeckt und verstanden nun besser, warum es Laura faszinierte, fremde Länder zu erkunden.

Sie ließ ihren Blick über die Häuser zum Atlantik gleiten und genoss für einen Moment das Gefühl, einfach nur zu ihrem Vergnügen hier zu sein. Dann fiel ihr wieder ein, dass Matthias von einer Entdeckung gesprochen hatte.

»Was wolltest du mir vorhin erzählen?«, erkundigte sie sich.

»Ich …«, setzte er an, brach aber gleich wieder ab, weil Andreas Fiedler in diesem Augenblick den Kaffee und die süßen Pasteten brachte.

Lauras Wohlbefinden wurde von einer leichten Gereiztheit gestört.

Nun würde sie wieder warten müssen, bis Matthias seine *Pastéis de nata* verspeist hatte. Beim Genuss dieser von ihm so geliebten portugiesischen Spezialität würde er sich sicher nicht stören lassen.

Aber eigentlich war das ja auch egal. Sie war nach Madeira gekommen, um ihre innere Ruhe wiederzufinden. Wenn ihr das gemeinsam mit Matthias gelang – umso besser.

Fabio Cordeiro drehte den dritten Stuhl am Tisch herum und setzte sich zu ihnen. Seine blauen Augen blickten ernst.

»Mach dir keinen Kopf wegen Jacinto«, sagte er und fuhr sich durch seine kurzen blondierten Haare. »Der ist nicht so leicht zu erschüttern. Und mit den anderen Jungs im Knast wird er schon zurechtkommen. Als Barbesitzer hat man Routine im Umgang mit schwieriger Kundschaft.«

Er zog sein Zigarettenpäckchen aus der Hemdtasche und zündete sich eine an. Diogo Carvalho leistete ihm mit einem Zigarillo Gesellschaft.

Mauricio hatte nie geraucht, abgesehen von der ersten Zigarette mit vierzehn, die ihm Arturo Andrade aufgeschwatzt hatte, der Brennmeister in der *Engenho*, die damals noch sein Vater geleitet hatte. Sie hatten sich heimlich hinter die Lagerhalle zurückgezogen, und Mauricio hatte mit großer Erwartung an dem Glimmstängel gezogen. In seinen Augen gehörte das Rauchen zu einem erwachsenen Mann dazu; schließlich sah man Javier Torres kaum jemals ohne eine selbst gedrehte Zigarette im Mundwinkel, und sein Vater war für Mauricio in jeder Hinsicht ein Vorbild.

Er war irritiert gewesen, als der Rauch einen schrecklichen Geschmack auf seine Zunge legte. Und dann war ihm so schlecht geworden, dass er sich in ein Gebüsch hinter der Halle hatte übergeben müssen. Danach hatte er entschieden, auf dieses Symbol der Männlichkeit zu verzichten. So war der *Bica*, nicht der Tabak seine Droge geworden.

Während Fabio und Diogo Rauchkringel produzierten, rührte Mauricio einen weiteren Löffel Zucker in seinen Kaffee. Er brauchte etwas für seine Nerven, genau wie die beiden anderen Männer am Tisch.

»Sorgen mache ich mir um Alexandro«, fuhr Cordeiro fort. »Er tut immer so, als hätte er keine Gefühle, aber in Wirklichkeit ist er ein empfindsamer Typ.«

Mauricio nickte. Er wusste, dass Fabio recht hatte.

Der Cafébesitzer drückte seine Zigarette im Aschenbecher aus und stand auf.

»Ihr müsst endlich herausfinden, wer diesen Gelegenheitsarbeiter erschlagen hat. Oder macht *Senhor Goma* vielleicht Fortschritte bei seinen Ermittlungen?«

Mauricio musste trotz der gedrückten Stimmung grinsen. *Goma* – Gummi – war der Spitzname, den sich Inspektor Recardo Gomes erworben hatte, weil er sein Fähnchen immer nach dem Wind hängte, in der Hoffnung auf eine rasche Beförderung. Eine Strategie, die nicht aufgegangen war. Auch wenn es gelegentlich anders schien, bevorzugten die Vorgesetzten in der Behörde Menschen mit Rückgrat. Zum Glück, sonst hätte Mauricio schon längst den Dienst quittiert. Nicht, weil ihm die Karriere so wichtig war, sondern weil er sich nicht damit abfinden könnte, in einem System von Opportunisten zu arbeiten.

»Nein.« Diogo Carvalho drückte seinen Zigarillo ebenfalls aus. »Inspektor *Goma* hat sich auf Alexandro eingeschossen. Er meint, wenn er ihn nur oft genug vernimmt, wird er irgendwann ein Geständnis aus ihm herauspressen.«

»Und die Staatsanwältin?«

»Lässt ihm freie Hand. Sie ist genau wie er davon überzeugt, dass es die einzig plausible Lösung ist.«

»Jetzt hat sie auch noch Jacinto ins Spiel gebracht«, warf Mauricio bedrückt ein. »Wenn sie Alexandro nicht überführen kann, schiebt sie ihm die Sache in die Schuhe.«

»Das ist Zermürbungstaktik. Ich bin sicher, in Wirklichkeit will sie damit nur Alexandro unter Druck setzen«, sagte Diogo. »Bei Jacinto fehlt das Motiv. Genau wie bei allen anderen auch. Das ist doch der Punkt: Wer, außer dem Besitzer der Brennerei, hätte einen Grund, einen Saboteur zu erschlagen?«

»Eine sehr gute Frage.« Fabio steckte sich eine neue Zigarette an, und Diogo griff umgehend nach seinen Zigarillos. Mauricio wurde von einer Rauchwolke eingehüllt. Es störte ihn nicht; er mochte den Geruch, weil er mit Erinnerungen an seinen Vater und seine Kindheit verknüpft war.

»Wir dürfen nicht vergessen, was der Mitbewohner von Bernd Lange ausgesagt hat.« Mauricio zog sein Notizbuch hervor. »Tobias Thiede. Er meint, Lange hätte auf keinen Fall die Maschinen sabotiert. Er hat ihn als anständigen Charakter geschildert. Ein Künstler, dem Geld nicht wichtig war.«

»Dieser Thiede kann sich täuschen«, spielte Carvalho den *Advogado do Diabo*.

Cordeiro stützte die Hände auf die Stuhllehne. »Wenn er die Apparate nicht angefasst hat – aus welchem Grund war Lange dann in der Fabrikhalle? Und warum bringt ihn jemand um? Die Zitronen, die er deinem Bruder liefern wollte, hätte er ins Lager gebracht, in der Halle werden sie zur Erntezeit noch nicht gebraucht. Und er hatte noch gar nicht mit dem Abladen begonnen, die Kisten befanden sich alle noch auf dem Lieferwagen, richtig?«

»Er hat vielleicht etwas gesehen«, sagte Mauricio, der das Gefühl hatte, sich im Kreis zu drehen. Waren sie an diesem Punkt nicht längst gewesen? »Die Person, die in Wirklichkeit die Maschinen lahmgelegt hat. Derjenige wollte nicht erwischt werden, und deshalb hat er Lange zum Schweigen gebracht.«

»Das klingt plausibel.« Fabio schaute Carvalho an. »Meinst du nicht?«

»Sicher.« Carvalho gestikulierte, und etwas Asche rieselte von seinem Zigarillo auf den gepflasterten Bürgersteig. »Es ist ja nicht so, dass wir diese Möglichkeit nicht schon erwogen hätten. Aber wie finden wir diese Person?«

»Es muss jemand sein, der etwas mit *Grote & Wolf* zu tun hat«, erklärte Cordeiro. »Das liegt doch auf der Hand.« Er drehte die Handflächen nach oben, als würde Carvalho ihn sonst nicht verstehen. »Vielleicht sogar dieser ... wie heißt er? Der Käufer?«

»Maximilian Böhm«, sagte Mauricio.

»Dieser Böhm selbst.«

»Er ist nicht der Typ, der sich die Hände schmutzig macht.« Mauricio trank von seinem Kaffee. »Andererseits ist er kein Einheimischer. Es könnte schwierig für ihn sein, jemanden zu finden, der die Drecksarbeit für ihn erledigt.«

»Du solltest dir den Mann vorknöpfen.« Fabio Cordeiro richtete sich auf und drückte die Zigarette aus. »Noch einen *Bica*? Ein Buttercroissant? Oder eine Hackfleischpastete vielleicht?« Er blinzelte. »*Fabio especial*?«

»Gern.« Mauricio ließ sich auf seinem Stuhl zurücksinken. Fabio hatte recht, er müsste mit Maximilian Böhm sprechen und ihn komplett durchleuchten. Doch wenn er das tat, würde ihn die Staatsanwältin rösten.

»Was? Kaffee? Croissant? Oder die Pastete?«

»Alles. Ich habe den ganzen Tag noch nichts Richtiges gegessen.«

Fabio nickte verständnisvoll und verschwand im Café.

Mauricio blätterte in seinem Notizbuch. Er hatte einfach zu wenige Informationen. Weil ihn die Staatsanwältin von dem Fall entbunden hatte, konnte er weder mit Friedrich Schnitzler noch mit Maximilian Böhm sprechen, ohne dass er eine Suspendierung riskierte. Und dann hätte er nicht einmal mehr Zugriff auf die anderen Informationsquellen, die Berichte aus Rechtsmedizin und Kriminaltechnik, und die internen Datenbanken.

Genützt hatten ihm all diese Quellen bisher allerdings nichts. Schnitzler und Böhm waren unbescholtene Bürger; gegen keinen der beiden lag irgendetwas vor. Die Obduktion hatte nur ergeben, dass Bernd Lange erschlagen worden war. Von vorn, mit einem stumpfen Gegenstand, einem schmalen und länglichen Objekt, das war immerhin eine Information. Man konnte sich ein Szenario vorstellen, in dem Lange den Saboteur entdeckt und angesprochen hatte. Woraufhin dieser nicht gezögert und ihm das Werkzeug, mit dem er an der Maschine hantiert hatte, über den Schädel gezogen hatte. Ebenso gut könnte es aber auch Alexandro gewesen sein, der Lange zur Rede gestellt und zugeschlagen hatte, als er merkte, was Lange getan hatte. Mit irgendeiner Stange, nach der er gegriffen hatte, um dem Eindringling nicht unbewaffnet gegenüberzustehen. Vielleicht nicht einmal in der Absicht, ihn zu töten, sondern einfach nur aus einer plötzlichen Wut heraus. Das passte nicht zu Alexandro, doch Menschen verhielten sich nicht immer so, wie man es von ihnen erwartete; diese Erfahrung hatte Mauricio in seinen zahlreichen Dienstjahren oft genug gemacht. Auch jene nicht, die man so gut zu kennen glaubte wie den eigenen Bruder.

Die Kriminaltechnik hatte die Halle der *Engenho* und das gesamte Gelände abgesucht, aber keine Spuren gefunden, die Licht in diesen undurchsichtigen Fall brachten.

Mauricio klappte das Notizbuch wieder zu und verstaute es in seiner Sakkotasche. Er war in einer Sackgasse gelandet und hatte keine Ahnung, wie es weitergehen sollte. Wieder einmal spürte er die Schwermut heranrollen wie eine schwarze Flutwelle. Was, wenn er es nicht schaffte, Beweise für Alexandros Unschuld zu finden, und sein Bruder wegen Mordes verurteilt wurde?

Fabio kam mit einem reich gefüllten Tablett nach draußen und stellte es auf den Tisch. Er sah sofort, was mit seinem Freund los war.

»Iss erst mal was«, sagte er und legte Mauricio kurz die Hand auf die Schulter. »Dann sehen wir weiter. Irgendetwas wird uns schon einfallen.«

»Danke.« Mauricio griff nach der Blätterteigpastete und wollte gerade vorsichtig davon abbeißen, als das Smartphone in seiner Sakkotasche vibrierte. Seufzend legte er die Pastete zurück, wischte sich die Finger an der Serviette ab und zog das Gerät aus der Tasche. Es war einer der Kollegen, die in den Büros der *Polícia Judiciária* den Telefondienst versahen.

»*Olá*, Mauricio. Wir haben einen Leichenfund«, sagte er. »In der Nähe des Wanderwegs PR13 in der *Verada do Fanal*. Die Staatsanwältin möchte, dass du dich um die Sache kümmerst. Die Rechtsmedizinerin und ein Team von der Kriminaltechnik sind schon unterwegs.«

»Danke, Kollege. Sag ihr, ich bin auf dem Weg«, entgegnete Mauricio und drückte die Verbindung weg. Enttäuscht schaute er auf seinen gefüllten Teller.

»Was ist los?«, erkundigte sich Carvalho. Mauricio erklärte es ihm.

»Schön weit weg«, bemerkte Fabio Cordeiro. »Da kann sie sicher sein, dass du dich nicht so rasch wieder in die Ermittlungen gegen deinen Bruder einmischt.« Er deutete auf den Teller. »Ich packe dir das Essen ein. Nur den Kaffee musst du vorher austrinken. Styroporbecher gibt es bei mir nicht.«

»Kein Problem«, sagte Mauricio, rührte Zucker in seinen *Bica* und schlürfte ihn bedächtig. Als Fabio mit dem eingepackten Essen vor ihm stand, hatte er die Tasse geleert.

Carvalho zündete sich einen neuen Zigarillo an. »Ich bleibe an der Staatsanwältin und Inspektor *Goma* dran«, versprach er. »Wenn es eng für Alexandro wird, informiere ich dich.«

»Danke.« Mauricio nahm das Essenspaket entgegen und nickte den beiden Männern zu. Die Aufgabe, vor der er stand, war alles andere als leicht, aber zumindest hatte er Freunde, auf die er sich verlassen konnte, und den Rückhalt der Familie.

Ganz kurz wanderten seine Gedanken zu Laura. Ob sie zu ihrem Mann zurückkehren würde? Oder hatte er noch eine Chance bei ihr? Er hatte keine Ahnung, was er sich eigentlich wünschte, aber jetzt war auch nicht der richtige Moment, um darüber nachzudenken.

»Ich melde mich«, sagte er und ging über die Straße zu seinem Pick-up.

Matthias schob sich das letzte Stück der Blätterteigpastete in den Mund und seufzte genüsslich. »Wir haben das viel zu lange nicht mehr getan. Uns Zeit füreinander genommen«, sagte er.

Laura nickte schuldbewusst. Das lag zu einem wesentlichen Teil auch an ihr.

»Ich habe zu viel gearbeitet in den letzten Jahren«, gab sie zu. »Das ist nicht so einfach. Die Abgabetermine, der Druck, neue Geschichten zu entwerfen, die Lesungen. Als ich mit dem Schreiben angefangen habe, hat einer meiner Mentoren zu mir gesagt, in dieser Branche hätte man entweder nichts oder zu viel zu tun. Damals habe ich darüber gelacht, aber er hatte recht. Als ich noch keinen Erfolg hatte, hatte ich alle Zeit der Welt, aber jetzt, wo meine Bücher gekauft werden, bin ich nur noch am Rotieren.«

Matthias schaute sie neugierig an. »Wäre es dir lieber, wenn es anders wäre?«

Laura horchte in sich hinein. »Nein.« Die Antwort war vollkommen klar. »Es ist schrecklich, wenn man schreibt und niemanden findet, der die Bücher drucken will. Jetzt weiß ich, dass ich das Richtige tue. Ich hätte nur gern etwas mehr Zeit für mich.«

»Sprich mit deiner Agentin darüber«, schlug ihr Mann vor. »Ich bin sicher, man kann etwas daran ändern.«

Laura lächelte schief. »Ganz so einfach ist das nicht.«

Sie hatte mit Widerspruch gerechnet, doch zu ihrer Überraschung nickte Matthias. »Du hast recht. Bei mir ist es ja nicht anders. Ich arbeite auch zu viel. Natürlich gibt es immer wieder Punkte, an denen man Nein sagen müsste. Aber das gelingt mir genauso wenig wie dir.«

Laura griff spontan nach seiner Hand. »Vielleicht können wir in Zukunft gemeinsam daran arbeiten.«

»Das wäre schön.« Er grinste sie an. »Wo wir schon dabei sind …« Er nahm sein Smartphone und entsperrte das Display. »Ich glaube, ich habe dich jetzt lange genug auf die Folter gespannt.«

»Allerdings.«

Matthias nahm die Lesebrille aus der Sakkotasche und setzte sie auf. Sie veränderte ihn; jetzt war er nicht mehr der große Junge, der einen unverhofften Urlaub genoss, sondern der Professor, der im Begriff stand, seinen Studierenden wichtige Dinge über ihr Fach zu vermitteln. »Dieser Vertrag, den der junge Torres unterschrieben hat«, sagte er. »Der befand sich zwar in einer Mappe mit dem offiziellen Logo der Firma, aber der Käufer war nicht die Firma *Grote & Wolf*. Auf dem Briefkopf stand der Name eines anderen Unternehmens.«

»Wie bitte?«

Matthias wischte über das Display. »Ich habe ein bisschen recherchiert«, erklärte er, und Laura begriff, dass er sich auf dem Platz vor der Markthalle nicht über madeirische Traditionsbauten informiert hatte, sondern über ausländische Geschäftsverträge.

»Es ist nicht unüblich, bei Käufen im Ausland einen Zwischenhändler einzuschalten. Eine einheimische Firma, die zunächst das Finanzielle regelt und später eine Transaktion mit dem eigentlichen Interessenten eingeht. Das kann steuerliche Gründe haben. Aber in diesem Fall kommt es mir trotzdem ein wenig sonderbar vor. Warum tut dieser Böhm so, als würde er den Kauf direkt für *Grote & Wolf* tätigen? Und weshalb zeigt sich der Zwischenhändler nicht persönlich?«

»Du meinst, an der Sache ist irgendetwas faul?«

Ihr Mann hob die Hände. »So klar kann man es nicht sagen. Mich würde einfach nur interessieren, wer hinter diesem Zwischenhändler steckt und welches Interesse *Grote & Wolf* daran haben, ihn den Kauf durchführen zu lassen.«

»Ein Strohmann? Steuerbetrug? Geldwäsche?«

Matthias hatte gefunden, was er suchte. »Hier. Ich habe ein paar Screenshots von der Webseite gemacht. Das ist die Firma, die offiziell die Brennerei in Prazeres gekauft hat.« Er reichte Laura das Handy.

»*Madeira Corporate Trading Ltd.*«, las sie oben auf der Seite. Auf den ersten Blick sah alles professionell aus.

»Schau dir die weiteren Seiten an«, forderte Matthias sie auf. »Je tiefer man in die Struktur eindringt, desto dünner wird es. Als wäre diese Firma nur eine Fassade.«

Laura blätterte mit schnellen Wischbewegungen durch die Bilder. Sie sah, was Matthias meinte. Die Texte auf den untergeordneten Seiten wurden immer dürrer und blutleerer. Es gab eine

Postadresse in Funchal und einen E-Mail-Kontakt. Nach einer Telefonnummer suchte sie dagegen vergeblich.

Sie wollte Matthias das Smartphone zurückgeben, kam dabei jedoch versehentlich auf das kleine Quadrat am unteren Bildrand, das die Fensterauswahl öffnete. Das Bild von der Homepage der *Madeira Corporate Trading Ltd.* verkleinerte sich. Dahinter erschien ein Foto, auf dem zwei Köpfe zu erkennen waren, der von Matthias und der einer jungen Frau mit langen blonden Haaren.

Laura stockte der Atem. Diese Frau hatte sie schon einmal gesehen. Zweimal, um genau zu sein. In ihrem Ehebett.

Sie tippte auf das Foto, um auch die beiden unteren Drittel zu sehen.

Matthias und seine Studentin standen Arm in Arm am Elbufer. Hinter ihnen erkannte Laura die riesigen Kräne des Containerhafens. Rasch blätterte sie weiter. Es gab Fotos vor der neuen Philharmonie, in einem Café in Altona, an der Außenalster. Die Jahreszeiten wechselten, je weiter sie zurückblätterte, Frühling, Winter, Herbst, Sommer. Das Motiv blieb dasselbe. Matthias und seine junge Geliebte, die sich anlächelten, umarmten, Händchen hielten und sich küssten.

Laura legte das Gerät mit einer knappen Bewegung auf den Tisch. »Ein Ausrutscher, ja? Sie hat dich verführt, hast du gesagt.« Laura biss die Zähne so fest zusammen, dass ihre Kiefer schmerzten. Ihr Kopf fühlte sich an, als wirbelte ein Sturm darin. Der Rest ihres Körpers war vollkommen taub. »Mir scheint, das entspricht nicht ganz den Tatsachen.«

Matthias griff eilig nach dem Smartphone und schob es in seine Sakkotasche, als könnte er damit etwas ungeschehen machen. Kurz schloss er die Augen. Dann öffnete er sie wieder und sah Laura an.

»Nein«, sagte er. »Das war nicht die Wahrheit.«

14

Unpassenderweise freute er sich. Die *Vereda do Fanal* auf der Hochebene *Paul da Serra* war seiner Ansicht nach einer der schönsten Orte der Insel. Der weitläufige, ursprüngliche Lorbeerwald, Teil des Weltnaturerbes der UNESCO und wichtiger Bestandteil des europaweiten Naturschutznetzwerkes Natura 2000, vermittelte ein Gefühl von Ruhe und Entspannung, wie man es selbst auf Madeira selten fand. Die Bäume mit den schirmförmigen Kronen überspannten die Wanderwege und filterten das Licht zu einem sonnengelben Weichzeichner. Da die Anfahrt recht umständlich war, kamen nur wenige Touristen. Man konnte stundenlang die schmalen Wege entlanglaufen, an verschiedenen Stellen grandiose Ausblicke über die Hänge hinunter auf die madeirische Bergwelt genießen und in der Natur versinken, ohne anderen Menschen zu begegnen.

Früher war Mauricio gelegentlich mit Maria hierhergekommen. Sie hatte die *Vereda do Fanal* ebenso geliebt wie er. Sein Herz zog sich schmerzhaft zusammen, als er daran dachte, wie er ihr an einem milden Frühlingstag vor dem Forsthaus in Fanal seinen Heiratsantrag gemacht hatte. Alexandro hatte ihm geholfen und alles für ein romantisches Picknick vorbereitet, die große, gemütliche Decke, den Korb mit Wein, Gebäck und *Petiscos* und die einzelne Rose, deren Stiel mit einem feuchten Tuch umwickelt war, damit sie frisch blieb. Alexandro war einfach ein gründlicher Mensch.

Mauricio hatte die kleine Schachtel dabeigehabt, in der sich die schlichten silbernen Ringe befanden, der schmalere von beiden mit einem kleinen Diamanten.

Maria war entzückt gewesen, über das Arrangement und die Ringe ebenso wie über seinen Antrag. Zwei Monate später hatten sie geheiratet und waren zwanzig Jahre lang glücklich gewesen. Bis zu jenem verhängnisvollen Abend, an dem sich Maria mit ihrer Freundin im *O Precipício* auf dem Hochplateau an der alten Küstenstraße von Paul do Mar nach Ponto do Pargo hatte treffen wollen.

Mauricio schob den Gedanken beiseite. Marias Tod änderte nichts daran, dass sie wundervolle Jahre miteinander geteilt hatten. In seiner Erinnerung blieb sie lebendig. Und hier auf der Hochebene *Paul da Serra* fühlte er sich ihr besonders nah. Beinahe konnte er sie an seiner Seite spüren, ihre Hand in seiner fühlen.

Bis Ribeira Brava war er von Funchal aus auf der Schnellstraße VR 1 gefahren, von dort aus auf der VE4 nach Serra de Água. Anschließend folgten zahlreiche Serpentinen und Tunnel, bis man über die Landstraße ER110 zur ER209 kam und den Parkplatz erreichte, an dem der Wanderweg PR13 begann.

Normalerweise standen dort höchstens ein oder zwei Autos. Manchmal war der Platz auch vollkommen leer. An diesem Abend jedoch musste Mauricio neben zahlreichen anderen Fahrzeugen parken. Es waren mehrere Wagen der *Guarda Nacional Republicana*, außerdem die Kleinbusse der Kollegen von der Kriminaltechnik, der blaue Jeep der Rechtsmedizinerin und ein Leichenwagen.

Er fröstelte, als er aus dem Pick-up stieg. Die Sonne stand bereits tief, und hier oben war es ohnehin immer deutlich kälter als unten an der Küste. Differenzen von zehn Grad oder mehr waren keine Seltenheit. So war es auch jetzt. Das Thermometer am Armaturenbrett hatte sechs Grad Celsius angezeigt.

Mauricio öffnete die Transportkiste auf der Ladefläche des Pick-ups und nahm die dicke Jacke heraus, die er für solche Fälle stets dabeihatte. Auf einer Insel, auf der mehr als tausend Höhenmeter zwischen den Regionen lagen, war das unbedingt notwendig.

Am Fuß der Holztreppe, die an einer Kuhweide vorbei zum Beginn des Wanderwegs führte, stand ein GNR-Beamter und wies ihm den Weg.

Mauricio beeilte sich mit dem Aufstieg und war ein wenig außer Atem, als er oben ankam. Er konnte auch nicht besonders weit sehen. Die Abendfeuchtigkeit senkte sich herab und hüllte den ausgedehnten Lorbeerwald in dichten Nebel. Eine Welt in Watte gepackt. Auch das kam hier oben oft vor.

Normalerweise genoss Mauricio diese Stimmung, doch jetzt war es ein Problem. Wie sollte man vernünftige Tatortarbeit verrichten, wenn man die Hand nicht vor Augen sah?

In einiger Entfernung sah er weißes Licht durch die Nebelwand schimmern und ging darauf zu.

Es waren die Scheinwerfer, die von den Kollegen der Spurensicherung aufgestellt worden waren. Sie beleuchteten mehrere weiß gekleidete Personen, die zwischen den Lorbeerbäumen umherhuschten und irgendwie unwirklich aussahen. Verwaschene Schemen in einem Theater, das es mit dem Bühnennebel maßlos übertrieben hatte. Eine Gruppe kümmerte sich um eine Gestalt, die am Boden lag. Anhand ihrer rot gerahmten Brille erkannte Mauricio die Rechtsmedizinerin, *Doutora* Inês Gonçalves. Sie verstaute soeben ihr Arbeitsgerät in der schwarzen Arzttasche, die neben ihr auf der Erde stand, und richtete sich auf.

Mit kleinen, energischen Schritten kam sie auf Mauricio zu,

der jenseits der Absperrung mit dem gelb-weißen Flatterband der GNR stehen geblieben war. Solange die Kriminaltechniker mit ihrer Arbeit nicht fertig waren, durfte er den Tatort nicht betreten. Es sei denn, er hüllte sich ebenfalls in einen der weißen Plastikanzüge, doch das tat er nur im äußersten Notfall. Er bekam in den luftundurchlässigen Überziehern Beklemmungen.

»*Boa tarde*, Comissário Torres«, begrüßte ihn *Doutora* Gonçalves und deutete auf den Leichnam zwischen den Lorbeerbäumen. »Der Mann ist seit etwa vier Stunden tot, plus minus eine Stunde vielleicht. Die Körperkerntemperatur beträgt achtundzwanzig Grad. Da die Außentemperatur deutlich unter zwanzig Grad Celsius liegt, kühlt der Körper schneller aus als bei Raumtemperatur, in diesem Fall ungefähr doppelt so schnell. Der Tod dürfte also zwischen«, sie schaute auf ihre Armbanduhr, »vierzehn und sechzehn Uhr heute Nachmittag eingetreten sein.«

Mauricio warf ebenfalls einen Blick auf die Uhr und stellte fest, dass es bereits kurz nach neunzehn Uhr war. In einer knappen Stunde ging die Sonne unter, was die Suche nach Spuren weiter erschweren würde.

»Woran ist er gestorben?«

»Stumpfe Gewalt. Mehrere heftige Schläge frontal auf den Schädel. Die Verletzungen weisen auf einen länglichen, glatten Gegenstand hin.« Die Rechtsmedizinerin nahm die weiße Kapuze ab und schüttelte ihren schwarzen Pferdeschwanz. Ihre blauen Augen blickten eindringlich. »Sie haben ja leider der Obduktion von Bernd Lange nicht beiwohnen können«, sagte sie in einem Tonfall, der deutlich machte, dass sie Bescheid wusste. »Laut *Doutora* Fonseca bin ich nicht befugt, Ihnen Auskünfte über das Autopsieergebnis zu erteilen. Aber ich bin auch nur ein Mensch, nicht wahr? Die Überraschung, innerhalb von drei Tagen in zwei

Fällen dasselbe Muster zu finden, war so groß, dass ich für einen Moment nicht daran gedacht habe.«

Mauricio kombinierte schnell. »Der Mann dort«, er neigte seinen Kopf in Richtung der leblosen Person unter den Lorbeerbäumen, »ist auf dieselbe Weise getötet worden wie Bernd Lange? Mit derselben Waffe?«

»So scheint es«, erwiderte Inês Gonçalves. »Mit absoluter Sicherheit kann ich das natürlich erst nach der Obduktion sagen. Aber beide Männer wurden von vorn angegriffen. Das ist bei stumpfer Gewalt nicht unbedingt die Regel, wie Sie wissen. Angriffe mit Pistole oder Messer erfolgen oft frontal, aber wer jemanden mit Schlägen tötet, tut das häufig von hinten. Außerdem hat der Täter in beiden Fällen mehrfach zugeschlagen. Oft genug, um sicher zu sein, dass sein Opfer nicht wieder aufsteht, aber nicht unkontrolliert wie bei einer Kurzschlusshandlung oder heftigen Emotionen.«

»Also jemand, der genau wusste, was er tut. Kein Affekt, sondern eine klare Tötungsabsicht.«

Die Rechtsmedizinerin nickte. »Besonders interessant ist die mutmaßliche Tatwaffe«, fuhr sie fort. »Die Verletzungen zeigen sich bei beiden Toten als schmale Linien. Bei Bernd Lange war das nicht zu erkennen, aber beim zweiten Opfer sieht man außerdem Vertiefungen am oberen Ende. Ich würde auf einen Totschläger tippen, einen Teleskopschlagstock aus Metall mit einer Stahlkugel an der Spitze.«

Mauricio kannte diese Waffen, sie gehörten zur Standardausrüstung der *Guarda Nacional Republicana* und der *Polícia de Segurança Pública*. Sie galten rechtlich als Waffen, waren aber von Personen über achtzehn Jahren frei zu erwerben. Der Besitz war nicht strafbar, das Tragen bei öffentlichen Veranstaltungen war jedoch nicht erlaubt.

Mauricio hielt sich an den Aufschlägen seiner warmen Jacke fest. »Das heißt, es war vermutlich in beiden Fällen derselbe Täter?«

Doutora Inês Gonçalves nickte.

Mauricio hatte das Gefühl, dass ihm ein Felsbrocken vom Herzen fiel. »Alexandro und Jacinto kommen für den zweiten Mord nicht infrage«, stellte er fest. »Sie sitzen beide in Untersuchungshaft. Damit sind sie auch bezüglich des Mordes an Bernd Lange entlastet.«

Die Rechtsmedizinerin lächelte. »Das wäre meine Einschätzung. Sie müssen nur noch Staatsanwältin Fonseca und Inspektor Gomes davon überzeugen.«

»Das werde ich.« Mauricio schüttelte Inês Gonçalves die Hand und ging auf einen der GNR-Beamten zu, die neben der Absperrung postiert waren. Sie standen breitbeinig, die Hände auf dem Rücken verschränkt, bereit, einzugreifen, wenn sich jemand unbefugt dem Tatort näherte. Nötig war es nicht; weit und breit waren keine Touristen zu sehen. Aber die GNR war eine militärische Organisation. Befehle wurden befolgt, auch wenn deren Sinn nicht ersichtlich war. Darauf beruhte das Funktionieren des Gefüges.

»Wissen wir schon, wer der Tote ist?«, fragte er den Mann in der blauen Uniform mit dem akkurat sitzenden Barett.

Der Beamte salutierte knapp. »Bisher keine diesbezüglichen Erkenntnisse, Comissário. Das Opfer hatte keine Papiere dabei. Wir haben auch kein Fahrzeug gefunden, mit dem er gekommen sein könnte.«

Das war interessant. Die *Vereda do Fanal* war kein Ort, den man mit öffentlichen Verkehrsmitteln oder zu Fuß erreichte, es sei denn, man war Extremwanderer. Das schien auf den Toten nicht zuzutreffen, der keine Wanderkleidung, sondern einen hellen Anzug trug, soweit Mauricio das auf die Distanz erkennen konnte. Täter und Opfer waren also vermutlich gemeinsam mit dem Wagen hierhergefahren.

Er wandte sich an einen der weiß gekleideten Spurentechniker, der in seiner Nähe den Boden absuchte. »Wie lange braucht ihr noch, bis ich mir den Leichnam ansehen kann?«

Der Beamte unterbrach kurz seine Arbeit. »Mit dem eigentlichen Tatort sind wir bald durch. Es ist ohnehin fast unmöglich, hier Spuren zu finden, aber wir wollen nichts unversucht lassen. Eine Viertelstunde vielleicht, maximal eine halbe, denke ich.«

»Danke.«

Mauricio entschied sich, zurück zu seinem Wagen zu gehen. In der Transportkiste auf der Ladefläche hatte er nicht nur warme Kleidung, sondern auch eine Thermoskanne mit heißem Kaffee und die Pasteten, die Fabio ihm eingepackt hatte. Genau das konnte er jetzt gebrauchen.

Der Kontrast hätte nicht größer sein können. Die untergehende Sonne tauchte die schroffen Berge in ein rötliches Licht, die Blätter der Bäume leuchteten im jungen Frühlingsgrün, das Meer schimmerte in einem unwirklichen, hellen Blau. Wenn sie die Kraft gehabt hätte, ihren Fotoapparat hervorzuholen, hätte Laura ein paar Dutzend wundervoller Postkartenmotive aufnehmen können, genug für einen Wochenkalender für das gesamte nächste Jahr.

Doch der Liebreiz der Insel in der Abenddämmerung fand keinen Widerhall in ihrem Inneren. Dort war nichts als Leere, ein bodenloser schwarzer Abgrund, in den sie stürzte, ohne Halt zu finden.

Sie wusste nicht, wie lange sie stumm am Tisch gesessen hatten, nachdem sie die Fotos auf Matthias' Handy entdeckt hatte.

Irgendwann fing er an zu sprechen, versuchte, sich zu erklären. Dass er sich einsam gefühlt hatte neben ihr, weil sie nur noch in ihren Büchern lebte, dazu die Midlife-Crisis. Der fünfzigste Geburtstag rückte immer näher, die Haare wurden langsam dünn und grau, die Falten vermehrten sich.

»Das Leben war dabei, mir zu entgleiten. Wie ein Zug, der am Bahnsteig vorbeirauscht, immer schneller. Ich schaffe es nicht mehr aufzuspringen. Sehe mich schon die Treppe zurück in die Halle hinunterstolpern, wo niemand wartet, nur der letzte Weg zu einem frühen Grab. Aber dann ist da Verena. Sie streckt ihre Hand aus, und ich beginne zu rennen. Springe aufs Trittbrett, im letzten Moment, ehe es zu spät ist.«

Schöne Worte, natürlich. Matthias konnte ebenso gut mit Sprache umgehen wie sie. Sie glaubte ihm auch, dass er es ehrlich meinte. Aber was änderte das?

Er hatte sie betrogen. Nicht ein-, zweimal, ein Ausrutscher, der dummerweise eine Wiederholung gefunden hatte, sondern mindestens über ein Dreivierteljahr hinweg.

»Wann hat das angefangen?«, presste sie mühsam hervor.

»Im letzten Sommer. Du hattest diesen Streit mit deiner Co-Autorin, wegen der Serie, die ihr schreiben wolltet, und eures gemeinsamen Büros.«

Laura nickte, obwohl sie sich an diese Zeit nur ungern erinnerte. Mit der Kollegin war es zum Zerwürfnis gekommen, das gemeinsame Projekt war geplatzt, und die Co-Autorin, die sie bis dahin für eine Freundin gehalten hatte, hatte ihr den Raum in der Büroetage gekündigt.

»Ich hatte das Gefühl, dass ich in deinem Leben überhaupt nicht mehr vorkomme«, fuhr Matthias fort. »Alles hat sich nur noch um deine Arbeit gedreht.« Er schaute sie ernst an. »Verena hatte gerade ihre Examensarbeit geschrieben, über den kulturellen Wandel nach dem Ende der Diktatur in Portugal. Sie hat sich für das Thema begeistert, und zwei Wochen nach ihrer letzten Prüfung sind wir zusammen Kaffee trinken gegangen.«

Also keine Gasthörerin, wie er damals behauptet hatte, sondern eine Studentin, die er schon lange kannte, von der er sich aber bis zu ihrem Examen ferngehalten hatte. Laura hätte fast gelacht. Selbst wenn er auf Abwegen wandelte, blieb Matthias korrekt. Er begann kein Verhältnis mit einer Abhängigen, sondern wartete, bis sie ihren Abschluss erworben hatte.

»Ihr Interesse, ihre Aufmerksamkeit, ihre Bewunderung – das alles hat mir gutgetan. Ich habe mich plötzlich wieder lebendig gefühlt.« Sein Blick wurde traurig. »Ich hätte das gerne mit dir erlebt. Aber du warst nicht da.«

Laura fehlten die Worte. Sie schaffte es nicht, die neuen Erkenntnisse von einer Sekunde auf die andere zu verarbeiten. Ihr Kopf war wie leer gefegt. Dafür war ihr Inneres mit Gefühlen angefüllt. Enttäuschung, Trauer und Wut wechselten sich in rascher Folge ab, vermengten sich miteinander und verschmolzen zu einem dicken Klumpen, der sich auf ihr Herz legte.

Die ganze Schuld sollte also bei ihr liegen? Sie hatte ihren Mann vernachlässigt, und deshalb war ihm gar nichts anderes übrig geblieben, als sich von einer anderen Frau trösten zu lassen? Nein, so einfach war die Wahrheit sicher nicht. Wenn eine Beziehung scheiterte, gehörten immer zwei dazu.

»Ich weiß nicht, ob du das verstehen kannst. Aber Verena war wichtig«, versuchte Matthias, eine Brücke zu schlagen. »Belebend. Erfrischend. Inspirierend. An ihrer Seite habe ich mich plötzlich wieder jung und begehrenswert gefühlt. Ich war … bin in sie verliebt, ja. Aber mein Herz, meine Seele gehören zu dir. Du bist die Frau, die ich liebe. Mit der ich alt werden möchte.«

Laura blinzelte. »Ich dachte, du willst nicht alt werden. War das nicht genau der Punkt?«

Matthias sah sie verstimmt an. »Du weißt, was ich meine.«

»Ja. Aber das macht es nicht besser.« Mechanisch leerte sie ihre Kaffeetasse. Der *Bica* war längst kalt geworden, doch das berührte sie ebenso wenig wie die Strahlen der Sonne, die im Westen hinter den Bergen unterging.

»Lass uns zurückfahren.« Sie erhob sich, hängte sich die Handtasche über die Schulter und ging zum Auto. Die Absätze ihrer Schuhe kamen ihr plötzlich viel zu dünn vor; sie schienen überhaupt keinen Halt zu bieten. Laura strauchelte.

Matthias war sofort neben ihr und hielt sie fest. Er führte sie zum Wagen und öffnete ihr die Tür.

Laura riss sich von ihm los. »Danke. Ich komme zurecht.«

Warum hatte er sich nicht vorher so viel Mühe gegeben?

Sie starrte aus dem Seitenfenster, während sie durch die madeirische Bergwelt zurück nach Funchal fuhren. Über den Gipfeln sank die Dunkelheit herab, ein Sinnbild für ihr Leben.

Der Mann an ihrer Seite gehörte nicht länger zu ihr. Sie hatten sich verloren.

15

Es war schon fast vollständig dunkel, als die weiß gekleideten Spurentechniker die Treppe herunterkamen und ihre Gerätschaften in den Kleinbussen verstauten. Die Reißverschlüsse der Overalls hatten sie geöffnet, die Kapuzen abgenommen. Im Wind, der über das Hochplateau wehte, blähten sie sich wie weiße Luftballons. Es sah lustig aus, doch Mauricio war nicht nach einem Lächeln zumute.

Jeder Tote, mit dem er zu tun hatte, erfüllte ihn mit Trauer. Wenn er gerufen wurde, war ein Gewaltverbrechen geschehen. Ein Mensch war gestorben, nicht, weil er alt oder krank gewesen war, sondern weil ihn jemand vorzeitig aus dem Leben befördert hatte.

Als Mauricio bei der *Polícia Judiciária* angefangen hatte, hatte er geglaubt, er könnte die hilflose Wut, die ihn in einer solchen Situation jedes Mal überfiel, einfach nicht ertragen. Er hatte Albträume gehabt und mit der Schwermut gekämpft, die ihn ohnehin so leicht überfiel. Beinahe hätte er sich entschieden, den Beruf zu wechseln.

Doch dann war es ihm gelungen, dem Verdächtigen in einem Entführungsfall das Versteck zu entlocken, in dem dieser eine junge Frau gefangen hielt. Das Opfer konnte gerettet werden, und die Dankbarkeit der Familie hatte keine Grenzen gekannt. Mauricio hatte begriffen, dass er ein besonderes Talent für diesen Beruf besaß – eine Begabung, die auch eine Verpflichtung war. Wer die Fähigkeit hatte, für mehr Gerechtigkeit in der Welt zu sorgen, musste es auch tun.

Einer der Spurentechniker trat zu ihm, und Mauricio bot ihm einen Schluck aus seiner Thermoskanne an. Der Beamte nickte erfreut. Mauricio nahm einen der wiederverwendbaren Plastikbecher aus dem Handschuhfach und füllte ihn.

Der Kriminaltechniker wärmte sich die Hände am Becher und trank vorsichtig. »Ganz schön kalt hier oben. Und dann noch der Nebel und die Dunkelheit …«

»Ihr habt also nichts gefunden?«

»Nein.«

Mauricio war nicht überrascht. Ein Tatort im Freien war immer schwierig.

Der Spurentechniker leerte den Becher und gab ihn Mauricio zurück. »Du kannst dir den Leichnam jetzt ansehen.«

Mauricio steckte den Becher in einen Plastikbeutel mit Clipverschluss und warf ihn in den Fußraum vor dem Beifahrersitz. Dann machte er sich erneut an den Aufstieg.

Das Licht der Scheinwerfer, das den Nebel zwischen den Lorbeerbäumen erhellte, verlieh der Szenerie etwas vollkommen Unwirkliches. Wie ein Geisterwald sah es aus, die knorrigen schwarzen Bäume und die weißen Schwaden, die dazwischen hindurchzogen.

Bis auf zwei Beamte der GNR und die Besatzung des Leichenwagens, die darauf warteten, dass der Tote zum Abtransport freigegeben wurde, waren alle abgezogen. Mauricio beschlich ein Gefühl der Verlorenheit. Fünf Menschen, winzig in dieser dunklen Weite, fernab der nächsten Ansiedlung. Er spürte die Kälte, die auf die Erde herabsank, den Wind, der mit eisigen Fingern nach ihm griff, die Nähe der Schatten, die sich in der Nacht aus dem Wald lösten.

Es war einer dieser Momente, in denen er sich einen Partner an seiner Seite wünschte. Aber er hatte sich entschieden, Diogo den Verbleib in seiner Abteilung zu ermöglichen, indem er verschwieg, dass er sämtliche Außentermine allein wahrnahm. Das war gut und richtig. Die Nachteile, die damit verbunden waren, musste er eben in Kauf nehmen.

Einer der GNR-Beamten hob das gelb-weiße Flatterband an, und Mauricio schlüpfte darunter hindurch. Er ging auf den Toten zu und blieb ein paar Schritte von ihm entfernt stehen. Der dichte Nebel war wie ein Vorhang, und das Opfer lag mit dem Rücken zu ihm, aber Mauricio konnte erkennen, dass der Mann schlank war und einen hellen Anzug trug. Sein Haar war blond und licht.

Mauricio spürte, wie sein Mund trocken wurde. Nachdem ihm die Rechtsmedizinerin erläutert hatte, dass der Mord vermutlich mit derselben Waffe verübt worden war wie im Fall Bernd Lange, war ihm klar, dass der Tote mit einiger Wahrscheinlichkeit etwas mit dem Termingeschäft, der Sabotage und dem Verkauf der *Engenho* in Prazeres zu tun hatte. Was bedeutete, dass er ihn möglicherweise kannte.

Er schaltete seine starke Taschenlampe ein und umrundete den Leichnam. Der Lichtkegel erfasste zuerst die klobige Armbanduhr, dann die braun gemusterte Krawatte.

Mauricio schluckte. Diesen hässlichen Schlips hatte er schon einmal gesehen. Er sprang einem direkt ins Auge. Und es war kaum vorstellbar, dass er am selben Tag gleich zwei Männern begegnete, die sich für diese Scheußlichkeit entschieden hatten.

Er musste sich überwinden, den Spot weiter zum Gesicht des Mannes wandern zu lassen. Das Licht der Taschenlampe spiegelte sich in den gebrochenen grauen Augen, die ihren Glanz verloren hatten, und Mauricio sah, dass er recht gehabt hatte: Der Tote war Friedrich Schnitzler, der Inhaber von *Schnitzler Import Export.*

Laura schaute auf den geöffneten Koffer, der neben dem Bett lag.

»Du kannst nicht hierbleiben«, sagte sie. Nach allem, was geschehen war, wollte sie keine weitere Nacht mit Matthias im selben Raum verbringen.

Ihr Ehemann hob hilflos die Arme. »Wo soll ich denn hin? Hier im Hotel ist kein Zimmer frei. Und um mir etwas anderes zu suchen, ist es viel zu spät.«

Laura dachte darüber nach. Dann griff sie nach ihrem Smartphone. »Ich rufe Mauricio an. Er kennt viele der anderen Hoteliers hier auf der Insel. Vielleicht kann er etwas organisieren.«

Sie tippte auf die gespeicherte Nummer, doch ihr Anruf wurde nicht angenommen. Nach dem sechsten Klingeln schaltete sich die Mailbox ein.

»Mauricio? Laura hier. Ruf mich bitte an, wenn du das hörst. Oder komm vorbei. Ich warte in der Lobby auf dich.«

Das Smartphone wanderte zurück in die Handtasche. Laura spürte, wie sich eine bleierne Müdigkeit über sie senkte. Sie hatte nicht einmal mehr die Kraft, Matthias hinauszuwerfen. Lieber ging sie selbst.

Wie eine Schlafwandlerin tastete sie sich den dunklen Flur entlang. Eigentlich hätte die Deckenbeleuchtung aufflammen müssen, doch der Sensor war anscheinend defekt, wie so vieles andere in diesem Hotel auch. Hier fehlte eindeutig eine ordnende Hand. Sie wusste, dass Mauricio sich überfordert fühlte, mit seinem Beruf und dem Hotel, aber wenn er es selbst nicht schaffte, musste er eben jemanden einstellen, der die Geschäftsführung übernahm. Tiago, der diese Dinge eigentlich regeln sollte, fehlte offenbar das Talent dazu. Oder er hatte zu viel anderes im Kopf.

Sie fand die Tür zur Lobby und einen Lichtschalter und ließ sich erleichtert in einen der Rattansessel sinken.

Vor den Fenstern stand die Dunkelheit. Die *Villa Maria* war von einer hohen Hecke umsäumt, die die Lichter Calhetas abschirmte. Nur der Schimmer des Mondes, der irgendwo auf der anderen Seite des Hauses stand, verhinderte, dass es vollkommen finster war. Die Rezeption war nicht mehr besetzt, und obwohl sie wusste, dass sie nicht die einzigen Gäste waren, hatte Laura auf einmal das Gefühl, vollkommen allein zu sein. Viertausend Kilometer entfernt von zu Hause und Lichtjahre von ihrem Ehemann.

Sie hatte plötzlich das dringende Bedürfnis, mit ihrer besten Freundin zu sprechen.

Laura holte das Smartphone hervor, tippte auf Brittas Nummer und hielt das Gerät ans Ohr. Als sich ihre Freundin nach dem dritten Klingeln meldete, war es, als hätte ihr jemand einen Rettungsring zugeworfen, nachdem sie über Bord gegangen und in die eiskalte See gestürzt war.

»Hallo, Britta«, sagte sie und begann zu erzählen, noch ehe ihre Freundin die Gelegenheit hatte, eine Frage zu stellen. Als sie endlich fertig war, seufzte Britta.

Laura runzelte die Stirn. »Du hast das gewusst?«

»Nein, natürlich nicht.« Im Hintergrund erklang eine männliche Stimme. »Warte mal kurz.« Laura hörte ein Rascheln, weil Britta offenbar das Handy beiseitegelegt hatte, gemurmelte Worte. Dann war ihre Freundin wieder da. »Entschuldige. Sebastian hatte eine Frage.«

»Schon gut.«

»Also.« Britta hatte ihre ruhige Souveränität wiedergefunden. »Ich wusste es nicht, aber ich habe geahnt, dass es kein Ausrutscher war. Matthias ist nicht der Typ dafür.«

»Warum hast du nichts gesagt?«

»Ich hatte gehofft, dass ich mich täusche. Dass sich alles wieder einrenkt. Ich wollte nicht schuld sein, wenn ihr euch trennt.« Britta räusperte sich. »Außerdem dachte ich, ich muss es nicht sagen. Du weißt es selbst.«

Laura horchte in sich hinein und erkannte, dass Britta recht hatte. Wenn sie ehrlich mit sich selbst gewesen wäre, hätte sie zu demselben Schluss kommen müssen. Aber sie hatte eben gehofft, dass ihre Ehe doch noch zu retten war.

»Mein Gott. Ich hätte nie geglaubt, dass uns das passiert.«

»Kannst du ihm verzeihen?«

»Ein Dreivierteljahr Lügen und Betrug?« Laura lachte bitter. »Ich hatte schon Schwierigkeiten, als es nur um die beiden angeblichen Ausrutscher ging. Aber das ... Ich brauche einfach Zeit. Und Distanz.«

»Du hast jedes Recht dazu.«

Wie so oft, wenn sie ihre Gefühle nicht in den Griff bekam, wurde sie zynisch. »Ja. Was fehlt, sind Mittel und Gelegenheit. Wir haben nur ein Zimmer.«

»Du hast doch Mauricio Bescheid gesagt. Warte einfach ab. Ich bin sicher, er wird dich retten.« Sie hörte das Schmunzeln in Brittas Stimme und fühlte sich plötzlich leichter.

»Danke«, sagte sie herzlich. »Du hast mir sehr geholfen.«

»Das freut mich.«

Sie verabschiedeten sich und beendeten das Gespräch. Laura legte das Smartphone neben sich auf den Tisch und schloss die Augen. Die Müdigkeit schlich sich wieder heran. Einen Moment später war sie eingeschlafen.

Mauricio folgte den Männern, die den Sarg die Holztreppe hinunter zum Parkplatz trugen. Die Beamten der GNR waren bereits abgerückt. Sie hatten das gelb-weiße Flatterband entfernt. Hier oben gab es nichts mehr zu entdecken und keinen Grund, den Ort länger zu bewachen.

Der Nebel hatte sich weiter verdichtet; das Licht der Taschenlampen drang kaum noch hindurch. Die Scheinwerfer hatten die GNR-Beamten mitgenommen. Die Bestatter, die keine Hand frei hatten, behalfen sich mit Stirnlampen.

Es war eine heikle Angelegenheit; die Treppe, die aus Steinen und geschälten Stämmen bestand, war glatt und rutschig. Wenn man nicht sah, wohin man trat, konnte man schnell den Halt verlieren. Die beiden Männer vom Bestattungsinstitut gingen entsprechend langsam und vorsichtig, die Blicke auf den Boden gerichtet.

Sie hatten den Parkplatz fast erreicht, als es passierte: Der Mann, der vorne ging, rutschte auf einem der Stämme aus und verlor das Gleichgewicht. Die Griffe des Sargs glitten ihm aus den Händen, und der vordere Teil krachte auf den Boden. Der zweite Mann konnte ihn nicht halten. Der Sarg kippte zur Seite, der Deckel sprang auf, und der Tote fiel heraus.

Er landete auf dem grasbewachsenen Hang neben der Treppe. Durch den Schwung rollte er weiter, den Hang hinab, bis er vom dicken Stamm eines uralten Lorbeerbaums aufgehalten wurde.

»*Maldita*«, schimpfte der erste Bestatter und rappelte sich hoch. Die beiden nahmen den Sarg wieder auf und trugen ihn hinunter zu dem toten Schnitzler. Rasch legten sie den Leichnam wieder hinein, eilten noch einmal zurück, um den Deckel zu holen, und verschlossen den Sarg erneut. Dann setzten sie den Weg zum Leichenwagen fort.

Mauricio wollte ihnen folgen, blieb aber stehen, weil er im Schein seiner Taschenlampe ein Aufblitzen gesehen hatte, im Gras direkt unter dem Lorbeerbaum. Er schwenkte die Lampe noch einmal zurück, und wieder leuchtete etwas auf. Mauricio ging darauf zu, zog sich einen Latexhandschuh über die rechte Hand und bückte sich.

Der Gegenstand war aus Metall. Mauricio beleuchtete ihn mit der Taschenlampe und sah, dass es sich um einen silbernen Schlüsselanhänger handelte. Er hatte die Form einer bauchigen Flasche. Auf der Metallplatte waren drei Wörter eingraviert. *Vinho é verdade*, entzifferte Mauricio. *Wein ist Wahrheit*. Der Ring war leer, ein Schlüssel befand sich nicht daran.

Er steckte den Anhänger in einen Beutel mit Clipverschluss. Dann zog er den Handschuh wieder aus und verstaute ihn zusammen mit dem Fundstück in seiner Sakkotasche.

Natürlich könnte der Schlüsselanhänger auch auf anderem Weg hierhergelangt sein, doch Mauricio war sich ziemlich sicher, dass er Schnitzler aus der Tasche gefallen war, als der Leichnam den Hang hinuntergerollt war. Ob ihm der Fund etwas nützte, war eine andere Frage. Vermutlich handelte es sich lediglich um ein Werbegeschenk von einem seiner Geschäftspartner.

Als Mauricio auf dem Parkplatz ankam, hatten die Bestatter den Sarg bereits in den Leichenwagen geschoben. Sie winkten ihm zum Abschied, dann rollte der schwarze Wagen davon. Binnen Sekunden verschluckte der Nebel die roten Rücklichter und bald darauf auch das gleichmäßige Geräusch des Dieselmotors.

Mauricio war allein im dichten Nebel, in dieser Geisterwelt aus Lorbeerbäumen. Vorhin hatte er es als beklemmend empfunden, doch jetzt, nachdem der Tote abtransportiert war, verschwand auch das Unbehagen.

Mauricio lächelte. Es war, als wäre die Zeit stehen geblieben. Er befand sich in einer Parallelwelt, in der es keine Hektik und keine Verpflichtungen gab.

Tatsächlich war jetzt auch nichts mehr zu tun. Sicher, er musste der Staatsanwältin Bericht erstatten, aber das würde er morgen erledigen, wenn auch die Obduktion durchgeführt wurde. Heute musste er nur noch dafür sorgen, dass er etwas zu essen bekam. Sein Magen knurrte; die *Petiscos*, die ihm Fabio eingepackt hatte, hatten nur den schlimmsten Hunger gestillt.

Während er zu seinem Pick-up ging, nahm er das Smartphone aus der Tasche. Er aktivierte das Display und sah, dass vor einer guten halben Stunde eine Textnachricht eingegangen war. Sie kam von seinem Mobilfunkanbieter, der ihn darüber informierte, dass jemand eine Nachricht auf der Mailbox hinterlassen hatte. Den Anruf hatte er verpasst, weil er im Angesicht eines Toten grundsätzlich den Klingelton abstellte; eine Frage der Pietät, wie er fand. Jetzt aktivierte er ihn wieder und tippte anschließend auf die angezeigte Nummer.

Als Lauras Stimme von der Mailbox ertönte, bekam er innerlich eine Gänsehaut. Sie klang so warm und zugleich so verletzlich, wie er es von ihr nicht kannte. Irgendetwas musste vorgefallen sein, mit ihrem Ehemann vermutlich. Kurz überlegte er, sie zurückzurufen. Dann steckte er das Gerät wieder weg und setzte sich ans Steuer. Es war besser, wenn er sofort zu ihr fuhr. Unterwegs telefonieren wollte er nicht; bei dem dichten Nebel musste er sich auf die Straße konzentrieren. Aber der Weg war nicht so weit. In einer halben Stunde könnte er bei ihr sein.

16

Laura schreckte hoch, weil jemand sie an der Schulter berührte. Ihre Lider waren verklebt; es dauerte ein paar Sekunden, ehe sie es schaffte, die Augen zu öffnen. Dann sah sie Mauricio, der vor ihr stand.

»Gott sei Dank«, seufzte sie. »Du bist gekommen.«

Mauricio zog sich einen Rattansessel heran und setzte sich ihr gegenüber. »So schlimm?«

Laura nickte. Tränen stiegen ihr in die Augen, und sie nahm rasch ein Taschentuch aus ihrer Handtasche und tupfte sie ab. Sie fühlte sich plötzlich wie ein kleines Mädchen, das sich das Knie aufgeschlagen hatte und Trost bei seinem Vater suchte, so weinerlich, als würde sich in ihrem Inneren alles auflösen.

Aber das war nicht ihre Art. Das Leben mochte ihr Nackenschläge versetzen, doch sie beugte sich nicht. Wenn sie zu Boden ging, stand sie wieder auf und machte umso entschlossener weiter. Genauso würde sie es auch jetzt halten. Sie steckte das Taschentuch weg, richtete sich auf und erzählte Mauricio, was geschehen war.

Seine Augen verdunkelten sich vor Mitgefühl und Wut. »Ein Dreivierteljahr lang hat er dich betrogen und belogen?«

Lauras Herz krampfte sich zusammen. Es war immer etwas anderes, die Dinge, auf denen man herumkaute, aus dem Mund eines anderen Menschen zu hören. Als wäre der andere der Katalysator, der aus den düsteren Gedankenwolken in Stein gemeißelte Wahrheiten schuf.

»Kannst du mir ein Zimmer besorgen?«, fragte sie. »Vielleicht bei deiner Freundin Suzana?« Das Hotel war zwar mit einigen unschönen Erinnerungen an den Aufenthalt im letzten Jahr mit Brittas Wandergruppe besetzt, doch besser, als ein Zimmer mit Matthias zu teilen, war es allemal.

»Das *Jardim do mar* ist ausgebucht«, erwiderte Mauricio. »Aber ...« Er zögerte.

»Ja?«

»Mein Haus ist nicht weit von hier entfernt. Ich habe ein Gästezimmer.«

Nun war es Laura, die zauderte. Auf keinen Fall wollte sie sich von einer Beziehung in die nächste stürzen. Aber es war ja auch nur von Übernachten die Rede gewesen.

»Einverstanden.«

Mauricio gab sich Mühe, eine neutrale Miene aufzusetzen, doch das Aufleuchten in seinen Augen entging ihr nicht.

»Willst du noch deine Sachen holen?«

Laura seufzte. »Am liebsten würde ich das Zimmer erst wieder betreten, wenn Matthias abgereist ist.«

»Er fliegt zurück?«

»Ja. Morgen Nachmittag. Das Sommersemester fängt an. Am Montag muss er in der Uni sein und die erste Vorlesung halten, und das Wochenende braucht er für seine Vorbereitungen.«

Mauricio kaute auf seiner Unterlippe. Er schien mit sich zu ringen. Dann gab er sich einen Ruck. »Eine unbenutzte Zahnbürste habe ich. Und wenn du willst, kannst du dir ein Nachthemd aus dem Schrank aussuchen. Die Sachen meiner verstorbenen Frau ... Ich habe es noch nicht geschafft, sie wegzugeben.«

Laura dachte darüber nach. »Die Zahnbürste nehme ich.« Zum Schlafen würde sie sich mit ihrer Unterwäsche behelfen. Ein Kleidungsstück seiner Frau anzuziehen, auch wenn es nur ein Nachthemd war, erschien ihr zu intim.

»Okay.« Mauricio wirkte erleichtert. Sicher würde es auch ihm nicht gefallen, eine andere Frau in der Wäsche seiner geliebten Gattin zu sehen, deren Tod er noch nicht verwunden hatte.

Er reichte ihr die Hand, um ihr aus dem Sessel zu helfen, und sie gingen gemeinsam zum Hotelparkplatz und stiegen in den Pick-up.

»Eigentlich lohnt es nicht, die kurze Strecke mit dem Wagen zu fahren«, bemerkte er, als er zwei Querstraßen weiter bereits wieder stoppte. »Aber das Auto muss vor der Tür stehen. Für den Fall, dass ich einen dringenden Einsatz habe.«

Laura nickte abwesend. Wie immer, wenn sie ein Haus zum ersten Mal sah, versuchte sie, so viel wie möglich in sich aufzunehmen. Nichts verriet mehr über einen Menschen als die Art und Weise, wie er lebte. Die innere Ordnung spiegelte sich in der äußeren, die Dinge, mit denen sich jemand umgab, erzählten Geschichten über seine Wünsche und Träume, seine Vorlieben und Abneigungen.

So hielt sie es auch, wenn sie Figuren für ihre Bücher entwickelte: Sie überlegte sich, wo die Menschen herkamen, wie ihre Kindheit verlaufen war, wie sie aussahen und sich kleideten, wie sie ihr Leben eingerichtet hatten. Erst danach suchte sie den Namen, der zu einer solchen Person passte.

Mauricios Haus war bescheiden. Es war umgeben von einem kleinen, aber üppig blühenden Garten, der dringend die Hand eines Gärtners gebraucht hätte, so viel konnte Laura erkennen, obwohl nur ein Teil im Licht der nächsten Straßenlaterne zu sehen war. Alles wirkte ein wenig verwildert, obwohl die Beete irgendwann einmal mit Sorgfalt angelegt worden waren; das Werk seiner verstorbenen Frau vermutlich.

Auch das Gebäude selbst war nicht besonders groß. Es war, soweit sie das im Halbdunkel erkennen konnte, in einem hellen Gelb gestrichen, die Fensterläden in kräftigem Orange.

Mauricio öffnete die Haustür. Er schaltete das Licht ein und führte sie in einen kleinen Flur, der direkt in einen Wohnraum mit offener Küche überging. Die Einrichtung war geschmackvoll, eine hellbraune Sitzgarnitur mit einem Sofa und zwei Sesseln, ein niedriger Couchtisch und ein flaches Regal, auf dem ein Fernseher und eine Musikanlage platziert waren. In allen vier Ecken des Raums standen hohe, schmale Lautsprecherboxen, die teuer aussahen. Ein weiteres Regal enthielt zahllose Schallplatten, CDs und Kassetten. An den Wänden hingen auf Keilrahmen gespannte Leinwände; abstrakte Bilder in Schwarz, Weiß und Rot, die erst auf den zweiten Blick ihr Motiv enthüllten: tanzende Menschen, einzeln und in Gruppen.

Mauricio und seine Frau mussten begeisterte Tänzer gewesen sein. Sie erinnerte sich, dass sie im letzten Sommer Plakate von Tanzveranstaltungen und Fado-Abenden an den Wänden seines Büros gesehen hatte.

Der Wohnraum war nicht besonders aufgeräumt, aber gemütlich. Mehrere Bücher und aufgeschlagene Zeitungen lagen auf dem Tisch. Über einer Sessellehne hing das Sakko, das Mauricio am Tag zuvor getragen hatte. Neben dem Fernseher standen ein paar geschnitzte Tierfiguren, Mitbringsel von Urlaubsreisen vermutlich. In einer Ecke baumelte ein Mobile aus hauchdünnen bunten Achat-Scheiben.

Laura trat näher an den Tisch heran und schmunzelte. Bei einem der Bücher handelte es sich um einen Ratgeber für Deutschlandurlauber. Mauricio versuchte offenbar, sich mit deutschen Sitten und Gebräuchen vertraut zu machen.

Ihr Gastgeber hantierte hinter dem Küchentresen und hielt gleich darauf eine Flasche hoch. »Rotwein?«

»Ja, gerne.« Laura ließ sich auf das Sofa sinken. Es war herrlich weich und bequem.

Mauricio trat zu ihr und hielt ihr ein gefülltes Weinglas entgegen. »*À tua saúde.*«

Laura schaute bedeutungsvoll auf das Deutschland-Buch. »Prost.«

Mauricio versuchte es, und Laura, die bereits an ihrem Glas genippt hatte, hätte beinahe den Rotwein über dem Tisch versprüht.

Der Comissário blickte verstimmt. »War das falsch?«

Laura schluckte und versuchte, ihren Heiterkeitsanfall in den Griff zu bekommen. »Nein«, sagte sie endlich. »Nur deine Aussprache ist ... sehr portugiesisch.«

Mauricio lächelte zufrieden. »Dann ist es gut.« Er stellte sein Glas auf den Tisch und verschwand wieder hinter dem Tresen.

Laura lehnte sich zurück und schloss die Lider. Sie hörte das schmatzende Geräusch, mit dem sich die Kühlschranktür öffnete, das Scharren einer Schublade, die aufgezogen wurde, das Klappern von Geschirr und Besteck. Dann erklangen Schritte, und sie öffnete die Augen wieder.

Mauricio stellte ein Tablett auf den Tisch, auf dem sich ein Korb mit aufgeschnittenem Brot und mehrere Teller mit *Petiscos* befanden. Laura erkannte Hähnchen-*Piri Piri* und verschiedene Pasteten.

»Hat dir deine Mutter einen Vorrat davon mitgegeben?«, erkundigte sie sich.

»Nein.« Er grinste. »Ich koche selbst. Nur die Rezepte sind von *mãe*.«

Laura war überrascht. Anders als in Deutschland war die Rollenverteilung in Portugal meist noch sehr klar geregelt. Die Arbeit in der Küche erledigte die Frau. Allerdings war Mauricio seit fast drei Jahren Witwer. Ihm blieb wohl nichts anderes übrig, als für sich selbst zu sorgen, Portugiese hin oder her.

Mauricio legte auch Servietten auf den Tisch und setzte sich, zu Lauras Erleichterung in einen der Sessel, nicht neben sie auf das Sofa. Dass sie seine Einladung angenommen hatte, bedeutete nicht, dass sie sich auch auf mehr einlassen wollte. Zum Glück waren die Portugiesen ausgesprochen höfliche Menschen. Mauricio würde nichts tun, das sie nicht wollte.

Sie nahm sich von dem Huhn und stellte fest, dass es ebenso gut schmeckte wie jenes, das sie bei seiner Mutter probiert hatte.

Als sie gegessen hatten, legte er sein Besteck beiseite. Sie erwartete, dass er sie auf Matthias ansprach, doch was er sagte, war: »Man hat mich heute Abend zu einer Leiche gerufen. Ein Mann wurde ermordet. An der *Vereda do Fanal*. Das ist ein Weg durch einen alten Lorbeerwald auf der Hochebene *Paul da Serra*. Gar nicht allzu weit entfernt von der *Levada do Risco* und dem Wasserfall, den ihr im letzten Jahr besucht habt.«

Dass dort einer ihrer Reisegefährten ums Leben gekommen war, erwähnte er nicht, doch das Bild stand ihr auch so sofort vor Augen. Sie war derart in ihren Erinnerungen gefesselt, dass sie beinahe nicht mitbekommen hätte, was Mauricio hinzufügte.

»Wie bitte?« Laura glaubte, sich verhört zu haben.

»Der Tote ist Friedrich Schnitzler, der Inhaber von *Schnitzler Import Export*. Er wurde vermutlich mit derselben Waffe erschlagen wie Bernd Lange.«

In Lauras Kopf überschlugen sich die Gedanken. Dieselbe Waffe, das bedeutete höchstwahrscheinlich auch: derselbe Täter.

»Damit sind deine beiden Brüder aus dem Schneider, oder nicht?«

Mauricio schaute in sein Glas, als läge die Antwort im Rotwein. »Wir werden sehen. Vielleicht konstruiert Raquel Fonseca ja auch eine Theorie von einem Auftragsmord, den Alexandro aus der Untersuchungshaft heraus angeordnet haben soll.«

Laura kniff die Augen zusammen. »Du traust der Staatsanwältin nicht?«

Mauricio hob die Schultern. »Soweit ich das beurteilen kann, ist sie eine strenge Frau mit hohen moralischen Ansprüchen. Die Buchstaben des Gesetzes sind ihr heilig. Aber in diesem Fall hat sie sich vollkommen auf meine Familie eingeschossen. Als ob es da etwas Persönliches gäbe.«

»Was könnte das sein?«

»Ich weiß es nicht. Aber ich habe den Eindruck, dass sie ein Problem mit mir hat.« Er trank einen Schluck. »Vielleicht ist es aber auch nur der Einfluss von Inspektor *Goma*.«

»Gummi?« Laura musste schon wieder aufpassen, dass sie sich nicht verschluckte.

Mauricios Mundwinkel hoben sich leicht. »In Wirklichkeit heißt er Gomes. Recardo Gomes. Wir nennen ihn nur so, weil er ein Speichellecker ist. Er kann mich nicht leiden, weil ich vor ihm zum Comissário befördert worden bin, obwohl Gomes mehr Dienstjahre hat.«

»Dann ist er nicht so ein guter Polizist wie du.«

»Er sieht das anders.«

»Deshalb rächt er sich, indem er die Ermittlungen auf deine Familie fokussiert?«

»So sieht es aus.«

Laura trank geistesabwesend von ihrem Wein. In ihrem Kopf fuhren die Gedanken Karussell. Sie blickte auf die Weinflasche und sah, dass sie beinahe leer war. Offenbar hatte Mauricio ein paarmal nachgeschenkt, ohne dass es ihr aufgefallen war.

»Sie wird dich auch von diesem Fall abziehen?«

Mauricio nickte bitter. »Wenn sie erfährt, dass die Morde zusammenhängen ...«

»Was wirst du tun?«

»Ich muss herausfinden, wer dahintersteckt. Meine beiden Brüder sitzen in Untersuchungshaft. Ich werde nicht zulassen, dass man sie für Verbrechen anklagt, die sie nicht begangen haben.«

Laura lächelte. Ihr gefielen Mauricios Familiensinn und sein rebellischer Geist.

Sie blickte auf die Uhr. »Lass uns schlafen gehen. Wenn wir den Kampf mit der Staatsmacht aufnehmen wollen, brauchen wir einen klaren Kopf.«

Der Comissário blinzelte. »Wir?«

»Ich helfe dir natürlich.« Nicht, weil sie den Stoff für ein neues Buch brauchte, wenngleich es eine wunderbare Gelegenheit war, Informationen zu sammeln, und auch nicht, um sich von der Sache mit Matthias abzulenken, sondern einfach, weil es das Richtige war.

Mauricio stand auf. »Ich zeige dir das Gästezimmer.« Er hielt ihr die Hand hin und half ihr auf die Beine.

Erst jetzt merkte sie, dass sie nicht nur ein wenig angeheitert, sondern auch völlig erschöpft war. Die Situation mit Matthias hatte sie Kraft gekostet, und mittlerweile war es fast Mitternacht. Sie stolperte, als sie hinter Mauricio hergehen wollte, und stürzte nur deshalb nicht, weil er sie rechtzeitig auffing.

Einen Augenblick lang hielt er sie in den Armen, und sein Gesicht war ganz nah vor ihrem. Sie sah den Aufruhr in seinen dunklen Augen und spürte ein Kribbeln im ganzen Körper. Dann ließ er sie wieder los.

»Auch dafür sollte man einen klaren Kopf haben«, sagte er rau. Er nahm ihren Arm und führte sie ins Gästezimmer, eher fürsorglich als verführerisch.

Laura war enttäuscht, aber auch dankbar. Wenn sie sich für Mauricio entschied, sollte er nicht als Trostpflaster herhalten. Und für eine ernsthafte neue Beziehung war sie noch nicht bereit.

»*Boa noite*«, sagte er und hauchte ihr ein Küsschen rechts und links auf die Wange. »*Dorme bem e sonhos cor-de-rosa.*«

Schlaf gut und träum was Schönes.

»*Obrigada*«, erwiderte sie. »Ich versuche es.«

17

Mauricio Torres bebte vor Wut, aber er schaffte es, sich nichts davon anmerken zu lassen. Er wusste, dass es seiner Sache nicht dienlich wäre.

Die Staatsanwältin saß ihm mit ernster Miene gegenüber, die Hände vor sich auf dem Tisch gefaltet. Auch an diesem Freitagmorgen trug sie wieder einen ihrer hellen Hosenanzüge aus Leinen, dazu die übliche dunkle Bluse. Mit ihrer strengen schwarzen Kurzhaarfrisur gab sie das Bild einer Respektsperson ab, mit der man sich eine Diskussion sparen konnte.

Inspektor Recardo Gomes sah ebenfalls wie immer aus wie aus dem Ei gepellt, mit seinem eleganten schwarzen Anzug, dem blütenweißen Hemd, den zurückgegelten dichten schwarzen Haaren und seinem affigen Oberlippenbart. Um eine der Situation angemessene Haltung kümmerte er sich dagegen nicht. Er lümmelte in einem der Sessel am Fenster und gab sich keine Mühe, sein Grinsen zu verbergen.

»Verstehen Sie das bitte nicht als persönlichen Affront«, sagte Raquel Fonseca. »Aber wir müssen gerade in diesem Fall, in dem die Familie eines ranghohen Beamten unserer Behörde betroffen ist, mit äußerster Sorgfalt vorgehen.«

Mauricio hob die Augenbrauen. Wenn die Worte der Staatsanwältin als Schmeichelei gedacht waren, verfehlten sie ihren

Zweck. In der Hierarchie der *Polícia Judiciária* befand er sich bestenfalls im Mittelfeld. Ihm persönlich war das egal. Er bezog weder sein Selbstwertgefühl noch seine berufliche Zufriedenheit aus seinem Status. Aber die Staatsanwältin meinte es vermutlich auch eher politisch. Ihre nächsten Worte bestätigten das.

»Bedenken Sie, wie es in der Öffentlichkeit wirken würde, wenn wir Ihre Brüder aus der Untersuchungshaft entlassen, ohne dass der Verdacht gegen sie entkräftet ist.«

Mauricio unternahm einen letzten Versuch, die Dinge zu einem besseren Ergebnis für Alexandro und Jacinto zu wenden, auch wenn er wusste, dass seine Chancen schlecht standen. »Die Rechtsmedizinerin sagt, es war dieselbe Waffe. Also war es mit einiger Sicherheit auch derselbe Täter.«

»Die Obduktion ist noch nicht abgeschlossen.« Fonseca warf Gomes einen auffordernden Blick zu. »Ich würde es übrigens begrüßen, wenn Sie der Untersuchung beiwohnen.«

Gomes' Grinsen wich einer angewiderten Grimasse. Mauricio wusste, dass er Autopsien hasste. Es kursierten Gerüchte, dass *Inspektor Goma* schon mehrfach die Waschräume hatte aufsuchen müssen und sich einmal sogar direkt neben der Leiche übergeben hatte. Im Gegensatz zu seiner Gesinnung war sein Magen offensichtlich nicht aus Gummi.

Trotzdem erhob er sich und salutierte. »Ganz, wie Sie wünschen, *Doutora*.«

Er verließ den Raum, und die Staatsanwältin wandte sich wieder Mauricio zu. »Ihre Brüder sind nach wie vor verdächtig. Solange keine stichhaltigen Beweise für ihre Unschuld vorliegen, kann ich nicht dafür plädieren, sie auf freien Fuß zu setzen.«

Für einen Moment sah er so etwas wie Mitleid in ihrem Blick, doch dann schloss sich die Tür wieder. Hübsch waren sie, ihre Augen, von einem warmen Braun, und klug, aber die Strenge, die darin lag, nahm ihnen alles Weiche.

»Wir können zum jetzigen Zeitpunkt nicht ausschließen, dass wir es mit zwei verschiedenen Tätern zu tun haben«, fuhr die Staatsanwältin fort. »Offensichtlich scheint mir dagegen, dass die beiden Fälle zusammenhängen. Ich muss Sie deshalb auch von den Ermittlungen im Mordfall Schnitzler entbinden. Inspektor Gomes wird die Angelegenheit übernehmen.«

Mauricio ballte heimlich die Fäuste. Wenn *Inspektor Goma* dafür verantwortlich war, würde der wahre Täter nie gefasst werden.

»Unter diesen Umständen beantrage ich Urlaub, bis die Ermittlungen abgeschlossen sind«, knurrte er.

»Das halte ich für eine gute Idee, Comissário.« Die Staatsanwältin ging mit einem Lächeln über seine Unhöflichkeit hinweg. Sie griff in die Schreibtischschublade und beförderte ein Formular hervor, das sie ausfüllte und unterschrieb. »Damit sollte Ihr Antrag so gut wie bewilligt sein.« Sie reichte ihm das Blatt.

Mauricio bereute seine spontane Entscheidung bereits. Wenn er Urlaub hatte, war ihm auch der Zugriff auf den Computer in seinem Büro und die polizeilichen Datenbanken versperrt. Doch jetzt war es zu spät, um einen Rückzieher zu machen. Er würde erneut Diogo Carvalho um Hilfe bitten müssen und hoffen, dass er den Kollegen nicht in Schwierigkeiten brachte.

Mit einem gequälten Lächeln nahm er das Formular entgegen, steckte es gefaltet in die Sakkotasche und deutete zur Tür. »*Com licença.*«

Die Staatsanwältin neigte den Kopf und erteilte ihm die Erlaubnis, den Raum zu verlassen. »*Com certeza.*«

Laura sah sofort, dass das Gespräch nicht so verlaufen war, wie Mauricio es sich gewünscht hatte. Sie saß an einem der Tische auf dem Bürgersteig vor Cordeiros Café, direkt gegenüber dem Gebäude des *Departamento de Investigação Criminal do Funchal*, in dem auch die *Polícia Judiciária* untergebracht war. Laura hatte bereits einen *Bica* getrunken, ein Buttercroissant gegessen und die Figur der Justitia betrachtet, die vor dem Haupteingang stand. Mauricio hatte ihr erzählt, dass sein Bruder Jacinto und er oft Witze über die Statue machten, und tatsächlich, fand Laura, hatte sie eine gewisse Ähnlichkeit mit Cristiano Ronaldo.

Fabio Cordeiro, der Besitzer des Cafés und Mauricios bester Freund, hatte ihr eine Weile Gesellschaft geleistet und sich von ihr über die neuesten Entwicklungen in Kenntnis setzen lassen. Laura war beeindruckt, wie mitfühlend der blonde Hüne war. Das Äußere des Ex-Polizisten mit der Statur eines Preisboxers und dem steifen Bein war ein wenig furchteinflößend, doch tatsächlich war Fabio eine Seele von Mensch, höflich und freundlich wie die meisten Portugiesen. Laura fragte sich, warum diese Eigenschaften in ihrer Heimat so viel weniger ausgeprägt waren. Sie mochte die portugiesische Mentalität, auch wenn sie die nationale Schwermut, die *Saudade*, nicht wirklich nachvollziehen konnte und die große Förmlichkeit im Umgang miteinander manchmal ein wenig steif und antiquiert wirkte. Aber alles in allem war ihr das lieber als der mangelnde Respekt und die Rücksichtslosigkeit, die sie in Deutschland oft erlebte.

Mauricio überquerte die Straße vor dem weiß gekachelten Kubus, in dem sein Büro untergebracht war, und setzte sich zu ihr an den Tisch. Fabio, der offenbar bereits alles vorbereitet hatte, erschien keine halbe Minute später und servierte ihm einen *Bica*.

»Ein Croissant dazu? Oder lieber etwas Salziges?«, erkundigte er sich.

»Bring mir eine von deinen Hackfleischpasteten«, entgegnete der Comissário. »*Fabio especial.*«

»Kommt sofort.« Cordeiro legte ihm kurz die Hand auf die Schulter und verschwand im Café.

Laura schaute den Comissário fragend an. »Die Staatsanwältin entlässt Alexandro und Jacinto nicht? Und sie hat dir den Fall Schnitzler entzogen?«

»Richtig.« Mauricio atmete tief durch. »Ich habe Urlaub genommen.«

Laura verengte die Augen. »Was hast du vor?«

»Ich ermittle auf eigene Faust.« Er rang sich ein Grinsen ab. »Sobald ich meinen Kaffee getrunken und etwas gegessen habe. Gomes ist zur Obduktion abkommandiert worden. Das ist eine gute Gelegenheit, sich in der Firma von Schnitzler umzusehen. Du kommst doch mit?«

Laura dachte darüber nach, ob sie nicht eigentlich ins Hotel fahren und sich von Matthias verabschieden müsste. Sein Flug ging am frühen Nachmittag; er musste gegen eins am Flughafen sein. Wenn sie jetzt mit Mauricio zum Firmensitz von *Schnitzler Import Export* fuhr, würde sie ihn nicht mehr erwischen. Sie könnte höchstens versuchen, rechtzeitig am Flughafen zu sein.

Aber hatte Matthias so viel Zuwendung überhaupt verdient?

»Ich begleite dich gern«, entschied sie. Wenn Matthias noch etwas zu sagen hatte, konnte er sich ja bei ihr melden.

Die Adresse von *Schnitzler Import Export* lag in der Urbanização Pico dos Barcelos, einem Viertel von Funchal, in dem es eine Reihe von Unternehmen gab, einen Baumarkt, ein Sportartikelgeschäft, einen Mercedeshändler und einige andere mehr. Auch verschiedene Großhändler hatten hier ihren Firmensitz.

Der Caminho do Poço Barral war eine schmale Straße, in der sich mehrere große Lagerhallen befanden. Das Gebäude, an dessen Tür das Schild mit der Aufschrift *Schnitzler Import Export* hing, befand sich allerdings auf der gegenüberliegenden Seite. Es war klein, hatte eine hellrot gestrichene Fassade und beherbergte neben dem deutschen Unternehmen einen Catering-Service mit dem Namen *Delicious Food*.

»Das ist Schnitzlers Zentrale?«, fragte Laura.

Mauricio sah, dass sie enttäuscht war. In den Augen einer Deutschen entsprach dieses Gebäude vermutlich in keiner Hinsicht dem Hauptsitz einer respektablen Firma. Als Portugiese sah er die Dinge lockerer.

»Wahrscheinlich ist das hier nur sein Büro. Er lässt die Waren direkt verschiffen und hat sein Zwischenlager irgendwo am Hafen.« Mauricio ärgerte sich, dass er Alexandro nicht gefragt hatte, wohin die Lieferung für Schnitzler hätte gehen sollen. Er betrachtete das Gebäude und stellte fest, dass es zwar zwei Firmenschilder und Briefkästen, aber nur einen Eingang gab.

»Hoffentlich hat er überhaupt einen Angestellten«, sagte Laura. »Wenn Schnitzler allein gearbeitet hat, sind wir umsonst gekommen.«

»Wir könnten versuchen, uns Zutritt zu seinem Büro zu verschaffen.« Mauricio öffnete die Eingangstür, die einen melodischen Klingelton auslöste, und betrat einen gemütlich eingerichteten Gastraum, in dem es nach frisch gebackenem Brot und gebratenem Fleisch duftete. Offensichtlich konnte man hier auch vor Ort essen oder sich direkt etwas für zu Hause einpacken lassen.

Ein kleiner, dunkelhaariger Mann trat aus der rückwärtigen Tür des Raums. Er trug eine Hose aus weißer Baumwolle und ein rotes T-Shirt, auf dem in weißer Schrift *Delicious Food* stand. In der Hand hielt er eine Kochmütze.

»*Bem-vindo*«, begrüßte er sie. »Sie benötigen ein Catering für eine Familienfeier? Eine Hochzeit vielleicht?«

»Nein.« Mauricio hatte eigentlich nicht mit der Tür ins Haus fallen wollen, doch der Überschwang des Unternehmers war ihm so unangenehm, dass er seinen Dienstausweis hervorzog. »Comissário Mauricio Torres von der *Polícia Judiciária*. Wir sind wegen Herrn Friedrich Schnitzler hier.«

Sämtliche Fröhlichkeit fiel von dem Caterer ab. »Polizei?«

»*Sim*.«

»Hat sich irgendjemand beschwert? Gab es Probleme mit dem Essen? Hat jemand eine Lebensmittelvergiftung erlitten?«

»Nein.« Mauricio blinzelte irritiert. »Es geht nicht um Sie. Es geht um Herrn Schnitzler.«

Der Koch sah ihn ratlos an. »Ich kenne niemanden, der so heißt. Jedenfalls erinnere ich mich nicht. Ich müsste in meinen Geschäftsunterlagen nachsehen.«

Er machte Anstalten, den Raum zu verlassen, doch Mauricio hielt ihn zurück. »Herr Schnitzler ist keiner Ihrer Kunden. Ihm gehört die Import-Export-Firma, die sich in diesem Haus befindet.«

»Ah.« Der Koch erstarrte. »*Sim*. Die Firma. Natürlich. Schnitzler.« Er zerrte an seiner Mütze, als wollte er sie zerreißen. »Sie müssen entschuldigen. Aber deutsche Namen sind wirklich schwer zu merken, finden Sie nicht auch?«

Mauricio wechselte einen raschen Blick mit Laura. Der Mann benahm sich ausgesprochen seltsam.

»Besitzen Sie einen Schlüssel?« Er sah sich in der kleinen Gaststube um und versuchte, die Dimensionen des Gebäudes zu erfassen. »Wo befinden sich die Geschäftsräume überhaupt?«

Der Koch räusperte sich umständlich. »Das ist mir jetzt sehr unangenehm. Aber es gibt hier keine Büros.«

»Und was ist mit dem Schild da draußen?« Mauricio streckte den Arm aus und wies zur Eingangstür.

Der Koch zuckte zurück. Laura trat auf ihn zu und lächelte

freundlich. »Wir wollen Ihnen keine Schwierigkeiten machen. Erzählen Sie uns einfach, was Sie wissen, und dann sind wir auch schon wieder weg.«

Der Koch zog ein Taschentuch hervor und wischte sich den Schweiß von der Stirn. »Sehen Sie: Ich habe mein Geschäft erst vor ein paar Wochen eröffnet. Der Anfang ist immer schwer, nicht wahr? Ich brauchte dringend Einnahmen. Und als dann dieser Mann kam und mich gefragt hat, ob ich das Schild aufhänge und ihm einen Briefkasten vermiete, habe ich nicht Nein gesagt.«

Mauricio hatte das Gefühl, dass sich das Blut in seinen Adern in Eiswasser verwandelte. »Es gibt hier keine Import-Export-Firma?«

»Nein.« Der Koch duckte sich. »Nur das Schild. Und den Briefkasten.«

Mauricio zog sein Smartphone aus der Tasche und holte ein Foto auf den Bildschirm. »War es dieser Mann?«

Der Koch nickte eifrig. »Ja. Das ist er.«

Laura schaute ihm über die Schulter. »Friedrich Schnitzler. Oder ist der Name womöglich auch falsch?«

Die Männer standen im Halbkreis auf dem Hof, die Mützen in den Händen, die Köpfe gesenkt. Tiago hatte sich schon mehrfach geräuspert, doch er wusste einfach nicht, was er noch sagen könnte.

Eigentlich sollten die Maschinen jetzt auf Hochtouren laufen. Das frisch geerntete Rohr müsste ausgepresst, der Saft zu Melasse und Sirup verkocht, die Melasse destilliert werden, um den kostbaren *Aguardente de cana-de-açúcar* zu gewinnen. Am Abend würde man zusammensitzen, *Poncha* trinken und *Bolo de mel* essen.

Stattdessen stand die Anlage still. Die Ladeflächen der Lastwagen und der Platz vor der Halle waren leer, genau wie die Kessel und Brennapparaturen im Inneren. Kein einziges Zuckerrohr lag dort, kein Saft wurde gepresst und eingedickt. Es war, als wäre die gesamte *Engenho* nur ein Museum, eine Filmkulisse. Das war kein ungewohnter Zustand; die meiste Zeit des Jahres sah es hier so aus, doch jetzt, im April, zur Erntezeit, müsste das Bild ein anderes sein.

Tiago hatte den Männern das letzte Gehalt gezahlt. Sie würden sich womöglich eine neue Beschäftigung suchen müssen. Ob *Grote & Wolf* sie übernehmen würden, stand in den Sternen. Was hatte der deutsche Spirituosenhersteller überhaupt mit der Brennerei vor? Würde er sie weiterführen oder das Unternehmen dem Erdboden gleichmachen, um eine eigene, größere Anlage aufzubauen?

Wie würde sein Vater reagieren, wenn er von dem Verkauf erfuhr? Alexandro Torres hatte sein gesamtes Erwachsenenleben als Geschäftsführer der Brennerei verbracht. Was sollte er jetzt tun?

Arturo Andrade, der alte Brennmeister, löste sich aus der Gruppe der Männer und kam auf ihn zu. Seine dunklen Augen waren voller Anteilnahme; das Mitleid hatte seinem zerknitterten tiefbraunen Gesicht ein paar weitere Falten hinzugefügt. Er zog an der kurzen geraden Pfeife, die in einer Lücke seiner braun verfärbten Zähne steckte, und stieß eine Rauchwolke aus.

»Mach dir keine Vorwürfe«, sagte er. »Du hattest keine Wahl. Und es ist nicht deine Schuld. Dein Vater hat den Vertrag geschlossen, der ihn Kopf und Kragen gekostet hat.«

Ein gerechter Zorn stieg in Tiago auf. »Er hätte ihn erfüllen können, wenn Lange die Maschinen nicht sabotiert hätte.«

Andrade wiegte nachdenklich den Kopf. »Ich glaube nicht, dass Bernd das getan hat. Genauso wenig, wie ich mir vorstellen kann, dass dein Vater ihn deshalb erschlagen hätte.«

Tiagos Wut fiel in sich zusammen. Stattdessen erfasste ihn

eine Schwermut, die ihn zu Boden drückte. Er war mit der Situation einfach vollkommen überfordert.

Andrade legte ihm die Hand auf die Schulter.

»Geh nach Hause«, riet er ihm. »Sprich mit deinen Großeltern. Javier und Ana können dir sicher helfen. Sie haben die Diktatur überlebt. Sie werden sich von ein paar hinterhältigen deutschen Geschäftsleuten nicht unterkriegen lassen.«

Tiago nickte. Das war ein guter Rat. Früher, als er jünger gewesen war, hatte er es immer so gehalten. Wenn ihn seine Eltern nicht verstanden hatten, war er zu seinen Großeltern geflohen. *Avô* Javier war ein Mann, der viel Verständnis für seine jugendliche Rebellion hatte, und *Avó* Ana versorgte ihn mit so viel *Pastéis de nata*, wie er nur essen konnte.

Dann war seine Mutter an Krebs erkrankt, und er hatte es plötzlich unfair gefunden, ihr in den Rücken zu fallen. Er hatte viel Zeit an ihrem Bett verbracht, und wenn er es nicht mehr ausgehalten hatte, war er mit dem Motorrad über die Insel gerast. Auch seine anderen Großeltern, die Eltern seiner Mutter, hatte er häufig besucht. Sie waren ganz anders, nicht herzlich und unkonventionell wie Ana und Javier, sondern typisch portugiesisch: steif, förmlich und höflich. Tiago fühlte sich dort nicht so wohl, doch er hatte es als seine Pflicht angesehen, sich um sie zu kümmern. Nach dem Tod seiner Mutter hatte er alle Besuche eingestellt, weil er es einfach nicht ertragen hatte, die Trauer in ihren Gesichtern zu sehen. Doch das würde sich ab sofort wieder ändern!

»Danke, Arturo«, sagte er herzlich und verabschiedete sich von jedem der Arbeiter seines Vaters mit Handschlag. Dann lief er zu seiner Enduro, setzte den Helm auf und gab Gas.

18

Schnitzler Import Export war nur eine Briefkastenfirma. Das stellte alles auf den Kopf. Oder nicht?

Laura starrte auf die Landschaft, die an ihr vorbeiflog, während Mauricio das Gaspedal durchdrückte. Sie hatte mittlerweile begriffen, dass er immer dann besonders schnell fuhr, wenn er innerlich angespannt war. Dem momentanen Tempo nach zu schließen musste er im Augenblick kurz vor der Explosion stehen.

Die baumbestandenen Hügel, die Dörfer mit den weißen Häusern und den roten Ziegeldächern und die gelegentlichen Blicke auf den Atlantik erschienen ihr wie mit Zeitraffer aufgenommen.

»Es ist ein einziger großer Betrug«, fluchte Mauricio zum wiederholten Mal. »Diese Hamburger Spirituosenfirma hat nicht nur Alexandros Notsituation ausgenutzt. Diese Leute haben die ganze Sache eingefädelt. Alexandro mit einem falschen Angebot gelockt und dafür gesorgt, dass er den Vertrag nicht erfüllen kann. Damit schlagen sie gleich zwei Fliegen mit einer Klappe. Sie bekommen die *Engenho*, und das Geld für die Konventionalstrafe noch obendrauf. Da können sie einen Saboteur wie Bernd Lange aus der Portokasse bezahlen.«

Laura biss sich auf die Lippen. Es war nicht zu übersehen, dass Mauricio in diesem Moment alle Deutschen für Abschaum hielt.

Obwohl sie seine Erregung nachvollziehen konnte, fühlte sie sich verletzt. Sie war schließlich auch eine Deutsche.

»Ich kann mir das nicht vorstellen«, äußerte sie vorsichtig. »Sicher, große Wirtschaftsunternehmen sind in der Wahl ihrer Mittel nicht zimperlich. Aber sie achten für gewöhnlich darauf, dass alles im legalen Bereich bleibt. Grauzonen, ja. Die nutzt man vermutlich aus. Aber derartige Grenzüberschreitungen? Und wofür? Warum ein solcher Aufwand und ein solches Risiko für eine kleine Brennerei? Was ist an eurer *Engenho* so wichtig, dass sich eine deutsche Firma derart tief in verbrecherische Machenschaften verstrickt?«

Nun war es Mauricio, der sich gekränkt fühlte. »Die *Engenho* ist ein Traditionsbetrieb. Sie befindet sich seit mehr als fünfzig Jahren im Familienbesitz. Die Produkte werden alle sorgfältig und in Handarbeit hergestellt. Sie genügen höchsten Qualitätsansprüchen. Das ist keine Massenware, sondern exklusiver Rum für Kenner.« Er klang wie der Sprecher eines Werbespots im Radio.

»Das mag ja sein«, wischte Laura seinen Einwand ungeduldig beiseite. »Aber ihr habt nicht gerade Reichtümer damit erworben.«

Die Lippen des Comissários wurden schmal. »Die Familie hat ihr Auskommen.«

Laura verdrehte die Augen. Wie sollte man mit jemandem sachlich diskutieren, der sich ständig auf den Schlips getreten fühlte? Aber so war das wohl, wenn man es mit einem Portugiesen zu tun hatte. Stolz und Schwermut ergaben eine Mischung, die nicht leicht zu händeln war.

»Daran zweifle ich nicht«, sagte sie versöhnlich. »Aber welche Bedeutung hat eure Brennerei für eine Firma, die wahrscheinlich Umsätze im Millionenbereich macht? Wenn man dafür kriminell wird, muss es sich doch lohnen.«

Sie sah, dass sie ihn endlich erreicht hatte. Seine Miene wurde nachdenklich, und er drosselte das Tempo, sodass die gelben Lampen im Tunnel, den sie gerade durchquerten, nicht mehr wie kurze Blitze an ihr vorbeihuschten, sondern als einzelne Lichtpunkte erkennbar wurden.

»Aber die Dinge müssen irgendwie zusammenhängen«, beharrte er. »Hast du dafür eine Erklärung?«

»Nein. Im Augenblick nicht. Aber es muss eine geben.«

Sie verließen den Tunnel und befanden sich plötzlich auf einem Hochplateau. Links neben ihnen fiel die Küste steil ins Meer. Laura sog scharf die Luft ein, weil Mauricio auf der schmalen Straße für ihren Geschmack immer noch viel zu schnell unterwegs war.

Forderte er absichtlich das Schicksal heraus? Wollte er, dass ihm dasselbe widerfuhr wie seiner geliebten Frau, die mit dem Wagen von der Straße abgekommen und über die Klippen in den Tod gestürzt war? Suchte er auf diese Weise die Nähe zu ihr? Oder war auch das ein Teil der portugiesischen Mentalität? Sie hatte es schon öfter beobachtet. Die Portugiesen rasten entweder, oder sie trödelten. Ein normales, gemäßigtes Tempo schien in ihrem Repertoire nicht vorzukommen.

»Wo fahren wir eigentlich hin?«, fragte sie, um sich von der Schreckensvision abzulenken, Mauricios Pick-up könnte über die Fahrbahnbegrenzung hinausschießen und sie beide im Flug in die Tiefen des Atlantiks befördern.

Der Comissário warf ihr einen kurzen Seitenblick zu. »Nach Prazeres, zu meinen Eltern«, entgegnete er, als hätte sie auch selbst darauf kommen können. »Wir müssen dringend einen Familienrat abhalten.«

Er wusste, dass er die richtige Entscheidung getroffen hatte, als er in die Straße einbog, in der sich sein Elternhaus befand. Tiagos giftgrüne Enduro stand vor der Tür. Also hatte auch sein Neffe den Weg zu Javier und Ana gesucht, um sich zu beraten.

Mauricio parkte den Pick-up im Schatten eines Baumes und reichte Laura die Hand, um ihr beim Aussteigen zu helfen. Sie sah so aus, als wüsste sie nicht, ob ihr das angenehm war oder nicht, und früher oder später würde er sich auch darüber Gedanken machen müssen, doch jetzt ging es um die Familie.

Seine Mutter hatte ihr Kommen bemerkt. Sie öffnete die Haustür, ehe Mauricio die Klingel betätigen konnte, eine kleine, rundliche Frau in schwarzem Kleid und schwarzen Espadrilles, deren braune Augen wach und warm leuchteten.

»*Bem-vinda, Dona* Laura«, begrüßte sie seine Begleiterin und hauchte ihr ein Küsschen links und rechts auf die Wange.

Laura erwiderte die Geste und versicherte, wie sehr sie sich über das Wiedersehen und die Gastfreundschaft freue. Seine Mutter warf ihm einen bedeutungsvollen Blick zu.

Diese Frau ist zwar keine Portugiesin, aber sie weiß sich zu benehmen, sollte das wohl bedeuten.

Mauricio rang sich ein Lächeln ab. Er wusste, dass seine Mutter sich wünschte, er würde endlich über Marias Tod hinwegkommen und sich einer anderen Frau öffnen. Er wollte das ja auch. Er wusste nur nicht, ob er es konnte.

»Dein Vater und Tiago sind auf der Terrasse«, verkündete Ana Torres und winkte Laura und ihn durch den Flur. »Ich mache euch einen *Bica* und ein paar *Petiscos*, ja?«

»Das ist nicht nötig«, wehrte Mauricio ab. »Ein Kaffee reicht.«

»*Não*. Ihr habt schwierige Probleme zu besprechen. Dafür braucht man etwas im Magen.«

Laura blinzelte ihm amüsiert zu, und Mauricio deutete ein Schulterzucken an. Seine Mutter hatte klare Vorstellungen davon, wie man sich zu verhalten hatte, wenn Gäste im Haus waren. Sie würde nicht davon abrücken.

»Danke«, sagte er deshalb. »Du bist die Beste, *mãe*.«

Ana Torres lächelte, und trotz der grauen Haare, die mit den Jahren dünn geworden waren, und der vielen Falten um Mund und Augen herum sah sie plötzlich wie ein junges Mädchen aus. Auf keinen Fall konnte er glauben, dass sie schon Mitte siebzig war. Er nahm sie in die Arme und drückte sie herzlich.

»Das meine ich ernst«, fügte er hinzu.

Seine Mutter schob ihn von sich weg. Auch wenn man in seiner Familie weniger förmlich miteinander umging, als es sonst in Portugal üblich war, fühlten sich seine Eltern bei engem körperlichem Kontakt unwohl.

»Komm.« Mauricio legte Laura leicht die Hand auf den Rücken und führte sie durch den Wohnraum auf die Terrasse.

Sein Vater und Tiago hatten trotz der frühen Stunde – es war erst kurz vor Mittag – beide eine Bierflasche in der einen und eine Zigarette in der anderen Hand.

Mauricio begrüßte beide mit Handschlag. Sein Vater legte dazu die Zigarette in den Aschenbecher, Tiago nahm Flasche und Glimmstängel in eine Hand und streckte Mauricio die andere hin. Dann standen sie auf, und Laura bekam von beiden Männern Wangenküsschen, ehe sie sich schwer zurück in ihre Sessel fallen ließen.

Tiago trank einen Schluck Bier und zog heftig an seiner Zigarette. »Ich habe den Männern gesagt, dass wir die *Engenho* verkaufen mussten«, erklärte er. »Es war furchtbar.«

»Ist jemand ausgerastet?« Mauricio kannte die Arbeiter seines Bruders nicht gut, aber sicher war der eine oder andere dabei, dem die Nerven durchgehen konnten, wenn seine Existenz auf dem Spiel stand.

»Nein. Sie haben es alle hingenommen wie ein Gottesurteil. Das war ja das Schlimme. Kein Gejammer, kein Geschrei, keine Wutausbrüche, einfach nur Schweigen. Als hätte jemand den Stecker gezogen.«

Mauricio konnte die Stimmung nachfühlen. Und irgendwie war es ja auch so. Das Uhrwerk, das jahrzehntelang präzise geschlagen hatte, war einfach stehen geblieben. Er legte Tiago die Hand auf die Schulter. »Ich bin stolz auf dich, dass du den Mut hattest, den Arbeitern gegenüberzutreten.«

Trotz aller Trauer blitzten Tiagos Augen auf. Vermutlich bekam er von seinem Vater selten lobende Worte zu hören. Nicht, weil Alexandro nie zufrieden mit ihm war, aber es war einfach nicht seine Art.

Sie setzten sich, und Mauricios Mutter brachte Kaffee, Teller mit *Petiscos* und frisches Brot. »Esst erst einmal etwas«, lächelte sie.

Mauricio nahm sich ein Stück Brot und betrachtete es. Dann legte er es wieder beiseite. Er hatte keinen Appetit.

»Friedrich Schnitzler ist tot«, berichtete er. »Jemand hat ihn ermordet.«

Tiago und Javier hoben ruckartig die Köpfe. Ana, die zurück in die Küche hatte gehen wollen, blieb stehen. »Heißt das, er wird kein Geld mehr von uns fordern?«

»Nein. Das wird er sicher nicht«, sagte Mauricio.

Das Gesicht seiner Mutter erhellte sich.

Tiagos Miene blieb düster. »Das nützt uns nichts. Ich habe bereits gezahlt.«

Javiers Augen unter den buschigen Brauen verengten sich. »Wovon denn?«

»Maximilian Böhm von *Grote & Wolf* hat mir einen Scheck ausgestellt. Eine Vorauszahlung auf den Kaufpreis. Den habe ich Schnitzler übergeben.«

Mauricio tauschte einen raschen Blick mit Laura. So handelte man mit Geld, ohne welches besitzen zu müssen.

»Die ganze Sache war ein Betrug«, erklärte er. »Die Firma *Schnitzler Import Export* existiert überhaupt nicht. Das Termingeschäft war eine Falle. Es hatte nur den Zweck, die Brennerei in den Ruin zu treiben, damit Alexandro an *Grote & Wolf* verkauft.«

Sein Vater fuhr sich über das wie immer unrasierte Kinn. »Und der Tote? Der Saboteur?«

»Der war nicht vorgesehen.«

Die dunklen Augen seines Vaters ruhten auf ihm. »Dann glaubst du jetzt auch, dass Alexandro ihn erschlagen hat? Weil er ihn dabei ertappt hat, wie er die Apparaturen demoliert hat?«

Mauricio hatte sich während der gesamten Fahrt von Funchal nach Prazeres mit dieser Frage herumgeschlagen, und das Ergebnis war ernüchternd. Auch wenn er hoffte, dass es anders war und er sich ebenso wie die Staatsanwältin täuschte – er konnte nicht ausschließen, dass sie recht hatte.

»Ich weiß nicht, was ich sonst denken soll«, erklärte er müde.

»Dass Bernd Lange nichts damit zu tun hat«, mischte sich Laura erregt ein. »Er war es, der den Saboteur erwischt hat, und deshalb musste er sterben. So weit waren wir doch schon.«

Javier Torres musterte sie. Er war ein Patriarch alter Schule. Seiner Ansicht nach trugen Frauen nicht ungefragt ihre Meinung vor. Doch was Mauricio jetzt in seinem Blick las, war nicht Missbilligung, sondern Anerkennung.

»Die Frage ist also, wer dieser Saboteur war.«

»Friedrich Schnitzler selbst«, schlug Laura vor. »Oder Maximilian Böhm. Oder ... dieser Andreas Fiedler, der Besitzer des roten Engels in Faial. Er hat versucht, Bernd Lange zu überreden, die

Apparaturen zu manipulieren, aber Lange hat abgelehnt. Also hat Fiedler es selbst getan. Aber Bernd Lange war seinem Arbeitgeber gegenüber loyal. Er hat in der Brennerei Posten bezogen, und als er Fiedler bei der Sabotage erwischt hat, kam es zum Streit, und Fiedler hat ihn getötet und in den Kessel mit der Melasse geworfen.«

»Das ist doch ein guter Ansatz.« Javier Torres fuhr sich durch seine dichten grauen Locken. »In diese Richtung solltest du ermitteln, Mauricio.«

»Böhm und Fiedler waren am Dienstagmorgen mit Nelson in Faial«, erinnerte Mauricio.

»Vielleicht haben sie gelogen«, beharrte Laura. »Oder es war Schnitzler. Der hat kein Alibi.«

»Möglich. Aber ich kann in überhaupt keine Richtung ermitteln«, sagte Mauricio bitter. »Man hat mich beurlaubt.«

»Das hat dich bisher auch nicht abgehalten«, bemerkte sein Vater.

»Die Situation hat sich verschärft. Wir haben zwei Tote. Wenn ich jetzt die Füße nicht stillhalte, hängt die Staatsanwältin mir ein Disziplinarverfahren an.«

Javier zündete sich eine neue Zigarette an. »Es geht um deine Brüder«, erwiderte er unversöhnlich.

»Vielleicht gibt es ja noch einen anderen Ansatzpunkt?«, schaltete sich Laura erneut ein. »Einen, der dich nicht unmittelbar in Schwierigkeiten bringt?«

Javier und Tiago schauten ihn hoffnungsvoll an. Mauricio überlegte, doch ihm fiel nichts ein.

Ana Torres kam auf die Terrasse und brachte weitere Teller mit *Petiscos*. Offenbar hatte sie einen Teil des Gesprächs mitbekommen, obwohl sie in der Küche hantiert hatte. Ihre Augen wurden immer schlechter, doch ihr Gehör funktionierte tadellos.

»Hatte Alexandro am Dienstagmorgen nicht eine Verabredung mit einem Geschäftspartner? In dem Teehaus neben der *Quinta Pedagógica*? Der Lehrfarm«, fügte sie an Laura gewandt hinzu. »Habt ihr den gesucht? Vielleicht könnte er bezeugen, dass Alexandro dort war, während dieser Gelegenheitsarbeiter ermordet wurde.«

Mauricio erinnerte sich. Der Mann hatte Alexandro Schmuggelware angeboten und seinen Namen nicht genannt. Deshalb hatte Mauricio auch wenig Sinn darin gesehen, nach ihm zu fahnden. Er hatte gewusst, dass es schwer sein würde, ihn überhaupt ausfindig zu machen, und selbst wenn es gelang, würde er vermutlich Alexandros Aussage nicht bestätigen. Direkt nach dem Mord hatte es vielversprechendere Ermittlungsansätze gegeben. Doch die Lage hatte sich geändert. Jetzt hatten sie so wenig in der Hand, dass Mauricio bereit war, nach jedem Strohhalm zu greifen. Vielleicht konnte jemand im Teehaus eine Beschreibung abgeben, mit der man den Mann fand.

Er verständigte sich mit einem raschen Blick mit Laura. »Wir gehen gleich hinüber.«

Mauricio wollte aufstehen, doch seine Mutter hielt ihn mit einer gebieterischen Handbewegung zurück.

»Erst wird gegessen«, sagte sie, als sei Mauricio nicht achtundvierzig, sondern vierzehn Jahre alt. Und wie damals, als Jugendlicher, fügte er sich. In Portugal brachte man seinen Eltern Respekt entgegen, und man widersprach seiner Mutter nicht.

»Natürlich, *mãe*.« Er nahm das unangetastete Brot, das auf seinem Teller lag, kam aber nicht dazu, es zum Mund zu führen, weil es an der Haustür klopfte. Laut, energisch und fordernd.

Mauricio sah, wie seine Eltern zusammenzuckten. Sie hatten die Diktatur miterlebt, und die Angst vor den Schergen des Systems saß ihnen noch immer in den Knochen, obwohl das Ganze mehr als fünfzig Jahre her war. Doch Ana und Javier hatten beide miterleben müssen, wie die Soldaten von Dr. António de Oliveira Salazar ihren Familien Leid antaten. Solche Traumata saßen tief und verschwanden nicht so leicht, auch nach so langer Zeit nicht.

Er stand auf und ging zur Tür. Tiago folgte ihm durch den Flur und verschwand in der kleinen Toilette neben der Haustür. Mauricio öffnete.

Vor dem Haus stand Inspektor Recardo Gomes in seinem maßgeschneiderten schwarzen Anzug, begleitet von zwei Beamten der GNR mit verbissenen Mienen und auf dem Rücken verschränkten Händen. Zwei Kettenhunde, scharf, sobald sie losgelassen wurden, aber für den Moment lediglich Drohkulisse.

Gomes hielt ein Blatt in der Hand, das Mauricio mühelos als amtliches Dokument identifizierte.

»Wir haben einen Haftbefehl für Senhor Tiago Torres«, sagte der Inspektor und konnte ein Grinsen nicht unterdrücken.

Neben Mauricio wurde leise die Toilettentür geöffnet. Tiago huschte an ihm vorbei durch den Flur in die Küche. Von der Haustür aus war er vermutlich nicht zu sehen gewesen; jedenfalls reagierte Gomes nicht.

»Was werft ihr meinem Neffen vor?«, fragte Mauricio.

Gomes sah ihn an, als würde er sich absichtlich blöd stellen. »Den Mord an Friedrich Schnitzler. Was dachtest du? Er hat entdeckt, dass Schnitzler ihn betrogen hat. Seine Import-Export-Firma existiert nur auf dem Papier. Ein Büro oder ein Lager gibt es nicht, nur einen Briefkasten. Das ganze angebliche Termingeschäft war ein Fake.«

Gomes hatte es also auch herausgefunden.

»Tiago ist nicht hier.«

Gomes lachte verächtlich und zeigte auf die giftgrüne Enduro. »Willst du mich für dumm verkaufen? Das ist seine Maschine. Ich habe die Zulassung überprüfen lassen.«

Mauricio trat beiseite. Was sollte er auch tun? Er konnte sagen, was er wollte; Gomes würde ihm nicht glauben.

»Bitte sehr.« Er deutete durch den Flur. »Die Familie ist auf der Terrasse.« Das war nicht die ganze Wahrheit, aber es war auch nicht gelogen.

Dass sich im selben Moment das Küchenfenster öffnete, kommentierte er nicht. Auch nicht, dass ein junger Mann in schwarzer Motorradmontur hinaussprang, als Gomes und die beiden GNR-Beamten eintraten.

Tiago eilte zu seiner Maschine, stülpte sich den Helm über den Kopf und startete den Motor.

Gomes, der gerade durch die Tür in den Wohnraum gehen wollte, fuhr herum. »Er haut ab!«

Die beiden GNR-Beamten stürzten zur Tür, kamen aber nicht an Mauricio vorbei, der just in diesem Augenblick beschloss, sein Sakko auszuziehen und auf einen Bügel zu hängen. Sie stießen ihn beiseite, waren aber zu spät. Als sie auf der Straße anlangten, bog Tiago mit der Enduro gerade um die nächste Ecke.

»Der ist weg.«

Recardo Gomes ballte die Fäuste. »Das wird ein Nachspiel haben!«, drohte er.

Mauricio nahm an, dass er recht hatte, und wahrscheinlich war Tiagos Flucht auch keine gute Idee. Aber er wollte nicht derjenige sein, der ihn Gomes und der Staatsanwältin auslieferte.

Der Inspektor fand sich mit der momentanen Niederlage ab und setzte seinen Weg durch die Wohnung fort. Mauricio folgte ihm.

Javier und Ana hatten die Situation bereits erfasst. Sie gaben sich gänzlich unbeteiligt und umsorgten ihren deutschen Gast. Seine Mutter schaufelte Laura *Petiscos* auf den Teller, sein Vater stellte ihr Fragen, deren Antworten ihn sicher nicht interessierten. Laura spielte mit. Sie lächelte freundlich, als die Männer auf die Terrasse traten.

»*Olá*. Noch mehr Besuch?«

»Ich bin kein Gast.« Gomes verneigte sich knapp, während seine Augen neidisch das Panorama erfassten. Mauricio konnte es ihm nachfühlen. Der Blick von hier oben über den Atlantik war tatsächlich atemberaubend.

»Inspektor Recardo Gomes von der *Polícia Judiciária do Funchal*«, stellte sich sein Kollege vor, nachdem er die missgünstige Bemerkung, die ihm auf der Zunge gelegen haben mochte, heruntergeschluckt hatte.

»Ah. Inspektor Goma.«

Gomes lief rot an. *»Como?«*

»Inspektor Goma«, wiederholte Laura unschuldig. »Sagten Sie das nicht?«

»Gomes«, spuckte der Inspektor. »Nicht Goma.«

»*Desculpe*«, entgegnete Laura. »Da habe ich mich wohl verhört.«

Gomes funkelte die Tischrunde an, als hätte er soeben ein Rebellennest ausgehoben. Mauricios Eltern hatten sichtlich Mühe, ihre Erheiterung zu unterdrücken. Mauricio vermied es, ihnen in die Augen zu sehen, sonst wäre er selbst in lautes Lachen ausgebrochen.

Laura war wirklich eine bemerkenswerte Frau. Sie ließ sich von Gomes nicht einschüchtern. Auch Mauricio gegenüber hatte sie, wie ihm jetzt einfiel, im letzten Jahr keine besondere Ehrfurcht gezeigt, als sie ihn in seiner Funktion als Comissário kennengelernt hatte. Vielleicht lag es daran, dass man in Deutschland eine andere Einstellung zu den Behörden hatte. Aber sicher spielte auch ihr Charakter eine Rolle.

»Wir gehen davon aus, dass *Senhor* Tiago Torres für den Mord an Friedrich Schnitzler verantwortlich ist«, verkündete Gomes gewichtig, und erst jetzt verlor Laura die Fassung.

»Wie bitte?«

»Er hatte Motiv, Mittel und Gelegenheit. Er wollte sich für den Betrug an seinem Vater und für den Verlust der Brennerei rächen.«

»Nein. Das kann nicht sein.« Laura schaute zu Mauricio. »Ich dachte, es war derselbe Täter wie bei Bernd Lange?«

»Es war dieselbe Waffe«, präzisierte Gomes. »Da ist sich die Rechtsmedizin sicher. Ein Teleskopschlagstock. Aber dieselbe Waffe kann von verschiedenen Personen benutzt werden. Vater und Sohn zum Beispiel. Oder auch Onkel und Neffe.«

»Sie meinen …«

»Den Mord an Bernd Lange hat Alexandro Torres begangen. Oder sein Bruder, Jacinto Torres.« Gomes sah Mauricio hasserfüllt an. »Ich weiß nicht, wie du es gedreht hast, dass plötzlich Akten auftauchen, in denen dein Bruder als V-Mann in dieser Schmuggel-Sache geführt wird, aber ich glaube kein Wort davon.« Seine Augen wurden zu schmalen Schlitzen. »Leider sieht es so aus, als käme er damit durch. Aber für den Mord an diesem Aushilfsarbeiter wird einer der beiden büßen.«

»Wenn du Beweise dafür findest«, sagte Mauricio so gleichmütig, wie er es vermochte. Er zitterte vor Wut, doch seiner Stimme hörte man hoffentlich nichts davon an.

»Das werden wir.« Gomes machte auf dem Absatz kehrt und marschierte ins Haus. Die beiden GNR-Beamten folgten ihm.

Ein paar Sekunden später fiel die Haustür ins Schloss.

Laura, Mauricio und seine Eltern atmeten auf. Dann sahen sie sich ratlos an.

»Was tun wir denn jetzt?«

Laura warf einen Blick auf ihre Armbanduhr und zuckte zusammen. »Matthias.«

Mauricio verspürte einen Stich, dass sie ausgerechnet in dieser Situation an ihren Mann dachte. Gerade jetzt, wo das Schicksal sie zusammenschweißte und sie so selbstverständlich mit ihm und seinen Eltern hier saß, als wäre sie Teil der Familie.

»Was ist mit ihm?«, fragte er. Nicht unhöflich, das wäre für einen Portugiesen eine Todsünde, aber auch nicht mit der Wärme, die er ihr gewöhnlich entgegenbrachte. Der missbilligende Blick seiner Mutter sagte ihm, dass er nur knapp an einem Fauxpas vorbeigeschrammt war.

Laura allerdings war zu erregt, um seinen Tonfall überhaupt zur Kenntnis zu nehmen. »Sein Flieger geht in zwei Stunden«, erklärte sie. »Natürlich hat er es nicht besser verdient. Aber ... Ich kann ihn doch nicht einfach so gehen lassen.«

Mauricio sah ein, dass sie recht hatte. Es war eine Sache, nach einem Ehestreit die Nacht getrennt zu verbringen, doch den langjährigen Partner ohne Abschied, ohne ein versöhnliches Wort dreitausend Kilometer fliegen zu lassen mit dem Wissen, dass man sich auf absehbare Zeit nicht begegnen würde ...

»Wenn wir uns beeilen, erwischen wir ihn noch.« Er sprang auf und hielt ihr die Hand hin. »Ich fahre dich.«

Dieses Mal war Laura froh über Mauricios Fahrstil. Er hätte sogar noch mehr Gas geben dürfen, aber dann hätte er die zulässige Geschwindigkeit so weit überschritten, dass auch ein portugiesischer Polizist kein Auge mehr hätte zudrücken können. Zum Glück war die Autobahn frei, die Zufahrt zum Cristiano Ronaldo International Airport nicht verstopft, und im Parkhaus fanden sie ohne Probleme einen Platz, der nicht weit vom Ausgang entfernt lag.

Mauricio blieb neben dem Wagen stehen. »Lauf«, sagte er, und Laura ließ sich nicht zweimal bitten.

Sie hastete die Treppe in einem der beiden Betontürme hinauf, weil sie keine Geduld hatte, auf den Aufzug zu warten, dann durch die verglaste Überführung ins Flughafengebäude. Auf der Straße unter ihr standen die gelben Taxis und mehrere Transferbusse internationaler Reiseveranstalter.

Vor zwei Check-in-Schaltern hatten sich lange Schlangen gebildet, aber die angezeigten Flüge gingen nicht nach Hamburg, sondern nach London und Amsterdam. Laura schaute auf die große Anzeigetafel und entdeckte Matthias' Flug in der zweiten Reihe von oben. Sie eilte zum angegebenen Schalter, doch dort stand nur noch ein älteres Ehepaar und ließ sich seine Bordkarten aushändigen.

War Matthias schon durch die Sicherheitskontrolle gegangen? Dann hätte sie keine Chance mehr, ihn zu treffen. Niedergeschlagen sah sie sich in der Halle um – und entdeckte ihn auf dem Hocker vor einer Cafébar.

»Matthias.« Sie flog beinahe auf ihn zu.

Ihr Mann wollte gerade an seiner Kaffeetasse nippen. Als er ihren Ruf hörte, stellte er sie zurück und sah ihr überrascht entgegen.

»Laura.« Er stand auf und lächelte verlegen. »Ich hätte nicht gedacht, dass du dich von mir verabschieden willst.«

Laura schnappte nach Luft. »Ich bin verdammt wütend auf dich«, keuchte sie. »Ich weiß auch nicht, ob das mit uns noch einen Sinn hat. Aber ich kann dich nicht einfach so gehen lassen.«

»Danke.« Matthias machte einen Schritt auf sie zu und schloss sie in die Arme.

Ein paar Sekunden standen sie einfach so da, hielten sich fest und spürten die vertraute Nähe des anderen. Dann löste sich Laura von ihm. Die Trauer schnürte ihr beinahe die Kehle zu, und ihre Augen füllten sich mit Tränen.

»Ich hätte mir gewünscht, dass es nicht so endet.«

Sie sah, dass auch Matthias' Augen feucht waren.

»Was soll ich sagen? Dass ich ein Dummkopf bin? Ja. Es war dumm. Ich habe mich in Verena verliebt, das ist einfach passiert. Aber ich hätte dir von Anfang an die Wahrheit sagen sollen. Du hast es nicht verdient, dass ich dich belüge.« Er hob die Hände. »Es tut mir leid.«

Laura wusste nicht, was sie noch sagen sollte. Sie standen voreinander, wortlos, ratlos. Matthias blickte auf die Uhr.

»Ich muss los.« Er leerte seine Kaffeetasse und griff nach seinem Handgepäck. »Ich wünsche dir eine schöne Zeit auf Madeira.«

»Danke.«

Noch einmal umarmten sie sich, dann eilte Matthias davon. Er wurde von einem Flughafenangestellten zur Sicherheitskontrolle gewinkt, stellte sein Handgepäck in eine der dafür vorgesehenen Wannen und trat durch die Schleuse. Danach war er ihren Blicken entschwunden.

Laura drehte sich um – und fand sich Mauricio gegenüber, der keine fünf Meter von ihr entfernt stand. Seine Miene war verschlossen, seine braunen Augen blickten traurig.

»Habt ihr euch versöhnt?«, fragte er.

»Nein.« Laura ging an ihm vorbei in Richtung Fußgängerbrücke. »Wir haben nur einen Waffenstillstand vereinbart.«

Sie wartete, bis Mauricio zu ihr aufgeschlossen hatte.

»Fährst du mich ins Hotel?«, bat sie ihn. »Ich muss eine Weile allein sein.«

19

Die Frau, die ihr aus dem Spiegel entgegenblickte, war wunderschön. Das schmale, ovale Gesicht mit den hohen Wangenknochen, dazu die Augenbrauen, die aussahen wie gemalt, der hübsche Schmollmund, die gerade Nase und die goldbraunen Augen. Sie war groß und schlank, mit einem perfekten Dekolleté. Dass sie der Natur hier und da ein wenig nachgeholfen hatte, sah man nicht.

Sie drehte sich einmal um die eigene Achse und nickte zufrieden. Das helle Kleid, das ihr die Verkäuferin der Boutique herausgesucht hatte, saß wie maßgeschneidert. Es stammte von einem bekannten Designer, dessen Modelle Patricia liebte. Ihre Freundinnen, mit denen sie sich am Abend auf der Vernissage eines angesagten neuen Aktionskünstlers traf, würden vor Neid erblassen.

Hier in den *Arcadas São Francisco*, einem von vier Einkaufszentren in der erweiterten Altstadt von Funchal, kaufte sie besonders gerne ein. Es war weniger überlaufen und ihrer Ansicht nach exklusiver als das *La Vie*, die *Galerias São Lourenço* und vor allem das *Marina Shopping*, in dem in erster Linie Touristen unterwegs waren.

Seit Nelson das Weingut und die Brennerei von seinem Vater übernommen hatte, wurde sie noch öfter eingeladen. Schon als junges Mädchen hatte sie davon geträumt, reich und berühmt zu sein, und nun hatte sie ihr Ziel zumindest zum Teil erreicht. Berühmt war sie nicht, aber sie war auch nicht mehr nur die Tochter einer Schneiderin und eines Busfahrers, die nicht viel vom Leben zu erwarten hatte. Sie war die Gattin eines erfolgreichen Geschäftsmannes, trug elegante Kleider und teuren Schmuck und bewegte sich in den besten Kreisen der Gesellschaft.

Patricia Pereira lächelte. Das Leben meinte es gut mit ihr. Ihr Mann trug sie auf Händen. Er hatte ihr sogar zwei Angestellte zugebilligt, die sich um den Haushalt und das Essen kümmerten. Wenn sie es nicht wollte, sollte seine Ehefrau keine niederen Arbeiten verrichten müssen. Seine Mutter, die mit ihnen gemeinsam im Haus lebte, betrachtete ihre Schwiegertochter zwar mit Argwohn, aber da sie ihren Sohn vergötterte, hütete sie sich, ein böses Wort über Patricia fallen zu lassen. Und ihre Tochter Sofia war zwar aufmüpfig, doch Nelson schaffte es immer wieder, sie zur Vernunft zu bringen.

Patricia konnte wirklich zufrieden sein.

»Ich nehme das Kleid«, rief sie der Verkäuferin zu und reichte es ihr durch den Vorhang. Während sie ihre Designerjeans, die weite weiße Bluse und die hochhackigen Pumps wieder anzog, überlegte sie, welches Schmuckstück sie sich zu dem neuen Outfit anschaffen sollte. Den hübschen Ring mit dem grünen Jadestein? Oder doch die Perlenkette?

Am besten nahm sie beides, dann könnte sie am Abend immer noch eine Entscheidung treffen.

Sie trat aus der Kabine und ging mit lässigen Schritten zur Kasse. Eine Frau von Welt, die von den kleinen Verkäuferinnen bewundernd angesehen wurde.

Patricia nahm ihre Geldbörse aus der Gucci-Handtasche und reichte der Frau an der Kasse ihre goldene Kreditkarte. Nebenbei warf sie einen prüfenden Blick in den Spiegel, der seitlich davon aufgebaut war. Ja, die Frisur saß perfekt, und auch das Make-up hatte beim Umkleiden nicht gelitten.

Sie wartete auf das charakteristische Geräusch, mit dem die Kasse den Kaufbeleg auswarf, doch nichts geschah. Die Verkäuferin schaute auf das Kartenlesegerät.

»Es tut mir schrecklich leid«, sagte sie. »Aber Ihre Karte scheint nicht zu funktionieren, *Senhora* Pereira.«

»Das kann nicht sein.« Patricia wedelte in Richtung des Geräts. »Versuchen Sie es noch einmal.«

Die Verkäuferin befolgte die Anweisung, doch das Ergebnis blieb dasselbe.

»Warten Sie einen Moment.« Patricia zückte ihr Smartphone. »Ich rufe die Bank an.«

Sie tippte die Nummer ein und verlangte, mit dem Filialleiter verbunden zu werden. Pikiert schilderte sie ihm das Problem.

»Ja.« Der Filialleiter klang nervös. »Das ist richtig. Die Karte funktioniert nicht mehr.«

»So?« Zorn kochte in Patricia hoch, während sie zugleich eine dunkle Ahnung beschlich. »Und weshalb ist das so?«

»Nun ... Ihr Mann, der ehrenwerte *Senhor* Nelson Pereira, hat die Karte sperren lassen«, brachte der Filialleiter stammelnd hervor.

»Wie bitte?«

Sie wartete nicht auf eine Antwort, sondern drückte ihren Gesprächspartner weg. Eine Unhöflichkeit, nicht einmal das unerlässliche *com licença* zu murmeln, doch das war ihr in diesem Moment egal.

»Legen Sie das Kleid für mich zurück«, befahl sie der Verkäuferin. »Ich muss kurz nach Hause, aber ich komme wieder.«

»Selbstverständlich, *Senhora*«, sagte die Verkäuferin zuvorkommend und gab ihr die nutzlose Karte zurück.

Patricia rauschte aus dem Laden. Immerhin, die junge Frau wusste, was sich gehörte. Nelson dagegen hatte offensichtlich den Verstand verloren. Aber sie würde schon dafür sorgen, dass er ihn wiederfand. Wenn sie mit ihm fertig war, würden ihm die Ohren klingeln. Sie derart zu blamieren!

Laura stand auf dem kleinen Balkon ihres Hotelzimmers und schaute über die Dächer von Calheta zum Meer. Am Himmel ballten sich dichte Wolken zusammen. Sie verhängten Stück für Stück das fast unwirklich leuchtende *Azul*, bis der Vorhang schließlich geschlossen war.

Das Schauspiel erschien Laura wie ein Sinnbild ihres Lebens. Bisher hatte sie immer geglaubt, die Zukunft liege strahlend vor ihr. Sie befand sich auf dem Weg nach oben. Nicht nur, soweit es ihre Karriere betraf, sondern auch in ihrer Beziehung zu Matthias. Ihre Tochter Lilly war eine wunderbare junge Frau geworden, die mittlerweile ihre eigenen Wege ging. So schwer das am Anfang für Laura gewesen war, so sehr gefiel es ihr jetzt. Lilly war kein Kind mehr, das bemuttert werden musste, sondern so etwas wie eine deutlich jüngere Freundin, mit der sie sich auf Augenhöhe austauschen konnte. Für Matthias und Laura ergab sich durch Lillys Auszug neuer Raum, in dem sie ihre Partnerschaft wieder stärker pflegen konnten.

Hätten pflegen können.

Vor lauter Arbeit hatte Laura nicht bemerkt, dass sie einander entglitten waren, dass Matthias Bestätigung bei einer anderen Frau suchte. Sie hatte auch die Augen davor verschlossen, dass sie beide geradewegs auf die fünfzig zumarschierten. Gedanken an ihre eigene Midlife-Crisis, die vielleicht bevorstand, hatte sie rigoros verdrängt. Und dass Matthias sich längst mittendrin in seiner Lebenskrise befand, hatte sie einfach nicht gesehen.

Nicht sehen wollen.

Wenn sie ehrlich war, trug sie ebenso viel Schuld an der Entwicklung wie Matthias. Abgesehen davon, dass sie ihn nicht betrogen hatte.

Dafür gab es auch keine Entschuldigung. Krise hin oder her, er hätte mit ihr reden können. Reden müssen. Stattdessen war er geflüchtet. In die Arme einer anderen Frau. Nein. Das war keine Basis, um die Beziehung fortzuführen. Jedenfalls konnte sie sich das im Moment nicht vorstellen.

Aber sie hatte ja Zeit, in Ruhe darüber nachzudenken. Die nächsten drei Monate würde sie auf Madeira verbringen. Ganz in der Nähe von Mauricio.

Das war die nächste Baustelle.

Laura wusste einfach nicht, was sie von ihm wollte. Trost und Bestätigung, so wie Matthias sie bei seiner Studentin gesucht hatte? Oder war da noch mehr?

Ein Regentropfen traf sie auf dem Kopf, und Laura zuckte zusammen. Weitere Tropfen folgten.

Sie trat zwei Schritte zurück ins Zimmer hinein, während draußen der Himmel seine Schleusen öffnete. Plötzlich prasselte der Regen herunter, so dicht, dass sie das Meer dahinter kaum noch erkennen konnte.

Diese überraschenden Wetterwechsel hatten sie schon im letzten Sommer gleichermaßen erschreckt und fasziniert. Auch in Hamburg änderte sich das Wetter oft schnell, doch die bergige Insel mit dem Wind vom Atlantik setzte andere Maßstäbe.

Laura wandte sich von der Regenfront ab und nahm vor dem Schreibtisch Platz. Geistesabwesend klappte sie den Laptop auf und öffnete einen Internetbrowser.

Wenn sie nicht die ganze Zeit über Matthias und Mauricio nachdenken wollte, musste sie eine andere Beschäftigung finden.

Warum also nicht ein paar Notizen zu den Morden an Bernd Lange und Friedrich Schnitzler anfertigen und ein wenig im Netz recherchieren? Auch wenn sie die Zusammenhänge noch nicht durchschaute, war es ein spannender Fall, genau richtig für ihren nächsten Madeira-Krimi. Der Verlag wartete dringend auf ein Exposé, und bisher hatte sie nichts zustande gebracht. Sie wusste zwar nicht, wer der Täter war, doch das würde sich hoffentlich noch ändern.

Sie suchte nach der Homepage von *Grote & Wolf*, dem Hamburger Schnapshersteller, und betrachtete die Fotos der Mitglieder der Geschäftsführung. Sie sahen alle typisch norddeutsch aus, klare, offene Gesichter, ordentliche Frisuren, akkurate Kleidung. Laura schüttelte den Kopf. Diese Leute sollten auf die Idee gekommen sein, mithilfe einer erfundenen Import-Export-Firma den Besitzer einer kleinen madeirischen Brennerei so unter Druck zu setzen, dass er verkaufen musste? Laura konnte sich das nicht vorstellen.

Ihr kam ein verrückter Gedanke. Vielleicht war Maximilian Böhm gar kein Mitarbeiter von *Grote & Wolf*, sondern ein Komplize von Schnitzler und wer weiß wem noch? Immerhin hatte Matthias festgestellt, dass der Kaufvertrag zwar in einer Mappe von *Grote & Wolf* gesteckt hatte, der Käufer aber nicht die Hamburger Spirituosenfirma, sondern die *Madeira Corporate Trading Ltd.* gewesen war. Eine solche Mappe könnte man sich sicher auch beschaffen, ohne bei *Grote & Wolf* angestellt zu sein. Genau wie den Schlips mit dem Firmenemblem, den Böhm getragen hatte. Und diese Handelsfirma – gab es die wirklich, oder handelte es sich um eine ebensolche Briefkastenfirma wie bei *Schnitzler Import Export*? Laura erinnerte sich, dass die Website, die Matthias ihr gezeigt hatte, mehr als dürftig gewesen war. Sie hatte nachhaken wollen, doch dann war sie über die Fotos von Matthias und seiner Studentin gestolpert, und der Verkauf der Brennerei war komplett in den Hintergrund gerückt.

Laura tippte den Namen ein und öffnete die Homepage der Handelsfirma. Auch auf den zweiten Blick ließ sich nicht entscheiden, ob sie ein Fake oder einfach nur schlecht gemacht war. Sie überlegte, wie sie mehr herausfinden könnte. Ob es in Portugal so etwas wie ein Handelsregister gab? Sie müsste Mauricio danach fragen. Er würde sicher auch feststellen können, ob die Firma eingetragen war.

Sie klickte zurück zur Homepage von *Grote & Wolf*. Oben auf der Seite stand eine Telefonnummer. Vielleicht sollte sie dort einfach anrufen?

Entschlossen holte sie ihr Smartphone aus der Handtasche und tippte die Nummer ein. Seit dem Wegfall der Roaming-Gebühren waren auch Auslandsgespräche mit dem Handy kein Problem mehr.

Sie schob ihren Sessel näher ans Fenster und blickte hinaus. Der Regen hatte bereits wieder aufgehört. Die Wolkendecke riss auf und enthüllte in rasender Geschwindigkeit immer mehr blaue Flecken. Nicht mehr lang, und von dem kurzen Unwetter wäre keine Spur mehr zu sehen.

Am anderen Ende meldete sich eine freundliche Frauenstimme mit ausgeprägtem Hamburger Zungenschlag. Laura verspürte eine unerwartete Sehnsucht. So wohl sie sich auf Madeira fühlte und sosehr sie das Portugiesische mochte – die Muttersprache mit dem Klang der Heimatstadt war doch etwas anderes.

Laura stellte sich mit ihrem vollen Namen vor und erklärte, dass sie Schriftstellerin war und gerade über die Herstellung von Alkoholika recherchierte.

»Laura Flemming?«, quietschte die Frau am anderen Ende, mindestens eine Oktave höher als zuvor. »Das glaubt mir kein

Mensch!« Sie lachte, ein wenig hysterisch. Dann fiel ihr wohl auf, dass sie sich wenig professionell verhielt, und sie räusperte sich vernehmlich. »Verzeihen Sie bitte. Es ist nur – ich liebe Ihre Bücher.«

»Das freut mich.« Laura musste lächeln. Als Romanautorin bekam sie selten ein Feedback zu ihrer Arbeit. Natürlich gab es Rückmeldungen von ihrer Agentin und der Lektorin im Verlag und den freundlichen Applaus bei ihren Lesungen, aber der größte Teil ihres Berufs fand in ihrem stillen Arbeitszimmer statt. Sie schuf Geschichten, doch das Publikum, das sie las, musste sie sich dazudenken. Es war schön, so unverhofft jemandem zu begegnen, der offensichtlich ein Fan war.

»Wenn Sie mögen, schicke ich Ihnen ein signiertes Exemplar meines neuen Romans«, bot sie an.

Die Frau am anderen Ende gab einen freudigen Laut von sich. »Das wäre toll«, sagte sie, in angemessenem Tonfall diesmal. Offenbar hatte sie sich wieder unter Kontrolle. »Womit kann ich Ihnen denn helfen?«, erkundigte sie sich.

»Nun.« Laura überlegte, wie sie die Sache am besten angehen sollte. »Ich bin zurzeit auf Madeira und habe hier jemanden kennengelernt, der mir erzählt hat, dass er für Ihre Firma arbeitet. Einen Herrn Maximilian Böhm.«

Sie hätte sich nach den Überlegungen, die sie angestellt hatte, nicht gewundert, wenn ihre Gesprächspartnerin ihr mitgeteilt hätte, dass niemand dieses Namens in ihrem Unternehmen arbeitete, doch das war nicht der Fall.

»Max, ja«, sagte die Frau. »Der ist häufig auf Madeira. Er ist da als Einkäufer unterwegs. Wir vertreiben ja nicht nur Alkoholika, die wir hier in unserem Werk in Hamburg herstellen, sondern auch regionale Spezialitäten, zum Beispiel Madeirawein und den Zuckerrohrschnaps von der Insel.«

»Und deshalb hat sich Ihr Unternehmen entschlossen, eine eigene Niederlassung auf Madeira einzurichten?«

Die Frau am anderen Ende stutzte. »Wie kommen Sie denn darauf?«

»Ich dachte, ich hätte Herrn Böhm so verstanden, dass er im Auftrag Ihrer Firma eine einheimische Brennerei aufkauft.«

»Aha? Davon weiß ich nichts. Aber wenn Sie einen Moment warten, verbinde ich Sie mit jemandem von der Geschäftsleitung, der Ihnen sicher weiterhelfen kann.«

Laura konnte ihr Glück kaum fassen. »Das wäre sehr freundlich.«

»Eine Sekunde.« In der Leitung klickte es, und die typische Warteschleifenmusik ertönte.

Laura lehnte sich in ihrem Rattansessel zurück und schloss die Augen.

Sofia Pereira starrte auf den Bildschirm des Rechners im Büro ihres Vaters. Sie konnte nicht glauben, was sie sah. Der Schock saß so tief, dass sie mehrere Minuten brauchte, ehe sie sich überhaupt wieder rühren konnte. Das Blut in ihren Adern schien sich so zäh zu bewegen wie die dunkelbraune Zuckermelasse in den Rohren in der *Engenho*.

Eigentlich hatte sie nur die Inventarliste vervollständigen wollen. Das Brennen des diesjährigen *Aguardente de cana-de-açúcar* lief auf Hochtouren. Sie arbeiteten sogar in doppelten Schichten, weil auch das Zuckerrohr verwertet werden musste, das ihr Vater seinem Cousin Alexandro abgekauft hatte. Oder vielmehr Alexandros Sohn, ihrem Freund Tiago. Tiagos Vater saß ja in Funchal in Untersuchungshaft.

Doch dann hatte die Neugier sie getrieben, auch einen Blick in die anderen Ordner zu werfen. Die waren zwar passwortgeschützt, aber die Passwörter ihres Vaters waren nicht schwer zu erraten. Es gab nur zwei, *Patricia* und *Sofia*, beide mit einem Ausrufezeichen dahinter. Ihr Vater nutzte zwar die moderne Technik, aber trotz seines noch recht jungen Alters von gerade mal achtunddreißig Jahren verhielt er sich wie die Mitglieder jener Generationen, die keine Vorstellung davon hatten, was heutzutage alles möglich war.

Die Unterlagen, die sie sich angesehen hatte, gehörten zu einem Patricia-Ordner. Sofia schüttelte den Kopf, als ihr bewusst wurde, welch bittere Ironie darin lag. Sie dachte kurz darüber nach, was sie jetzt tun sollte. Dann nahm sie einen unbenutzten Speicherstick aus der Schublade und kopierte die Daten. Nur zur Sicherheit.

Der Rechner arbeitete noch, als sie ein vertrautes Geräusch hörte, den kreischenden Motor von Tiagos Enduro. Erneut fuhr ihr der Schreck in die Knochen. Was tat er hier?

Ihr Vater wusste nichts von ihrer Beziehung. Er war so wütend auf Tiagos Familie, weil ihr Großvater Caetano die Brennerei in Prazeres nicht seinem Sohn Nelson, sondern seinem Neffen Alexandro vermacht hatte. Nachdem sie die Dokumente auf dem Rechner studiert hatte, wusste sie auch, warum. Er würde durchdrehen, wenn er erfuhr, dass seine Tochter mit Alexandros Sohn liiert war.

Sofia starrte ungeduldig auf den Balken, der sich nur langsam füllte. Als der Kopiervorgang endlich abgeschlossen war, zog sie den Stick rasch ab, schloss die geöffneten Ordner wieder und fuhr den Rechner herunter. Wenn ihr Vater ihn wieder startete, würde er nicht bemerken, was sie getan hatte. Die Frage war, was sie mit ihrem Wissen und den Daten auf dem Stick anfangen sollte. Aber darum konnte sie sich später kümmern.

Sie sprang auf, riss die Tür des Bürogebäudes auf und lief auf den Hof.

Tiago hatte die Enduro an der Seitenwand des Brennereigebäudes abgestellt, sodass man sie weder vom Wohnhaus noch vom Büro aus sehen konnte. Trotzdem könnte ihn jemand bemerkt haben, als er den Hof überquert hatte. Es war besser, wenn er so rasch wie möglich wieder verschwand.

Sofia eilte zu ihm.

Tiago zog den Helm vom Kopf und stieß die Luft aus. »Sofia. Ein Glück.«

Seine Lederkluft wirkte aufgeweicht, als hätte sie dem heftigen Regenschauer, der kurz zuvor niedergegangen war, nur mit Mühe getrotzt. Er sah noch verwegener aus als sonst, die Haare wirr, das Kinn schwarz von Bartstoppeln. Die dunklen Augen schienen zu brennen.

Sofia griff nach seinen Händen. »Tiago. Was ist passiert?«

»Die Polizei sucht mich. Sie wollen mich verhaften.«

Zum dritten Mal an diesem Nachmittag wurde sie starr vor Entsetzen. »Aber … warum?«, stammelte sie.

»Dieser Schnitzler, der uns mit seinem Termingeschäft über den Tisch gezogen hat, ist ermordet worden. Sie glauben, ich hätte ihn aus Rache getötet. Weil er in Wirklichkeit kein Unternehmer war, sondern ein Betrüger. Seine Firma gibt es überhaupt nicht.«

Es war, als hätte jemand in ihrem Kopf einen Dominostein angestoßen. Er kippte und riss eine ganze Reihe mit sich. Einer nach dem anderen fielen sie, jeder einzelne ein Stück Erkenntnis. Der Datenstick in ihrer Hosentasche schien plötzlich zu glühen und ein Loch in ihre Haut zu brennen. Was sollte sie jetzt tun?

Tiago hielt ihre Hände fest. »Ich muss eine Weile verschwinden«, sagte er, und seine dunklen Augen bohrten sich in ihre. »Aber ich gehe nicht ohne dich.«

Sofia fühlte sich, als würde sie in Stücke gerissen. Sie musste sich entscheiden, doch sie konnte es nicht. Sie liebte Tiago, aber sie liebte auch ihren Vater. Und vor der Polizei wegzulaufen? Was sollte das bringen?

»Nein.« Sie schüttelte den Kopf. »Das hat keinen Sinn. Du musst dich stellen. Es wird sich alles aufklären. Du hast diesen Mann schließlich nicht ermordet.« Ein fürchterlicher Gedanke streifte sie. »Oder etwa doch?«

»Unsinn. Ich habe nichts damit zu tun.«

»Dann brauchst du dich auch nicht zu fürchten. Wenn du unschuldig bist, wird man dich gehen lassen.«

»So wie meinen Vater? Und meinen Onkel Jacinto? Die sitzen auch in Untersuchungshaft, obwohl sie nichts getan haben. Der Inspektor, der den Fall bearbeitet, unternimmt nichts, um den wahren Mörder zu finden. Am Ende werden wir alle angeklagt und ins Gefängnis geworfen.«

Das war eine schreckliche Vorstellung. Aber die einzig denkbare Alternative war genauso furchtbar.

Ein Schatten fiel über sie. Jemand griff nach ihrem Arm und zerrte sie von Tiago weg.

»Pai!«

Ihr Vater beachtete sie nicht. Er funkelte Tiago an. »Lass die Finger von Sofia. Reicht es nicht, dass ihr mir die *Engenho* weggenommen habt? Meine Tochter bekommst du nicht.«

»*Pai*.« Sie legte ihre Hand zärtlich auf seinen Arm. »Bitte. Tiago kann doch nichts dafür.«

Aber sie erreichte ihn nicht. Ihr Vater kochte vor Wut. »Er ist der Sohn eines Erbschleichers, eines Mannes ohne Anstand und Moral. So einer fasst meine Tochter nicht an.«

Tiagos Miene verdunkelte sich. »So redest du nicht über meinen Vater, Nelson Pereira«, fauchte er und ballte die Fäuste.

»Nicht.« Sofia riss sich von ihrem Vater los und fiel Tiago in die Arme, damit er nicht auf ihn losging. Stattdessen kam der Angriff von einer anderen Seite.

Eine Frau in einer teuren Designerjeans und hochhackigen Pumps stürmte auf Nelson Pereira zu, das Gesicht hochrot, die Augen lodernd vor Zorn.

»Was fällt dir ein, du *filho da puta?*«, keifte Patricia Pereira und schwang ihre Gucci-Handtasche wie eine Waffe.

Sofia blinzelte ungläubig. Sie hatte ihre Mutter noch nie so gesehen, vollkommen außer sich, fast wie von Sinnen. Sie kam ihr vor wie eine Fremde.

»Mir die Kreditkarte zu sperren! Mich vor der Verkäuferin in den *Arcadas São Francisco* bloßzustellen! In meinem ganzen Leben habe ich mich noch nicht so geschämt!«

Nun schlug sie tatsächlich mit der Tasche auf ihren Mann ein, und Nelson Pereira hob hilflos die Arme, um sie abzuwehren.

Für Sofia fügte sich plötzlich alles zu einem Bild. Sie wollte es nicht, hätte am liebsten die Augen verschlossen, doch das nützte nichts. Es hatte sich längst auf ihre Netzhaut gebrannt.

Die Wahrheit war wie eine Botschaft, die in einer Flaschenpost angespült wurde. Hatte sie einmal das Ufer erreicht, konnte man ihr nicht mehr ausweichen. Egal, wie oft man sie zurück ins Meer warf, die Wellen trugen sie immer wieder an Land.

Tiago griff nach ihrer Hand. »Komm«, drängte er.

Sofia folgte ihm. Sie wollte nicht dabei sein, wenn ihre Eltern alles zerstörten.

Sie nahm den Helm, den Tiago ihr reichte, stülpte ihn über den Kopf und kletterte hinter ihn auf die Sitzbank der Enduro.

Im nächsten Moment sauste die grüne Geländemaschine vom

Hof. Das Letzte, was Sofia sah, war, wie die Gucci-Handtasche ihrer Mutter mit Schwung gegen den Kopf ihres Vaters prallte.

Die Bedienung im Teehaus neben der Lehrfarm, der *Quinta Pedagógica* in Prazeres, runzelte die Stirn. Sie war eine Frau mittleren Alters mit schulterlangen schwarzen Haaren und einem schlichten braunen Kleid, das ihr gut stand. Ihre Augen blickten freundlich, doch zugleich drückte ihre Miene auch Misstrauen aus.

»Polizei? Wegen der beiden Gäste am Dienstagmorgen? Dazu haben mich die Beamten der GNR bereits befragt. Gleich am selben Tag. Heute ist Freitag.«

Mauricio sah sich in der Teestube um. Sie war klein, aber gemütlich eingerichtet. Durch die großen Fenster hatte man einen schönen Blick über die Versuchsgärten. Jetzt, kurz nach dem Regen, brach sich das Sonnenlicht in den Tropfen, die noch an den Blättern hingen. Alles wirkte frisch, das Grün so lebendig, wie es nur der Frühling erschaffen konnte.

»Mein Name ist Mauricio Torres«, sagte er und reichte der Frau seinen Dienstausweis. »Ich bin Beamter der *Polícia Judiciária*, aber im Augenblick bin ich privat hier. Einer der beiden Männer war mein Bruder, Alexandro Torres.«

Die Bedienung lächelte. »Ich weiß. Ich kenne Alexandro. Er kommt oft hierher, um einen Tee zu trinken.«

Für eine Sekunde war Mauricio abgelenkt. Gab es da etwas, von dem er nichts wusste? Hatte Alexandro nach Leonors Tod wieder angefangen, andere Frauen anzuschauen? Wenn das so war, wäre er mit seiner Trauerarbeit deutlich weiter als Mauricio selbst.

Leonor war erst vor einem halben Jahr gestorben, allerdings war sie vorher schon mehrere Jahre krank gewesen. Alexandro hatte Trost sicher nötig.

»Man hat ihn verhaftet. Er soll einen Gelegenheitsarbeiter in der Brennerei erschlagen haben.«

»Alexandro?« Die Frau lachte, ein leichtes, heiteres Lachen, wie der Flügelschlag eines Schmetterlings. »Sicher nicht. Alexandro ist der korrekteste Mensch, den ich je kennengelernt habe. Er würde sich nicht von seinen Gefühlen leiten lassen oder die Kontrolle verlieren. Nie im Leben könnte er jemandem ein Leid antun. Allein schon deshalb nicht, weil es verboten ist.«

Mauricio nickte. Besser konnte man seinen Bruder nicht beschreiben. *O contabilista alemão*, den deutschen Buchhalter, wie ihn die Arbeiter in der Fabrik heimlich nannten.

»Das Problem ist, dass er kein Alibi für die Tatzeit hat.«

Mauricio hatte von Diogo das Protokoll der GNR-Beamten bekommen, die sich tatsächlich hier erkundigt hatten. Die Bedienung hatte Alexandros Aussage nicht bestätigt.

»Sie haben den Kollegen gegenüber angegeben, dass Sie nicht genau sagen können, wann Alexandro gegangen ist. Das wiegt schwer, weil man ihm nicht glaubt. Die Dauer seines Aufenthalts in der Teestube ebenso wenig wie den Spaziergang, den er anschließend unternommen hat.«

Das Lächeln der Bedienung verblasste. »Ich würde ihm wirklich gern helfen. Aber ich kann nicht für ihn lügen.«

»Das verlangt auch niemand«, beruhigte Mauricio sie. Sein Blick wanderte durch die Gaststube. Sie war klein und übersichtlich. »Wie kommt es, dass Sie nicht wissen, wann er gegangen ist?«

»Wir hatten nicht genügend Croissants eingekauft. Ich musste rasch in den Supermarkt, um Nachschub zu besorgen.« Sie versuchte offenbar, sich den Dienstagmorgen ins Gedächtnis zu rufen. »Als ich losgegangen bin, hat er mir zugewinkt. Als ich zurückkam, war er nicht mehr da.« Sie biss sich auf die Lippen. »Ich hatte den Eindruck, dass er sich unwohl fühlt. Als hätte ihm der andere Mann ein Angebot gemacht, das ihm nicht gefiel.«

»Das ist richtig. Der Mann wollte ihm Schmuggelware verkaufen.«

»Darauf wäre er niemals eingegangen.«

Mauricio spürte, dass die Bedienung ihm helfen wollte. »Dieser andere Mann. Hatten Sie den zuvor schon einmal gesehen?«

»Nein. Er war zum ersten Mal hier.«

»Wie hat er bezahlt?«

Mauricio hoffte auf Kreditkartendaten, wurde aber enttäuscht.

»Mit Bargeld. Das haben die Beamten von der GNR auch gefragt.«

»Haben Sie ihnen auch eine Personenbeschreibung gegeben?«

»Ja.«

»Wie sah der Mann aus?«

»Mitte dreißig. Braune Haare. Er trug einen grauen Anzug mit einem dunklen Hemd. Und er hatte eine von diesen modernen Frisuren, oben lang, hinten und an den Seiten rasiert.«

Mauricio verspürte ein Kribbeln. Eine Person, auf die diese Beschreibung passte, kannte er. Er zog sein Smartphone aus der Tasche, öffnete den Internetbrowser und navigierte zu einer Seite. Dann zeigte er der Bedienung das Bild. »War es möglicherweise dieser Mann?«

Die Frau ging hinter den Tresen und kam mit einer Brille zurück. Sie setzte sie auf und schaute auf das Display.

»Ja«, sagte sie nach kurzem Zögern. »Ich glaube, das ist er.«

»Sie glauben?«

Die Bedienung nahm ihm das Smartphone aus der Hand, zog das Foto mit den Fingern groß und kniff die Augen zusammen. »Nein. Ich bin mir sicher. Das ist der Mann.«

Der Weg nach Prazeres dauerte doppelt so lang wie gewöhnlich. Tiago fuhr über sämtliche Nebenstrecken, die er kannte, durch alte, schmale Tunnel, über Serpentinen, die sich eng an steilen Hängen entlangwanden, durch Dörfer, die kaum je ein Tourist zu sehen bekam. Zusätzlich erschwerten die Pfützen, die sich durch den Regen gebildet hatten, das Vorankommen. Einer der Tunnel auf Meereshöhe war nur noch mit Wagemut und Geschick zu durchqueren.

Zum Glück gehörten die Erkundungsfahrten über die Insel zu Tiagos Hobbys. Auch wenn die GNR sicher an allen Straßen Ausschau nach ihm hielt, würden sie ihn nicht so leicht entdecken. Und falls doch, war er zuversichtlich, dass er sie abhängen konnte. Er musste nur in einen schmalen Bergpfad abbiegen und ein wenig querfeldein fahren. Ein Jeep hätte vielleicht eine Chance, ihm zu folgen, doch die meisten Fahrzeuge der GNR waren normale Limousinen, hoch genug motorisiert, um mit den Passstraßen zurechtzukommen, doch nicht für unwegsames Gelände geeignet.

Tiago hoffte allerdings, dass es nicht dazu kam. Er wusste nicht, wie Sofia auf ein solches Verfolgungsrennen reagieren würde. Anders als seine früheren Freundinnen hatte sie noch nie ein schlechtes Wort über seine Leidenschaft verloren, und sie war auch schon einige Male bei ihm mitgefahren. Aber ob es ihr gefiel, wenn die Maschine vom Boden abhob und wie schwerelos in der Luft stand, ehe sie mit einem harten Ruck wieder aufsetzte? Die meisten Frauen hatten für solche Abenteuer nicht viel übrig. Aber Sofia war anders. Vielleicht hätte sie auch Spaß daran.

Doch sie hatten Glück, weder auf der Stecke durch die Berge noch an der alten Küstenstraße lauerte ihnen ein Wagen der GNR auf. Entweder war es diesem Inspektor Gomes nicht wichtig genug, ihn zu jagen, oder die Beamten patrouillierten ausschließlich auf den Schnellstraßen. Glaubten sie wirklich, dass er so dumm war?

Sofia, die ihre Arme von hinten um seinen Körper geschlungen hatte, löste den linken und fasste ihn an der Schulter.

»Wo fährst du denn hin?«, brüllte sie gegen den Fahrtwind an.

»Nach Prazeres. Zu meinen Großeltern«, rief er zurück.

Der Klammergriff um seine Schulter verstärkte sich. »Bist du verrückt? Da suchen sie dich doch als Erstes.«

Tiago erreichte die Abzweigung nach Prazeres und drosselte das Tempo. Er hielt kurz am Straßenrand und wandte sich zu Sofia um.

»Nein. Da werden sie mich gar nicht suchen. Weil sie schon dort waren, um mich zu verhaften. Die kommen im Leben nicht auf die Idee, dass ich genau dorthin zurückkehre. Ich darf nur das Motorrad nicht auf der Straße stehen lassen. Aber das ist kein Problem. Die Nachbarn haben einen alten Hühnerstall, den sie nicht mehr benutzen, da schiebe ich die Enduro rein.«

Er grinste verwegen, und Sofia lächelte. Der Griff um seine Schulter lockerte sich.

Tiago drehte sich wieder nach vorn und gab Gas. Nur noch ein paar Straßen, dann hatten sie ihr Ziel erreicht.

Laura trat aus dem Hotel und überlegte, was sie tun sollte. Mauricio anrufen? Oder zu seinem Haus gehen und hoffen, dass er dort war? Sie hatte noch keine Entscheidung getroffen, als sein weißer Pick-up auf den Hotelparkplatz fuhr.

Der *Comissário* sprang heraus und lief auf sie zu. »Laura! Ich habe endlich eine Spur.«

Laura lächelte. »Tatsächlich? Ich auch.«

»Aha?«

»Sollen wir zu dir gehen? Oder in mein Zimmer?«

Mauricio machte eine einladende Geste zu seinem Wagen. »Ich würde gern zu meinen Eltern fahren. Sie sollen wissen, was passiert.«

Laura hatte nichts dagegen. Sie fand Mauricios Eltern sympathisch, seinen knorrigen Vater, der ein echter Patriarch, aber auch ein humorvoller und warmherziger Mensch war, und seine Mutter, die so viel Herzlichkeit und Güte verströmte. Rasch kletterte sie auf den Beifahrersitz, und Mauricio wendete den Wagen.

Während der kurzen Fahrt schwiegen sie. Laura schaute an Mauricio vorbei aus dem Seitenfenster aufs Meer, das ruhig und blau dalag. Keine Spur mehr von dem heftigen Regenguss eine Stunde zuvor. Nur an den Gärten, die noch prächtiger zu blühen schienen als gewöhnlich, sah man, dass es Niederschlag gegeben hatte.

Vor dem Haus seiner Eltern stellte Mauricio den Pick-up ab und half Laura galant aus dem Wagen. Er musste mehrfach läuten, bis sich im Inneren endlich etwas tat und seine Mutter die Tür öffnete.

»*Mãe*? Ist alles in Ordnung?«, erkundigte er sich besorgt.

Seine Mutter lächelte. »Oh ja. Wir haben nur überraschenden Besuch bekommen.« Sie winkte Mauricio und Laura auf die Terrasse und begab sich selbst in die Küche. »Ich mache euch etwas zu essen.«

Mauricio trat nach draußen und versteifte sich. »Tiago! Was, verdammt noch mal, tust du hier? Du bringst *mãe* und *pai* in Schwierigkeiten.«

»Unsinn.« Javier Torres wedelte den Einwand mit seiner Zigarette weg. »Inspektor Goma wird nicht auf die Idee kommen, ihn hier zu suchen.« Dann entdeckte er Laura und lächelte breit. »Ah. *Dona* Laura.« Er zwinkerte Mauricio zu. »Das ist schön, dass du ebenfalls deine Freundin mitgebracht hast.«

Mauricio blinzelte verwirrt. »Was meinst du mit ›ebenfalls‹?«

Sein Vater deutete zum Haus, aus dem soeben Mauricios Mutter kam, gefolgt von einer jungen Frau, die Laura schon zweimal gesehen hatte. Einmal, als sie bei ihrer Weinlieferung mit dem Mietwagen der deutschen Urlauber in Mauricios Hotel kollidiert war. Und einmal in der Markthalle in Funchal, in inniger Umarmung mit Tiago Torres. Sofia Pereira, die Tochter von Mauricios Cousin Nelson, erkannte Laura ebenfalls sofort.

»*Olá*«, begrüßte die junge Frau sie. »Wie schön, dass wir uns noch einmal treffen. Sie haben mir wirklich sehr geholfen.«

Laura lächelte. Sofias Dank tat ihr gut, gerade in der angeschlagenen Stimmung, in der sie sich nach dem Eklat mit Matthias befand. Wie leicht es doch war, dachte sie, seinem Gegenüber mit ein paar freundlichen Worten ein gutes Gefühl zu vermitteln. In Portugal war diese Art des Umgangs miteinander noch selbstverständlich. In ihrer Heimat war es das bedauerlicherweise nicht.

»Ich habe das gern getan«, erwiderte Laura mit derselben Höflichkeit. »Diese deutschen Urlauber haben sich unmöglich benommen.« Sie schnitt eine Grimasse. »Ein Phänomen, das ich bei meinen Landsleuten leider häufiger beobachte.«

Mauricio und seine Eltern lachten, und auch Tiago hob die Mundwinkel. Nur Sofia Pereira blieb ernst. »Es sind unterschiedliche Kulturen, nicht wahr?«

»Ja.« Laura seufzte. »So kann man es auch sagen.«

Javier Torres breitete die Arme aus. »Genug geredet. Setzt euch endlich hin.«

Mauricio und Laura befolgten die Anweisung. Ana Torres und Sofia Pereira stellten die Teller auf den Tisch, die sie aus der Küche mitgebracht hatten, und nahmen dann ebenfalls Platz. Laura spürte, wie ihr Magen knurrte. Die *Petiscos*, die Mauricios Mutter zubereitet hatte, sahen ausgesprochen appetitlich aus.

»Greifen Sie zu«, forderte Javier sie auf, während Mauricio Wasser aus einem Krug in die bereitstehenden Gläser goss.

Laura nahm sich einen marinierten Hähnchenschenkel und betrachtete nebenbei Sofia. Die junge Frau hatte eine fröhliche Miene aufgesetzt, wirkte aber trotzdem angespannt.

»Sind Sie zum ersten Mal hier?«, erkundigte Laura sich.

»Ja.« Sofia schaute kurz zu Javier Torres. »Tiago hatte mich bisher der Familie nicht vorgestellt.«

Der alte Torres brummte. »Das war auch nicht nötig. Wir kennen dich. Du bist Caetanos Enkeltochter. Ich kann nicht behaupten, dass ich den Bruder meiner Frau besonders gemocht habe, aber er war ein Mann mit Prinzipien, dafür hat er meine Hochachtung.«

Sofia warf Laura einen vielsagenden Blick zu. »Als seine Freundin vorgestellt, meine ich.«

Mauricios Vater zündete sich eine Zigarette an. »Ja, ja. Es hat viel böses Blut gegeben, seit Caetano die Brennerei nicht Nelson vermacht hat, sondern meinem Sohn Alexandro.«

»Unserem Sohn«, warf Ana Torres mit einem schelmischen Augenzwinkern ein. »Oder hast du ihn zur Welt gebracht?«

»Natürlich nicht«, polterte der alte Torres. »Das fehlte noch. Manche Dinge bleiben zum Glück Frauensache, trotz der ganzen Emanzipation.« Er stieß eine Rauchwolke aus. »Aber wir waren es nicht, die einen Graben zwischen den Familien gezogen haben«, griff er das ursprüngliche Thema wieder auf. »Das waren dein Vater und deine Großmutter.«

»Ich weiß.« Sofia senkte den Blick.

Javier winkte ab. »Dich macht niemand dafür verantwortlich,

Mädchen. Und wenn Tiago dich liebt, bist du bei uns herzlich willkommen.«

»Danke.« Sofia lächelte warm und entspannte sich sichtlich.

Tiago dagegen holte ungeduldig sein Zigarettenpäckchen hervor. »Seid ihr jetzt fertig mit den Nettigkeiten?«, fragte er ohne jede Spur portugiesischer Höflichkeit. Er zündete sich eine Zigarette an und inhalierte tief. »Ich will wissen, ob Mauricio etwas herausgefunden hat. Deswegen seid ihr doch hergekommen, oder nicht?«

»Richtig.« Mauricio wischte sich die Hände an einer Serviette ab. »Ich war im Teehaus und habe mit der Bedienung gesprochen. Sie erinnert sich an den Mann, mit dem sich Alexandro am Dienstagmorgen getroffen hat, kurz bevor Bernd Lange ermordet wurde.« Er nahm sein Smartphone aus der Tasche, wischte ein paarmal über das Display und hielt es Laura hin.

Vor lauter Verblüffung verschluckte sie sich beinahe an ihrem Hühnchen. »Andreas Fiedler? Der Besitzer des Roten Engels in Faial?«

»*Exatamente.*«

»Also war er nicht bei dem Treffen von Nelson und Maximilian Böhm in seinem Lokal dabei«, stellte Laura fest. »Was wollte er von deinem Bruder?«

»Er hat ihm ein Geschäft angeboten. Angeblich wollte er ihm geschmuggelten Schnaps verkaufen. Aber ich bin sicher, das war nur ein Vorwand. In Wirklichkeit sollte Alexandro aus der Brennerei gelockt werden, damit jemand in Ruhe die Maschinen sabotieren konnte.«

»Dann müssen wir nur noch herausfinden, wer dieser Jemand war.«

»Wir könnten Fiedler befragen, aber der wird uns nichts sagen.« Mauricio hob die Schultern. »Ich darf ihm gegenüber ja nicht einmal offiziell als Polizist auftreten.«

Laura überlegte. »Wahrscheinlich ergibt sich die Antwort auf diese Frage von selbst«, sagte sie. »Wenn wir herausfinden, wer hinter der ganzen Sache steckt.«

Mauricio verengte die Augen. »*Grote & Wolf*. Ich dachte, das ist uns allen klar?«

Laura lächelte. »Nun ja. Das ist die Neuigkeit, die ich habe. Maximilian Böhm arbeitet zwar für *Grote & Wolf*, das ist richtig. Aber er hatte zu keinem Zeitpunkt den Auftrag, eine Brennerei auf Madeira zu kaufen.«

»Wie bitte?« Nicht nur Mauricio fuhr auf, auch die anderen am Tisch machten große Augen. »Woher weißt du das?«

»Ich habe dort angerufen«, erklärte Laura. »Ich habe mit einem der Eigentümer persönlich gesprochen. Claus Grote. Er hat mir überzeugend versichert, dass Böhm lediglich als Einkäufer von Spirituosen für die Firma tätig ist. Um Fusionen mit anderen Unternehmen kümmern sich die Besitzer selbst. Sie haben aber nichts dergleichen geplant. Herr Grote sagt, eine Brennerei auf Madeira würde sich für sie nicht rechnen.«

Mauricio blinzelte. »Aber der Kaufvertrag – der war doch in einer Mappe mit dem Logo von *Grote & Wolf*.«

»Korrekt. Aber eine solche Mappe konnte sich Maximilian Böhm ohne Weiteres beschaffen. Er arbeitet ja dort.«

»Also hat dieser Herr Böhm die Brennerei gekauft?«

»Nein. Der Käufer war eine Firma namens *Madeira Corporate Trading Ltd*. Das ist Matthias aufgefallen.« Laura hob die Hände. »Ich weiß allerdings nicht, wer sich hinter diesem Firmennamen verbirgt.«

»Das finde ich heraus.« Mauricio hatte sein Smartphone bereits in der Hand. Als sich sein Gesprächspartner meldete, bat er ihn, Erkundigungen über die Handelsgesellschaft einzuholen.

»Danke, Diogo«, verabschiedete er sich dann von seinem Kollegen.

Laura war beruhigt. Wenn sich Carvalho darum kümmerte, hatten sie sicher bald eine Antwort. Der Mann machte auf sie den Eindruck, dass er wusste, was er tat.

Es war Ana Torres, die die entscheidende Frage stellte.

»Wenn es nicht diese Hamburger Firma war, die sich diesen ganzen hinterhältigen Plan ausgedacht hat, das Termingeschäft, die Sabotage und schließlich die Übernahme der Firma – wer war es dann?«

Sofia kratzte mit der Gabel auf ihrem Teller herum. Laura sah ihr an, dass sie mit sich rang. Schließlich traf sie eine Entscheidung.

»Das war mein Vater«, sagte sie leise.

»Nelson?« Mauricio und Javier schüttelten die Köpfe. Tiago ballte die Fäuste. »Aber warum?«

Sofia griff in die Tasche ihrer engen Jeans. Sie zögerte, dann holte sie einen USB-Stick hervor und legte ihn auf den Tisch. »Darauf befindet sich die Antwort.«

20

Es gefiel ihm nicht, doch weder Laura noch Tiago und Sofia hatten sich davon abhalten lassen, ihn zu begleiten. Auch der Hinweis, dass in seinem Pick-up kein Platz für so viele Mitfahrer war, hatte nichts genützt. Tiago hatte sich einfach mit seiner Enduro hinter Mauricio eingereiht, Sofia auf dem Sozius.

»Ein schönes Paar«, hatte Laura mit einem Lächeln bemerkt, die neben ihm auf dem Beifahrersitz Platz genommen hatte. »Irgendwie rührend und beeindruckend, wie sie ihre Liebe über alles andere stellen.«

Laura sah den Grund dafür in der Jugend der beiden. Mauricio dagegen machte die portugiesische Mentalität verantwortlich. Man war eben nicht so rational wie in Deutschland, sondern folgte der Stimme des Herzens.

Zum Glück erreichten sie Porto da Cruz, ehe sie die Diskussion vertiefen konnten, sonst wären sie über diesen Punkt womöglich in Streit geraten. Dabei war es nur die Anspannung, die sich entlud. Wie würde Nelson auf ihre Anschuldigungen reagieren?

Mauricio stellte den Pick-up vor dem Gebäude ab, in dem sich der Weinkeller befand. Die Sekretärin, mit der er kurz vor ihrer Ankunft telefoniert hatte, hatte ihm mitgeteilt, dass er seinen Cousin dort finden würde.

Er würgte den Kloß hinunter, der sich in seiner Kehle festgesetzt hatte, und ging dann mit harten Schritten auf das Gebäude zu. Es war aus weißen Steinen gemauert, mit einem roten Ziegeldach und einer Eingangstür aus dunklem Holz, die in einen ebenfalls hölzernen Rundbogen eingefügt war. Wie alles im Pereira-Imperium hatte auch diese Anlage Stil.

Die Furcht vor dem, was er zu hören bekommen würde, zerrte an ihm. Er hatte das Gefühl, durch tiefes Wasser zu waten, und war dankbar, als Laura seine Hand ergriff und kurz drückte. Nun war er doch froh, dass sie ihn begleitete.

Hinter ihnen röhrte der Motor von Tiagos Enduro. Sein Neffe machte sich nicht die Mühe, die Maschine auf dem Parkplatz abzustellen, sondern fuhr direkt vors Haus. Sofia kletterte vom Sozius und reichte ihm den Helm. Tiago hängte ihn über den Lenker und eilte auf Mauricio und Laura zu.

Mauricio sah ein, dass er die Sache nicht länger hinauszögern konnte. Er drückte die Türklinke hinunter und trat in den hohen, gewölbten Raum, in dem die Weinproben der *Engenho Pereira* stattfanden.

In der Mitte befand sich ein langer Tisch, an der Seite eine kleine Bar mit einem Flaschenregal und einer Espressomaschine. An den Wänden ringsherum waren Weinfässer aufgereiht. Sie waren gefüllt, wie Mauricio wusste, jedes mit dem Wein eines anderen Jahrgangs. Besondere Gäste und Geschäftspartner durften davon probieren.

Direkt neben dem Eingang stand ein hoher Tisch mit einem aufgeschlagenen Gästebuch. Daneben befand sich eine Schale, in der silberne Schlüsselanhänger lagen. Ein Schriftzug war ins Metall eingraviert. *Vinho é verdade*, Wein ist Wahrheit.

Mauricio griff in seine Sakkotasche und zog den Beutel hervor, den er an der *Vereda do Fanal* eingesteckt hatte. Der Schlüsselanhänger darin war mit denen in der Schale identisch.

Von der Treppe zum Keller erklangen Schritte, dann erschien Nelson Pereira. Wie immer trug er einen gut sitzenden Anzug. Die halblangen Haare waren streng zurückgekämmt, das Kinn war glatt rasiert. Trotzdem wirkte er irgendwie zerrupft. Auf seiner Stirn war der rötlich-blaue Schimmer eines anschwellenden Blutergusses zu sehen. Spuren der Handtasche vermutlich, mit der seine Frau ihn geschlagen hatte. Sofia hatte ihnen von der Auseinandersetzung ihrer Eltern erzählt, während sie sich gemeinsam die Daten auf dem Speicherstick angesehen hatten.

»Mauricio. Und die deutsche Schriftstellerin.« Nelson breitete die Arme aus. Dann entdeckte er Tiago und Sofia, und seine Mundwinkel sanken herab. »Was soll das werden? Ein Familientreffen? Wollt ihr endlich den Schritt zur Versöhnung machen?«

Mauricio versteifte sich. »Es ist nicht die Familie Torres, die der Familie Pereira mit Vorbehalten begegnet. Aber darum geht es nicht.« Er hielt Nelson den Beweismittelbeutel mit dem Schlüsselring hin. »Das hier haben wir an der *Vereda do Fanal* gefunden. Dem Ort, an dem man Friedrich Schnitzler ermordet hat.«

»Furchtbar.« Nelson neigte den Kopf. »Willst du irgendetwas damit sagen?« Er deutete auf die Schale auf dem Stehtisch. »Die Anhänger sind ein Werbegeschenk. Jeder, der hier vorbeikommt, kann sich einen nehmen.«

»Du hast Friedrich Schnitzler gekannt.«

»Ja, natürlich. Wir haben gelegentlich Geschäfte gemacht. Das habe ich euch schon gesagt, als ihr vorgestern hier wart.«

»Seltsam«, mischte sich Laura ein. »Wie ist das möglich, wo doch seine Import-Export-Firma überhaupt nicht existiert?«

»So?« Nelsons Blick flackerte kurz. Dann zuckte er mit den Schultern. »Davon weiß ich nichts. Er hat mir die Waren, die er geordert hat, immer wie vereinbart abgenommen und pünktlich bezahlt.«

Mauricio begann zu ahnen, dass Nelson es ihnen nicht leicht machen würde. »Du kennst auch Andreas Fiedler, den Besitzer des Roten Engels in Faial.«

»Ja.« Nelson setzte eine gelangweilte Miene auf. »Ich liefere ihm Wein.«

»Und Maximilian Böhm von *Grote & Wolf*.«

»Selbstverständlich. Die Firma bezieht von uns *Aguardente de cana-de-açúcar*, *Poncha* und Wein. Auch das habe ich euch bereits gesagt. Gestern, als wir uns alle an der Markthalle getroffen haben.«

»Und Bernd Lange? Der war gelegentlich als Aushilfsarbeiter bei dir tätig, richtig?«

»Ja. Und?«

»Andreas Fiedler hat versucht, Lange dazu zu überreden, die Brennapparaturen in der *Engenho Torres* in Prazeres zu sabotieren.«

»Aha?« Nelson Pereira verdrehte die Augen zur Decke, als wollte er fragen, ob die Geschichte noch lange dauern würde.

»Aber Lange hat abgelehnt«, erklärte Mauricio, wissend, dass er den Bereich gesicherter Erkenntnisse verließ. Er konnte nur raten. Aber was sollte er sonst tun, um seinen Cousin aus der Reserve zu locken?

»Also hat jemand anders die Apparate beschädigt«, fuhr er fort. »Fiedler kann es nicht gewesen sein. Er hat Alexandro in die Teestube in Prazeres bestellt und dafür gesorgt, dass er nichts davon mitbekommt. Vermutlich hat ihn der Saboteur damit beauftragt. Er wollte nicht erwischt werden. Es hat ihm aber nichts genützt, weil Lange an Alexandros Stelle Wache gehalten hat.«

Pereira wandte sich an Laura. »Haben Sie sich das ausgedacht? Eine aufregende Abenteuerstory für Ihr neues Buch?«

Laura schnaubte. Mauricio hielt sie mit einer knappen Handbewegung zurück, ehe sie auf die Provokation einstieg. Er wollte, dass Nelson redete.

Dem schien die Sache langsam Spaß zu machen. Sein Cousin war nicht dumm. Er konnte sich an fünf Fingern ausrechnen, dass sie im Nebel stocherten. Wenn sie Beweise hätten, wären nicht Laura und Mauricio gekommen, sondern Recardo Gomes und die Staatsanwältin, mit einem Haftbefehl und ein paar Beamten, die Nelson festnahmen.

»Woher willst du wissen, dass es nicht Lange war, der sich an euren Apparaten zu schaffen gemacht hat?«, erkundigte sich Nelson.

»Wenn er es war, warum ist er dann tot?«

»Weil Alexandro zu früh zurückgekommen ist und ihn überrascht hat.«

Das war die Theorie, die Recardo Gomes und Raquel Fonseca nach wie vor vertraten.

Mauricio knirschte mit den Zähnen. Die Indizien wiesen wie eine rote Leuchtspur auf Nelson, doch sie belegten lediglich, dass er ein starkes Motiv gehabt hatte, zumindest, wenn tatsächlich alles so war, wie sie es sich zusammengereimt hatten. Einen Beweis für seine Täterschaft gab es nicht. Mauricio hatte gehofft, dass sie ihn in die Enge treiben könnten, dass er angesichts all dessen, was sie herausgefunden hatten, einknicken würde, doch nun erkannte er, dass es so leicht nicht werden würde.

Die Angst schlich sich von hinten an und schnürte ihm die Kehle zu. Was sollte er tun, wenn es misslang? Wenn Nelson einfach alles leugnete? Selbst wenn Mauricio die Staatsanwältin von seiner Theorie überzeugen könnte, es würde nicht reichen. Nicht für einen Haftbefehl gegen Nelson Pereira, nicht für eine Anklage und eine Verurteilung, und also auch nicht für einen Freispruch für Alexandro, Jacinto und Tiago.

Auch wenn sie seine Beweggründe kannten – ohne ein Geständnis standen sie auf verlorenem Posten.

Laura trat einen Schritt nach vorn. »Der Saboteur ist vermutlich der Mörder von Bernd Lange und vielleicht auch von Friedrich Schnitzler«, sagte sie. »Aber der wahre Schuldige ist für mich der Mann, der hinter der ganzen Sache steckt.«

Nelson verbeugte sich spöttisch. »Und diese Rolle haben Sie mir zugedacht? Die graue Eminenz im Hintergrund? Ich fühle mich geehrt.« Er grinste sie an. »Verraten Sie mir auch, welches Motiv ich dafür haben sollte?«

»Sie brauchen die *Engenho*.«

Pereira breitete die Arme aus. »Ich besitze bereits eine Brennerei. Außerdem ein Weingut, ein Hotel und ein Restaurant. Ich bin auf die kleine Fabrik in Prazeres nicht angewiesen.«

»Das war es, was wir alle dachten«, sagte Mauricio. Laura hatte recht. Wenn sie Nelson knacken wollten, war das die Stelle, an der sie ansetzen mussten. »Bis wir erfahren haben, dass du pleite bist. Das Erbe in Prazeres war deine letzte Chance, den Kopf aus der Schlinge zu ziehen. Ohne die *Engenho* musst du Insolvenz anmelden.«

Das war eine mehr als gewagte Schlussfolgerung, doch Mauricio hatte begriffen, dass er schwere Geschütze auffahren musste.

Er sah in Nelsons Augen, dass er ins Schwarze getroffen hatte, aber sein Cousin hatte starke Nerven. Er schob eine Hand in die Hosentasche und lachte verächtlich. »Ich weiß nicht, wer dieses Gerücht in die Welt gesetzt hat.«

Sofia machte einen Schritt nach vorn. Sie schaute ihren Vater nicht an, aber ihre Stimme war fest. »Ich habe mir deine Unterlagen angesehen, *pai*. Der ganze Betrieb ist hoch verschuldet.« Sie hob den Blick und schluckte. »Weil *mãe* ihre Kaufsucht einfach nicht mehr unter Kontrolle hat. Das hast du selbst gesagt.«

Nelson starrte sie erschüttert an. »*Princesa*.«

»Deshalb haben Sie diesen Plan ersonnen«, meldete sich Laura wieder zu Wort. »Sie haben Fiedler, Schnitzler und Böhm engagiert, um Alexandro Torres in eine Falle zu locken. Aber dann ist alles aus dem Ruder gelaufen. Bernd Lange hat den Saboteur erwischt und mit dem Leben dafür bezahlt, und Schnitzler ist zum Risiko geworden. Er wollte aussteigen, richtig? Deshalb musste er ebenfalls sterben.«

Mauricio spürte, dass das Smartphone in seiner Tasche vibrierte. Er zog es hervor und warf einen raschen Blick auf das Display.

»Diogo«, begrüßte er seinen Kollegen. »Hast du etwas für mich?«

Er hörte zu, was Carvalho zu sagen hatte, während er mit dem anderen Ohr Lauras Anklage lauschte.

»Schnitzler hatte die Aufgabe, Alexandro Torres das Termingeschäft anzubieten und eine so hohe Konventionalstrafe zu vereinbaren, dass sie ihn in den Ruin treiben würde«, führte sie aus. »Fiedler sollte für die Sabotage sorgen und dafür, dass Alexandro den Übeltäter nicht bei seinem Werk ertappt. Und Böhm sollte die Firma kaufen, wenn Torres das Wasser bis zum Hals steht. Es gab nur ein kleines Problem. Bernd Lange hat nicht mitgespielt. Stattdessen hat er in der Brennerei Posten bezogen und den Saboteur erwischt.« Sie sah Pereira kalt an. »Das waren Sie. Sie haben die Maschinen beschädigt und Bernd Lange getötet.«

Laura hatte sich in Rage geredet. Nelson dagegen hatte sich wieder gefangen.

»Weshalb hätte ich das alles tun sollen?«, fragte er lächelnd.

»Selbst wenn die *Engenho Pereira* zurzeit mit ein paar Problemen zu kämpfen hat – Probleme, die sich im Übrigen lösen lassen werden –, was hätte ich davon, dass *Grote & Wolf* die Brennerei in Prazeres kaufen?«

Mauricio schob das Smartphone zurück in die Tasche. »Der Käufer unserer Brennerei war nicht die Firma *Grote & Wolf* aus Hamburg, sondern die *Madeira Corporate Trading Ltd.*« Er schaute zu Laura, dann wieder zu seinem Cousin. »Mein Kollege hat herausgefunden, wem dieses Unternehmen gehört, das ein so großartiges Geschäft gemacht hat. Eine ganze Brennerei zum halben Preis, weil die andere Hälfte ein Verrechnungsscheck zur Begleichung einer erfundenen Konventionalstrafe war.« Seine Stimme wurde bitter. »*Die Madeira Corporate Trading Ltd.* hat nur einen einzigen Gesellschafter. Einen gewissen Senhor Nelson Pereira aus Porto da Cruz.«

Der Angriff kam so plötzlich, dass Mauricio nicht reagieren konnte. Er hatte nicht damit gerechnet, dass Nelson auf ihn losgehen würde, und taumelte zurück, als ihm sein Cousin beide Hände vor die Brust stieß. Tiago und Sofia fingen ihn auf, konnten deshalb aber Nelsons Flucht nicht verhindern. Laura war die Einzige, die ihm sofort nachsetzte, doch Nelson war bereits auf dem Hof. Er schlug ihr die Tür des Weinkellers vor der Nase zu, und Mauricio hörte, wie der Schlüssel im Schloss gedreht wurde.

Gleich darauf heulte ein Motor auf. Mauricio erkannte das Geräusch. Es gehörte zur Enduro seines Neffen.

Sofia kramte mit fliegenden Fingern in ihrer Handtasche und beförderte einen Schlüssel hervor, mit dem sie die Tür öffnete. Mauricio stürzte auf den Hof und sah gerade noch, wie das giftgrüne Geländemotorrad auf die Straße bog.

Er rannte zu seinem Pick-up und startete den Motor. Die Beifahrertür wurde aufgerissen. Laura sprang hinein, ehe er Gas geben konnte.

»Du kannst nicht mitfahren. Das ist eine Polizeiaktion.«

Laura schüttelte den Kopf. »Unsinn. Man hat dir den Fall entzogen. Es ist eine Familienangelegenheit.«

»Du gehörst nicht zur Familie.«

Ein trauriges Lächeln erschien auf ihren Lippen. »Nein?«

Mauricios Herz schlug einen Purzelbaum. War das eine Botschaft?

Laura gestikulierte ungeduldig. »Nun fahr schon. Sonst ist er weg.«

Mauricio riss sich zusammen und trat das Gaspedal durch. Laura hatte recht. Über ihre Beziehung konnte er sich immer noch Gedanken machen. Aber seinen Cousin musste er jetzt erwischen.

Es war lange her, dass er zuletzt auf einem Motorrad gesessen hatte. Fast zwanzig Jahre. Er hatte ganz vergessen, wie fantastisch es war.

Als Jugendlicher hatte er eine eigene Maschine besessen. Nicht so ein PS-starkes und spritziges Gefährt wie diese Enduro, aber immerhin ein Zweirad, das schnell genug fuhr, um den Rausch der Geschwindigkeit zu spüren, den Wind, der an der Kleidung zerrte, und das unvergleichliche Gefühl von Abenteuer und Freiheit.

Nelson Pereira jagte die Passstraße in halsbrecherischem Tempo hinauf, legte sich waghalsig in die Haarnadelkurven und schoss in einem tollkühnen Manöver an einem hellblauen Mietwagen vorbei, der gemütlich die landschaftlich reizvolle Strecke entlangbummelte. In letzter Sekunde scherte er wieder ein und entging der Front des entgegenkommenden Lastwagens, dessen

Fahrer mit lautem Hupen sein Missfallen über diese Aktion kundtat.

Nelson stieß einen Schrei aus. Das Adrenalin jagte durch seine Adern, und ein wildes Lachen lag auf seinen Lippen. Er wusste nicht, wann er sich zuletzt so lebendig gefühlt hatte.

Dabei war er erst achtunddreißig. Er hatte viel zu jung geheiratet, war viel zu früh Vater geworden. Gleich nach dem *Diploma do Ensino Secundário*, dem Abschluss der Sekundarschule, hatte er Verantwortung übernehmen müssen, für die Familie und im väterlichen Betrieb. Er war durch eine harte Schule gegangen; sein Vater war ein strenger Lehrmeister gewesen.

Nelson hatte viel dafür getan, dass die *Engenho Pereira* in den letzten zwanzig Jahren einen gewaltigen Aufschwung erlebt hatte. Auf seine Initiative hin hatte sein Vater aus dem Weingut ein Touristenzentrum gemacht, und den Hotelbetrieb hatte Nelson allein aufgebaut und geleitet. Trotzdem hatte Caetano Pereira ihn behandelt wie einen niederen Angestellten.

Erst als er nach seinem Arbeitsunfall im Rollstuhl saß, hatte ihm Nelson Stück für Stück die Macht abgerungen. Sein Vater hatte ihm das nicht verziehen – und seinen Besitz in Prazeres nicht Nelson, sondern seinem Neffen Alexandro vermacht. Dieser verbitterte alte Tyrann!

Nelson konnte nicht um ihn trauern, dafür war der Graben zwischen ihnen zu tief gewesen. Es war einfach nicht gerecht. Nelson hatte sich immer für alle aufgeopfert, hatte den Betrieb und die Familie über seine eigenen Interessen gestellt. Für seine Hobbys – Motorradfahren, Segeln, Wandern – war keine Zeit mehr geblieben. Doch gedankt hatte es ihm niemand.

Patricia, diese überirdisch schöne Frau, die er unbedingt hatte heiraten wollen, gab mehr Geld aus, als er heranschaffen konnte, allen Innovationen und Umsatzsteigerungen zum Trotz. Sie hatte vollkommen die Bodenhaftung verloren und bewegte sich in Kreisen, deren Mitglieder in einer ganz anderen Liga spielten als er. Aber er liebte Patricia, und er hatte es einfach nicht geschafft, ihrer Verschwendungssucht den Riegel vorzuschieben. Ein schwerer Fehler, doch die Angst, sie würde ihn verlassen, wenn er ihren Lebensstil nicht weiter finanzierte, war zu groß gewesen.

Sein einziger Lichtblick war Sofia. Er wusste nicht, wie sie es geschafft hatten, aus ihrer Tochter ein so freundliches und vernunftbegabtes Wesen zu machen, trotz der angespannten Stimmung, die bis zu Caetanos Tod stets im Hause Pereira geherrscht hatte. Sofia war ein Wunder. Ein Engel. Seine Prinzessin. Er hätte sich keine bessere Tochter wünschen können.

Und dann kam dieser Tiago Torres und nahm sie ihm einfach weg, genauso, wie ihm Alexandro, Tiagos schlauköpfiger Vater, die *Engenho* in Prazeres weggenommen hatte, den Strohhalm, an den er sich geklammert hatte. Mit dem Erbe hätte er sich vielleicht noch an den eigenen Haaren aus dem Sumpf ziehen können. Jetzt war alles verloren.

Nun, vielleicht nicht alles.

Er hatte über die Jahre ein wenig Geld beiseitegeschafft. Kein Vermögen, aber genug, um sich irgendwo im Ausland eine neue Existenz aufzubauen.

Brasilien. Das war ein Land, in dem es noch viel zu tun gab, und man sprach Portugiesisch. Außerdem war es groß genug, um unterzutauchen. Das war am Ende des Zweiten Weltkriegs sogar einigen Nazigrößen gelungen. Warum also sollte er es nicht schaffen? Die Suche nach einem zweifachen Mörder würde nicht so lange aufrechterhalten werden wie die Jagd auf Volksverbrecher.

Das Problem bestand darin, dass er sich auf einer Insel mitten im Atlantik befand.

Mit dem Flugzeug würde er sich nicht absetzen können. Der Flughafen wurde sicherlich überwacht. Ihm blieb also nur, sich als blinder Passagier auf ein Schiff zu schmuggeln. Das geringste Risiko bestand in diesem Fall bei einem Frachtschiff. Bei Kreuzfahrtschiffen wurde streng kontrolliert, wer an Bord ging. Kleinere Schiffe fuhren womöglich nur zu einem der anderen Häfen auf der Insel oder zum Fischen hinaus aufs Meer. Das Sicherste war, wenn er versuchte, auf ein Containerschiff zu gelangen, das zur afrikanischen Küste oder womöglich gleich über den Atlantik fuhr. Wenn er erst marokkanischen oder sogar südamerikanischen Boden unter den Füßen hatte, würde es kein Problem sein unterzutauchen.

Nelson dankte seiner Intuition, die ihn bewogen hatte, auf der ER108 in Richtung Süden zu fahren. Nicht auf der Schnellstraße, auf der er einfacher zu verfolgen und von patrouillierenden GNR-Einheiten leicht zu entdecken wäre, sondern parallel dazu auf der höher gelegenen Landstraße, die sich in Serpentinen durch die Berge wand.

Er musste nur bis kurz hinter Machico fahren und dort auf die ER109 wechseln, die ihn direkt nach Caniçal brachte. Dort befand sich Madeiras Containerhafen, der über einen langen Kai verfügte, der drei Containerschiffe gleichzeitig aufnehmen konnte. Daneben gab es einen kleineren Kai für die sogenannten RoRo-Schiffe, deren Ladung nicht mit Kränen an Bord gehievt wurde. Stattdessen rollten die Lastzüge direkt hinein wie bei einer Fähre. Deshalb der Name, *Roll on, Roll off*.

Ein solches Schiff wäre perfekt. Wenn er Glück hätte, könnte er einfach mit dem Motorrad an Bord fahren und wäre bei der Ankunft in irgendeinem fremden Land mobil.

Ein verwegener Plan, aber er war immerhin ein Pereira. Seinen Vater hatte das Draufgängertum, das den Männern der Familie im Blut lag, in den Rollstuhl gebracht, aber es konnte ja auch anders ausgehen, wenn ihm das Schicksal nur ein wenig gewogen war. Schließlich versuchte er nicht, in betrunkenem Zustand von einer wackligen Empore aus den verklemmten Mechanismus eines Brennapparats zu reparieren, so wie sein Vater es getan hatte, der dabei abgestürzt war und sein Rückgrat irreparabel beschädigt hatte. Er war stocknüchtern und hatte eine Idee, die riskant, aber durchführbar war.

Nelson drehte den Gashahn auf. Die Enduro schoss nach vorn, und er meinte beinahe zu fliegen. Ein Prickeln erfasste seinen ganzen Körper.

Nein, sein Leben war noch nicht vorbei. Es fing eben erst an!

Mauricio fluchte. Er hatte gerade noch gesehen, wie Nelson vom Hof der *Engenho* nach links abgebogen war, doch als er mit seinem Pick-up die Ausfahrt erreichte, war die giftgrüne Enduro verschwunden. Mauricio hatte sich für das Naheliegende entschieden und die Schnellstraße VE1 nach Süden gewählt, doch obwohl er das Gaspedal bis zum Anschlag durchtrat, war das Motorrad nicht in Sicht gekommen.

Wie schnell mochte Tiagos Maschine fahren? War sie besser motorisiert als sein Pick-up? Hatte er deshalb keine Chance, Nelson einzuholen? Oder hatte sein Cousin nicht die Schnellstraße gewählt, sondern eine der zahlreichen Landstraßen, die sich von Porto da Cruz aus in alle Richtungen verzweigten und durch die Berge schlängelten?

Er hatte nicht die geringste Vorstellung, welches Ziel Nelson hatte. Hatte er überhaupt eines? Oder wollte er sich einfach nur einen möglichst großen Vorsprung erarbeiten, um sich dann in Ruhe ein geeignetes Versteck zu suchen?

Seine Flucht war eine spontane Handlung gewesen, ein Impuls, dem er nachgegeben hatte. Zeit zum Nachdenken hatte er nicht gehabt.

Was würde er selbst tun, wenn er in Nelsons Situation wäre? Die Insel war nicht besonders groß, doch es gab unzählige Gebiete, die fernab der Zivilisation lagen und kaum erschlossen waren. Wenn man wollte, konnte man sich irgendwo in den Wäldern verkriechen. Die Wahrscheinlichkeit, dass man dort gefunden wurde, war mehr als gering.

Und dann? Natürlich konnte man sich verbergen, aber irgendwann musste man das Versteck auch wieder verlassen. Man brauchte zumindest etwas zu essen und zu trinken.

Auf Dauer war das keine Lösung.

Nelsons einzige Chance bestand darin, das Land zu verlassen. Der Flughafen war keine Alternative, dort würde man ihn sofort stellen. Also blieb nur der Weg über das Wasser.

Als Jugendlicher war sein zehn Jahre jüngerer Cousin Regatten gesegelt. Ob er versuchen würde, in einem Yachthafen ein Boot zu stehlen und damit zum afrikanischen Festland zu gelangen?

Mauricio tippte auf sein Smartphone, das in der Halterung am Armaturenbrett steckte, und kontaktierte erneut Diogo Carvalho. Er hatte ihn sofort informiert, als sie die Verfolgung aufgenommen hatten, und Carvalho hatte versprochen, sich um alles zu kümmern.

»Wir haben überall Straßenkontrollen«, berichtete der Kollege jetzt. »Rund um Porto da Cruz, auf sämtlichen Schnellstraßen und im Bereich um den Flughafen herum. Bisher ohne Erfolg.«

Also hatte Nelson vermutlich eine der kleineren Landstraßen gewählt. Davon gab es so viele, dass man sie unmöglich alle überwachen und abriegeln konnte.

Mauricio berichtete Diogo von seiner Idee, dass Nelson versuchen könnte, ein Boot zu stehlen, und Carvalho versprach, Streifenwagen der *Guarda Nacional Republicana* in sämtliche Häfen zu beordern.

Mauricio drosselte das Tempo. Es machte keinen Sinn zu rasen, wenn er nicht wusste, wo sich sein Cousin aufhielt. Womöglich fuhr er die ganze Zeit in die falsche Richtung.

Sein Smartphone vibrierte, und das Display leuchtete auf. Hoffnungsvoll blickte Mauricio darauf, doch der Anrufer war nicht Carvalho, sondern Tiago.

Er fühlte sich plötzlich überfordert. Die dunkle Welle der Melancholie schwappte über ihm zusammen. Ihm fehlte die Kraft, das Gespräch entgegenzunehmen und sich mit Tiago auseinanderzusetzen.

»Kannst du rangehen?«, bat er Laura.

Er war froh, dass sie nicht fragte, weshalb, sondern einfach das Gerät aus der Halterung nahm und das Hörersymbol auf dem Display zur Seite wischte.

»Hallo, hier ist Laura Flemming«, sagte sie, und Mauricios düstere Stimmung hellte sich ein wenig auf. In Portugal meldete sich bei privaten Gesprächen niemand am Telefon mit seinem Namen. Man sagte einfach nur *estou*, »Ich bin's«. Wenig hilfreich, wenn man sich nicht sicher war, ob man die richtige Nummer gewählt hatte, und eigentlich auch gar nicht der sonst so wichtig genommenen portugiesischen Höflichkeit entsprechend, aber genau wie das Fehlen von Straßennamen und Hausnummern wohl ein Relikt aus der Zeit der Diktatur. Man wollte nicht auffindbar sein, und man gab auch ohne Not keine persönlichen Informationen preis, im Zweifelsfall nicht einmal den eigenen Namen. Eigentlich war das überflüssig geworden. Heutzutage konnte man auf dem Display sehen, wer der Anrufer war, und musste nicht befürchten, ausspioniert zu werden, doch das kollektive Erbe war tief verwurzelt und schwer abzuschütteln.

Die Deutschen teilten diese Sorge offensichtlich nicht, oder sie hatten die Erfahrung gemacht, dass es gegen ein übermächtiges System auch nicht half, sich zu verstecken. Wahrscheinlich war es einfach der deutsche Hang zu Ordnung und Gründlichkeit. Man meldete sich korrekt, laut und deutlich mit dem Familiennamen, manchmal auch noch mit dem Vornamen dazu.

Laura hatte ihm zwar erklärt, dass es auch in Deutschland eine Menge Leute gab, die sich nur mit »Hallo?« oder »Ja, bitte?« meldeten, doch so recht wollte er es nicht glauben.

So weit waren seine Gedanken abgeschweift, dass er beinahe nicht mitbekommen hätte, was Tiago sagte. Laura hatte das Smartphone wieder in die Halterung gesteckt und auf Lautsprecher gestellt, und Tiagos aufgeregte Stimme klang durch den Wagen.

»Erst dachte ich, es klappt nicht, aber dann habe ich die App noch einmal neu installiert, und jetzt funktioniert es.«

»Aha?« Mauricio hatte keine Ahnung, wovon Tiago sprach. Ein Seitenblick zu Laura sagte ihm, dass es ihr nicht anders ging.

»Was für eine App?«, fragte sie.

»GPS«, erklärte Tiago. »Ich habe einen Tracker an der Maschine angebracht. Falls sie mal geklaut wird. Die App zeigt mir den Standort an.«

Ein Schauer rieselte Mauricio über den Rücken. »Du weißt, wo Nelson ist?«

»Er fährt auf der ER109 in Richtung Osten. Im Moment befindet er sich kurz vor Caniçal. Ich nehme mal an, er will nicht nach Ponta de São Lourenço und sich die Steilküste oder den Lavapark ansehen, also hat er vermutlich den Hafen im Sinn. Jedenfalls würde ich an seiner Stelle versuchen, irgendwie auf ein Schiff zu kommen. Aber wir werden es ja sehen. Ich habe ihn auf dem Schirm. Wenn du dein Navi einschaltest, kann ich dir die genauen Koordinaten geben.«

Mauricio grinste und trat das Gaspedal durch. Seine Melancholie war wie weggeblasen. Er hatte schon gelegentlich Fernsehkrimis gesehen, in denen die Beamten von rot blinkenden Punkten auf einem Monitor zum Täter geführt wurden, und hatte gedacht, wie praktisch so etwas wäre. Es gefiel ihm, es jetzt live zu erleben.

Er aktivierte das Navigationssystem, das er so gut wie nie benutzte, weil er die Insel kannte wie seine Westentasche. Einbauen lassen hätte er es nicht, aber es hatte zum Gesamtpaket dazugehört, als er das Fahrzeug gekauft hatte.

Jetzt war er froh, dass er nicht blind weitergerast war, sondern die Geschwindigkeit zurückgenommen hatte. Andernfalls wären sie an dem Straßendreieck, an dem die ER109 nach Caniçal abzweigte, längst vorbei, und es hätte Zeit gekostet, bis zur nächsten Ausfahrt zu fahren und zu wenden.

So aber passierten sie gerade erst Machico, und Mauricio konnte direkt in Richtung Caniçal weiterfahren.

»Er verlässt die ER109«, ertönte Tiagos Stimme aus dem Lautsprecher. »Er fährt zum Hafen.«

Bis Caniçal waren es nur knapp fünf Kilometer. Nach zwei Minuten hatten sie die Stadt erreicht. Mauricio bog von der Landstraße ab und fuhr durch die Stadt zum Industriehafen.

»Er hat angehalten«, berichtete Tiago. »Er ist jetzt auf dem äußeren Kai.«

Mauricio stellte das Navi wieder aus und lächelte.

Die äußere Hafenmauer schirmte das Becken des Containerterminals gegen die Wellen des Atlantiks ab wie ein lang gestreckter, abgewinkelter Arm. Wenn sich Nelson auf diesem Kai befand, saß er in der Falle.

Mauricio fuhr quer über die große Freifläche, auf der die Container gestapelt waren, vorbei an den Kränen zu dem Punkt, an dem die äußere Hafenmauer begann.

»Da!« Laura zeigte aufgeregt durch die Windschutzscheibe.

Auch Mauricio hatte es sofort gesehen. Die giftgrüne Enduro befand sich an der Rampe. Dort lag ein RoRo-Schiff, das gerade beladen wurde. Die Heckklappe stand offen, und die Sattelschlepper rollten in den Bauch des Schiffs. Nelson lauerte offenbar auf eine günstige Gelegenheit, unbemerkt zwischen den Lastzügen an Bord zu fahren.

Einen Blick für die Dinge, die hinter ihm geschahen, hatte er nicht. Er schien nicht auf die Idee zu kommen, dass ihn jemand hier aufspüren könnte.

Mauricio fuhr bis auf zehn Meter an ihn heran, stellte den Motor ab und stieg aus. Er freute sich schon auf Nelsons dummes Gesicht.

Nelson Pereira leckte sich die Lippen. Er beobachtete schon seit einer Weile, wie die Containerschlepper auf das Schiff fuhren. Im Inneren liefen ein paar Angestellte mit gelben Warnwesten herum, die dafür sorgten, dass die Fahrer die Lastzüge ordnungsgemäß abstellten und kein Platz verschwendet wurde. Standen sie an Ort und Stelle, stiegen die Fahrer aus und verschwanden durch eine Tür in der Seitenwand. Vermutlich führte dort eine Treppe zu den Oberdecks. Dem Bereich, der bereits mit Lastwagen bestückt war, schenkten die Ordner keine Aufmerksamkeit mehr.

Ein wenig riskant wäre es trotzdem, mit der auffälligen Maschine an Bord zu fahren. Eine weniger gut sichtbare Lackierung hätte jetzt geholfen. Aber wenn er den rechten Moment abwartete, könnte er vielleicht trotzdem ungesehen über die Rampe an Bord gelangen. Zwischen den geparkten Lastwagen war genügend Platz. Er könnte einfach durch die schmale Gasse fahren und das Motorrad zwischen den großen Sattelschleppern verbergen.

Ob er am Ziel ebenso ungesehen von Bord käme, war eine andere Frage, doch notfalls musste er das Schiff eben zu Fuß verlassen oder versuchen, sich in einem der Lastwagen zu verstecken. Darüber konnte er sich später Gedanken machen. Jetzt musste er zunächst einmal seine Chance suchen und nutzen.

Er startete die Enduro wieder und spielte mit dem Gas.

Von hinten tippte ihm jemand auf die Schulter, und er erschrak dermaßen, dass er den Gasgriff weit drehte. Die Enduro bäumte sich unter ihm auf und warf ihn ab wie ein bockendes Pferd. Nelson landete auf dem Hosenboden, das Motorrad schoss ein Stück über den grauen Asphalt, kippte dann zur Seite und rutschte noch ein paar Meter weiter, bis es liegen blieb, eine Haaresbreite von der Kaimauer entfernt.

»Glück gehabt«, kommentierte sein Cousin Mauricio und ließ seine Handschellen vor Nelsons Nase baumeln. »Wenn die Maschine ins Wasser gefallen wäre, hättest du Tiago eine neue kaufen müssen. So reicht vermutlich eine frische Lackierung.«

Nelson hätte schreien können vor Wut und heulen vor Enttäuschung. Er hatte es doch beinahe geschafft. Aber schon wieder machte ihm ein Torres alles kaputt. Es war einfach ungerecht!

Mauricio forderte ihn mit einem Blick auf, die Arme vorzustrecken. Nelson tat es, und die Handschellen schlossen sich kalt um seine Handgelenke. Erst dann half ihm sein Cousin auf die Füße.

»Verrat mir nur eins«, sagte er. »Warum musste Friedrich Schnitzler sterben?«

Nelson knirschte mit den Zähnen. »Was denkst du? Er wollte mehr Geld. Alle wollen immer mehr Geld. Mit dem, was ich ihm für seine Tätigkeit als Strohmann geboten habe, war er plötzlich nicht mehr zufrieden. Mit Bernd Lange war es ja nicht anders. Der hat nicht in der *Engenho* Wache geschoben, um Alexandro einen Gefallen zu tun. Der wollte wissen, wer hinter der geplanten Sabotage steckt. Er hat mich natürlich erkannt, weil er schon ein paarmal für mich gearbeitet hatte. Aber er wollte nicht zur Polizei gehen. Er wollte Geld.«

Nelson spürte, wie ihm der Speichel aus dem Mund sprühte, doch er konnte nicht aufhören, seine Wut herauszuschreien.

»Alle wollen mich immer nur aussaugen. Aber damit ist jetzt Schluss!«

Mauricio lächelte ihn an. »Da hast du recht«, entgegnete er trocken.

21

»Er ist fast durchgedreht«, berichtete Mauricio. »Die Beamten von der *Guarda Nacional Republicana* hatten ihre liebe Mühe, ihn in ihren Wagen zu bugsieren.«

Sein Vater lehnte sich in seinem Sessel zurück und zündete sich eine Zigarette an.

»Nun hat er ja Zeit, zur Ruhe zu kommen«, bemerkte er lakonisch. »Wird ihm sicher nicht schaden.«

Ja, Zeit würde Mauricios Cousin wohl genug haben. Zweifacher Mord, dazu Sachbeschädigung und der Versuch der betrügerischen Übernahme eines Wirtschaftsunternehmens – Nelson Pereira würde für viele Jahre hinter Gitter wandern.

Laura sah Mauricio an, dass ihn die ganze Sache mit gemischten Gefühlen erfüllte. Einerseits war er froh, dass der Fall geklärt war, die *Engenho* der Familie Torres gerettet und dass Alexandro, Jacinto und Tiago mit ihnen zusammensaßen und von allen Vorwürfen befreit waren. Der Mordverdacht war vom Tisch, ebenso die Anklage wegen Schwarzbrennerei und Schmuggel.

Andererseits konnte er sich des Mitgefühls für seinen Cousin nicht erwehren. Er hatte Nelsons Vater, den alten Tyrannen Caetano Pereira, gut gekannt und war oft genug Zeuge geworden, mit welchen Widrigkeiten Nelson in seiner Familie zu kämpfen hatte.

Doch alles Verständnis rechtfertigte nicht sein Handeln, das sah auch Mauricio so. Aber er war eben Portugiese. Er gab sich lieber noch eine Weile den schweren Gedanken hin, als sich von der Leichtigkeit anstecken zu lassen.

Dass er damit die Stimmung nicht zerstörte, gehörte wohl auch zur portugiesischen Mentalität. Die Melancholie, die *Saudade*, hatte ihren festen Platz, ebenso wie der Fado, die traurige Musik, die dieses Lebensgefühl in Klänge fasste. Lachen und Weinen durften nebeneinanderstehen, und man konnte auch feiern, wenn ab und an eine Träne floss.

So ging es auch Sofia. Sie kuschelte sich an Tiagos Schulter und war sichtlich froh, in seiner Familie willkommen zu sein, doch das Entsetzen darüber, was ihr Vater getan hatte, würde sich nicht so rasch abschütteln lassen. Darüber hinaus stand sie vor einem Scherbenhaufen, das Unternehmen insolvent, die Familie zerrüttet. Aber sie schien entschlossen, an diesem Abend nicht daran zu denken. Als die Teller mit den *Petiscos* geleert waren, ging sie zu der kleinen Anlage, die auf einer Blumenbank auf der Terrasse stand, und stellte die Musik lauter.

Zuerst drehte sie sich allein auf dem freien Platz vor der Tafel, dann trat Tiago dazu, und sie tanzten gemeinsam.

Es war ein Bild wie aus einem Film, das Paar, eng umschlungen im Licht der bunten Lampions, die in den Bäumen hingen, das Schluchzen der Geige, das Funkeln ein paar vereinzelter Sterne am Firmament, das schwarz über dem Atlantik lag. Laura meinte, leises Meeresrauschen in der Ferne zu vernehmen. Unmöglich eigentlich, weil die Musik es übertönte, und doch war es da.

So sehr war sie in die Szene versunken, dass sie beinahe erschrak, als Mauricio plötzlich neben ihr stand und ihr auffordernd die Hand hinhielt.

»Schenkst du mir diesen Tanz, *Dona* Laura?«

Laura lachte verlegen, als sie die Blicke der anderen bemerkte, die Überraschung bei Alexandro, das verschmitzte Grinsen von Jacinto, das Wohlwollen in den Augen von Javier und Ana. Sie fühlte sich geehrt, dass man sie mit solcher Selbstverständlichkeit in die Familie aufnahm. Natürlich entsprach das auch der portugiesischen Gastfreundlichkeit, doch sie spürte, dass da noch mehr war.

Mauricios Eltern und auch seine beiden Brüder wünschten sich, dass Mauricio endlich über den Tod seiner Frau hinwegkam, und sie hofften, dass Laura die Richtige war, um ihn zurück ins Leben zu holen.

Sie selbst wusste es nicht. War es das, was sie wollte? Würde sie diese Bürde meistern können?

Langsam stand sie auf und ließ sich von Mauricio auf die kleine Tanzfläche führen. Erst jetzt erkannte sie, dass deshalb so wenige Sterne zu sehen waren, weil es nicht einfach nur dunkel war, sondern der Himmel voller dichter Wolken hing.

Ana Torres blickte sorgenvoll nach oben.

»Wir sollten die Sachen ins Haus bringen«, schlug sie vor.

Sofia und Tiago beendeten ihren Tanz und begannen, gemeinsam mit Mauricios Eltern und seinen Brüdern den Tisch abzuräumen und alles ins Haus zu tragen. Laura wollte sich ihnen anschließen, doch Mauricio hielt sie fest.

»Nur ein Tanz.«

Laura nickte. Sie schloss die Augen und genoss es, wie Mauricio sie führte, fest und sicher. Sie konnte sich fallen lassen und ganz den Klängen hingeben, der Bewegung und dem Duft dieser herrlich lauen Aprilnacht.

Ein Tropfen traf sie mitten auf der Stirn und zerplatzte, genau wie die Blase aus Wohlbehagen, die Laura umgab. Ihr Tanz stockte. Weitere Tropfen folgten.

Laura öffnete die Augen. Von den anderen war keiner mehr zu sehen; sie hatten sich alle nach drinnen zurückgezogen. Der Tisch war abgeräumt, die Stühle waren unter der schmalen Markise zusammengeschoben worden.

»Wir sollten auch ins Haus gehen.«

Der Regen prasselte von einer Sekunde auf die andere auf sie herab.

»Zu spät.« Mauricio zog sie unter einen Baum, dessen dichtes Blätterdach sie schützte. Ein feiner Sprühregen traf sie trotzdem, doch Mauricio ignorierte ihn. Er legte den Arm um sie und strich mit dem Daumen der anderen Hand über ihre Wange.

Langsam beugte er sich vor. Und dann küsste er sie.

Danksagung

Ich danke meiner Frau für ihre Liebe und die wundervollen Reisen, auf denen wir die Bilder sammeln, die sich in meinen Geschichten wiederfinden, außerdem Claudia Winkler vom Ullstein Verlag für die inspirierende Zusammenarbeit und das schöne Lektorat und Herrn Eberhard Axel Wilhelm aus Bobadela/Portugal, früherer DAAD-Lektor und Mitarbeiter im portugiesischen Außenministerium, für die sorgfältige Prüfung der in diesem Buch verwendeten portugiesischen Redewendungen. Für die Fehler, die sich sicherlich immer noch finden, bin allein ich verantwortlich.